À Sombra da Figueira

Vaddey Ratner

À Sombra da Figueira

TRADUÇÃO
Sandra Martha Dolinsky

Título original:
In the shadow of the banyan

Direitos de tradução para a Língua Portuguesa Copyright © 2015 by Geração Editorial
Copyright © 2012 by Vaddey Ratner
All rights reserved.
Published by arrangement with the original

1ª edição — Novembro de 2015

Grafia atualizada segundo o Acordo Ortográfico da Língua Portuguesa
de 1990, que entrou em vigor no Brasil em 2009

Editor e Publisher
Luiz Fernando Emediato

Diretora Editorial
Fernanda Emediato

Produtora Editorial e Gráfica
Priscila Hernandez

Assistente Editorial
Adriana Carvalho

Projeto Gráfico e Diagramação
Alan Maia

Preparação
Daniela Nogueira

Revisão
Marcia Benjamim
Juliana Amato

DADOS INTERNACIONAIS DE CATALOGAÇÃO NA PUBLICAÇÃO (CIP)
(Câmara Brasileira do Livro, SP, Brasil)

Ratner, Vaddey
À Sombra da Figueira
/ Vaddey Ratner ; tradução do inglês Sandra Martha Dolinsky.
-- 1. ed. -- São Paulo: Geração Editorial, 2014.

ISBN 978-85-8130-253-9

1. Ficção cambojiana (Inglês) I. Título.

14-07720 CDD: 813.6

Índices para catálogo sistemático

1. Ficção : Literatura cambojiana em inglês 813.6

GERAÇÃO EDITORIAL

Rua Gomes Freire, 225 – Lapa
CEP: 05075-010 – São Paulo – SP
Telefax.: (+ 55 11) 3256-4444
E-mail: geracaoeditorial@geracaoeditorial.com.br
www.geracaoeditorial.com.br

Impresso no Brasil
Printed in Brazil

PARA MINHA MÃE

À MEMÓRIA DE MEU PAI, NEAK ANG MECHAS
SISOWATH AYURAVANN

Um

A guerra entrou no mundo de minha infância não com as explosões de bombas e foguetes, mas com os passos de meu pai caminhando pelo corredor, passando pelo meu quarto em direção ao dele. Ouvi a porta se abrir e fechar com um clique suave. Deslizei da minha cama, com cuidado para não acordar Radana em seu berço, e fugi do meu quarto. Pressionei o ouvido na porta e escutei.

— Você está bem? — mamãe parecia preocupada.

Todos os dias, antes do amanhecer, papai saía para um passeio solitário e retornava uma hora mais tarde trazendo consigo as imagens e os sons da cidade, dos quais emergiam os poemas que ele lia em voz alta para mim. Nessa manhã, no entanto, parecia que havia voltado assim que saíra; o amanhecer havia acabado de chegar e a sensação da noite ainda não se dissipara. O silêncio seguiu cada passo seu como o fragmento de um sonho depois de acordar. Imaginei-o deitado ao lado de mamãe agora, os olhos fechados enquanto ouvia a voz dela, o conforto que ela lhe dava em meio ao clamor de seus próprios pensamentos.

— O que aconteceu?

— Nada, querida — disse papai.

— O que foi? — Ela insistiu.

Depois de um longo e profundo suspiro, finalmente ele disse:

— As ruas estão cheias de pessoas, Aana. Sem teto, famintas, desesperadas.

Fez uma pausa. A cama rangeu, e eu o imaginei voltando-se para encará-la, suas faces no mesmo travesseiro longo, como muitas vezes havia visto.

— As misérias...

— Não importa quão terrível esteja lá fora — mamãe o interrompeu, gentilmente —, sei que você vai cuidar de nós.

Um silêncio ofegante. Imaginei os lábios dela pressionados contra os dele. Corei.

— Isso mesmo! — Exclamou ela com o tom despreocupado de volta a sua voz.

A seguir, ouvi o som de persianas se abrindo como pássaros de madeira sendo libertados e levantando voo.

— O Sol está brilhando! — disse, entusiasmada, e com essas palavras fáceis afugentou a gravidade da manhã, atirando o "nada" de volta para fora dos portões, como um gato vadio que se houvesse agarrado aos ombros de papai.

Um poço de luz caiu sobre a frente da casa e se derramou no corredor aberto da varanda. Imaginei-o como um tapete celestial lançado dos céus por um descuidado *tevoda* — um anjo. Corri em direção a ele com meus passos livres da cinta e sapatos de metal que eu normalmente usava para corrigir a coxeadura da minha perna direita.

Lá fora, o Sol nasceu por entre a verde e exuberante folhagem do pátio. Bocejou e se espreguiçou, como uma divindade infantil esticando seus múltiplos braços através das folhas e galhos. Era abril, a fase final da estação seca, e era apenas questão de tempo antes que a monção chegasse trazendo consigo chuva e alívio do calor e da umidade. Enquanto isso, toda a casa estava quente e abafada, como dentro de um balão. Eu ficava encharcada de suor. Ainda assim, o ano-novo estava chegando, e, depois de toda a espera e expectativa, finalmente teríamos uma celebração!

— Levante, levante, vamos! — veio um grito do pavilhão das cozinhas. Era Om Bao, e sua voz volumosa, como ela própria, parecia um saco de estopa recheado de arroz.

— Botem para funcionar essas suas cabeças preguiçosas! — cacarejou com urgência.

— Depressa, depressa, depressa.

Corri ao redor da varanda ao lado da casa e vi seu balanço para lá e para cá entre as dependências das criadas e o pavilhão das cozinhas; suas sandálias batiam na terra com impaciência.

— Lavem o rosto, escovem os dentes! — ordenou, batendo palmas e tocando uma fileira de criadas sonolentas para os tonéis de barro que forravam a parede do lado de fora do pavilhão das cozinhas.

— *Oey, Oey, oey*, o Sol se levantou, assim como seus traseiros deviam levantar!

Bateu no traseiro de uma das meninas.

— Você vai perder o último rugido do Tigre e o primeiro pulo do Coelho!

O Tigre e o Coelho eram anos lunares, um terminando e outro começando. O ano-novo no Camboja é sempre comemorado em abril, e neste ano — 1975 — seria dia 17, dali a poucos dias. Em nossa casa, costumeiramente começavam com muita antecedência os preparativos para todas as cerimônias budistas e festas no jardim, ocorridas durante a celebração. Este ano, por causa dos combates, papai não quis que comemorássemos. O ano-novo era um tempo de purificação, um tempo de renovação, recordou-nos. E enquanto houvesse combates no campo, levando refugiados para as ruas de nossa cidade, seria errado comemorar qualquer coisa. Felizmente, mamãe discordou. Se havia um tempo para comemorar, ela argumentou, era esse. A festa de ano-novo afastaria tudo de ruim e inauguraria tudo de bom.

Voltei-me e vislumbrei mamãe em pé no canto da varanda, do lado de fora de seu quarto, levantando o cabelo para refrescar a nuca. Lentamente, deixou os fios caírem em diáfanas camadas por toda a extensão de suas costas. *Uma borboleta se arrumando*, uma linha de um dos poemas de papai. Pisquei, e ela desapareceu.

Corri para o armário de vassouras na parte de trás da casa, onde havia escondido minha cinta e os sapatos no dia anterior, fingindo que não sabia onde estavam para não ter de suportá-los com o calor. Mamãe deve ter suspeitado, pois disse: "Amanhã, então, a primeira coisa que deve fazer na parte da manhã é colocá-los. Tenho certeza de que vai encontrá-los até lá". Puxei-os para fora do armário, prendi a cinta o mais rápido possível e coloquei os sapatos, o direito um pouco maior que o esquerdo para igualar o comprimento de minhas pernas.

— Raami, sua criança louca! — Uma voz gritou para mim, quando me encolhi atrás da porta semiaberta da varanda de meu quarto. Era Milk Mother, minha babá.

— Volte para dentro neste minuto!

Fiquei paralisada, esperando que ela entrasse e me puxasse de volta para o quarto, mas não entrou. Retomei minha jornada circulando a varanda que envolvia a casa. "Onde ela está? Onde mamãe está?" Passei correndo pelo quarto dos meus pais. As portas de ripa da varanda estavam abertas, e vi papai sentado em sua cadeira de vime perto de uma das janelas, caderno e caneta na mão, olhos baixos, concentrados e impermeáveis aos arredores. *Um deus emanando, lírico, do silêncio...* Outra linha de outro poema dele, que sempre achei que o descrevia perfeitamente. Quando papai escrevia, nem mesmo um terremoto poderia perturbá-lo. Naquele momento, certamente não tomou conhecimento de mim.

Não havia sinal algum de mamãe. Olhei para cima e para baixo da escada, sobre o parapeito da varanda, pela porta aberta do jardim de cítricos. Não estava em lugar nenhum. Era como suspeitava o tempo todo — mamãe era um fantasma! Um espírito que flutuava dentro e fora da casa. Um vaga-lume que brilhava e tremeluzia, em um segundo aqui, no outro já foi. E agora ela havia desaparecido no ar! *Zrup!* Desse jeito.

— Está me ouvindo, Raami?

Às vezes eu queria que Milk Mother simplesmente desaparecesse. Mas, ao contrário de mamãe, ela estava sempre por perto, sempre me vigiando, como uma dessas lagartixas que escalam paredes, repetindo, *Tikkaer, tikkaer*! Eu a sentia e ouvia de todos os cantos da casa.

— Eu disse para voltar! — gritou ela, aturdindo a paz da manhã.

Fiz uma curva fechada à direita, corri pelo longo corredor no meio da casa e, finalmente, acabei de volta ao ponto, na varanda da frente, onde havia começado. Ainda nada de mamãe. Esconde-esconde, pensei, arfando no calor. Esconde-esconde com um espírito não era jogo fácil.

Pchkhooo! Parecia uma explosão ao longe. Meu coração bateu um pouco mais rápido.

— Onde você está, sua criança louca? — ouvi a voz de Milk Mother de novo.

Fingi que não ouvi, apoiando meu queixo no parapeito esculpido da varanda. Uma pequena borboleta de um rosa pálido, com asas delicadas como pétalas de bougainvílleas, voou dos jardins abaixo e pousou no parapeito, perto de meu rosto. Fiquei parada. Ela arfou como se estivesse exausta de seu longo voo, abrindo e fechando as asas como um par de leques agitando para longe o calor da manhã. "Mamãe? Em uma de suas formas?" Não, era mesmo o que parecia ser: um bebê de borboleta. Tão delicado que parecia ter acabado de sair de uma crisálida. Talvez estivesse procurando a mãe dele, pensei, assim como eu procurava a minha.

— Não se preocupe — sussurrei —, ela está aqui em algum lugar.

Movi a mão para acariciá-la, para tranquilizá-la, mas ela voou para longe de meu toque.

No pátio, algo se mexeu. Olhei para baixo e vi Old Boy saindo para regar os jardins. Caminhava como uma sombra, seus passos não faziam nenhum som. Pegou a mangueira e encheu o lago de lótus até que a água fluiu sobre a borda. Borrifou as gardênias e as orquídeas. Borrifou os jasmins. Podou os troncos de gengibre e recolheu suas flores vermelhas flamejantes em um buquê, que amarrou com um pedaço de vinha e pôs de lado, continuando a trabalhar. Borboletas de todas as cores giravam em volta dele como se fosse um tronco de árvore, e seu chapéu de palha uma flor amarela gigante. Om Bao apareceu de repente entre eles, coquete e tímida, agindo não como nossa cozinheira de meia-idade, mas como uma jovem na flor da juventude. Old Boy quebrou uma haste de pluméria vermelha, passou-a pelo rosto dela e a entregou a Om Bao.

— Responda! — Milk Mother trovejou.

Om Bao correu para longe. Old Boy olhou para cima, me viu e corou. Mas, recompondo-se de imediato, pegou seu chapéu, e, curvando-se, ofereceu-me um *sampeah*, com as palmas juntas na frente do rosto, uma saudação tradicional cambojana. Curvou-se porque ele era o criado e eu sua mestra, mesmo ele sendo idoso e eu ter, como dizia Milk Mother, "só um cuspe mais que sete anos". Retribuí o *sampeah* de Old Boy, e, incapaz de me controlar, curvei-me também. Ele me deu um sorriso forçado e desdentado, talvez sentindo que seu segredo estaria a salvo comigo.

Alguém estava chegando. Old Boy se voltou na direção dos passos. *Mamãe!*

Ela seguiu em direção a ele com passos serenos, sem pressa. *Um arco-íris que desliza através de um campo de flores...* Mais uma vez uma linha palpitou em minha mente. Embora eu não fosse poeta, era filha de um, e muitas vezes via o mundo através das palavras de meu pai.

— Bom-dia, minha senhora — disse Old Boy de olhar baixo, segurando o chapéu contra o peito.

Ela retribuiu a saudação e disse, olhando para as flores de lótus:

— Está tão quente, e agora se fecharam novamente.

Ela suspirou. Lótus eram suas flores favoritas. Mesmo sendo para os deuses, mamãe sempre pedia uma para si todas as manhãs.

— Esperava que houvesse pelo menos uma flor aberta.

— E haverá, minha senhora — afirmou Old Boy. — Cortei algumas antes do amanhecer e as coloquei em água gelada assim que as pétalas abriram. Levarei o vaso para seu quarto assim que Sua Alteza terminar de escrever.

— Sempre posso contar com você. — Ela sorriu para ele. — Pode também fazer um buquê com os botões fechados para eu levar ao templo?

— Como quiser, minha senhora.

— Muito obrigada.

Mais uma vez Old Boy se curvou, mantendo o olhar baixo até que ela passou flutuando por ele. Ela subiu as escadas, com a mão direita segurando a aba de seu *sampot* de seda para manter seus passos pequenos e modestos. No topo, parou e sorriu para mim.

— Que bom, você encontrou sua cinta e os sapatos!

— Treinei caminhando lentamente com eles.

Ela riu.

— É mesmo?

— Um dia quero andar como você!

O rosto de mamãe ficou imóvel. Ela deslizou para mim, e, curvando-se à minha altura, disse:

— Não me importa como você anda, querida.

— Não?

Não foi o aperto da cinta ou dos sapatos, nem mesmo o que vi quando olhei no espelho que me doeu mais. Foi a tristeza nos olhos de mamãe quando mencionei minha perna. Por essa razão, raramente tocava no assunto.

— Não, não me importa. Sou grata por você poder andar.

Ela sorriu e seu resplendor voltou.

Fiquei parada e prendi a respiração pensando que, conforme eu respirava, mamãe ia desaparecendo. Ela se abaixou novamente e beijou o topo de minha cabeça; seu cabelo se derramou sobre mim como a chuva das monções. Aproveitei a oportunidade e aspirei sua fragrância — esse mistério que ela usava como perfume.

— É bom ver que alguém está gostando desse ar sufocante — disse, rindo, como se minha esquisitice fosse um enigma para ela tanto quanto sua beleza era para mim.

Pestanejei. Ela deslizou para longe, todo seu ser poroso como a luz solar.

Poesia é assim, dizia papai. Ela pode vir até você em uma inspiração de ar, desaparecer novamente em um piscar de olhos, e tudo que você terá será:

Uma linha atravessando sua mente
Como a rabiola da pipa de uma criança
Livre de razão ou rima.

E então, dizia ele, vem o resto — a pipa, a história em si. A entidade completa.

— *Oey, oey, oey*, não há um minuto a perder! — Om Bao matraqueava embaixo. — O piso deve ser esfregado e encerado, os tapetes desempoeirados e levados ao sol, a porcelana arrumada, a prataria polida, a seda precisa estar macia e perfumada. *Oey, oey, oey*, tanta coisa para fazer, tanta coisa para fazer!

Os galhos da figueira-de-bengala no meio do pátio balançavam e as folhas dançavam. Alguns galhos eram tão compridos que chegavam até a varanda, e a sombras de suas folhas cobriam meu corpo como pedaços de seda. Eu girava, com os braços esticados, murmurando um encantamento para mim mesma, invocando os *tevodas*.

— Magrelo, Gorducho...

— E agora, o que você está fazendo?

Voltei-me. Lá estava Milk Mother na porta, com Radana em seu quadril. Radana se contorceu para descer ao chão e imediatamente começou a pisar nas sombras com seus pés fofinhos, e as minúsculas tornozeleiras cravejadas de diamantes tilintavam caoticamente. Era comum que as crianças cambojanas se cobrissem de joias caras, e minha muito adorada irmã, que estava começando a andar, estava adornada da maneira mais extravagante, com um colar de platina e um pequeno par de brincos de argola para combinar com suas tornozeleiras. Não era uma criança, eu pensava, era um bazar inteiro!

Quando começava a andar à minha volta, fingia que ela havia tido poliomielite e mancava como eu. Sabia que não devia desejar isso a ela, mas às vezes não conseguia evitar. Apesar de seu jeito estabanado e infantil, já se podia dizer que Radana ia crescer e se parecer com mamãe.

— Eeei! — ela grunhiu ao vislumbrar, por uma das portas, mamãe flutuando; e antes que Milk Mother a pudesse deter, ela correu tilintando pelo corredor, chamando:

— Mhum mhum mhum...

Milk Mother se voltou para mim e perguntou de novo, obviamente contrariada:

— O que está fazendo?

— Invocando os *tevodas* — respondi, sorrindo de orelha a orelha.

— Invocando?

— Sim, queria conhecê-los este ano.

Ninguém nunca conheceu os *tevodas*, é claro. Eram espíritos, e, como todas as coisas espectrais, viviam em nossa imaginação. Os *tevodas* de Milk Mother — pelo menos como ela os descrevia para mim — pareciam suspeitosamente familiares. Com nomes como Magrelo, Gordinho, Escurinho, eu diria que ela estava descrevendo a si mesma, Om Bao, e Old Boy. Já meus *tevodas* não se pareciam nada comigo; eram adoráveis como dançarinas da corte vestindo suas mais finas sedas e diademas com pináculos por todo o caminho para o céu.

Milk Mother não me ouvia; seu ouvido estava atento a um tipo diferente de ruído. *Pchkooo!* Mais uma vez, o tremor de uma explosão. Esticou-se para ouvir com a cabeça inclinada na direção do ruído.

As explosões recrudesceram. *Pchkooo, pchkooo, pchkooo!* Uma série delas agora, assim como eu havia ouvido durante a noite.

Voltando-se para mim, Milk Mother disse:

— Querida, acho que você não deve depositar muita esperança na vinda dos *tevodas* este ano.

— Por que não?

Ela respirou fundo; parecia que ia explicar, mas, por fim, disse:

— Não se lavou ainda?

— Não, mas estava indo!

Ela me lançou um olhar de desaprovação, e, balançando a cabeça em direção ao pavilhão dos banheiros, disse impaciente:

— Então, vá.

— Mas...

— Sem discussão. A Rainha Avó vai se juntar à família para o café da manhã, e você, meu insetinho, não pode se atrasar.

— Ah, não, a Rainha Avó! Por que não me disse antes?

— Eu tentei, mas você continuou fugindo.

— Mas eu não sabia! Você devia ter me dito!

— Bem, foi por isso que a chamei várias vezes: para dizer. — Ela arfou, exasperada. — Chega, molenga. Vá se arrumar. Tente parecer e se comportar como a princesa que você é.

Dei um passo, mas voltei.

— Milk Mother...

— O quê?

— Você acredita em *tevodas*?

Ela não respondeu de imediato, só ficou ali olhando para mim. Por fim, disse:

— Em que se pode acreditar senão nos *tevodas*?

Desci os degraus da frente. Isso era tudo que eu precisava ouvir. O resto era fácil descobrir. Eram coisas que eu podia ver e tocar — lótus abrindo suas pétalas, aranhas tecendo pequenas e ralas teias prateadas em pequenos galhos, lesmas deslizando pela grama verde regada...

— Raami!

Olhando para cima, vi Milk Mother debruçada no parapeito da varanda.

— Por que ainda está enrolando?

Coloquei um pé na frente do outro, balançando levemente os quadris.

— Estou *ensaiando* meu andar.

— Para quê? Um concurso de minhocas?

— Para ser uma *lady* como mamãe!

Parti um caulezinho de jasmim de um arbusto próximo e o coloquei atrás da orelha, imaginando-me bonita como mamãe. Radana apareceu do nada e ficou parada à minha frente. Arrulhou, arrebatada por um segundo ou dois, e então, como se decidisse que eu não me parecia em nada com mamãe, saiu em disparada. "Onde você está?", ouvi mamãe cantar. "Vou pegar você...". Radana soltou um gritinho. Estavam brincando de esconde-esconde. Eu tive poliomielite quando tinha um ano e não pude andar até os três. Tinha certeza de que mamãe e eu não havíamos brincado de esconde-esconde quando eu era pequena.

Lá de cima, Milk Mother soltou um suspiro exasperado:
— Pelo amor de Deus, chega de enrolação!

Mais tarde, naquela manhã, em uma profusão de sedas coloridas que quase ofuscou os pássaros e as borboletas ao redor, reunimo-nos no pavilhão de jantar, uma casa de teca de laterais abertas com piso de madeira de lei e telhado tipo pagode que ficava no meio do pátio entre as árvores frutíferas e florais. Mais uma vez mamãe havia se transformado, desta vez de borboleta em jardim. Todo seu ser germinava em flores. Havia posto uma blusa de renda branca e uma saia *phamuong* cor de safira salpicada de pequenas flores brancas. Seus cachos, não mais soltos, estavam puxados para trás em um coque amarrado com um anel de jasmins. Uma magnólia champaca, fina como o dedo mínimo de uma criança, descia para a nuca em um singelo fio de seda. Quando se movia para se ajeitar ou para pegar uma coisa ou outra, a flor escorregava e rolava, lisa como marfim, em sua pele.

Ao lado dela, com minha cinta de metal, sapatos desairosos e um vestido azul arrufado, eu me sentia desajeitada e artificial, como um manequim de costura em um poste de aço, apressadamente enrolado em tecido. Como se não fosse humilhante o suficiente, meu estômago não parava de roncar. Quanto tempo mais teríamos de esperar?

Por fim, a Rainha Avó — Sdechya, como a chamávamos em cambojano — apareceu na varanda, apoiando-se pesadamente no braço de papai. Lentamente, desceu as escadas, e todos nós corremos para saudá-la, em ordem de importância: joelhos curvados, cabeça inclinada, as palmas das mãos juntas na frente do peito e as pontas dos dedos tocando o queixo. Ela parou perto do fim da escadaria e, um por um, corremos para frente e encostamos a testa em seus pés. Então, nós a seguimos até o pavilhão de jantar e tomamos nossos assentos reservados.

Diante de nós havia uma profusão de alimentos: mingau de sementes de lótus adoçado com açúcar de palmeira, arroz grudento com gergelim torrado e coco ralado, sopa de carne com macarrão coberta com folhas de coentro e anis-estrelado, omeletes de cogumelos e fatias de baguete — pratos adequados a todos os gostos matutinos. No centro da mesa, uma bandeja de prata com mangas e mamões papaya — que Old Boy havia colhido das árvores atrás de nossa casa — e rambotãs e mangostões, que Om Bao havia trazido do mercado de manhã cedo. O café da manhã era sempre um evento extravagante quando a Rainha Avó decidia se juntar a nós. Ela era uma alta princesa, como todos constantemente me faziam lembrar, de modo que não me lembrava de como me comportar perto de minha própria avó.

Esperei que a Rainha Avó desse sua primeira mordida antes de eu levantar a tampa de meu prato de sopa. Quando o fiz, o vapor subiu como uma centena de dedos fazendo cócegas em meu nariz. Com hesitação, levei uma colherada de caldo quente a meus lábios.

— Tenha cuidado — disse mamãe do outro lado da mesa, enquanto desenrolava o guardanapo e o colocava em seu colo. — Não vai querer queimar a língua, não é? — sorriu.

Olhei para ela, fascinada. Talvez eu houvesse visto um *tevoda* de ano-novo, afinal.

— Pensei em visitar o templo em Toul Tumpong depois do café — disse ela. — Minha irmã enviará seu motorista. Vou com ela, de modo que nosso carro estará livre, se quiser se aventurar.

Ela estava falando com papai. Mas ele estava lendo o jornal, com a cabeça ligeiramente inclinada para o lado. Em seu apagado traje habitual de calça marrom transpassada e camisa *achar* bege, papai estava tão solene quanto mamãe radiante. Estendeu a mão para o copo a sua frente e passou a saborear o café quente misturado com leite condensado. Já havia esquecido o resto de seu café da manhã enquanto mergulhava nas notícias. Ele não ouvira mamãe, em absoluto.

Ela suspirou, resignada, determinada a manter seu bom humor.

Em uma das extremidades da mesa, Tata disse:

— Vai ser bom para você sair um pouco.

Tata era a irmã mais velha de papai — meia-irmã, na verdade, do primeiro casamento da Rainha Avó com um príncipe da família Norodom.

Tata não era seu nome verdadeiro, mas, aparentemente, quando era bebê, eu a identificava como minha "tata". O nome pegou, e agora todos a chamavam assim, até mesmo a Rainha Avó, que, no momento, reinava na outra extremidade da mesa, alegremente abrigada na velhice e na demência. Eu havia chegado a acreditar que, por ser uma alta princesa — Preah Ang Mechas Ksatrey —, a Rainha Avó era mais difícil de compreender que os *tevodas*. Como uma "rainha", que governava essa família, devia ser inacessível a maior parte do tempo? — Não devo demorar — disse mamãe. — Uma oração e estou de volta. Não parece certo começar o ano-novo sem antes oferecer uma oração.

Tata concordou.

— A festa é uma ótima ideia, Aana.

Ela olhou ao redor, parecendo satisfeita com o início do dia, observando as preparações para as celebrações que acontecem no dia de ano-novo.

No pavilhão das cozinhas, Om Bao começou preparando o primeiro lote dos tradicionais *ansom* de ano-novo, bolos de arroz grudento enrolado em folhas de bananeira. Esses daríamos aos amigos e vizinhos durante os próximos dias, à medida que cada lote ficasse pronto. Na varanda da casa principal, as criadas trabalhavam ajoelhadas encerando o chão e as balaustradas. Deixavam escorrer cera de abelha de velas acesas e a esfregavam na madeira de teca. Abaixo delas, Old Boy varria o chão. Ele já havia espanado e limpado o santuário, que agora brilhava em seu pedestal dourado debaixo da figueira-de-bengala como um templo budista em miniatura. Diversos longos cordões de jasmim adornavam seus minúsculos pilares e a torre no telhado, e, em frente à entrada, um pote de barro cheio de grãos de arroz cru sustentava três varetas de incenso, uma oferenda para os três pilares de proteção — os antepassados, os *tevodas* e os espíritos guardiões. Estavam todos lá, cuidando de nós, mantendo-nos fora de perigo. Não tínhamos nada a temer, Milk Mother sempre dizia. Enquanto permanecêssemos dentro dessas paredes, a guerra não poderia nos tocar.

— Não consegui pregar o olho — disse Tata novamente, pegando açúcar mascavo de uma pequena tigela e polvilhando-o em seu arroz grudento. — O calor estava terrível ontem à noite, e os bombardeios, piores que nunca.

Mamãe baixou o garfo suavemente, tentando não demonstrar sua exasperação. Eu sabia, porém, o que ela estava pensando: "Podemos falar de outra coisa?" Mas, sendo sua cunhada, e ela mesma uma plebeia entre a realeza, não podia falar fora de hora, dizer a Tata o que falar ou não, escolher o tema da conversa. Não, isso seria indelicado. "Nossa família, Raami, é como um buquê, cada caule e cada flor perfeitamente arranjados", ela me dizia, como se quisesse expressar que o modo como nos portamos não era simplesmente um jogo ou ritual, e sim uma forma de arte. Tata se voltou para a Rainha Avó, sentada à outra ponta da mesa.

— Não concorda, Mechas Mae? — perguntou, falando em língua real.

A Rainha Avó, meio surda e meio sonhando acordada, disse:

— Hein?

— O bombardeio! — repetiu Tata quase gritando. — Não acha que foi horrível?

— Que bombardeio?

Reprimi uma risadinha. Conversar com a Rainha Avó era como falar através de um túnel. Não importava o que se dissesse, tudo o que se ouvia eram as próprias palavras ecoando.

Papai levantou os olhos do jornal e ia dizer algo quando Om Bao entrou no pavilhão de jantar segurando uma bandeja de prata com copos do suco gelado de sementes de manjericão que fazia para nós todas as manhãs. Depositou um copo diante de cada um de nós. Descansando a ponta de meu nariz no vidro, inalei a doce ambrosia. Om Bao chamava seu suco — uma mistura de sementes de manjericão, cana-de-açúcar e água gelada aromatizada com jasmim — de "menininhas procurando ovos". Quando Old Boy colhera as flores, mais cedo, estavam bem fechadas, mas agora estavam abertas como saias de menininhas com a cabeça mergulhada na água — procurando ovos! Não me havia ocorrido antes, mas as sementes de manjericão pareciam ovas transparentes de peixe. Sorri para o vidro, encantada com minha descoberta.

— Sente-se direito — ordenou mamãe, sem me oferecer um sorriso desta vez.

Sentei-me ereta, afastando o nariz do copo. Papai olhou para mim, murmurando sua simpatia. Ele tomou um pequeno gole de seu copo e, erguendo os olhos, surpreso, exclamou:

— Om Bao! Você perdeu seu toque doce?

— Mil perdões, Alteza — olhou nervosamente de papai para mamãe. — Venho tentando diminuir o açúcar mascavo. Nós não temos muito mais, e é tão difícil encontrar no mercado hoje em dia — balançou a cabeça, angustiada. — Sua humilde serva lamenta que não esteja tão doce, Alteza. — Quando nervosa, Om Bao tendia a ser excessivamente formal e loquaz. — Sua humilde serva lamenta — continuou, ainda mais empolada, enquanto do outro lado da mesa de Sua Alteza eu lambia minha sopa como um cachorrinho. — Sua Alteza gostaria que...

— Não, está perfeito — papai bebeu tudo. — Delicioso!

Om Bao sorriu, expandindo as bochechas como os bolos de arroz fumegantes na cozinha. Inclinou-se, e inclinou-se outra vez, balançando seu bulboso traseiro enquanto andava para trás, até que alcançou uma respeitosa distância antes de se virar. A caminho do pavilhão das cozinhas, Old Boy aliviou-a da bandeja vazia, rápido como sempre para ajudá-la com qualquer tarefa. Parecia estranhamente agitado. Talvez tivesse medo que eu revelasse sua manhã de carícias com Om Bao à Rainha Avó, que proibia tais demonstrações de afeto. Om Bao afagou seu braço, tranquilizadora. "Não, não, não se preocupe", parecia dizer. Ele se voltou para mim, obviamente aliviado. Pisquei. Pela segunda vez nessa manhã, ele me ofereceu um sorriso cheio de falhas.

Papai retomou a leitura. Virou o jornal para frente e para trás fazendo suaves ruídos com as páginas. Inclinei a cabeça para ler a manchete da primeira página:

— *Khmer Vermelhos cercam a cidade.*

Khmer Krahom? Khmers vermelhos? Quem já havia ouvido falar disso? Éramos todos cambojanos, ou "Khmers", como chamávamos a nós mesmos. Imaginei as pessoas com o corpo pintado de vermelho brilhante, invadindo a cidade, correndo pelas ruas, como uma multidão de dolorosas formigas vermelhas. Ri alto, quase engasgando com meu suco de sementes de manjericão.

Mamãe me lançou outro olhar de advertência; sua contrariedade, agora, se ressentia facilmente. Parecia que a manhã não estava indo na direção que ela queria. Tudo o que todos queriam era falar sobre a guerra. Até mesmo Om Bao havia aludido a ela quando mencionara como era difícil encontrar açúcar mascavo no mercado.

Escondi o rosto atrás do vidro, ocultando meus pensamentos atrás das pequenas saias de jasmim flutuantes. *Khmers vermelhos, Khmers vermelhos*, as palavras cantavam em minha cabeça. Fiquei imaginando que cor de Khmer eu era. Olhei de relance para papai e decidi que, da cor que ele fosse, eu seria também.

— Papai, você é um Khmer Vermelho?

Deixei escapar, como um arroto inesperado.

Tata baixou o copo à mesa com um estrondo. O pátio todo ficou em silêncio. Até o ar parecia ter parado de se mexer. Mamãe olhou para mim, e quando um *tevoda* olhava para você assim, era melhor se esconder, ou corria o risco de se queimar.

Queria eu poder mergulhar a cabeça no suco de sementes de manjericão e procurar ovos de peixe...

A tarde chegou quente demais para fazer qualquer coisa. Todos os preparativos para o ano-novo foram suspensos. As criadas fizeram uma pausa na limpeza e agora penteavam e trançavam os cabelos umas das outras nos degraus do pavilhão das cozinhas. Sentada no longo e caro sofá de teca, debaixo da figueira-de-bengala, a Rainha Avó encostou-se no tronco gigante com os olhos parcialmente fechados, enquanto abanava um leque redondo de palmeira na frente de seu rosto. A seus pés, Milk Mother balançava Radana em uma rede suspensa nos galhos da árvore. Empurrava a rede com uma mão e esfregava minhas costas com a outra enquanto eu descansava a cabeça em seu colo. Sozinho, no pavilhão de jantar, papai se sentou no chão, escrevendo na caderneta de couro que sempre carregava consigo, com as costas apoiadas em um dos pilares esculpidos. A seu lado, o rádio tocava a clássica música *pinpeat*. Milk Mother cochilou assim que ouviu a melodia dos sinos. Mas eu não estava com sono, nem Radana. Ficava pondo o rosto para fora da rede, querendo que eu brincasse com ela.

— Voa! — gritou ela, esticando-se em direção a minhas mãos.

— Eu voo!

Quando tentei pegar seu punho, ela o puxou para trás, rindo e batendo palmas. Milk Mother abriu os olhos, deu um tapa em minha mão e a chupeta a Radana. Radana se deitou na rede, chupando a chupeta como um pedaço de doce. A Rainha Avó estalou a língua encorajando-a, talvez desejando, ela também, algo para sugar.

Logo as três estavam dormindo. O leque da Rainha Avó parou de abanar, a mão de Milk Mother repousou em minhas costas e a perna direita de Radana ficou pendurada para fora da rede, gordinha e parada como um broto de bambu, e os sinos silenciosos em sua tornozeleira.

Mamãe apareceu no pátio, já de volta de sua ida ao templo, que demorou mais que o planejado. Silenciosamente, para não nos acordar, subiu os poucos degraus para o pavilhão de jantar e sentou-se ao lado de papai, com o braço descansando na coxa dele. Papai pousou a caderneta e se voltou para ela.

— Ela não quis dizer aquilo, você sabe. Foi uma pergunta inocente.

Ele estava falando de mim. Fechei as pálpebras, o suficiente para fazê-los acreditar que eu estava dormindo.

Papai prosseguiu:

— *Les Rouges Khmers*, comunistas, marxistas... Como quer que nós, adultos, os chamemos, são apenas palavras; soa engraçado para uma criança, só isso. Ela não sabe o que essas palavras significam.

Tentei repetir os nomes em minha cabeça — *Les Rouges Khmers... Comunistas...* Soavam tão chiques e elípticos, como os nomes dos personagens lendários dos contos de *Reamker* que eu nunca cansava de ler, os *devarajas*, que eram descendentes dos deuses; ou os demônios *rakshasas*, que lutavam contra eles e se alimentavam de crianças gordas.

— Você já compartilhou suas aspirações — disse mamãe com a cabeça apoiada no ombro de papai. — Você já acreditou neles.

Eu me perguntava que tipo de raça eram.

— Não, não neles. Não nos homens, mas nos ideais. Decência, justiça, integridade... Eu acreditava nisso, e sempre acreditarei. Não só para mim, mas para nossas filhas. Tudo isso — ele olhou ao redor do pátio — vem e vai, Aana. Privilégios, riqueza, nossos títulos e nomes são transitórios. Mas esses ideais são atemporais, a essência de nossa humanidade. Quero que nossas meninas cresçam em um mundo que lhes permita, se nada mais, pelo menos *isso*. Um mundo sem ideais é uma loucura.

— E *essa* loucura?

— Eu tinha tanta esperança de que não se chegasse a isso... — ele suspirou e prosseguiu: — Outros nos abandonaram há muito tempo, ao primeiro sinal de problemas. E agora, os americanos... Infelizmente, a democracia foi derrotada. E nossos amigos não vão ficar para ver a execução. Foram embora enquanto ainda era possível; e quem os poderia culpar?

— E quanto a nós? — perguntou mamãe. — O que vai acontecer com nossa família?

Papai ficou em silêncio. Então, depois do que pareceu um longo tempo, disse:

— É extremamente difícil na atual conjuntura, mas ainda posso fazer arranjos para mandar você e a família para a França.

— Eu *e a família*? E você?

— Eu vou ficar. Por pior que pareça, ainda há esperança.

— Não vou partir sem você.

Ele olhou para ela e, inclinando-se, beijou-a na nuca; seus lábios persistiram por um momento, bebendo sua pele. Uma por uma, começou a retirar as flores do cabelo dela, soltando-o e deixando--o se espalhar por seus ombros. Prendi a respiração, tentando me tornar invisível. Sem dizer nada, levantaram-se, caminharam em direção à escada da frente, subiram os recém-encerados degraus e desapareceram dentro da casa.

Olhei ao redor do sofá de teca. Todos ainda dormiam. Ouvi um zumbindo ao longe. Ficou mais alto, até que se tornou ensurdecedor. Meu coração batia forte e meus ouvidos latejavam. Olhei para cima, semicerrando os olhos para ver além do telhado vermelho da casa principal, além do topo da figueira-de-bengala, além da fileira de magras palmeiras altas que revestiam o portão da frente. Então, eu vi! A caminho do céu, como uma grande libélula preta, com sua lâmina fatiando o ar, *tuktuktuktuktuk*...

O helicóptero começou a descer, abafando todos os outros sons. Levantei-me no sofá de teca para vê-lo melhor. Subitamente, arremeteu de volta e foi para o outro lado. Estiquei o pescoço tentando ver além do portão, mas ele havia ido embora. *Zrup!* Desapareceu completamente, como se houvesse sido apenas um pensamento, um ponto imaginado no céu.

E então...

PCHKOOO! PCHKOOO! PCHKOOO!

O chão tremeu sob meus pés.

Dois

Naquela mesma tarde, Om Bao desapareceu. A criada disse que ela havia ido ao mercado perto do aeroporto. As garotas sabiam que era perigoso, mas não a puderam impedir. Ela havia dito que precisava comprar suprimentos para a festa de ano-novo e fora inflexível, dizendo que encontraria mais ali que nas lojas de Phnom Penh. Havia ido logo depois do café da manhã, e, embora estivéssemos na parte da tarde, ainda não havia sinal dela.

— Já deu tempo suficiente — declarou papai, por fim. — Vou sair.

Seu tom significava que ele estava decidido e que ninguém poderia detê-lo, nem mesmo mamãe.

Foi até a garagem, onde estava estacionada sua moto. Old Boy se levantou do chão onde havia se sentado para ouvir as notícias no rádio e correu para abrir o portão da frente. Papai, debruçado sobre sua máquina, rugiu em direção à rua sem olhar para trás.

Mamãe e Tata se levantaram, andaram em direção à casa principal e subiram as escadas da frente com passos pesados.

— Posso parar agora? — perguntei, olhando para a Rainha Avó com meus braços exaustos por massageá-la todo esse tempo.

Ela gemeu e, assentindo, rolou de costas.

— Você é uma boa menina — murmurou, tentando se sentar.

Ajudei-a empurrando suas costas com as minhas.

— Tudo isso é mérito para sua próxima vida.

— Onde você acha que está Om Bao? — sussurrei.

A Rainha Avó lançou-me um olhar vazio, parecendo interessada apenas na próxima vida. Nada a fazer quanto a esta, que era um enorme vazio para ela. Eu ficava imaginando se ela sabia que havia uma guerra.

— As pessoas estão lutando...

— Sim, eu sei — murmurou ela. — Restarão poucos de nós descansando à sombra de uma figueira-de-bengala...

— O quê?

Olhei para ela pensando que não só parecia um tipo de espírito, mas também falava como um, obscuramente.

— As explosões — insisti. — Não está ouvindo? Um míssil deve ter caído sobre a cabeça de Om Bao.

Parei, lembrando o que Milk Mother sempre dizia: "Torça sua língua sete vezes antes de falar. Assim, vai ter tempo de pensar se deve dizer as coisas que quer". Torci a língua sete vezes, mas não sabia se valia depois de ter falado.

— Restarão poucos de nós descansando à sombra de uma figueira--de-bengala — a Rainha Avó murmurou de novo, e eu não entendia por que as pessoas loucas sempre sentiam necessidade de dizer a mesma coisa duas vezes.

— A luta vai continuar. O único lugar seguro é aqui, debaixo da figueira-de-bengala.

O portão da frente rangeu. Voltei-me para olhar, mas era só Old Boy abrindo o galpão atrás da garagem. Tirou um grande cortador de grama e, pela primeira vez, abandonou seu posto vigilante sob os arbustos suspensos de bougainvílleas onde esperava desde que papai saíra.

Andou pelos jardins aparando as árvores e arbustos. Cortou as folhas do gengibre, assim suas flores vermelhas flamejantes teriam mais espaço para crescer. Cortou as hastes das rosas e reorganizou os vasos suspensos de orquídeas para que os que tinham flores ficassem na sombra e os sem flores estivessem prontos para receber a luz solar quando amanhecesse.

A noite caiu, e ainda nada de papai ou de Om Bao. Old Boy largou suas ferramentas de jardinagem, pegou uma vassoura e começou a varrer do chão os espinhos e galhos quebrados. Recolheu as pétalas caídas de pluméria em uma cesta — brancas, amarelas, vermelhas. Um presente para Om Bao quando voltasse. Todas as manhãs ele cortava uma pluméria vermelha, cuja fragrância era de baunilha — sua especiaria favorita — e a colocava no peitoril da janela dela como um símbolo de seu apreço pela doçura que ela lhe dedicara ao longo dos anos, pelas sobremesas que ela furtivamente levava ao quarto dele noite após noite, depois de terminar todas as tarefas da cozinha, quando achava que ninguém estava olhando ou ouvindo. Ele havia perdido a maior parte dos dentes por causa de suas bebidas açucaradas. O caso deles era secreto, e eu o testemunhara — espiara pelas rachaduras nas paredes e portas — nos olhares furtivos que trocavam o dia todo, nas flores matutinas que ele trocava por suas sobremesas de tarde da noite. Mas agora, enquanto esperava seu retorno, ele recolhia as pétalas caídas no chão. Achava que ela estava morta, e eu também. Assim que disse isso a mim mesma, torci a língua sete vezes.

E sete vezes mais.

A ausência é pior que a morte. Quando se desaparece subitamente sem deixar rastros, é como se nunca se houvesse vivido. Dizer que Om Bao havia desaparecido, que de repente estava ausente de nossas vidas, era negar que um dia houvesse existido. De modo que todos diziam que "ela se foi", como uma espécie de morte, uma passagem para a próxima vida. Dois dias depois, uma cerimônia budista semelhante a um funeral foi realizada em um templo perto do aeroporto, local onde Om Bao poderia ter passado viva pela última vez; e, como ficava fora da cidade, onde o bombardeio era mais intenso, só papai e Old Boy compareceram. Quando voltaram para casa, traziam uma urna com uma tampa em forma de um pináculo de *stupa*.

— São as cinzas de seus mais queridos pertences — disse papai, apontando para o vaso de prata nos braços de Old Boy.

Como era desconcertante pensar que aquilo era tudo que restava de Om Bao... suas coisas reduzidas a cinzas. Old Boy levava um saco consigo quando saiu, ao amanhecer, para a cerimônia. Naquele momento, eu não havia pensado em perguntar o que havia dentro do saco. Imaginei caixas de especiarias, conchas e espátulas de madeira, plumérias...

— O *achar* as jogou no fogo — explicou papai, parecendo exausto; suas roupas estavam amassadas e manchadas, cheirando levemente a fuligem. — Em vez de um corpo...

Então, notando-me pela primeira vez, disse:

— Preciso me trocar.

— Sim — mamãe concordou rapidamente.

Para Old Boy, disse:

— Vá se trocar também e descansar um pouco — e entregando a urna a Milk Mother: — Pode levar isto antes de ir?

— Claro, minha senhora — disse Milk Mother, vestida e pronta para ir. Ia tirar um dia de folga para ficar com a família.

— Vou encontrar um lugar apropriado.

— Ah — disse mamãe —, aproveite o tempo com sua família. Mande lembranças a todos.

— Obrigada, minha senhora.

Todos se levantaram para sair. Segui papai e mamãe. Assim que subiram as escadas, ele disse:

— Ela está fadada a ser um fantasma ausente.

Parei. "Fantasma ausente? Quanto mais poderia ser ausente se já era um fantasma? Invisível para o mundo?"

— Ela está aqui conosco — disse mamãe, apertando a mão de papai —, em espírito.

Fiquei tentada a perguntar se ainda haveria celebração de ano-novo. Havia sido cancelada porque Om Bao havia partido. Se ela houvesse voltado, mesmo que só em espírito, ainda deveríamos comemorar?

Senti uma mão em meu ombro. Era Milk Mother. Puxou-me de lado e disse:

— Você precisa me prometer que vai se comportar enquanto eu estiver fora.

— Promete que estará de volta amanhã?

Mamãe havia insistido para que Milk Mother fosse ficar com a família. Era bom ter uma folga, mesmo que não se pudesse comemorar.

— Amanhã é ano-novo — recordei-lhe.

Ela me examinou:

— Os *tevodas* virão, querida, mas não para celebrar o ano-novo. Isso não é possível agora. Eles virão para chorar por ela, como nós.

— Mas você vai voltar amanhã, certo?

— Sim, mais provável à noite. Até então, prometa-me que vai ficar longe de problemas.

Balancei a cabeça, mas não disse o que realmente sentia — que eu não queria que ela saísse, que temia que ela também "se fosse".

Um pouco mais tarde, quando todos haviam se retirado no silencioso frescor da casa, uma aparição de branco surgiu no pátio. Era Old Boy.

Havia posto roupas limpas e agora estava diante do santuário, fazendo uma oferenda de plumérias vermelhas. Deu-me um maço de flores para que eu o pudesse colocar nos pequenos degraus do santuário.

— Por que está vestido assim? — perguntei, imaginando por que estava usando o branco fúnebre se não houve funeral.

— Estou de luto, princesa — respondeu, com voz hesitante.

Queria alcançar e acariciar seu rosto, como Om Bao havia feito naqueles momentos em que se achavam sozinhos. Mas ele parecia tão frágil, eu tinha medo de que, se o tocasse, desmoronasse em pedaços. Como, em questão de dias, sua idade parecia pesar sobre ele? Eu não conseguia parar de olhar para ele.

— Quando você ama uma flor — disse ele, como se quisesse explicar sua aparência alterada —, e de repente ela se vai, tudo desaparece junto. Eu vivia porque ela vivia. Agora ela se foi. Sem ela não sou nada, princesa. Nada.

— Oh...

Prantear, então, pensei, é sentir a própria nulidade. Lágrimas marejaram os olhos de Old Boy e ele virou o rosto para longe de mim.

Deixei-o em paz. Eu sabia o que devia fazer. Fui direto para o jardim de cítricos nos fundos. Papai dizia que, quando queria fugir de algo desagradável ou triste, tudo de que precisava era encontrar uma rachadura na parede e fingir que era uma porta de entrada para outro mundo; um mundo onde tudo que havia se perdido — ele próprio, inclusive — seria novamente encontrado. Dentro do pavilhão dos banheiros encontrei um portal muito mais generoso que uma rachadura — uma fileira de janelas altas e finas com as venezianas abertas para o ar e a luz. Escolhi a janela do meio, pois me dava uma visão completa de todo o terreno na parte de trás da propriedade. Em primeiro lugar, vi o habitual: grama à altura dos tornozelos ondulando como uma lagoa cor de esmeralda; bambu alto vibrando com os sussurros de um milhão de pequenas criaturas, aves-do-paraíso vermelhas e amarelas congeladas em voo, brácteas mergulhantes de garras de lagostas penduradas como os colares de mamãe; e imponentes coqueiros gigantes como sentinelas guardando uma entrada. Olhei com mais firmeza, com mais cuidado. E então, eu vi! Esse outro mundo do qual papai falara, onde a perda era encontrada, onde uma parte de nós sempre residiu. Era tranquilo e exuberante, terra e etéreo ao mesmo tempo. Não havia mísseis ou bombas explodindo, nem pessoas morrendo ou chorando, nem tristeza, lágrimas ou luto. Havia apenas borboletas com leves asas esvoaçantes, brilhantes como um sonho, e lá, perto do tronco de um coqueiro, estava Om Bao. Tinha a forma de uma mariposa cor de arco-íris, bulbosa e brilhante, como ela havia sido quando era nossa cozinheira. O tempo todo ela estava ali à espera de Old Boy, enquanto ele esperava por ela. "Devo contar a ele?"

"Não. Ainda não." Ele ainda estava de luto por ela. Não ia ver o que eu vi. Não acreditaria em mim. Quando estivesse pronto, eu lhe mostraria esse mundo secreto, onde tudo que ele achava que havia perdido estava, na verdade, apenas escondido — transformado. E só então ele poderá discernir o invisível, o mágico; só então ele poderá encontrar, em meio a essas flores de que cuidou, a borboleta que um dia amou.

Três

Papai entrou correndo pelo portão gritando:

— A guerra acabou, a guerra acabou!

Ele pulava como um adolescente. Eu nunca tinha visto esse seu lado turbulento.

— Não há mais luta! Não há mais guerra! O Exército Revolucionário está aqui!

— O quê? Quem? — Tata perguntou. — Quer dizer, o Khmer Vermelho?

— Sim, e todo mundo está torcendo por eles!

— Está maluco?

— As ruas estão cheias de pessoas bem-intencionadas — explicou papai, incapaz de conter sua excitação. — Até mesmo nossos soldados estão lhes dando as boas-vindas. Estão acenando com lenços brancos e jogando flores!

— Impossível — Tata balançou a cabeça. — Isso não pode ser verdade.

— Você tem que ir lá fora — papai continuava exuberante. — Os sorrisos, os vivas, os gritos de saudação!

Pegou Radana no sofá teca e começou a girar com ela, cantando.

— Acabou, acabou, a luta acabou!

Agarrou mamãe e a beijou na boca diante de nós, na frente da Rainha Avó. Mamãe se afastou, envergonhada. Tomou Radana dele.

Puxei a manga da camisa de papai e perguntei:

— Então Milk Mother vai voltar?

Era dia de ano-novo, e ela devia voltar de sua visita à família do outro lado da cidade. Eu estava preocupada por ela estar fora do cerco seguro de nossas paredes, mas, agora que a guerra acabara, não havia risco de ela não voltar.

— Sim!

Ele me levantou e beijou minha testa. Olhou em volta do pátio, radiante.

— Tudo está bem novamente.

Com a expectativa do retorno de Milk Mother, concedeu-se às criadas uma licença imediata no feriado, e, visto que não haveria celebração, já que Om Bao se fora, poderiam ficar mais tempo que o habitual. Quando partiram, peguei minha cópia do *Reamker*, uma adaptação cambojana do *Ramayana*, e fui esperar Milk Mother no portão, mesmo que ainda fosse de manhã e que provavelmente ela voltasse à noite. Caso ela voltasse mais cedo, veria quão feliz eu estava por tê-la de volta. Escolhi um lugar sob as pendentes bougainvílleas, onde estava fresco e ensombrado, e comecei a ler mais uma vez, desde o início:

> Em tempos imemoriais, existiu um reino chamado Ayuthiya. Era tão perfeito, que poderia se encontrar no Reino Médio. Mas tal paraíso não era isento de inveja. No submundo, existia um reino

paralelo chamado Langka, uma imagem espelhada de Ayuthiya. Ali, a escuridão prevalecia. Seus habitantes, conhecidos como *rakshasas*, alimentados de violência e destruição, iam ficando cada vez mais poderosos com o mal e o sofrimento que infligiam. O senhor dos *rakshasas* era Krung Reap, com caninos como presas de elefante e quatro braços segurando as quatro armas de guerra — a clava, o arco, a flecha e o tridente. Ele, dentre todos os seres dos três reinos, era o que mais cobiçava Ayuthiya. Banido de lá, procurava destruir esse paraíso criando todos os tipos de caos e perturbação, balançando a montanha onde Ayuthiya descansava, enviando reverberações que podiam ser sentidas por todo o caminho para o paraíso. Os deuses, cansados dos vícios e da vilania de Krung Reap, imploraram a Vishnu que combatesse o rei dos *rakshasas* e restaurasse o equilíbrio do cosmo. Vishnu concordou, e, assumindo uma encarnação terrena, desceu como Preah Ream, o *devaraja* que herdaria Ayuthiya e lhe daria a paz eterna. Mas, antes que isso acontecesse, os gritos de batalha ecoaram, sangue foi derramado, corpos de homens, macacos e divindades igualmente espalhados pelo chão.

Eu já havia meditado sobre essas palavras inúmeras vezes, mas essa última parte — corpos de homens, macacos e divindades — ainda me perturbou. Imaginei tal cena de carnificina que não se poderia dizer quem era quem entre os mortos. Eu conhecia contos suficientes para saber que o resto do *Reamker* era assim, que os ogros muitas vezes se transformam em belas criaturas, e que Preah Ream podia se transformar em um ser tão assustador quanto Krung Reap, com braços múltiplos, presas e armas. Uma entidade podia se manifestar como outra, e quem não sabia quem era quem desde o início, como poderia reconhecer os *devas* entre os demônios?

Continuei a leitura: *Quando nosso conto começa, Ayuthiya era governada pelo rei Tusarot. Dos quatro príncipes nascidos do rei, Preah Ream era o mais nobre...*

Subitamente, ouvi vozes gritando ao longe: "Abram o portão, abram o portão!". Deixei o livro de lado e acalmei meus pensamentos para ouvir. "Vitória! Vitória para nossos soldados! Bem-vindos, irmãos, bem--vindos!" As vozes iam ficando mais altas, como se estivessem logo na esquina: "Abram o portão! Saiam!". Mas eu não tinha certeza. Havia outros barulhos, buzinas, campainhas, sirenes e incontáveis motores, todos competindo. E então, o chão tremeu. Alguma coisa enorme foi lançada e rolou em nossa direção. O ar ficou estranhamente quente, carregado de odores de pneu queimado, asfalto superaquecido. A reverberação era ensurdecedora, e à minha volta as folhas e flores tremiam. Um monstro, pensei. Um monstro com pés de metal rolantes! Crianças gritavam:

— Veja, veja! Mais!

Quando passaram os ruídos surdos, esses monstros com bafo de diesel triturando o asfalto com seus pés, gritos e aplausos irromperam altos no ar: "Bem-vindos, soldados revolucionários! Bem-vindos a Phnom Penh! Bem-vindos!". Alguns cravos aterrissaram nas paredes de nosso portão como pássaros caídos do céu, seguidos por um coro de vozes abafadas e crepitantes por algum tipo de megafone:

Chegou um novo dia, camaradas irmãos e irmãs.
Carreguem sua bandeira revolucionária com orgulho,
Levantem seu rosto para a gloriosa luz da Revolução!

A procissão de monstros e vozes seguiu pela rua, até que os ásperos rugidos dos megafones se suavizaram em um estrépito ininteligível. Ouvi sons de portas e janelas se fechando conforme as pessoas voltavam para suas casas. Motos e carros, que haviam parado para a procissão, pareciam estar rodando de novo; bicicletas e riquixás retomaram suas viagens e sinos tocavam incessantemente. Então, depois de um tempo, todos os ruídos desapareceram, até que nossa rua ficou completamente tranquila como antes.

Esperei com o ouvido colado à parede de estuque para ver se haveria mais. Mas não houve nada. Ninguém. Onde estava Milk Mother? Talvez ela tivesse se perdido no meio da agitação. Talvez estivesse tentando voltar, mas não conseguia por causa do trânsito pesado.

Então, de repente, ouvi fortes pancadas a algumas casas de distância. Meu coração pulou. O estrondo continuou, seguido pelos urgentes rangidos e balanços de portões sendo abertos, e vozes juntas falando, gritando e discutindo: *Quem diabos é você? Saia daqui! Não, saia daqui! Esta é nossa casa! BOOM!* Alguma coisa explodiu. Um tiro, ou talvez só o pneu de um carro, eu não saberia dizer. Mais pancadas, mais altas e próximas agora, e, antes que eu tivesse tempo de descobrir o que fazer, alguém estava batendo em nosso portão, *BAM, BAM, BAM!* Dei um passo ou dois para trás, e um dos cravos que havia ficado oscilando na parede caiu no chão, perto dos meus pés. Quando ia pegá-lo, uma voz ordenou:

— ABRA O PORTÃO!

Olhei em volta do pátio, mas não havia uma alma à vista, nem mesmo Old Boy. Eu conhecia as regras: sem adultos, não se abre o portão. Pelo menos nos tempos de guerra. Mas agora não havia guerra. Meu coração batia forte, minha respiração acelerou.

— ABRA — veio a voz novamente — OU VOU DERRUBÁ-LO!

— Espere! — disse eu rouca. — Espere um minuto!

Olhei ao redor e vi um banquinho parcialmente escondido debaixo de um arbusto de gardênias, a poucos metros de distância. Peguei-o e, em pé sobre ele, puxei o trinco do...

Uma coluna de fumaça emergiu. Ele era todo preto — chapéu preto, camisa preta, calças pretas, sandálias pretas. Ficou olhando para mim.

— Bom-dia — cumprimentei. — Você deve ser um Escurinho.

É claro que eu sabia que ele não era um *tevoda*, mas estava determinada a não ter medo.

— O quê? — perguntou ele, parecendo mais confuso que eu.

— Um Escurinho! — Revirei os olhos atraindo-o ao meu jogo. Para um *tevoda*, falso ou verdadeiro, ele não era muito educado.

— O quê?

E não era muito inteligente também.

— Estava esperando você.

— Ouça — rosnou, meio exasperado, meio ameaçador. — Não tenho tempo para suas brincadeiras estúpidas. — Aproximou seu rosto do meu. — Onde estão seus pais?

— Onde está Milk Mother?

Para conter meu medo e deter sua intrusão, fingi olhar pelo portão para ver se ela estava escondida em um canto qualquer.

— Ande — empurrou-me —, diga a seus pais para sair. Agora! — Empurrou-me de novo e quase caí de cabeça em um arbusto de flores. — Vá!

— Está bem, está bem!

Corri, pulando e chamando a todos:

— Um *tevoda* está aqui!

— Ele é um soldado revolucionário — disse papai.

O quê? Não parecia um soldado. Soldados, pensei, eram homens que usavam uniformes elegantes decorados com listras, medalhas e estrelas. Aquele garoto usava uma simples camisa preta tipo pijama e as calças que os camponeses usavam para plantar arroz ou trabalhar nos campos, e um par de sandálias pretas feitas de — dentre tantas possibilidades — de pneu de carro! A única cor em todo o conjunto era o *Kroma* xadrez vermelho e branco — o tradicional lenço cambojano — que prendia uma pistola em sua cintura.

Tata saiu e gaguejou:

— O *Khmer Rouge.*

Fiquei ainda mais chocada. “Isso é um Khmer Vermelho?” Onde estava a tão falada e memorável divindade esperada?

— Fiquem aqui — disse papai a todas nós. — Deixem que eu falo.

Foi saudar o garoto com maneiras extraordinariamente respeitosas.

— Arrume suas coisas e saia — ordenou o soldado.

Papai foi pego de surpresa; gaguejou:

— N-não estou en-entendendo.

— O que não está entendendo? Saia dessa casa, saia da cidade.

— O quê? — disse Tata esquecendo o aviso de papai e indo em direção a eles. — Olhe aqui, meu jovem, você não pode simplesmente irromper em...

Antes que ela pudesse terminar a frase, o soldado lhe apontou a pistola. Tata estacou com os lábios separados, mas nenhum som saiu deles.

— Camarada — disse papai, tocando o braço do soldado. — Por favor, há apenas mulheres e crianças aqui.

O garoto olhou ao redor, movendo o olhar de papai a mamãe, a Tata, então a mim. Sorri. Não sabia por que, mas sustentei o sorriso. Ele abaixou a arma.

O ar se deslocou novamente e senti meu coração bater forte, mais uma vez. Todos parados, por um momento só havia silêncio. Por fim, papai falou:

— Camarada, para onde iríamos?

— Para qualquer lugar; simplesmente saiam.

— Por quanto tempo?

— Dois, três dias. Levem somente o que necessitarem.

— Vamos precisar de um pouco de tempo para arrumar as...

— Não há tempo. Vocês têm de sair agora. Os americanos vão nos bombardear.

Papai parecia aturdido.

— Você deve estar enganado. Eles se foram, eles não vão...

— Se ficarem, serão mortos! Todos vocês, entendeu?

Sem mais explicações, voltou-se e marchou para fora do portão com a pistola erguida acima da cabeça, como se fosse atirar no céu.

— Viva a Revolução!

Tivemos de agir rápido. Se o soldado revolucionário voltasse, ia atirar em nós. Não sabíamos quando isso poderia acontecer, se voltaria em uma hora ou em um dia, ou se tudo havia sido um blefe. Mas papai disse que não podíamos correr nenhum risco. Tínhamos de ir embora imediatamente. Tata argumentou:

— Eu me recuso a ser expulsa de minha própria casa como um rato!

Papai não nos deu escolha. Mamãe caiu em prantos. Radana, na cama, abraçando sua amada almofada de rolo contra o peito, gemia ao ver as lágrimas de mamãe. Mamãe correu para consolá-la.

— Não sei o que levar — choramingou, olhando para o grande armário com todas as suas roupas ainda nos cabides.

— Vamos pegar dinheiro e ouro — disse papai objetivamente. — Qualquer outra coisa podemos comprar nas ruas.

Abriu a velha cômoda de mamãe e despejou suas joias das caixas — colares, brincos, anéis e um amontoado de outros itens valiosos. Pegou a almofada de rolo de Radana, que começou a ganir de novo, e cortou a costura com um canivete. Colocou todas as joias dentro dela, entre o recheio de algodão, e saiu correndo. Correu pela casa pegando livros, quadros, caixas de fósforos, qualquer coisa em que pudesse pensar, qualquer coisa que encontrasse. Lá fora, jogou tudo no porta-malas de nossa BMW azul.

Puxei sua manga.

— Onde está Milk Mother?

Ele parou, olhou para mim e suspirou:

— Não sei.

— Não vamos esperar por ela?

— Não podemos, querida, lamento.

— O que é revolução?

— Uma espécie de guerra.

— Mas você disse que a guerra havia acabado.

— Foi o que pensei, o que eu esperava.

Olhou-me como se fosse dizer mais alguma coisa, mas mudou de ideia. Estava completamente aturdido.

Deixei-o; corri de volta para dentro de casa.

Sentei-me no banco de trás do BMW, espremida entre a Rainha Avó e Tata. Na frente, mamãe segurava Radana no colo, pressionando os lábios na cabeça de minha irmã, balançando para frente e para trás. Nos braços de mamãe, Radana havia se acalmado, embalada no sono pelo balanço, exausta de tanto chorar. Papai sentou-se no banco do motorista e ligou o carro. Suas mãos tremiam ao segurar o volante.

Old Boy foi até o portão; suas costas estavam curvadas como se carregasse um saco de arroz. Ele não ia conosco. Quis ficar para cuidar dos jardins. Preferia enfrentar o soldado sozinho a deixar suas flores morrerem de calor. Ninguém pôde convencê-lo do contrário.

Quando você ama uma flor, e de repente ela se vai, tudo desaparece junto.

Ele segurou o portão aberto e a BMW de papai avançou para frente. Estiquei o pescoço e olhei pelo espelho retrovisor. Vi a varanda, vazia e tranquila. Havia sido sempre assim, como se ninguém nunca houvesse vivido ali? Subitamente percebi o que havia seguido papai pela casa; seguido seus passos como uma sombra umas manhãs atrás, quando ele voltara de sua caminhada. Foi esse momento. Nossa partida. Nosso "se foi". Nós ainda não havíamos partido, mas vi e senti que tudo seria o mesmo sem nós. Como era possível? Eu não entendia. Mas lá estava: nossa presciente ausência.

Tudo começou a recuar. O pavilhão das cozinhas onde Om Bao reinara com suas espátulas e especiarias. A dependência das criadas, onde, nos degraus de madeira, elas fofocavam, descontraídas, aproveitando sua liberdade das tarefas domésticas. A casa principal, onde todas as manhãs eu saudava o dia, onde as histórias espalhavam suas asas como os pássaros e as borboletas nas árvores circundantes. O pavilhão de jantar, que suportava todas as conversas, refeições e visitas. A figueira-de-bengala, sob cuja sombra se estendia o solo sagrado. Os jardins, com suas flores e marimbondos.

E, por fim, todo o pátio.

Só Old Boy ficou, a postos nos arbustos de bougainvílleas perto do portão onde sempre ficava. Acenou. Voltei-me e acenei de volta.

Ele fechou o portão.

Quatro

As ruas estavam cheias. Pessoas, carros, caminhões, motocicletas, ciclomotores, bicicletas, carros de boi, riquixás, carrinhos de mão, e coisas que não pertenciam — não *deveriam* pertencer — às ruas de uma cidade: patos, galinhas, porcos, bois, vacas, esteiras e colchões. Eu nunca teria imaginado um búfalo asiático coberto de lama, ou um elefante carregando o tratador e sua família.

Mas lá estavam, como parte da multidão que empurrava e pulsava em todas as direções.

Ao nosso lado, um fazendeiro levava uma porca na coleira. Em pânico, a porca gritava como se estivesse sendo abatida. Um pouco mais longe, um fusca amarelo escapou por pouco de um cavalo assustado que empinava, quando, de repente, um caminhão fez explodir sua buzina. Papai apertava firme o volante enquanto avançava, centímetro a centímetro, através do trânsito pesado. Quando abandonamos a casa, ele havia nos informado sobre a rota que faríamos: iríamos para Kbal Thnol e nos juntaríamos a meu tio e sua família. Esse era o ponto de encontro que haviam combinado em caso de emergência. De lá, iríamos juntos para nossa casa de campo em Kien Svay. Ele fez tudo parecer tão fácil... Agora, parecia extremamente complicado atravessar um pequeno cruzamento ou até mesmo andar em linha reta.

Perto de mim, a Rainha Avó começou a gemer. Queria que papai virasse o carro e nos levasse de volta para casa; mas, é claro, não poderíamos voltar. Os soldados revolucionários estavam por todo lado, vestidos de preto da cabeça aos pés, como aquele que havia irrompido através do nosso portão, agitando as armas, ordenando a todos que partissem. Famílias saíam às ruas arrastando malas abarrotadas com seus pertences, cestos de bebê recheados de pratos e panelas, bancos de madeira e penicos. Uma mulher equilibrava duas cestas em uma vara de bambu sobre os ombros, uma criança em uma e um fogão na outra, com um pote de arroz precariamente em cima. Um velho mendigo cego arrastava os pés descalços pela rua, uma bengala em uma mão e uma tigela de esmolas na outra. Ele tateava o caminho através da multidão de corpos. Ninguém parou para lhe dar uns trocados. Ninguém parecia ter pena dele. Ninguém sequer o notava.

— SAIAM DA CIDADE! — berravam vozes pelos megafones. — OS NORTE-AMERICANOS VÃO JOGAR SUAS BOMBAS!

Soldados forçavam e empurravam quem cruzasse seu caminho, sem se importar se eram velhos ou jovens, se podiam andar ou não. Um homem de muletas caiu e tentou várias vezes se levantar. Um soldado do Khmer Vermelho o viu, puxou-o para cima e o empurrou. Na entrada de um hospital, uma idosa doente agarrava-se ao braço de um jovem que poderia ser seu filho. Uma jovem enfermeira uniformizada empurrava uma cama de hospital com seu paciente, ajustando a medicação intravenosa acima da cabeça dele. Perto dali, um médico arrancava sua máscara cirúrgica, gesticulando enfaticamente, como se tentasse argumentar com os soldados. Um deles colocou uma arma em sua testa e o médico ficou parado como uma estátua, braços erguidos e luvas de látex manchadas de sangue.

Um jovem pai passou carregando um filho nas costas e outro na frente, e no resto do corpo os fardos e itens necessários: comida, utensílios de cozinha, colchonetes, travesseiros, cobertores. Sua mulher, com uma criança no colo e outra a caminho, segurava forte o braço dele enquanto seguiam pela rua movimentada. Um adolescente passou por eles segurando com as mãos seu estômago, que sangrava, enquanto tentava procurar ajuda. Nenhuma ajuda apareceu. Eu via um milhão de rostos de uma vez, e todos eram iguais. Assustados. Perdidos.

Passamos devagar por um edifício semidestruído, com pedaços de vergalhões saindo dos blocos de cimento partido. Próximo dali, meio escondidos atrás de montes de entulho em becos e esquinas, soldados do governo jogavam freneticamente em fogueiras seus uniformes verde-folha. Nos fundos de uma barraca de macarrão, um homem ia tirar a camisa camuflada quando uma dupla de soldados do Khmer Vermelho o viu. Arrastaram-no para fora e o empurraram para um caminhão cheio de outros soldados do governo.

Na frente de uma livraria escolar um grupo de estudantes se amontoava, todos juntos, abraçando os livros contra o peito. Um Khmer Vermelho abordou uma mulher de meia-idade, que parecia ser professora, e arrancou-lhe os óculos do rosto. Jogou-os no chão e os quebrou com a coronha de seu rifle.

Havia fumaça por toda parte, tão negra quanto a roupa dos soldados. Nas calçadas, pilhas de livros e papéis queimando. As brasas voavam pelo ar como borboletas queimadas. Eu me perguntava por que eram chamados de Khmer Vermelhos.

Khmer Vermelhos. Não havia nada vermelho neles. Por que tinham tantos nomes? *Soldados revolucionários, comunistas, marxistas*, era como papai invariavelmente se referia a eles, e Tata nunca deixava de retrucar: "Khmer Vermelhos, rebeldes! Ladrões! Ratos da selva! Não vão durar". Ela previa que a vitória deles seria curta e pedia punição. "Deviam ser enforcados como criminosos comuns que eram. Revolucionários." Insistia papai com seu tom hesitante, como se ele mesmo ainda precisasse discernir seus verdadeiros nomes, suas intenções. "Precisa ter cuidado com o que fala deles". Eu me perguntava o que eles realmente eram. Soldados ou camponeses? Crianças ou adultos? Não pareciam *devarajas* nem *rakshasas*, os deuses lendários e demônios que eu imaginava que eram. Com essas simples roupas pretas, pareciam mais uma raça de sombras, cada um a repetição dos outros.

Chegamos a uma enorme multidão reunida na frente de um portão alto de ferro fundido, atrás do qual eu podia ver parte da fachada de um casarão de pilares brancos. As pessoas empurravam, lutando para chegar à entrada. Os da frente batiam nas barras de ferro implorando para que os deixassem entrar. Alguns tentaram escalar o muro alto, cortando-se nos dentes afiados de metal que revestiam a borda superior. Alguns tentaram novamente, mas a maioria foi puxada para baixo pela horda de concorrentes. Dois homens socaram outro, depois mais dois, três. Uma briga começou. Mulheres gritavam, crianças choramingavam e uivavam como cães.

Um tiro ecoou.

Subitamente, a multidão se aquietou. Um soldado passou pelo portão entreaberto com a pistola erguida acima da cabeça. Deu uma ordem, acenando à esquerda e à direita, e rapidamente a multidão se dividiu e formou um caminho estreito no meio. Os outros soldados que montavam guarda começaram a puxar os estrangeiros e deixá-los passar, enquanto empurravam os cambojanos de volta para a rua.

Ao meu lado, Tata murmurou, incrédula:

— Meu Deus, estão fazendo o que disseram que fariam: estão expulsando todos os estrangeiros.

— Isso é um santuário diplomático? — perguntou mamãe voltando-se para papai.

— Temporário, parece — respondeu papai, olhando alguma coisa à frente. — Não estão deixando ninguém entrar sem passaporte estrangeiro.

Segui seu olhar até um jovem casal, um pouco afastado da multidão. O homem era um *barang*, um desses gigantes brancos com braços peludos e nariz protuberante; a mulher era cambojana e estava grávida. Ele dizia alguma coisa, e sua expressão grave pairava sobre a dela, assustada. Ela assentiu com a cabeça e lágrimas corriam por seu rosto. Ele pegou o rosto dela nas mãos e apertou seus lábios contra os dela. Um soldado do Khmer Vermelho marchou e gritou para eles; seu rosto se contorcia de desgosto. O *barang* tentou explicar — "Minha esposa, minha esposa", seus lábios pareciam dizer em Khmer —, mas o soldado não lhe deu atenção. Mais dois passos e separou o casal. O homem gritou, a mulher chorou. Uma multidão rapidamente se formou entre eles.

Papai foi forçando o carro para a frente. Olhei para trás procurando o *barang*, mas havia desaparecido. Procurei sua esposa. Ela também havia sumido. Pisquei uma vez, e novamente. Mesmo assim, não pude trazê-los de volta. Estavam perdidos, como se apagados da paisagem humana.

Passamos o casarão, virando à esquerda no Norodom Boulevard, que passava pelo meio da cidade. Papai achava que o trânsito andaria mais rápido ali, já que era uma rua principal. Mas estava ainda mais congestionada: não se viam mais suas pistas por conta dos tanques e caminhões do exército que se arrastavam lado a lado com veículos menores. Suas calçadas, antes caprichosamente varridas, agora estavam sujas de indiscrições: um velho cuspia em seu penico, um menino se aliviava, uma mulher entrava em trabalho de parto.

Papai queria sair dali e seguir em direção a Sisowath Quay, ao longo do rio. Mas a cada esquina havia mais gente, impossível de penetrar.

Não tínhamos escolha a não ser seguir em frente, passando em volta do Monumento da Independência, cujo gigante campanário cor de malva parecia diminuído por conta da massa constante a seu redor. Vozes ecoavam de todas as direções pelos megafones:

— NÃO PAREM! CONTINUEM ANDANDO! A ORGANIZAÇÃO CUIDARÁ DE VOCÊS! A ORGANIZAÇÃO VAI PROCURAR SEUS PARENTES PERDIDOS! CONTINUEM ANDANDO! SAIAM DA CIDADE! A ORGANIZAÇÃO CUIDARÁ DE VOCÊS.

Quem era essa Organização? O nome cambojano "Angkar" soou para mim como "Angkor", antigos templos de pedra cujas torres suportavam gigantes esculturas de rostos olhando para nós. Imaginei a Organização sendo a versão viva de uma dessas esculturas, algum tipo de divindade, ou um poderoso rei. Apoiei-me em um joelho, e, com o queixo apoiado no encosto de cabeça, olhei pelo vidro de trás. Meus olhos seguiram o movimento de uma mulher soldado do Khmer Vermelho enquanto se dirigia a nosso carro. Ela parou a poucos metros de distância para falar com um velho magro que me recordou Old Boy. O velho juntou as palmas das mãos, implorando, como uma flor de lótus balançando na frente do rosto dela. Parecia que queria subir os degraus do Monumento da Independência, talvez para descansar, encontrar alguém, pegar seus pertences; eu só podia especular. A garota balançou a cabeça e apontou na direção que queria que ele fosse. Ele persistiu, forçando passagem contra o fluxo. A garota deslizou a mão sob a camisa, puxou uma pistola e apontou. Um tiro ecoou no ar. Mais três tiros, um depois do outro. As pessoas gritavam, empurradas umas contra as outras, tentando fugir, mas não conseguiam.

— O que foi isso? — perguntou mamãe em alerta total.

O velho caiu no chão. Uma poça escura floresceu em volta de sua cabeça. Um halo de sangue. Vermelho como suco de noz-de-areca escorrendo pelos cantos da boca da Rainha Avó.

— O que foi isso? — perguntou mamãe de novo.

Ninguém disse nada.

— CONTINUEM ANDANDO! — A soldado do Khmer Vermelho passou por nosso carro com o braço erguido, a arma na mão. — CONTINUEM ANDANDO!

Voltei-me e olhei para a frente, deslizando para o banco, fechando os olhos. Os ruídos de fora batiam em minhas pálpebras e eu sentia meus cílios vibrando como um par de asas cortadas do corpo queimado de uma borboleta.

— SAIAM DA CIDADE! OS AMERICANOS VÃO BOMBARDEAR! OS AMERICANOS VÃO BOMBARDEAR!

— Reze para os *tevodas*, minha criança — disse a Rainha Avó afagando minha cabeça. — Reze para os *tevodas*.

— NÃO SE PREOCUPEM COM SUAS CASAS E PERTENCES! VÃO EMBORA! SAIAM! A ORGANIZAÇÃO CUIDARÁ DE VOCÊS!

Eu rezei para a Organização.

No meio da tarde chegamos ao limite da cidade e encontramos um lugar para esperar, ao lado da estrada, debaixo de um pé de canela-da-china. Um pouco mais à frente ficava Kbal Thnol, a rotatória onde papai havia dito que seu irmão mais novo nos encontraria. À esquerda se estendia a ponte Monivong, que nos levaria para fora da cidade em direção a Mango Corner, nossa casa de campo. Queríamos esperar e atravessar a ponte com meu tio e sua família. Assim, não correríamos o risco de sermos separados e enviados em direções opostas.

Procuramos entre as centenas de milhares de rostos que passavam, mas não reconhecemos ninguém; ninguém que se parecesse com meu tio ou minha tia, ou seus filhos gêmeos. Uma ou duas vezes, quando um soldado do Khmer Vermelho olhava em nossa direção, papai ligava o motor e a BMW avançava para frente, fingindo mover-se com a multidão. Eu olhava atenciosamente os rostos que passavam por nós.

Entre os rostos assustados e confusos, alguns pareciam não ter medo dos soldados, indiferentes à ameaça de bombardeio dos americanos. Perto de nós, uma mulher subia e descia a rua vendendo bananas fritas, agitando um pano de prato para afastar as moscas. Uma menina passava agitando um sortimento de guirlandas de jasmim em torno de seus braços. Trocou uma pequena guirlanda por uma banana frita.

— Jasmins de ano-novo! — gritava. — Jasmins de ano-novo!

Ela tinha a voz que eu imaginava que um *tevoda* de ano-novo teria — nítida, clara, como um sino repicando em um templo na madrugada!

A menininha atravessou a rua mordiscando a banana. Deve ter sentido mamãe olhando para ela, porque se voltou sorrindo e correu para nosso carro. Mamãe escolheu uma longa guirlanda com uma fita vermelha brilhante descendo em espiral como a cauda de uma arara e entregou-lhe algum dinheiro. A menina nos deu um grande sorriso quando viu a quantia. Saiu pulando em direção à vendedora de banana frita.

Mamãe desamarrou a fita da guirlanda e a deu a Radana para brincar. A seguir, pendurou o jasmim no espelho retrovisor, deixando que a fragrância enchesse nosso carro. Quando olhei de novo, a menina havia desaparecido entre a multidão, mas eu ainda podia ouvir sua voz cantando:

— Jasmins de ano-novo! Jasmins de ano-novo! Peguem enquanto estão frescos!

Subitamente, um grande incêndio começou na frente de uma fileira de lojas, a um quarteirão de distância. Gritos e arquejos agitavam as ruas conforme pequenas multidões se juntavam para olhar. Através das chamas e da fumaça, vi soldados arremessando braçadas de papéis na fogueira rugiente. Vários deles esvoaçavam sobre ela como pipas sem linha e tornavam a cair no fogo. Avistei um garotinho arremetendo para a frente para pegar uma folha do tamanho de uma cédula de dinheiro. Um soldado agarrou-o pelo pescoço e o jogou de lado, o que teve o efeito de manter os outros longe da pilha da queimada, agora ardendo com ondas de calor palpáveis como uma membrana.

Subitamente, papai ligou o carro e rumou para a ponte. Um soldado do Khmer Vermelho marchava diretamente para nós de pistola na mão. Mais uma vez, orei para a Organização.

O soldado, um rapaz com sardas um tom mais escuro que sua pele cor de açúcar mascavo, caminhou ao lado de nossa BMW dando um jeito para que nos deslocássemos ao longo da abarrotada pista estreita em torno da rotatória. Pensei que ele ia atirar em nós. Quando ele batia no capô, papai seguia à direita, e quando dava uma tapa na lateral, papai seguia à esquerda. Quando chegamos à ponte, papai pôs a cabeça para fora da janela e disse:

— Obrigado, camarada!

O rapaz abriu um sorriso e saudou papai! A seguir, com a mesma rapidez, voltou-se e passou a guiar outros veículos sobre a ponte.

Seguimos em frente esbarrando em cestas, carrinhos, carros, pessoas e animais. Ao nosso lado uma mulher carregava seu marido ferido em um carrinho de mão, com um lenço de algodão entrelaçado em seus ombros e amarrado aos cabos, como um boi atrelado a uma carroça. O marido ia em cima de seus pertences, com as pernas enfaixadas rigidamente esticadas à frente. Papai levou a BMW para a esquerda, inadvertidamente bloqueando seu caminho. A mulher olhou-o com raiva, murmurando baixinho, amaldiçoando-nos com certeza. Finalmente nos deixou passar, fazendo uma pausa para enxugar o suor da testa.

Para cima e para baixo da ponte as pessoas buzinavam, como se isso fosse fazer tudo andar mais depressa. Dois homens desceram de suas vespas e começaram a se empurrar, discutindo quem tinha o direito de passagem. Um soldado do Khmer Vermelho caminhou em direção a eles e os dois homens se separaram rapidamente, montaram em suas vespas empurrando-as para frente com os pés no chão, como criminosos com pressa de fugir.

Subitamente, não havia mais espaço para se movimentar. Diante de nós a multidão ficou confusa. As pessoas gritavam e empurravam umas às outras. Alguns tentaram voltar, mas não havia sequer espaço para virar os corpos. A multidão atrás de nós continuava empurrando para a frente. Nosso carro balançava para a frente e para trás como se estivéssemos sobre uma ponte de madeira em vez de concreto. Papai pôs a cabeça para fora da janela e perguntou a um homem em pé ao lado de nosso carro:

— O que está acontecendo?

— Estão trazendo prisioneiros — respondeu o homem.

— Prisioneiros? Quem?

— Funcionários do governo e militares que tentaram fugir. Lá vêm eles!

— Não olhe — ordenou Tata. — Mantenha a cabeça baixa.

Baixei a cabeça, mas levantei-a de novo quando um grupo de soldados do Khmer Vermelho passou acompanhando não vários, mas um único prisioneiro. Ele tropeçou; tinha os olhos vendados com um *kroma* e as mãos amarradas atrás das costas. Escorria sangue pelo canto de sua boca; seu rosto estava machucado e inchado, e sua pele, rasgada por todo lado. Era um homem grande, mas seus ferimentos o faziam parecer pequeno e vulnerável. Soldados do Khmer Vermelho, dois na frente e três atrás, surravam-no e o chutavam. A multidão se afastou e abriu caminho para eles. Todos ficaram em silêncio.

Quando se aproximou, vi que tinha ambos os tornozelos amarrados com uma corda do tamanho de um braço, o que o fazia gingar em vez de andar. Com seus ferimentos, ao que parecia, não poderia correr nem se quisesse. Passou por nosso carro. Os soldados se revezavam batendo nele com a coronha das armas para apressá-lo. Ele não reagia, só andava vagarosamente, arrastando seu desespero consigo. Mantive os olhos nele até que desapareceu de vista.

A multidão convergiu e o ruído retornou. Tudo e todos empurrando para frente, tentando chegar adiante, o mais longe possível do risco de ser capturados. Megafones em cada ponta da ponte berravam:

— A ORGANIZAÇÃO ESPERA POR VOCÊS! A ORGANIZAÇÃO CUIDARÁ DE VOCÊS!

Procurei em todos os lados a Organização, mas tudo que vi foi confusão. Desespero. Um homem escalou a balaustrada lateral da ponte e já ia pular, quando um soldado pegou-o pela camisa e o puxou de volta para baixo. O soldado seguiu em frente. O homem ficou ali, tremendo, enquanto a multidão passava por ele; sua vida salva e ignorada no mesmo momento.

Quando parecia que nunca íamos conseguir atravessar, chegamos ao final da ponte; a estrada se dividia em duas. Papai virou à esquerda na estrada principal, para uma estrada menor, ao longo do rio. Alguma coisa chamou a sua atenção. Uma Mercedes-Benz preta estacionada no acostamento da estrada. Eu reconheci o carro. Papai seguiu em sua direção. Estiquei o pescoço tentando ver fora das janelas. Só quando Big Uncle se ergueu da Mercedes como um *yiak*, um gigante lendário, incólume e imponente, meu coração conseguiu parar de martelar.

Ele caminhou em nossa direção, seguido por tia India e os gêmeos. Os meninos pularam animados quando viram Radana agitando a fita vermelha.

Papai se voltou para nós e disse:

— Vamos sair desta confusão.

Cinco

Com o pôr do sol chegamos a Kien Svay, uma pequena cidade nos arredores de Phnom Penh. Havíamos levado a tarde inteira para percorrer uma curta distância. Ainda assim, parecia que estávamos entre os mais afortunados que conseguiram fugir da cidade.

Nossa casa de campo, Mango Corner, era a única de estilo franco-colonial em uma fileira de casas de teca de estilo cambojano ao longo do Mekong. Situada em um terreno de dois acres, ensombrada por pés de manga, ficava de frente para uma pequena estrada de terra que raramente via carros ou veículos motorizados. A maioria dos moradores da cidade eram produtores de frutas, de arroz ou pescadores, e, exceto pelos carros de bois ou barcos, não possuíam nada além de uma bicicleta. Agora, parecia que toda a cidade havia descido para lá, e nosso antes tranquilo encrave transbordava de pessoas; em busca de refúgio para a noite, estacionavam seus veículos em qualquer espaço aberto.

Para manter as pessoas fora de Mango Corner, nosso vizinho, o caseiro de nossa propriedade, havia estacionado seu carro de boi na entrada, entre as duas fileiras de mangueiras que protegiam nosso jardim da estrada. Quando avistou nossos carros, correu para remover o carro de boi e nos deixar passar.

— É um alívio ver Mechas e toda a família — disse ele, dirigindo-se a papai com os joelhos dobrados, a cabeça baixa, falando a língua real.

Rapidamente cumprimentou todas nós da mesma forma, e depois, novamente se voltando para papai, disse:

— Não sabia quanto tempo mais eu poderia mantê-los fora da propriedade — apontou para a multidão em frente à sua própria casa. — Não pude mandá-los embora, Alteza.

Papai assentiu, agradecendo ao homem. O caseiro acenou a seus filhos adolescentes para que fossem ajudar com a bagagem. Entramos.

Fui direto para as portas duplas que se abriam para a varanda de colunas. Para além da fileira de coqueiros que marcava o limite de nossa propriedade, Mekong arfava como uma serpente acordando. Barcos lotavam a superfície como faziam durante o Festival da Água, só que eu sabia que aquilo não era nenhum festival. Não havia bandeirinhas coloridas ou flâmulas decorando os barcos e remos; não havia multidões torcendo na costa, nem cantando e dançando, nem luz, nem música. Havia apenas o som dos megafones ordenando às pessoas que continuassem andando para atravessar ao outro lado antes do anoitecer.

— SIGAM! SEUS CAMARADAS, IRMÃOS E IRMÃS VÃO AJUDÁ--LOS! A ORGANIZAÇÃO ENCONTRARÁ ABRIGO PARA VOCÊS! VÃO!

Centenas, talvez milhares de pessoas margeavam a costa arenosa. Soldados do Khmer Vermelho montavam guarda em todos os lugares. Quando um barco apareceu, uma família correu para embarcar, arrastando consigo todos os pertences que podiam — panelas e frigideiras, estrados e travesseiros. Itens maiores — colchões, mesas, cadeiras, quadros — ficaram abandonados na margem. Observei que os barcos voltavam vazios de passageiros, e então outros tantos mais, carregando pessoas e bens, atravessavam o rio. Formigas sobre folhas flutuantes, pensei. Conforme se afastavam, fundiam-se com o pano de fundo azul escuro da floresta ao anoitecer. Eu me perguntava o que havia do outro lado da floresta. Um novo mundo? Talvez a borda deste? Eu não sabia.

Papai saiu e ficou ao meu lado na varanda. Voltei-me para ele e perguntei:

— Para onde estão indo?

Temia que tivéssemos de partir também, que os soldados chegassem intempestivamente e nos mandassem voltar para a estrada.

Papai não respondeu; ficou olhando para o rio, em silêncio, com os olhos seguindo o fluxo de pessoas. Ficou assim por um minuto ou dois. Em seguida, uma sombra cruzou seu rosto e finalmente se voltou para mim, com um olhar que refletia minha própria confusão.

— O Mekong é um rio poderoso — disse solenemente. — Tão poderoso que, a cada estação de chuvas, muda o curso de outro rio — apontou em direção à cidade. — O Tonle Sap.

Eu conhecia bem o rio Tonle Sap, assim como todas as crianças que viviam em Phnom Penh. Estendia-se ao longo da borda oriental da cidade, em frente ao Palácio Real. A margem do rio era um lugar maravilhoso para andar de bicicleta, soltar pipas ou dar um passeio noturno. Durante o Festival da Água, em novembro, as pessoas chegavam de todo o país para assistir à corrida de barco e especialmente para homenagear os espíritos da água.

— Nos próximos meses — prosseguiu papai —, quando a monção chegar, o Mekong vai subir tão alto que a água fluirá rio acima, do rio Tonle Sap para o lago Tonle Sap, no noroeste. Bem ali.

Mais uma vez apontou, desta vez em direção a muito além da cidade.

Prestei muita atenção esperando que ele tecesse um conto do reino subaquático onde as lendárias serpentes *naga* moravam.

— Então, perto do fim da estação das chuvas, o nível do Mekong começa a cair e a água acumulada no lago Tonle Sap é drenada de volta para o rio Tonle Sap, revertendo seu curso.

Eu sabia que o rio Tonle Sap mudava de curso. Isso era parte de sua magia. Mas sempre pensei que tinha a ver com a direção na qual nadavam as serpentes *naga*. Pelo menos era o que Milk Mother havia me dito.

— A vida é assim — papai voltou mais uma vez ao Mekong. — Tudo está conectado, e nós, às vezes, como pequenos peixes, somos levados nessas correntes grandes e poderosas. Levados para longe de casa.

— Se o rio nos trouxe até aqui — arrisquei timidamente —, quando inverter seu curso, vai nos levar de volta.

Papai olhou para mim, por fim sorrindo, e disse:

— Você está certa. Claro que vai.

Assenti, aliviada.

Ele me ergueu nos braços, e, mesmo pensando que não gostava de ser carregada como se ainda fosse uma criança pequena e indefesa, deixei, desta vez, cansada demais para resistir. Fechei os olhos e descansei minha cabeça em seu ombro; o som daquele tiro ecoava em minha mente como um pensamento batendo contra meu crânio. Havia uma pergunta que ninguém poderia responder. *Por quê?* Vezes e mais vezes vi o velho homem desabar no chão.

• • •

Dentro, encontramos trégua do calor e do tumulto. Tudo estava fresco e limpo graças à esposa do caseiro, que varria, espanava e arejava a casa todos os dias, mantendo-a sempre pronta para nós. Ela havia tirado as almofadas de seda da alta cômoda chinesa canforada na entrada da sala de estar e as colocara sobre as cadeiras e sofás. Eu me sentia segura e protegida entre essas cores brilhantes. Recordavam-me nossa casa e nosso pátio com sua profusão de flores. Peguei uma almofada e a acomodei em uma poltrona baixa perto das portas. Perto dali os gêmeos brincavam. Haviam desenterrado uma vassoura de algum lugar e agora andavam pela sala fingindo que era um cavalo. Ziguezagueavam entre os móveis e a bagagem fazendo sons de galope. Radana, acordando do estupor da viagem de carro, deslizou pela cadeira de teca onde mamãe a havia colocado e começou a persegui-los, pedindo a vez. Quando não lhe deram a vassoura, bateu o pé e gritou:

— Meu, mamã, meu!

Nesse momento, Big Uncle entrou com uma mala em cada mão, e, ao ver o olhar angustiado no rosto de mamãe, explodiu:

— Atenção!

Os gêmeos pararam, largaram a vassoura e ficaram em posição de sentido; soldados anões com medo do imponente comandante.

Papai riu discretamente. Big Uncle caiu na risada, mas parou abruptamente, adotando novamente a seriedade quando pegou um dos gêmeos inquieto. Rosnou, e os gêmeos se endireitaram, com o peito ainda mais estufado. Pareciam enraizados no lugar. Tia India — assim apelidada pela beleza de sua pele escura e sua melodiosa e cadenciada voz — pôs a mão na boca para não rir. No sofá antigo, a Rainha Avó e Tata trocaram olhares divertidos. Big Uncle, seguro da obediência dos meninos, foi para um dos quartos deixar as malas, sorrindo para si mesmo.

Mamãe percorreu a casa abrindo portas e janelas. Um suspiro percorria seu corpo e escapava de seus lábios cada vez que abria uma persiana. Levantei-me e a segui, ajudando-a com os ganchos e trincos, imitando todos os seus movimentos e sua respiração. Ela olhou para baixo e me deu um sorriso. Enquanto mamãe sorrisse, tudo ficaria bem. Papai piscou para mim, como se estivesse lendo meus pensamentos. Então, chegando à mesa do café, puxou a longa corrente ligada ao ventilador de teto.

Esperamos, prendendo a respiração, na expectativa. Mas as lâminas de madeira não giraram. Como suspeitávamos, não havia eletricidade. Mesmo na cidade, a eletricidade era instável.

— As linhas de energia devem ter sido danificadas — disse papai, aproximando-se de mamãe.

Apertou rapidamente a mão dela.

— Vou procurar algumas lanternas no galpão.

Desceu pela escada ao lado assobiando, com passos leves.

Fui até onde a Rainha Avó estava sentada. Tata havia saído para arrumar seu quarto, e a Rainha Avó deu um tapinha na almofada para que eu me sentasse ao lado dela; mas, como sentia os azulejos frios em meus pés, sentei-me no chão com a cabeça apoiada em seus joelhos.

— Aqui é nossa casa também — disse a Rainha Avó, acariciando meus cabelos.

Concordei.

Os gêmeos haviam retomado a brincadeira, montando seus cavalos invisíveis e correndo atrás de Radana, que agora estava com a vassoura. Os meninos, de quatro anos, chamavam-se Sotanavong e Satiyavong; mas como perto de seu pai gigante eles pareciam pequenas bolhas pairando não muito acima de seus joelhos, seus longos nomes eram ignorados e os chamávamos simplesmente de "os gêmeos", ou "os meninos". Se alguém perguntasse qual dos dois era o mais velho, um declarava:

— Sou eu!

E o outro acrescentava rapidamente:

— Só por catorze minutos e onze segundos!

Então, os dois trocavam cotoveladas e socos, competindo pela supremacia, até que alguém como eu chegava com um pouco de bom senso e lhes dizia como as coisas realmente eram: que os dois somados não equivaliam a uma de mim. Desnecessário dizer que, por essa razão, eles preferiam brincar com Radana, como faziam agora, perseguindo-a como guerreiros em seus cavalos imaginários enquanto ela gritava como uma princesa em perigo. Pela primeira vez, porém, eu não estava irritada com o tumulto que faziam. Os três brincando — mesmo brigando por causa de uma estúpida vassoura — fazia tudo parecer normal, como todas as outras vezes em que havíamos ido àquela casa passar um feriado.

Estiquei-me no chão, fechei os olhos e deixei que a dura frieza dos azulejos me embalasse até adormecer.

Acordei e encontrei Radana ao meu lado, em uma cama, com um mosquiteiro sobre nós. Olhei ao redor da sala deixando que meus olhos se acostumassem à escuridão. Silenciosamente, para não acordar Radana, levantei-me e fui para a sala de estar. A casa estava muito escura, exceto por um mudo brilho que saía da cozinha. Faminta, fui em direção à luz e encontrei mamãe e minhas duas tias sentadas em banquinhos. Estavam ocupadas preparando comida, e seus rostos se iluminavam pela lâmpada de querosene que queimava sobre o balcão de azulejos acima de sua cabeça. Tia India dizia algo a mamãe e a Tata quando me viu em pé na porta.

— Aí está você! — disse, com sua voz melodiosa mesmo quando dizia as coisas mais mundanas. — Você deve estar morrendo de fome!

Fui até mamãe; sentia necessidade de me acalmar com sua proximidade. Havia sonhado com Milk Mother, com sua ausência. Ela era um vazio tão negro como a noite, e, mesmo que sentisse sua presença, não podia tocá-la, não conseguia encontrar seu rosto na escuridão.

— Todo o mundo já jantou — disse mamãe, afastando uma mecha de franja de meus olhos.

Puxou um banquinho de madeira para mim. Sentei-me e me apertei nela com a cabeça em seu ombro.

— Você está bem? — perguntou, levantando meu rosto para ela.

Balancei a cabeça, querendo que continuasse falando. Sua voz me acalmava, expulsava os medos que se demoravam na fronteira de minha vigília. Ela sorriu e me entregou o prato de arroz frito que guardara do jantar. Olhei para ela, hesitante; não tinha certeza de que queria comer naquele momento.

— Você vai se sentir melhor — disse ela — depois que comer alguma coisa.

— Pensamos que você não ia acordar — disse Tata, olhando para mim de onde estava sentada. — Pelo jeito que estava deitada ali no chão...

— Quietinha como um inseto esmagado — tia India entrou na conversa rindo.

Assim que dei a primeira mordida, meu estômago roncou de fome. Certamente devíamos ter almoçado, mas eu não conseguia lembrar. Tudo era um borrão. Quanto tempo dormi? Passou-se apenas um dia desde que o soldado batera no portão? Enquanto eu comia, as mulheres retomaram suas tarefas, separando os alimentos perecíveis dos produtos secos e enlatados.

Mamãe parecia ter controle de si mesma e era novamente a mulher que podia administrar uma casa sozinha ou receber os convidados de uma extravagante festa de ano-novo sem uma gota de suor em sua seda. Estava no comando agora, dizendo a minhas duas tias o que era essencial e prático de manter e do que poderíamos prescindir, como da garrafa de *brandy* que tia India havia levado para os homens, ou a lata fechada de manteiga que Tata de alguma forma conseguira pegar na geladeira antes de partirmos. Tia India, assentindo vigorosamente, aceitava todas as sugestões e instruções de mamãe. Tata, mesmo ainda se mantendo ereta e real, concedia a autoridade a minha mãe, muito mais jovem, e admitia abertamente:

— O que faríamos sem você, Aana? É mesmo! O que eu estava pensando? Manteiga com este calor! Acho que entrei em pânico e peguei o que achei que seria impossível encontrar.

— Não se preocupe com isso — riu mamãe. — Podemos usá-la para os pratos de amanhã, talvez fazer crepes de manga para as crianças. Ou poderíamos trocá-la por comida de verdade: um pouco de carne fresca de um açougueiro local, talvez. E o mesmo com o conhaque. — Fez um gesto provocador para tia India. — Isto é, se você ainda não contou aos homens.

As três riram. Mas ficaram sérias novamente quando tia India perguntou timidamente:

— Acha que é sensato sair de casa para trocar coisas ou por qualquer outro motivo?

Houve um silêncio. Mamãe se voltou para mim como se não quisesse que eu ouvisse a conversa. Porém, antes que pudesse dizer qualquer coisa, Tata disse:

— Sei o que quer dizer. É tudo tão horrível! — Ela balançou a cabeça. — Eles estão por toda parte, atirando em pessoas a torto e a direito. Bárbaros, é o que eles são.

— Eles dizem que qualquer pessoa de óculos lê demais — acrescentou tia India —, que é sinal de que é intelectual.

Olhei para Tata e notei que seus óculos não estavam onde sempre estiveram, pendurados na corrente de ouro no pescoço. Então, lembrei que ela os havia tirado no carro em algum momento durante nossa jornada. Subitamente, todos os eventos do dia voltaram para mim — abandonar a casa, as ruas lotadas, os tiroteios e as separações precipitadas, o caos em toda parte.

Parei de comer. Mamãe notou.

— Quer mais um pouco? — perguntou, preocupada com a mudança abrupta em meu apetite.

Balancei negativamente a cabeça. Estava com dor de estômago.

• • •

Encontrei papai e Big Uncle sentados como duas sombras nas baixas poltronas de vime na varanda, com uma garrafa de vinho tinto na mesa de café entre eles. Exceto pelo pequeno brilho do cigarro entre os dedos de Big Uncle, estavam sentados no escuro, absortos na conversa. À frente deles o Mekong corria como uma escura serpente brilhante enquanto barcos iluminados com tochas deslizavam por sua superfície. Fogueiras surgiram ao longo da costa. Aqui e ali via-se a escura silhueta de um soldado do Khmer Vermelho abraçando sua arma, em constante vigilância. De algum lugar alto em um dos coqueiros, música de rádio crepitava de um alto-falante:

Somos a juventude revolucionária!
Temos que crescer, crescer! Pegar em armas!
Seguir o glorioso caminho da Revolução!

Fui até papai, que me levantou no colo dizendo a Big Uncle:

— Não entendo... Não faz sentido algum, Arun.

O vinho no copo dele parecia intocado, ao passo que o de Big Uncle estava vazio, exceto por um anel escuro no fundo.

Temos que derrubar os inimigos!
Esmagá-los com toda nossa força!

— O que é claro para mim — disse Big Uncle esticando o braço para manter a fumaça tão longe de mim quanto possível — é que serão tomadas represálias contra as pessoas ligadas à República e à monarquia.

Levantou-se com o cinzeiro na mão, deu uma tragada e expeliu fumaça. Em seguida, apagando o cigarro, voltou a seu lugar. Tia India dizia que Big Uncle fumava quando ficava preocupado.

Papai anuiu.

— Pessoas como nós, creio.

Olhei para o céu da noite em busca de sinais entre as estrelas. À noite, dizia Milk Mother, até o céu conta uma história. Uma estrela piscando significa que uma criança está para nascer, e uma estrela cadente significa que alguém morreu e seu espírito está passando para o outro mundo. Mas, naquele momento, não vi nada, não ouvi nada, nada que revelasse ao mundo o que só eu sabia — que seria fuzilada porque também era uma intelectual, uma leitora ávida, uma amante dos livros.

— Eles estão começando do zero — apontou Big Uncle com o cenho franzido. — Pode levar semanas ou até meses antes que possamos voltar. Nesse meio tempo, uma nova regra, um novo regime será estabelecido em nossa ausência.

— Mas por que esvaziar a cidade? — papai se perguntou.

— Caos. É a base de todas as revoluções. E esta está só começando, não tenho certeza do que é. Ainda não foi nomeada.

Que estranho, pensei. Tudo tinha um nome. Até mesmo os *preats*, espíritos condenados a vagar sem teto e famintos, tinham nomes. Os próprios soldados tinham nomes; na verdade, muitos nomes: Khmers Vermelhos, comunistas, Khmer Ruge, soldados revolucionários...

— Você não deve criar nenhuma ilusão em relação a esses soldados, Klah — disse Big Uncle, chamando papai por seu apelido, Tigre. — Essas crianças...

Mais uma vez vi o rosto do soldado do Khmer Vermelho que havia apontado a arma para a cabeça do velho. Ocorreu-me que a expressão de seu rosto quando atirara no velho, ao vê-lo cair no chão, não tinha nome. Não era raiva, nem ódio, nem medo. Aquilo era vazio de raiva ou de qualquer coisa reconhecível, e lembrei que pensara que ele não parecia nem criança nem adulto, mas uma espécie de criatura real só para ele, não totalmente irreal, assim como um monstro de pesadelo não é irreal.

— Você vê que são crianças, não é? — Big Uncle esperou por uma resposta.

Durante muito tempo, os dois homens permaneceram em silêncio, cada um perdido em seus pensamentos.

Do rio, um coro de vozes cantava pelo alto-falante:

Maravilhosa, gloriosa revolução!
Sua luz brilha sobre nosso povo!

Papai quebrou o silêncio:

— O que vamos fazer agora? Vamos ficar aqui?

— Não podemos — disse Big Uncle. — Mais cedo ou mais tarde vão nos mandar sair de novo.

— Mas para onde vamos?

— Não sei.

A canção parou e uma voz gritou:

"Hoje é o dia em que libertamos o povo do Camboja! O dia 17 de abril será lembrado, para sempre gravado na memória de todos os cambojanos! Viva a Revolução Socialista Cambojana! Viva a Organização! Viva o Camboja Democrático!"

— Eu esperava que eles fossem mais de nossa idade — murmurou papai —, ou até mais velhos, e que não tivessem maneiras tão rudes.

— Ayuravann — Big Uncle adotou um tom de aparente repreensão a seu irmão mais velho —, esses não são os mesmos homens com quem você estudou filosofia, história e literatura na França. — Olhou para papai até que ele lhe devolveu o olhar. — Nem são as pessoas cujas lutas e aspirações diárias você tentou captar e transmitir em sua poesia. São crianças que receberam armas. Poder além de sua idade.

— É possível não ser simpático à sua causa? — Perguntou papai, com voz hesitante. — Aos ideais pelos quais estão lutando?

— E qual é essa causa? Não sabemos, não é? Tenho certeza de que nem essas crianças sabem. Quanto aos "ideais", não creio que eles sequer saibam o que a palavra significa.

Papai não respondeu.

Na manhã seguinte acordei assustada, com o coração martelando no peito. Old Boy estava morto. Sonhei que estava. Ele foi baleado na cabeça e seu sangue era da cor do céu ao amanhecer.

Seis

Vários dias se passaram em relativa calma em Mango Corner. Então, certa manhã, ouvi o ruído alto de pés subindo os degraus rapidamente.

— Eles estão vindo, eles estão vindo! — gritou o caseiro, sem fôlego, assustado. — Os soldados do Khmer Vermelho estão chegando!

Antes que papai pudesse perguntar qualquer coisa, o caseiro saiu correndo para alertar outras pessoas do bairro.

Corremos para recolher nossas coisas, pegando tudo o que pudemos. Foi a mesma loucura, tudo de novo. Não havia tempo para pensar, não havia tempo para discutir. Subitamente, ouvimos tiros disparados pelo ar, e, antes que pudéssemos nos proteger, três soldados do Khmer Vermelho invadiram a casa, gritando e agitando suas armas:

— SAIAM DAQUI! SAIAM DAQUI!

Radana berrou, os gêmeos se agarraram às pernas de tia India, a Rainha Avó começou a entoar orações budistas pelos mortos e Tata não conseguia parar de choramingar:

— Oh, não, oh, não, oh, não...

Big Uncle gritou alguma coisa e um dos soldados se voltou para ele.

— VOCÊ! — pressionou fortemente sua arma contra o peito de Big Uncle. — ANDANDO!

Big Uncle dava passos curtos e hesitantes, com os braços erguidos e o peito arfante. O soldado gritava:

— PARA FORA! FORA!

Papai pegou minha mão e apertou com força. Seguimos Big Uncle para fora com os outros soldados atrás, nos empurrando.

Lá fora, o chão em frente a nossa propriedade havia sido limpo dos refugiados que havíamos permitido acampar ali. Dois dos soldados saíram pisando duro em direção às casas vizinhas. Só o mais jovem permaneceu ali. Olhou para nós e para Big Uncle. Ordenou a ele que se ajoelhasse. Big Uncle se abaixou no chão, devagar, com cautela.

O menino, agora com a arma apontada para a cabeça de Big Uncle, deslocava seu peso entre o pé direito e o esquerdo e encarava meu tio. Então, seus olhos captaram o lampejo do relógio de Big Uncle brilhando à luz do sol. Um Omega Constellation, eu lembrei. Idêntico ao de papai. Ambos presentes da Rainha Avó para seus filhos. Meus olhos foram para o pulso esquerdo de papai. Sem relógio. Devia tê-lo tirado e colocado em algum lugar.

— TIRE! — gritou o garoto.

Big Uncle não fez nenhum movimento.

— TIRE ISSO! — vociferou o garoto.

Por fim, Big Uncle baixou os braços, tirou o relógio do pulso e o entregou. Nervoso, o rapaz deixou o Omega cair no chão, e, quando se abaixou para pegá-lo, um emblema da Mercedes, redondo e brilhante, deslizou pelo colarinho aberto de sua camisa, balançando no ar preso a um cordão no pescoço. Brilhava; um tesouro secreto. Rapidamente ele o empurrou de volta para dentro da camisa, guardou o Omega no bolso e ergueu os olhos para nos ver olhando para ele.

Os olhos de Big Uncle dispararam para o capô de seu carro, e, em seguida, de volta para o garoto, balançando a cabeça como se dissesse: "Você poderia pegar isso também". Estava zombando do soldado? Um sorriso, um sorriso de escárnio — eu não poderia dizer o que Big Uncle estava sentindo ou tentando comunicar. O garoto olhou, tentado. Então, de repente, algo cresceu nele, e, endireitando sua postura, cuspiu no rosto de Big Uncle. Houve uma pausa nervosa enquanto esperava para ver o que o titã faria. Big Uncle ficou como estava, com a saliva correndo pelo rosto.

O garoto riu, primeiro vigorosamente, depois mais estridente, emocionado por ser capaz de impor obediência a um gigante.

— PORCO IMPERIALISTA!

Levantou o pé e chutou o estômago de Big Uncle, que caiu sobre seus quadris. O garoto deu um passo ou dois para trás, ainda apontando a arma para nós, e já a uma distância segura, proclamou:

— ABAIXO OS PORCOS IMPERIALISTAS!

Voltou-se e correu para fora da casa. Mais uma vez tiros foram disparados. Papai pôs as mãos sobre minhas orelhas. Mamãe pressionava Radana contra o peito.

A quietude retornou. Ninguém se mexeu nem disse nada. Ninguém sabia o que fazer. Big Uncle se levantou, notou os gêmeos e tia India olhando para ele com os olhos brilhantes de lágrimas e, de repente, seu rosto tremeu de vergonha.

— Maldita a mulher que o deu à luz! — Berrou, com o rosto contorcido, as narinas dilatadas, parecendo tão temível quanto o *yiak* que eu sempre pensei que ele era.

Pegou uma pedra e a arremessou na direção em que o soldado havia desaparecido.

Tia India, tremendo da cabeça aos pés, implorou:

— Por favor, Arun. Os deuses estão ouvindo. — Sua voz, roubada da melodia do canto dos pássaros, soava com terror. — Por favor, eles vão ouvi-lo.

— Malditos sejam todos! — Big Uncle rugiu sua raiva, tão magnífica quanto sua massa e sua altura. — A revolução e seus deuses!

Chutou uma pequena muda, quebrou-a ao meio e arremessou-a na estrada também. Então, ainda mais envergonhado por perder o controle, entrou no carro, bateu a porta e ligou o motor.

Seguimos com nosso carro atrás dele rugindo para fora da entrada da casa.

Mas não fomos muito longe. Mais uma vez a estrada paralela ao Mekong estava cheia, e, antes que pudéssemos decidir virar à esquerda ou à direita, um grupo de soldados segurando granadas de mão apareceu, ordenando que todos saíssem dos carros e descessem até o rio, ameaçando qualquer um que permanecesse nos veículos.

Encontramos um lugar sob a sombra de uma acácia, apressadamente arrumando os itens que havíamos levado conosco — comida, utensílios de cozinha, colchonetes, mosquiteiros, cobertores, roupas, medicamentos — e amarrando tudo de novo em trouxas mais fáceis de carregar, descartando as malas pesadas e volumosas. O pequeno travesseiro de Radana, recheado e pesado de joias, foi salvo. Mas o radinho de ondas curtas de Big Uncle, o grosso volume de versos cambojanos clássicos de papai e a caixinha de música perolada de mamãe contendo fotos e cartas tiveram de ser deixados para trás, espalhados nos bancos do carro como oferendas a um deus voraz que se escondia, invisível, salivando no meio do espólio.

Da minha cópia do *Reamker*, que peguei no último minuto quando estávamos saindo de casa, arranquei a página com a ilustração dourada de Ayuthiya e enfiei-a no bolso, silenciosamente recitando para mim as palavras que sabia de cor: *Em tempos imemoriais existiu um reino... Era tão perfeito que poderia se encontrar...* Eu sentiria falta de lê-lo, mas não parecia certo arrancar uma página com palavras. Se outra criança o encontrasse, pensei, queria que tivesse a história completa, desde o início.

Todos a nossa volta faziam o mesmo, pensando no que levar e no que deixar para trás. As famílias se perguntavam se deviam trancar os veículos, se os soldados vigiariam seus pertences durante sua ausência, e quando poderiam voltar. Os soldados não tinham respostas.

Papai, com esteiras de palha enroladas presas às costas e dois pesados sacos nos ombros, segurou-me e me apertou junto de si. Mamãe, com suas próprias trouxas e sacos, carregava Radana. Tia India e Tata, além do que já carregavam, levavam um gêmeo cada uma, enquanto Big Uncle, maior e mais forte, carregava a Rainha Avó nas costas e uma carga no peito. Juntos, descemos a encosta sedimentar em direção à costa coberta de mangues do Mekong, segurando-nos em galhos, cipós e qualquer outra coisa para evitar que escorregássemos.

Lá embaixo, uma fila de barcos esperava ao longo da borda rasa, balançando como redes cansadas por todo o ir e vir, enquanto muitos mais enchiam as águas mais profundas. Os barcos partiam cheios de passageiros e retornavam vazios. Não havia tempo para ver se um barco era seguro ou não, se haveria muitas pessoas em um só. Um jovem soldado do Khmer Vermelho gesticulou para nós e apontou para uma canoa de pesca que parecia judiada pelo tempo, assim como o velho pescador nela. Engoli em seco e senti todo o rio correndo em minha garganta.

Quando abordamos a longa extensão de costa do outro lado do rio, o velho pescador manobrou a canoa em um espaço entre uma rocha e outro barco. À nossa frente havia uma multidão reunida para olhar algo que havia sido levado para a costa. Ouviram-se murmúrios e soluços. Mamãe se voltou para nos olhar, sem saber se ficava ou se saía, com o rosto pálido e enjoada. Levantei-me querendo ver, mas papai rapidamente me puxou de volta para baixo. Um soldado marchou em direção à multidão reunida.

— O que é que estão olhando? — gritou. — Ela está morta! Movam-se antes que alguém acabe como ela! AGORA! Voltou-se agitando sua arma em nossa direção.

— PARA FORA! O QUE ESTÃO ESPERANDO, UMA CARRUAGEM PARA LEVÁ-LOS? FORA!

Mamãe pegou Radana nos braços e correu para fora do barco. O resto de nós seguia logo atrás, correndo ao passar pelo monte escuro deitado na areia. Papai tentou me impedir de olhar, mas vi mesmo assim. O corpo. Ficou ali na areia lamacenta, de bruços, com cordões de jasmim enroscados em volta do pescoço e emaranhados no cabelo. Não vi o rosto dela, de modo que não podia ter certeza se era a mesma garota que eu havia encontrado naquele dia saindo de Phnom Penh. Era improvável. Inúmeras outras garotas vendiam guirlandas de jasmim todos os dias. Ainda assim, lembrei-me da voz dela, ouvi sua voz tentando atrair os clientes: *Jasmins de ano-novo! Jasmins de ano-novo!*

Uma dupla de soldados do Khmer Vermelho pegou o corpo e o jogou nos arbustos próximos. Limparam as mãos nas folhas como se houvessem acabado de jogar fora um peixe morto. Mais soldados chegaram e nos incitaram a seguir. Uma jovem garota soldado empurrou mamãe para a frente, gritando:

— ANDE! ANDE!

Assustada, Radana gritou e colocou os braços em volta do pescoço de mamãe; a fita vermelha ainda estava amarrada a seu pulso como uma fitinha da sorte.

— ANDEM! — Ecoaram os outros soldados. — ANDEM!

Papai me levantou e seguimos a multidão que crescia, subindo a margem arenosa do rio em direção à vastidão escura da floresta.

Os soldados nos levaram através de um bosque onde as videiras davam espinhos cortantes como pontas de metal, e onde as árvores pareciam *yakshas*, sentinelas gigantes que guardavam a entrada para um mundo oculto. Mamãe gritou quando algo que ela achava que era um galho subitamente deslizou atravessando seu caminho. Papai fez uma pausa para enxotar um escorpião do tamanho de um lagarto em seu antebraço. Quando um javali saiu do nada e investiu contra nós, os soldados dispararam rajadas de balas em sua direção. Nenhuma atingiu o animal, mas o barulho conseguiu assustá-lo e afastá-lo.

Abríamos caminho banhados em suor, enfrentando sol e calor, lutando contra a fome e a sede. Só ao anoitecer, quando encontramos água novamente, ficou claro que havíamos atravessado uma ilha. No começo, pensei que esse novo trecho de água era um oceano, porque era maior que qualquer rio que eu já havia visto e parecia muito mais profundo que o que já havíamos atravessado. Mas papai disse que ainda era o Mekong. Apontando através da água para as luzes que pontilhavam a paisagem extremamente escura do outro lado, explicou que essas luzes mais próximas provavelmente vinham de barcaças e barcos de pesca, e as mais distantes, de pequenas cidades e vilas ao longo da costa. No escuro, até as luzes pareciam solitárias e desamparadas. Eu não podia imaginar qualquer coisa lá fora além das almas penadas, aqueles *preats*, e parecia que estávamos indo nos juntar a eles.

Diante de nós surgiu a silhueta de um barco de madeira do tamanho de uma casa. Esse tipo de embarcação, disse papai, era utilizada para o transporte de gado, de carga viva, e por isso parecia cavernoso e não tinha janelas. Agora, ele ia nos transportar.

— Não se preocupem — tranquilizou-nos. — Serão apenas alguns minutos.

Olhando para aquela monstruosidade que parecia um caixão, eu achava que não poderia aguentar nem um segundo ali dentro.

No convés havia vários soldados do Khmer Vermelho segurando tochas encimadas por chamas brilhantes cor de laranja e espirais de fumaça preta. O cheiro de alcatrão e feno queimado enchia o ar da noite, e mesmo pensando que o rio estava bem a nossa frente, não conseguia sentir seu cheiro. O odor de fogo, das fogueiras, ofuscava todos os outros. Sombras e luzes deslizavam sobre a superfície da água, emaranhadas umas nas dobras das outras, como espíritos da água lutando em antecipação à sua alimentação noturna.

Mais uma vez tivemos de formar fila. Os soldados não falavam, apenas resmungavam e empurravam. Pareciam mais jovens e mais calados do que aqueles que conhecemos ao sair da cidade. Durante nossa caminhada por toda a ilha eles mal falaram um com o outro, muito menos conosco. Uma porta, cheia de buracos em forma de mariposa onde a madeira havia apodrecido, desceu do ventre do barco como uma língua para fora de uma boca aberta. Uma dupla de soldados do Khmer Vermelho guardava a entrada, um empunhando uma arma de cano longo e o outro uma tocha com uma chama de alcatrão fumegante. Uma por uma, as pessoas marchavam pela entrada iluminada e desapareciam no interior escuro.

Quando chegou nossa vez, papai arregaçou as pernas da calça e, segurando-me no colo, entrou na água para chegar à prancha de madeira. Mamãe e Radana empacaram logo atrás, seguidas pelo resto da família.

Na porta, o soldado armado nos parou com a ponta de sua arma roçando o braço de papai, impedindo-nos de entrar.

— O que é isso? — Perguntou, olhando para a cinta de metal em minha perna direita.

— Minha filha precisa de suporte — disse papai a ele.

— Ela é aleijada?

Indignada, falei sem pensar:

— Não!

Os olhos do soldado cintilaram para mim. Abaixei o rosto.

— Ela teve poliomielite — explicou papai.

O soldado olhou para ele.

— Jogue isso na água.

— Por favor, camarada...

— Tire isso e jogue na água! É uma peça de maquinaria!

— Mas...

— A Organização vai curá-la!

Aquilo pareceu durar uma eternidade, mas finalmente papai pegou a cinta e a jogou na água. Ela afundou como um barquinho de brinquedo. Agora, pensei, nunca mais vou andar como mamãe. Eu sempre odiei a cinta, mas, sabendo que a perdera, queria-a de volta.

Pelo menos pudemos ficar com meus sapatos. O soldado afastou a arma e nos deixou passar.

Dentro do barco estava escuro, exceto por uma pequena lamparina de querosene pendurada na alta viga central acima de nossas cabeças. Eu não conseguia respirar. Cheirava a feno podre e a estrume, como se estivéssemos na barriga de uma vaca, em vez de um barco. Gaiolas, caixotes, baldes e fardos de feno estavam espalhados pelo piso de madeira cheio de manchas escuras. Encontramos um lugar perto de uma grande gaiola de arame, do tipo usado para o transporte de galinhas e patos. Papai afastou a gaiola para um lado e Big Uncle cobriu o chão com feno limpo para que nos sentássemos. Não havia possibilidade de fuga. No alto, de ambos os lados, pequenas aberturas redondas, como luas gradeadas, alinhavam-se em oposição às paredes sem janelas. Forneciam o único vislumbre do mundo externo. Mantive meus olhos nelas.

A última pessoa entrou. A porta se fechou como uma boca gigante sobre nós. Ninguém nos ouvirá de novo, pensei, em pânico. Ninguém saberá que existimos. Abri a boca e gritei do fundo dos meus pulmões.

• • •

— Sente-se melhor agora? — perguntou papai quando me acalmei. Assenti.

— Que bom — disse ele, bagunçando meu cabelo. — Você me assustou.

No momento em que o navio atracou, parecia que havíamos passado a noite toda ali dentro. Saímos tropeçando para um cais improvisado ao lado de uma pequena aldeia flutuante. Eram cabanas de palha sobre palafitas que se erguiam da água, barcos com coberturas de tecido de ratã e jangadas com velas em forma de asa. Luzes tremeluziam aqui e ali, e na escuridão semi-iluminada eu podia ver a silhueta das pessoas que seguiam para suas tarefas noturnas — um pescador limpando sua rede, uma mulher banhando-se com seu filho nos inundados degraus de sua cabana, uma família sentada no chão para jantar sob o brilho azulado de uma lamparina de querosene. Eles nos observavam de longe, em um silêncio curioso e consciente, como se o tempo todo estivessem esperando nossa chegada. No entanto, ninguém acenou, ninguém gritou uma saudação ou nos deu boas-vindas. Mesmo assim, eu me sentia grata por estar ao ar livre novamente. Havia estrelas no céu, ar fresco. Pessoas. Árvores. Grama. Era como se houvéssemos sido engolidos por uma criatura do mar e depois cuspidos de volta, inteiros e vivos, com todos os nossos sentidos intactos. Eu podia sentir o cheiro do rio agora, coisa que antes não conseguia, e ele trazia consigo o perfume fraco das monções. Havia chovido enquanto estávamos dentro do barco? Queria que chovesse agora. Queria lavar o cheiro de esterco em meu corpo e minhas roupas.

Um par de tochas iluminava nosso caminho enquanto descíamos pela prancha de madeira. Eu descia devagar, cautelosamente, agarrando-me ao braço de papai para me apoiar, como se pisasse em chão irregular. Sem meu suporte metálico, meus sapatos corretivos eram praticamente inúteis, e as sandálias que usava agora não ajudavam em nada com a coxeadura. Sem apoio, minha perna direita cansava facilmente. Mesmo assim eu estava em êxtase por ser libertada do barco de gado e estar ao ar livre novamente.

Na costa, mais soldados do Khmer Vermelho esperavam por nós com suas armas penduradas nos ombros, morenos como a noite. Iríamos gostar de passar a noite ali, disseram. Os soldados nos levaram para longe da aldeia flutuante, para uma clareira entremeada de coqueiros. Apontando para a escuridão além, o comandante do grupo disse:

— Ninguém sai desta área. Fugitivos serão mortos. Se alguém tentar fugir, toda sua família será morta. Vocês não vão confraternizar com os moradores. Nós decidiremos com quem falarão e aonde irão. Se desobedecerem, morrem.

As pessoas rapidamente começaram a reivindicar a área mais próxima ao rio. Não houve brigas nem discussões.

— Não vale a pena levar um tiro por isso — disse um homem a sua esposa. — Não faz diferença o local que escolhermos. Todo mundo vai dormir no chão.

Encontramos um lugar a poucos metros de distância da água, perto de um coqueiro que se estendia horizontalmente em direção ao rio. Big Uncle e papai soltaram suas pesadas cargas e foram imediatamente preparar o acampamento. Cortaram arbustos espinhosos com duas facas de cozinha que havíamos levado. Arrancaram as videiras e o que poderiam ser trepadeiras venenosas, pisotearam a grama em busca de escorpiões e tarântulas. Big Uncle recrutou os gêmeos para ajudá-lo a levar embora o entulho. Enquanto tudo isso acontecia, a Rainha Avó e Radana sentaram-se entre nossos sacos e trouxas, cacarejando uma para a outra como dois faisões selvagens, curiosamente contentes por estarem paradas. Papai desenrolou uma das esteiras de dormir em um espaço que ele havia limpado para que a Rainha Avó tivesse onde se deitar. A poucos metros de distância mamãe estava ocupada preparando uma fogueira. Partiu alguns galhos secos, empilhou-os em um pequeno monte e os acendeu com fósforos. Chamas saltaram, faíscas voaram crepitando de vida, e quando os galhos maiores se incendiaram, começaram a brilhar as brasas. Ela posicionou três pedras em triângulo ao redor do fogo, encheu a chaleira com a água que tinha buscado no rio e pousou-a em cima das pedras. Mais uma vez ela assumia o comando, verificando o que se poderia comer de nosso limitado suprimento alimentar, e quanto. Ela atribuiu a minhas tias tarefas específicas, de modo a não sobrecarregá-las. Com exceção de mamãe, todos nós tivéramos criados a vida toda e, de repente, estávamos simultaneamente sem ajuda e sem casa.

Tata foi preparar o arroz para cozinhar. Abriu o saco, mediu com um pote o número de xícaras sugerido por mamãe e lavou-o. Ao lado dela, tia India estava ocupada esfregando o excesso de sal do peixe seco com pedaços de folhas de bananeira. Mamãe lhe mostrou como colocar uma tira de peixe entre a forquilha de um pequeno galho, amarrar as pontas com um pedaço de vinha e apoiá-lo na chaleira para grelhar. Quando tia India pegou o jeito, mamãe acendeu outra fogueira para o arroz. Todos à nossa volta faziam o mesmo. Em pouco tempo, todo o acampamento ganhou vida, com movimentos e sons. Pessoas emprestavam umas das outras potes e panelas, pratos e copos, cestos e facas. Trocavam bens — uma lata de leite condensado por uma xícara de arroz, um dente de alho por uma colher de açúcar, sal por pimenta, peixe seco por ovos salgados.

Havia uma atmosfera de alegria, como em um mercado, e o brilho dos fogos de cozinha só fazia tudo parecer mais festivo.

Até os soldados do Khmer Vermelho, que passeavam pela periferia do acampamento, guardando e observando, não pareciam tão ameaçadores como inicialmente. Dividiram-se em grupos menores e, de longe, pareciam como nós, famílias reunidas para preparar sua comida. Embora eu não conseguisse ouvir o que diziam, poderia dizer que brincavam um com outro. Cada risada que estourava de vez em quando retumbava como pássaros batendo as asas. Senti uma mistura de medo e curiosidade.

Papai veio em nossa direção com um coco na mão, sorrindo de orelha a orelha.

— Vejam o que consegui! Aperitivo!

Sentou-se ao meu lado, e, com seu facão, cortou a casca externa, puxando a firme e peluda casca marrom até chegar ao duro escudo interno. Então, com um golpe limpo, rachou-o ao meio, serviu a água em uma tigela, tomou um gole e deu o resto para mim.

Nesse momento, um sapo do tamanho de meu punho pulou da grama abaixo do traseiro de mamãe para o coqueiro inclinado. Papai e eu olhamos um para o outro de olhos arregalados e caímos na risada. Mamãe franziu a testa, envergonhada. Virou as costas para nós, fingindo não saber do que estávamos rindo. Papai e eu urrávamos.

— Se fosse embaixo da minha bunda, esse sapo teria virado presunto! — exclamou, rindo como um gibão. — E pensar que quase tivemos sapo recheado para o jantar! Que iguaria fina!

Mamãe explodiu:

— Você é tão grosso!

Mas, contra a própria vontade, também começou a rir incontrolavelmente.

Papai rolou delirando de alegria, como se estar ali na selva o tornasse selvagem. Foi contagiante. Logo os outros — a Rainha Avó, tia India, Tata — gargalhavam. Até Radana, que com certeza não entendia uma palavra de tudo aquilo, ria. Pulava para cima e para baixo como se sozinha houvesse entendido a ironia, a última insinuação de papai, e isso, naturalmente, só arrancou outra gargalhada dele.

Finalmente, sem fôlego, acalmou-se e sentou novamente, fungando e secando as lágrimas dos olhos. Pegou o coco, que havia rolado para o lado durante seu ataque de riso.

— Quer um pedaço, querida? — Perguntou a mamãe, com a voz mais grave que conseguiu. — Está delicioso, sem querer me gabar.

Mais uma vez gargalhou, mas com um olhar de mamãe rapidamente se controlou. Voltou-se para mim.

— Quer um pedaço?

Assenti; a água de coco aguçara minha fome.

Durante a travessia da ilha haviam nos permitido só uma rápida refeição: um pacote de arroz e peixe assado que os soldados haviam entregado a todos. Disseram que a comida era da Organização, e eu imaginei a Organização como um gordo cozinheiro como Om Bao sentado em uma cozinha enrolando arroz e peixe em folhas de lótus, provando tudo, cercado por montes de embalagens. Onde estava ela agora, essa divindade glutona? Estaria se empanturrando com nossa comida?

Papai descascou a dura carne branca, partiu-a em pedaços, espetou--os em um pau e entregou um a cada um de nós. Seguramos os pedaços de coco espetados sobre as chamas que saltavam de baixo do pote de arroz que cozinhava. O cheiro era delicioso. Inalei-o até meus pulmões doerem. Quando assou, tirei meu coco do espeto e dei uma mordida, soprando, com apetite renovado.

Big Uncle apareceu com mais dois cocos, seguido pelos gêmeos, cada um segurando uma fruta nos braços. Nós os devoramos enquanto esperávamos o jantar ficar pronto.

— Ouçam! — convocou o comandante do Khmer Vermelho.

Estava no meio do campo, com toda sua tropa atrás, a luz e a sombra das fogueiras cintilando em seu rosto como máscaras alternadas. As pessoas se aproximaram para ouvi-lo melhor.

— Amanhã vocês serão levados para seu próximo destino.

— Próximo destino? — Interrompeu alguém na multidão. — E nossa casa? — O homem se levantou, tremendo de raiva reprimida. — Quando vamos voltar a Phnom Penh?

— Não há volta — rosnou o comandante. — Vocês vão começar uma vida nova.

— O que quer dizer com uma vida nova? — Perguntou alguém, e a seguir outros começaram a falar, clamando com fúria.

— E nossa casa? O que vamos fazer aqui, no meio do nada? Queremos voltar para a cidade! Queremos ir para casa!

— A cidade está vazia! — Gritou o comandante do Khmer Vermelho. — Não há para onde voltar! Suas casas são o lugar que nós dissermos!

— Mas nos disseram que poderíamos voltar! — Desafiou o homem que começou a discussão. — Três dias, disseram-nos. Três dias! Bem, já faz mais de três dias! Queremos ir para casa!

— Esqueça sua casa! — Berrou o comandante. — Vocês vão construir uma nova vida aqui, no campo!

— Isso aqui é lugar nenhum! Por que devemos deixar nossas casas para viver aqui?

— São as ordens da Organização!

— A Organização, a Organização! — Gritou outra voz no meio da multidão. — O que, ou quem, é essa organização?

— Sim, diga-nos quem são! Dê-nos um rosto! Queremos saber!

— Diga-nos algo em que possamos acreditar!

— Sim, pare de nos contar as mentiras de seu Khmer Vermelho!

BANG! Um tiro ecoou no céu da noite.

As vozes pararam. Ninguém se mexeu. O comandante abaixou a pistola.

— Você vão ficar ou ir embora quando nós dissermos, entenderam?

Esperou.

Ninguém respondeu. Um silêncio desafiador pairava ao redor.

— ENTENDERAM? — Rugiu, com sua arma abrangendo a parede de gente a sua frente.

A multidão murmurou e assentiu com a cabeça de forma submissa.

— ÓTIMO!

O comandante baixou a arma como se fosse partir, mas voltou-se e enfrentou seus adversários mais uma vez:

— Somos *soldados revolucionários*, e se disserem "Khmer Vermelho" novamente, serão fuzilados.

Retirou-se.

O acampamento inteiro ficou em silêncio. Um longo tempo se passou antes que alguém conseguisse adormecer.

Um caminhão do exército surgiu, parecendo um amontoado de sucata de metal gigante, cheirando a gasolina e borracha queimada. Mais uma vez, o comandante emergiu de seu posto com um megafone nos lábios, anunciando:

— Em pouco tempo, vocês serão divididos em dois grupos. Aqueles que tiverem parentes nos arredores devem se declarar. Serão levados a sua respectiva cidade ou vilarejo. Se sua cidade ou vilarejo ficar longe, irão de carroça. Se for perto, irão andando. Aqueles que não tiverem nenhum parente serão transportados de caminhão. Vocês continuarão viajando até novas ordens da Organização.

Rapidamente fizemos nossa refeição matinal, juntamos nossas coisas e nos preparamos. Os outros soldados revolucionários chegaram de novo com suas armas e começaram a dividir as pessoas em dois grupos, como o comandante havia instruído. Como nossa família não tinha qualquer laço com a região, ficamos no grupo cujo destino era o caminhão, que, de perto, era ainda mais assustador do que sua silhueta sugerira. Tinha um piso coberto de lama, bancos de metal amassados, capota de lona queimada, laterais perfuradas por balas e faltavam as portas da frente, que poderiam ter sido arrancadas por mísseis ou granadas. Parecia que aquilo havia atravessado o inferno, e eu imaginava que provavelmente iria para lá novamente, levando-nos junto dessa vez.

— Não se preocupe — disse papai, erguendo-me e me abraçando. — Eu estou aqui.

Enquanto subíamos, olhei para a fila de carros de bois que havíamos passado; pareciam preferíveis a essa máquina com suas feridas e cicatrizes de batalha. Outros começaram a embarcar. Primeiro uma família, depois duas, depois três, e logo uma horda incontável simultaneamente. Por fim, com todos espremidos e apertados, o caminhão trombeteou como um velho elefante de guerra voltando à vida e impelido para frente.

Sete

Flamboyants em plena floração incendiavam nossa trilha como oferendas aos deuses do fogo. As árvores deram lugar a uma vegetação mais densa e verde, e logo todos nós podíamos ver florestas, pedaços de céu e água. Às vezes subíamos em um arbusto que crescia no meio da estrada, como se fizesse meses que um veículo não passava por ali. Nosso motorista e os quatro soldados revolucionários que o acompanhavam — dois na frente e dois no teto — revezavam-se para descer e cortar as jovens mudas com um machado. Se um pedaço de vegetação fosse especialmente teimoso ou rebelde, todos tínhamos de descer e ajudar a limpar as vinhas. Quando passamos por campos de arroz, muitas vezes tivemos de esperar que um rebanho de vacas atravessasse a estrada, e sempre um dos animais parava e ficava olhando estupidamente, recusando-se a andar, até que o pastor — geralmente um menino que parecia ser a única pessoa por perto, um espírito saído do nada — ia e a puxava para fora do caminho. Quando passávamos, uma aldeia aparecia e desaparecia em um piscar de olhos.

Na terra de plantações de borracha, onde as árvores tinham cicatrizes e sangravam um leite branco, atravessamos pequenas pontes de madeira que pareciam prestes a desabar sob o peso de nosso caminhão, e evitamos outras que os soldados suspeitavam que continham minas terrestres. Quando um deles, brincando, bateu palmas e fez barulho de explosão com a boca, seu companheiro lhe deu uma cotovelada de desaprovação nas costelas, à qual o primeiro respondeu na mesma moeda. Continuaram assim, brincando de bater uns nos outros, enquanto olhávamos. Pensei em como pareciam comuns brincando daquele jeito. Em algum momento eles passaram a falar conosco, e soubemos que eram garotos de vilarejos que haviam aderido à revolução porque, como um deles disse, armas eram muito mais leves que arados. Eles pareciam maravilhados com o motorista, que sabia manobrar o caminhão. Disseram que a maioria de seus companheiros, até recentemente, nunca havia visto um carro, caminhão ou uma moto, e muito menos sabiam manejá-los. Mas alguns, como nosso motorista, tiveram de aprender rapidamente quando começaram a capturar esses veículos dos inimigos. Quando perguntamos se sentiam falta da família, deram de ombros fingindo indiferença ficaram em silêncio, melancólicos, durante um longo trecho. Mas logo um chacoalhão na estrada os levou a bater os ombros uns nos outros e mais uma vez se animaram, empurrando-se para frente e para trás, brincando a cada salto ou guinada.

Mamãe, notando que eu os observava, gentilmente puxou minha cabeça para seu colo. Não resisti e me enrolei no apertado espaço entre ela e papai, com a cabeça no colo dela e os pés no dele. Por muito tempo fiquei ali, abrindo e fechando os olhos, cochilando e acordando, com a paisagem ondulante passando por mim, uma folha levada pelo vento.

Com o Sol brilhando alto acima de nossas cabeças, paramos em uma pequena aldeia perto de um riacho para comer de novo arroz e peixe fornecido por um grupo de soldados revolucionários que, como os outros antes deles, pareciam ter surgido do nada. Não havia muito a dizer. Comemos rapidamente e corremos para nos refrescar no riacho. Arregaçamos as calças e as mangas, salpicando água no rosto e no corpo. Mamãe pegou água com a mão e molhou seu cabelo e o de Radana. Papai molhou seu *kroma* e o deu a mim para que colocasse na cabeça. Tirou sua camisa, molhou-a bem, torceu a água e a colocou de volta. Big Uncle pegou os gêmeos e os mergulhou, de roupa e tudo. O motorista tocou a buzina. Pingando água, mas rejuvenescidos, corremos para o caminhão.

Mais uma vez retomamos nossa jornada. Uma e outra vez as florestas, rios e campos de arroz surgiram diante de nossos olhos, e então rolavam para longe assim que apareciam, engolidos pelo horizonte. Minha cabeça latejava; tentei dormir, mas não consegui. Cada vez que cochilava acordava de novo, sacudida por minha própria falta de ar. Eu estava sufocando com tantos braços e cotovelos à minha volta, o cheiro de suor, a densa camada de pó vermelho que revestia meus lábios e língua, minhas narinas, as espirais de minhas orelhas.

Finalmente, quando parecia que estávamos viajando para o fim do mundo, um dos soldados anunciou que havíamos chegado a Prey Veng, uma província cujo nome significa "floresta sem fim". Um arco com o nome "Wat Rolork Meas" escrito em elegante cambojano antigo, surgiu do lado esquerdo da estrada. Nosso caminhão virou e atravessou a passagem estreita, raspando as laterais na linha de cactos da estrada. Passando uma série de plantações de caju e de cana-de-açúcar, a estrada nos levou a uma pequena cidade onde uma multidão de casas de madeira crescia na distância e um templo budista brilhava próximo, como um sonho no Sol da tarde.

Na entrada do templo, a estátua de um Buda Caminhante estava deitada de costas, como se Mara, o deus dos desejos, tentador do homem, houvesse aparecido e o derrubado de seu pedestal de pedra.

Duas pequenas figuras se ergueram, acordando do cochilo debaixo de uma gigantesca figueira-de-bengala perto da entrada. Caminharam sonolentos em nossa direção, espreguiçando-se e bocejando, com as armas de cano longo penduradas em cintas aos ombros em um pequeno ângulo para evitar que a ponta raspasse no chão. Nossos soldados pularam para fora, sacudindo a poeira do corpo. Os dois lados falaram, e, confirmando se esse era o lugar que deveríamos ficar, o motorista acenou para que descêssemos.

Todos mantivemos uma distância respeitosa da estátua do Buda Caminhante caído, evitando o solo acima de sua cabeça. Alguns dos mais velhos, com as palmas em *sampeah*, inclinaram-se e murmuraram uma prece. Os garotos soldados que nos guiavam não mostraram tal deferência. Antes, um havia cuspido do caminhão no tronco da figueira--de-bengala, e agora outro eliminava o muco de seu nariz no chão, ao passar pela estátua. Nós os seguimos ao salão de oração principal, ao ar livre, que não ficava de frente para a estrada, como era comum nos templos, mas paralelo a ela, erguendo-se mais alto que todas as estruturas circundantes. O salão de oração tinha um telhado pintado de dourado e espigões esculpidos com as pontas curvas que pareciam asas ou chamas. Um par de serpentes *naga* de azulejos vitrificados circundava os pilares externos do salão, com a cabeça, que guardava a entrada, voltada para os degraus da frente, e a cauda entrelaçada nas costas. No meio do piso de ladrilhos estampados havia uma grande estátua de Buda pintado de dourado, de pernas cruzadas, olhando para além de um lago de lótus, para o pântano e a floresta distantes.

Segui o olhar da estátua, notando como estava verde e molhada a terra; a chuva aparentemente chegara mais cedo nesta parte do país. A lagoa estava cheia de flores de lótus, o pântano ondulado de lírios e jacintos, e os arrozais germinados com talos à altura dos joelhos, flexíveis como cabelo de bebê. Li uma vez que as nuvens de pré-monção poderiam se reunir em um só lugar e explodir aleatoriamente, como balões de água furados, encharcando tudo sob suas sombras, enquanto a uma curta distância tudo permaneceria seco e ensolarado. Imaginei os pequenos *tevoda* infantis flutuando nas protuberâncias de nuvens acima de nós testando a maturação das nuvens com as pontas de seus dardos de ouro antes de liberar as chuvas para nos avisar da monção iminente.

Uma brisa fresca soprou, empurrando os tapetes de lótus, enviando pequenas esferas de água transparentes que deslizavam pelas verdes superfícies. Em algum lugar um sapo coaxou, *Ooak, oak, oak!*, e outro respondeu: *Heeng Hoong, Heeng hong! Ooak ooak ooak! Heeng Hoong, Heeng hong!* Iam para lá e para cá como se se anunciassem aos outros animais, advertindo espíritos invisíveis e seres sobre essa intrusão repentina.

Continuei andando e olhando tudo. Adorei o modo como os templos me fizeram sentir. Papai amava também, tanto que me chamara de Vattaaraami, que em sânscrito significa "pequeno jardim do templo". Não sei se os outros se sentiram como eu, mas sempre senti certa familiaridade persistente após andar por um templo, mesmo que fosse completamente estranho, como se voltasse a um lugar que conhecia de outro tempo, de outra vida. Fiquei me perguntando sobre esse templo, no entanto. Por que era tão tranquilo, tão vazio... Parecia próspero para um templo provincial, mas abandonado, como se os habitantes houvessem desaparecido abruptamente. Evaporado. Não havia crianças rindo em seus solos ensombrados, nem monges recitando suas lições de *dharma*, nem pessoas da cidade conversando nos degraus do salão de oração. Em vez disso, havia os ecos por todo lado.

Senti uma presença. Sussurrei: "Alguém aí?". Sem resposta. Apenas ecos aqui e ali, ricocheteando no vazio.

À direita da lagoa havia um *stupa* branco, uma cúpula em forma de sino, com uma longa torre dourada que se erguia e ia afinando até se misturar com o céu. Um *stupa* é construído para abrigar uma relíquia do Buda, um pedaço de pano, cabelo, dente, ou, muitas vezes, como papai me disse uma vez, nosso desejo para o eterno, para a imortalidade. Olhando para a imensidão desse *stupa* pensei que talvez abrigasse todos os desejos imagináveis, os dos vivos e dos mortos, cujas cinzas estariam nas circundantes *cheddays*, versões menores do *stupa*. À esquerda da lagoa havia quatro edifícios, pintados de amarelo-mostarda, com persianas de madeira em toda a volta, como minha escola em Phnom Penh. Os edifícios ficavam de frente um para o outro formando um quadrado, e no meio havia um mastro alto e fino apenas com os restos esfarrapados de uma bandeira na base e ao lado dele, um pedaço de terra usado para as crianças brincarem. Meus olhos caíram sobre os traços de carvão vegetal de um jogo de amarelinha desenhado no chão. Uma pedra havia sido deixada no centro da amarelinha, em um dos quadrados, marcando o lugar da pessoa que havia jogado por último. Eu me perguntava quem... quem estivera ali antes? Mais uma vez, pensei ter ouvido um eco. Um fantasma sussurrando em meu ouvido. Ou talvez meus próprios pensamentos rasgando o silêncio. Peguei a pedra e a coloquei no bolso; um amuleto da sorte, para proteção.

Seguimos à esquerda para nos instalarmos. Os edifícios escolares estavam vazios, de modo que havia mais salas de aula que famílias. Estavam todas abertas para nós. Teríamos espaço para nos espalhar e poderíamos escolher qualquer sala que quiséssemos. Mas por que sentimos que era uma intrusão? Por que eu sentia que estávamos sendo observados?

Nossa família escolheu uma sala de aula com uma fileira de janelas que se abriam para os campos de arroz, o pântano e a vastidão de florestas mais além. Dentro dela não havia mais mesas e cadeiras. Só seus contornos ficaram no chão de ladrilhos. O quadro-negro permanecia, e no topo, alguém — talvez um professor, ou um monge professor — havia escrito, *Conhecer vem de...*, cada palavra de uma cor diferente. O resto havia sido apagado, e um arco-íris de pó de giz deixado para trás.

Deixamos nossos pertences em um canto e olhamos em volta. Não havia muito, só espaço, uma sala vazia; mas era melhor que dormir na noite aberta entre os animais e os insetos. Havia espaço suficiente para que ficássemos confortáveis e próximo um do outro. Big Uncle abriu uma porta de ripas de madeira e descobriu que dava para outra sala, um pouco menor que a nossa. Um almoxarifado, talvez, mas não havia nada ali. Tata sugeriu que a reivindicássemos antes de outra família. Mas, para ficarmos do lado seguro, decidimos apenas colocar nossos pertences extras ali e dormir juntos em uma sala só. Os gêmeos, tendo dormido quase a tarde inteira no caminhão, não paravam quietos. Corriam para cá e para lá pela porta aberta, com Radana gritando atrás deles. Big Uncle fez uso de sua energia e pôs os três para trabalhar. Deu aos meninos a esteira de palha enrolada — que usamos para comer — e os mandou levá-la para o quarto menor. Deu a Radana uma panela e a mandou acompanhar os meninos. Ela seguiu com seus passinhos atrás deles, batendo a tampa contra a panela.

Papai, que havia saído momentaneamente, voltou com duas vassouras de palha, alguns trapos e um balde de água. Juntos, espanamos, varremos, esfregamos e enxugamos. Na parede perto da entrada de nossa sala havia várias manchas de tinta vermelha, ou talvez de sangue seco, em forma de mãos e dedos esticados em um comprimento indistinto.

Papai me pegou olhando para as manchas; aproximou-se com um pano úmido e esfregou forte até que se fundiram em um grande borrão rosado na parede. Então, voltando sua atenção para o quadro-negro, apagou todas as marcas e rabiscos. Seu olhar viajou até as palavras no topo, *Conhecer vem de...* Abaixou o pano, e, com um pedaço de giz da pilha do lixo varrido, terminou a frase. De modo que agora líamos: *Conhecer vem de aprender; encontrar vem de procurar.*

Desempacotados nossos pertences, espalhamos as esteiras de palha. O Sol se pôs e o céu escureceu como a cor de um búfalo asiático. Mamãe disse que ia começar a fazer o jantar. Os soldados revolucionários não nos ofereceram mais alimentos ou arroz. Tia India sugeriu que talvez devêssemos esperar. Eles ainda poderiam chegar. Big Uncle a fez lembrar que aqueles dois garotos não pareciam saber de onde viria seu próprio jantar, e muito menos o nosso.

— Vamos nos sair melhor com as rãs da lagoa — acrescentou, piscando para mim, remontando ao incidente com o sapo da noite anterior.

— *Oak oak oak* — coaxou papai, imitando o distante grito abafado do lado de fora.

— Parem com isso, vocês dois! — censurou mamãe.

Os gêmeos e Radana, ouvindo a palavra "sapos", começaram a pular de quatro e coaxar pela sala. Mais uma vez começamos a rir, Tata mais alto. Então, de repente, seu riso se transformou em choro.

— Nunca mais vamos voltar para casa, não é? — soluçou. — Vamos morrer aqui.

Seu ser inteiro tremia, e minha formidável tia, sempre equilibrada e ereta, segura de si, estava agora desalinhada, fungando. Ninguém sabia o que dizer ou fazer.

Radana caminhou até ela, e com um braço em volta do ombro de Tata, deu-lhe um beijo no rosto como se fosse uma frágil boneca.

— Tata dodói? — perguntou.

Tata concordou e Radana a beijou novamente, e esvaziando suas bochechas, soprou a mágoa para longe.

— *Cabô!* — declarou, com as palmas gordinhas abertas e alegres.

Os olhos de mamãe ficaram marejados. Voltou-se e saiu pela porta, levando o saco de arroz e a panela consigo.

A escuridão caiu em torno de nós, salvo pela pequena chama de meia vela que papai havia tirado do salão de orações, e, quando nos preparamos para dormir, senti os espíritos a nossa volta, suas sombras se solidarizando com as nossas, seus sussurros imitando nossos pensamentos, *Conhecer vem de aprender; encontrar vem de procurar...*

"Raami", chamaram-me. "Raami, acorde, acorde..." Abri meus olhos e vi o escuro olhar de papai acima do meu.

— Acorde, querida — sussurrou —, quero lhe mostrar uma coisa. Venha, antes que se dissipe.

Sentei-me esfregando os olhos e saí do mosquiteiro enquanto papai segurava a borda aberta para mim. Pegando-me nos braços, carregou-me na ponta dos pés através da sala.

Lá fora o céu era cinza-azulado, com seu escuro vestido do amanhecer amarrado com tiras de neblina. O chão estava molhado e o ar guardava a memória da chuva, que, eu lembrava, havia caminhado por ali durante a noite como um peregrino noturno, acordando-me com o tamborilar de seus passos; e quando adormeci, deslizando sem interrupção para dentro de meu sonho.

Papai me desceu e andamos de mãos dadas pela peneira de névoa; o ar fresco enchia minhas narinas e pulmões, persuadindo-me a acordar. Olhei em volta. Tudo estava quieto. Pelas portas e janelas abertas dos edifícios escolares podia ver manchas de mosquiteiros e sentir todos respirando profundamente, coletivamente, como se sonhassem o mesmo sonho. O lugar inteiro parecia estar sob um feitiço, envolto em uma serenidade tão palpável quanto a bruma.

Chegamos ao salão de orações, e era como entrar no lendário reino do *Reamker* envolto em nuvens. Faixas de névoa grossas como vapor em algumas partes cercavam o salão de orações ao ar livre, tecendo os espaços entre as colunas e balaustradas em seu sinuoso caminho até o teto, depois para baixo novamente em direção à lagoa, onde se juntavam em redemoinhos frouxos, como contornos de fumaça deixados para trás por dragões desaparecidos.

— Parece Ayuthiya — murmurei com medo de que, se falasse muito alto, tudo evaporasse.

Não conseguia encontrar a página arrancada do *Reamker*. Devia ter caído de meu bolso na viagem. Mas eu não precisava da ilustração. Ali estava a coisa real.

— É tão bonito!

— É mesmo, não? — Papai apertou minha mão. — É por isso que quero que veja isso.

Deixou escapar um longo e lento suspiro, aumentando o vapor em torno de nós.

— É uma dádiva poder imaginar o céu, e um renascimento realmente vislumbrá-lo.

— Este é o céu, então? — Perguntei, piscando e mandando para longe os últimos vestígios de sono, pensando talvez que ainda estava sonhando.

— Pelo menos sua imagem refletida. Se podemos vislumbrar o reflexo de céu na Terra, em algum lugar deve existir o real.

Os olhos de papai rumaram para o par de serpentes esculpidas ao longo das balaustradas.

— O *naga*, do sânscrito *nagara*, "cidade" ou "reino", é um símbolo da energia divina, de nossa ligação com os céus. Este lugar, esta terra de pilares, torres e pináculos de *naga*, nasceu da inspiração divina, de modo que é uma lenda entre muitas. Minha história favorita é uma de Preah Khet Melea, filho de Indra e de sua consorte terrestre. Um dia, aos doze anos de idade, Melea recebeu um convite de seu pai para visitá-lo.

Papai olhou para cima e apontou a imagem esculpida de uma criatura lendária, metade humana e metade pássaro, adornando o topo de cada pilar do salão de orações.

— Gosto de imaginar que talvez Melea tenha subido aos céus nas asas de um desses.

— É Kinnara — disse eu, lembrando-lhe o nome da criatura.

Nas inúmeras histórias que havia lido e ouvido, Kinnara podia atravessar para a frente e para trás entre o mundo dos humanos e o dos deuses.

— Isso mesmo — papai acenou com a cabeça, sorrindo. — Uma vez lá, Melea olhou com admiração o reino celestial, as filas de palácios com campanários de seu papai cobertos de pedras preciosas, fossos e piscinas cintilantes como se fossem feitos de diamantes líquidos, viadutos e pontes que se estendiam para a eternidade. "Você terá seu próprio reino terrestre", disse Indra a seu filho, "à imagem deste. Tudo que desejar aqui, mandarei meu arquiteto celestial replicar". Melea, comovido pela generosidade de seu papai, não se atreveu a pedir uma réplica do palácio de Indra. Em vez disso, humildemente, pediu para recriar apenas os estábulos de Indra.

— Só isso? Só os estábulos? — Minha mente despertou com a história.

Papai riu:

— Ah, mas mesmo os estábulos de Indra deram origem ao grande templo de Angkor, que se tornou a inspiração para todos os templos posteriores que adornam esta terra onde nasceu. Veja, Raami, este templo é tão bonito, e é apenas um pequeno vislumbre, modesto, do que é divinamente possível em todos nós. Somos capazes de beleza extraordinária se nos atrevermos a sonhar.

Fiquei quieta, imaginando papai como Indra e eu como Melea.

— Sabe por que lhe dei o nome de Vattaaraami? — Apoiou o joelho no chão e olhou em meus olhos. — Porque você é meu templo e meu jardim, minha terra sagrada, e é em você que vejo todos os meus sonhos.

Sorriu, como se permitindo a indulgência de uma reflexão matutina.

— Talvez seja natural para um pai, para todos os pais, ver em seu filho tudo o que é bom e intocado. Mas se puder, Raami, quero que veja isso em si mesma. Não importa quanta feiura e destruição testemunhe a seu redor, quero que sempre acredite que o menor vislumbre de beleza aqui e ali é um reflexo da morada dos deuses. Isso é real, Raami. Existe esse lugar, esse espaço sagrado. Você só precisa imaginar, atrever-se a sonhar. Está dentro de você, dentro de todos nós. — Endireitou-se novamente, deixando escapar um longo suspiro. — Eu o vejo o tempo todo.

Segurou minha mão e subimos os degraus rumo ao salão de orações. Voltando-nos, ficamos de frente para a lagoa. A luz se reunia rapidamente, rompendo a fina névoa, e a cada respiração minha podia ver mais e mais à frente — os tapetes e as flores de lótus emergindo como pinceladas hesitantes no quadro de um artista. "O que desejar aqui, mandarei meu arquiteto celestial para replicar." Eu sentia, mesmo sem poder expressar, que em algum lugar um Deus estava transformando meu sonho em realidade; toda a beleza que nos cercava parecia verdadeira e palpável. Acreditava que havia entrado no céu, havia sido levada através de seu portão. Tive a certeza de que nossa chegada não havia sido acidental.

Ele veio se arrastando para o portão. Uma figura curvada foi lentamente seguindo em nossa direção. Meu coração deu um salto e deixei escapar:

— Old Boy?

Mas era um varredor do templo com uma vassoura na mão. Cada templo tinha um, um ser meio invisível, meio esquecido. Com frequência era um homem velho, o mais pobre dos pobres, que à beira da morte sentia que manter o templo limpo era seu último apelo aos deuses; que, em sua morte, seu esforço lhe outorgaria mérito suficiente para um renascimento melhor, assim não sofreria novamente como nesta vida. A figura que vinha em nossa direção movia-se como um bernardo-eremita em uma concha humana, com as costas dobradas, como se houvesse passado a vida inteira, e não apenas a velhice, varrendo os pisos desse templo.

Papai saiu de meu lado e desceu correndo os degraus.

— Deixe-me ajudá-lo — disse, oferecendo seu braço ao velho varredor.

— Obrigado, Neak Ang Mechas — respondeu o varredor utilizando o título completo de papai, o que significava que sabia quem ele era.

Mas, como? Em algumas ocasiões durante nossa viagem, as pessoas se voltavam ao nos ouvir falar a língua real. Papai havia sugerido que falássemos o cambojano normal tanto quanto possível, de modo a não chamar a atenção. Ele não havia dito nada nesse momento para revelar quem era. Como o varredor sabia? Talvez fosse um daqueles místicos sábios que podiam ver a alma das pessoas e sabiam exatamente quem eram.

O velho varredor juntou as palmas das mãos e levou-as à testa em um esforço para saudar papai, mas, como suas costas era muito curvas, sua cabeça chegava ao peito de papai.

— Sou um grande admirador de sua poesia, Sua Alteza — disse ele, e a seguir começou a recitar:

Certa vez, em um sonho,
Deparei-me com uma criança carregando minha alma.

— Li isso há muitos anos — explicou sorrindo —, quando foi publicado pela primeira vez na *Civilization* — inclinou a cabeça para o lado para olhar papai com uma expressão de admiração e espanto. — É realmente incrível que Sua Alteza esteja aqui diante de mim.

Papai sorriu um pouco envergonhado.

— Deixe-me ajudá-lo — disse novamente, pegando a vassoura com uma mão e apoiando o cotovelo do varredor com a outra.

— Obrigado — respondeu o varredor. — Vou ficar aqui mesmo.

Abaixou-se nos degraus do salão de orações.

Voltei-me e lhe ofereci o tradicional *sampeah*. Ele retribuiu minha saudação, e olhando-me de uma forma bastante singular, acrescentou enigmaticamente:

— Você deve ser a criança do sonho.

Olhei para papai em busca de uma explicação, mas ele deu de ombros, parecendo contente pelo velho varredor voltar a atenção para mim.

Então, para minha surpresa, percebi que se referia ao poema! Abri um grande sorriso, confusa e encantada.

— Foi um prazer, minha querida princesa.

Mais uma vez pensei em como se parecia com Old Boy, dirigindo--se a mim daquele jeito, a formalidade em sua linguagem e modos, a diversão em seu sorriso... O que foi que Old Boy dissera? *Quando você ama uma flor, e de repente ela se vai...*

— O último abade — o velho varredor começou a explicar com a voz hesitante, embargada de tristeza.

Parou, firmando-se, e tentou de novo:

— O Venerável Mestre, que era também um ávido admirador de sua poesia, Sua Alteza, trazia com frequência várias revistas literárias de Phnom Penh. Ao longo dos anos fui me familiarizando com suas palavras, e também com fotos suas que algumas vezes as acompanhavam. Quando o vi ontem, claro que não tive dúvidas de quem era. Minha visão é só o que me resta da juventude. Todo o resto... — indicou o resto de seu corpo. — Bem, como você pode ver, Alteza. — Deixou escapar um suspiro.

— Esteve aqui ontem? — Papai parecia confuso. — Não o vi.

— Eu estava no pavilhão de meditação. O senhor havia acabado de chegar e os soldados o acompanhavam. É melhor não ser visto por eles, ficar invisível.

Papai assentiu.

— Sim... toda minha vida procurei a invisibilidade, mas ainda não a alcancei — sorriu para nosso companheiro. — Até aqui sou reconhecido.

O varredor corou, culpado:

— Sinto muito — disse, com tristeza.

E então, como se houvesse sido atingido por uma ideia brilhante, perguntou:

— Gostaria de ver o pavilhão de meditação?

Segui seu olhar rumo à estrutura simples de madeira à beira da lagoa, com sua silhueta parcialmente obscurecida pelo tronco de uma figueira-de-bengala. Já a havia visto quando chegamos, mas, em reverência ao salão de orações e à *stupa*, mais ornamentados, não lhe havia prestado muita atenção.

— É um local perfeito para refletir, escrever poesia. É possível ficar invisível ali — acrescentou docilmente o velho varredor.

— Não há problema? — Papai hesitou. — Podemos dar uma olhada? Eu nem sonharia com isso se os monges...

Parou, e o sorriso em seu rosto desapareceu. Não tinha a intenção de relembrar os monges.

O varredor assentiu, retomando sua solenidade.

— Sim, a esta hora os monges estariam lá, meditando. — Fez um esforço para se levantar e papai lhe ofereceu o braço de novo. — Mas sua presença já não é mais que névoa. Se Sua Alteza me acompanhar, vou lhe mostrar.

Tiramos os sapatos e subimos os quatro curtos degraus do pavilhão de meditação. O velho varredor abriu as pesadas portas de madeira com uma chave mestra que levava em uma faixa em volta do punho. Era escuro e úmido ali dentro, e o cheiro de incenso rançoso encheu o pequeno espaço apertado. Papai soltou os ganchos e abriu uma linha de persianas dobráveis, revelando o lago, os pântanos e florestas além. Era uma bela vista, tão calma e serena que me fez pensar que estava olhando para um quadro.

— Mais uma história — murmurou papai olhando para os murais pintados de ouro e laca preta e vermelha nas paredes e no teto abobadado.

— Sim, cenas dos contos de Jataka, desde o nascimento de Buda até sua iluminação — disse o velho varredor. — Conhece, princesa?

Assenti, e ele pareceu satisfeito. Voltando-se para uma escultura de madeira de Buda sem adornos, em um canto, ajoelhou-se e se curvou três vezes, tocando a testa nua no chão a cada vez. Papai e eu seguimos seu exemplo.

— *Oh Preah Pudh, Preah Sangh* — cantou o velho, invocando o nome de Buda e os espíritos dos monges mortos —, perdoe nossa intrusão. Viemos com intenções puras. Conceda-nos calma e discernimento.

Ficamos ajoelhados com as palmas no colo, olhando para a estátua de Buda. Mais uma vez, senti os fantasmas entre nós.

— O que aconteceu aqui? — Perguntou papai quase sussurrando. — O que aconteceu com os monges?

Parecia que, como cometera o erro de abordar o assunto antes, era melhor perguntar diretamente.

— Os soldados... vieram na última colheita — começou o velho varredor. — Saíram de todas as direções da floresta. Disseram que vinham nos libertar, libertar a cidade. De quê? Não éramos prisioneiros. Para que haviam vindo? Exigimos saber. Eles não sabiam explicar. Eram apenas garotos acabados de sair da selva, sem diferenciar esquerda de direita, muito menos o certo do errado. Mas foram educados, suponho; pediram-nos gentilmente que abandonássemos nossos "hábitos feudais", falando uma estranha língua revolucionária que eles mesmos não pareciam compreender. Não nos convenceram, é claro. Ao contrário, cansaram-nos, e nós dificultamos as coisas para eles, tanto que se retiraram. Então, vieram seus comandantes como um bando de *kakanasos.*

No *Reamker*, o Kakanaso era o pássaro preto de Krung Reap, arauto de presságios sombrios. Ao passo que Kinnara era metade humano, Kakanaso era metade demônio.

— Seguiram direto para o templo — prosseguiu o velho varredor —, sabendo, como todos nós, que era ali que se reuniam os membros importantes e confiáveis de nossa comunidade. Talvez pensassem, com razão, que, se pudessem subjugar o templo, logo o resto da cidade o seguiria. — Fez uma pausa para respirar; com seus olhos semicerrados, lembrava:

— Mandaram que os monges abdicassem do *status* eclesial e voltassem para suas famílias, alegando que não haveria mais prática religiosa alguma no novo Camboja Democrático livre. Pode imaginar, Alteza, o choque e os protestos que se seguiram. Os monges se recusaram a renunciar a seus votos, a cidade os apoiou, e os soldados, abandonando seus slogans e retórica revolucionários, recorreram à violência. Viraram o lugar de cabeça para baixo e forçaram os monges a saírem de suas celas. A maioria dos noviços, de fato, renunciou a seus votos e voltou a suas famílias, mas os poucos monges mais velhos permaneceram em apoio ao abade, firmes em sua fé.

Mais uma vez o varredor fez uma pausa com voz hesitante. Esperamos em silêncio, dando-lhe tempo para se recompor.

— Nos dois dias seguintes, o abade e os monges restantes se refugiram neste pavilhão — olhou ao redor da sala. — Meditaram e jejuaram, apenas bebendo água. Para nossa grande surpresa, os soldados os deixaram em paz. Mas, no terceiro dia, um grupo de soldados voltou e capturou o abade, forçando-o degraus abaixo. Imploramos que nos dissessem por que o estavam levando. "Para ser reeducado", gritou o comandante. — O velho varredor balançou a cabeça. — Ser reeducado? Não entendo o que isso significa, Alteza. Os monges são nossos primeiros professores aqui. Sem eles, um garoto como eu nunca teria aprendido a ler. O que poderiam esses soldados analfabetos ensinar a nossos professores? Eles não conhecem a palavra do *dharma* de Buda e nem uma linha de poesia. O que poderiam saber sobre aprender, se só o que buscam é sangue?

Papai não respondeu. Após um momento, perguntou:

— Onde foi que aconteceu?

— Vou lhe mostrar, Sua Alteza — disse o varredor, lutando para se levantar. — Precisa ver a maldade deles com seus próprios olhos.

Quando saíamos do pavilhão de meditação, olhei para o mural. O relato do velho varredor sobre o que havia acontecido não era real para mim como era a história da jornada de Buda pintada nas paredes e no teto. Aquilo era uma história que eu podia literalmente ver, correr a mão por ela; sua mensagem me fora explicada inúmeras vezes: a paz vem para alguém que compreende. Então, para aliviar minha inquietação, convenci-me de que compreendia — que o desaparecimento daqueles cuja presença eu ainda podia sentir foi uma espécie de *nippien*, uma passagem desta vida para um lugar desejável como o campo celestial dos deuses.

Levou-nos às celas dos monges — um aglomerado de casas de madeira sobre palafitas. Livros do *dharma*, encadernados de couro, rasgados, livros didáticos infantis, lápis, réguas, caixas de giz se espalhavam pelo chão entre vasilhas de esmolas quebradas. Colchonetes, travesseiros, cômodas, estantes, com mesas e cadeiras das crianças, que deviam provir dos edifícios escolares, haviam sido atirados nos arbustos circundantes. Pilhas de túnicas cor de açafrão descansavam perto de uma casinha nos fundos, e moscas grandes como abelhas zumbiam sobre elas ininterruptamente.

— Fizeram o abade tirar seu hábito ali e vestir roupas civis — disse o varredor, apontando para os montes apodrecidos. — Não sei por que se incomodaram se iam fazer o que fizeram. Talvez temessem o pano mais que o homem, não sei.

Ele olhou para mim, depois para papai, incerto quanto a prosseguir. Papai fez um leve aceno de cabeça e ele continuou:

— O abade ofereceu sua vida na esperança de que poupassem os outros. Eles o levaram para a floresta — apontou para a massa verde impenetrável além dos campos de arroz. — Ouviu-se um tiro.

Lágrimas, que ele tentou conter, encheram os olhos do varredor.

— Então... então, vieram atrás dos outros, dos monges mais velhos. Os velhos *achars* e freiras que haviam se jogado no chão implorando em nome do abade. Os meninos órfãos que não tinham outra casa além desta, em cujas salas de aula profanadas vocês agora encontram refúgio.

Mais uma vez o varredor lutou contra as lágrimas.

— Não se ouviu nenhum tiro dessa vez, mas se um som pudesse mover os céus, seria os gritos das crianças. Nunca vou esquecer; isso vai me seguir até a próxima vida.

Papai permaneceu em silêncio, olhando para tudo. Segui seu olhar de um monte para outro, e por um segundo fugaz pensei ter visto ecos de nós mesmos, nossos próprios fantasmas entre a evanescente presença brumosa dos monges, freiras e órfãos mortos. Pestanejei para afastar a imagem. Papai tinha razão, pensei, o sonho e a realidade eram a mesma coisa. O que existia em um poderia ser replicado no outro. Estávamos longe de casa, mas, mesmo ali, meu sonho e realidade haviam sido moldados pelos adultos que me amavam e cuidavam de mim. No solo deste templo papai havia construído para mim, como o arquiteto celestial de Indra fizera para Melea, um mundo agradável e bom. Eu só tinha de olhar além do mau cheiro e montes dispersos para ver os vislumbres de beleza. Mal pensei nisso e lá estava, um lindo besouro gigante que parecia uma mosca varejeira, refletindo seu corpo verde metálico e dourado. Surgiu das escuras dobras e fendas de vestes ensanguentadas dos monges levando consigo as cores das coisas primorosas e quebradas.

Papai e o varredor também viram. Observaram-no com o silêncio de quem oferece seus respeitos aos mortos. O besouro, como se sentisse nossa presença, abriu as asas e voou.

Voltamos ao salão de orações; papai escoltava o varredor enquanto o velho falava da cidade, de uma nova geração de líderes que havia substituído os chefes tradicionais; Rolork Meas não era o mesmo despreocupado lugar que havia sido. O povo da cidade, antes gregário e generoso para com os outros, tornou-se retraído e taciturno, temendo represálias caso confraternizassem e falassem livremente. Fecharam-se em si mesmos, sem querer saber de alguém novo, e por isso não deveríamos nos surpreender se ninguém fosse nos visitar.

— Precisa ter cuidado, Sua Alteza — alertou o varredor parando de andar, como se quisesse dar peso a seu alerta. — Esses soldados e seus líderes estão observando.

Continuamos andando; o nevoeiro se evaporara completamente. A manhã chegou, e com ela os sons da vigília. Aves piavam e batiam as asas; um galo cantou na distância e outro respondeu, e, ao longo da lagoa, rãs coaxavam e um peixe rompeu a superfície da água. O céu vestia um véu rosado, emprestado das flores de lótus que se abriam embaixo. O pântano brilhava, como se a qualquer momento fosse cuspir o Sol, que — eu imaginava — havia mantido encharcado a noite toda e polido com um novo brilho. Quando uma suave brisa soprou, a água se ondulou em longas faixas douradas, e ficou óbvio por que essa cidade se chamava "Ondas de ouro".

No portão, o velho varredor indicou outro lado da estrada, apontando uma pequena cabana de palha.

— Meu pedacinho de céu — disse. — Se precisar de alguma coisa, sempre pode me encontrar lá. Apesar de que não tenho muito a oferecer — sorriu — além de ventos e chuvas.

— Podemos acompanhá-lo de volta? — perguntou papai.

— Obrigado, Sua Alteza, mas posso voltar sozinho.

Então, apontando na direção do pavilhão de meditação, acrescentou:

— Vou deixá-lo destrancado para que Vossa Alteza tenha um lugar tranquilo para escrever.

Comovido com o oferecimento, papai apertou a mão do varredor. Este retribuiu o gesto, e, a seguir, rumou hesitante para sua cabana com seu tronco curvado como uma foice.

Papai o observava. Então seus olhos fitaram a cabana distante e ele murmurou, meio para si mesmo:

— As paredes são os ventos e as chuvas.

Atrás de nós, um grupo de homens havia saído para aproveitar o ar da manhã. Papai se aproximou e perguntou se podiam ajudá-lo a levantar o Buda Caminhante caído de volta à posição vertical.

— Claro, Sua Alteza! — disseram em coro nos degraus do salão de orações.

Papai sorriu, grato pelo entusiasmo.

Enquanto os homens se ocupavam com isso, voltei para o pavilhão de meditação. Lá dentro, estudei os murais, pensando nas muitas histórias esculpidas na varanda e nas paredes da casa que havíamos deixado para trás; em como achava que estavam fixas naquele lugar. Mas, olhando para os murais, tive a sensação de que as histórias haviam nos seguido até ali, movendo-se conosco em nossa jornada, manifestando-se em todas as formas.

Conhecer vem de aprender; encontrar vem de procurar.

Ficou claro o significado da mensagem. Se eu olhasse o suficiente, se procurasse, encontraria o que estava procurando. Ali, no solo ensombrado da figueira-de-bengala, o templo abrigava pequenos reflexos do paraíso que havíamos deixado para trás.

Oito

Deixei o pavilhão de meditação e voltei ao templo. O lugar estava repleto de atividade, de vistas e sons felizes de um novo dia que começava. As pessoas saíam para conversar e esticar os membros; pareciam pertencer ao local desde sempre, conversando umas com as outras como vizinhos de longa data.

No salão de orações, um grupo de anciãos rendia homenagem à grande estátua de Buda. Um homem velho, assumindo o papel do *achar*, deu início ao refrão familiar:

— Rendemos homenagem a Ele, o Santo, o Puro, o Iluminado.

O resto do grupo acompanhava, entoando:

— No Buda buscamos refúgio. No Dharma buscamos refúgio. No Sangha, o templo, buscamos refúgio.

Crianças corriam por ali fazendo fervilhar a manhã com risos e brincadeiras. Os menores brincavam de esconde-esconde por entre os pilares, uns quicando para cima e outros pulando para baixo pela escada. Quando faziam muito barulho ou se aproximavam demais da estátua do Buda, um ancião gentilmente os advertia, lembrando--lhes de manter uma respeitosa distância. Os maiores — um grupo de meninos — rebatiam uma *kroma* enrolada fortemente como uma bola, enquanto as meninas pulavam corda no chão macio e úmido com os pés descalços.

Papai, com as costas apoiadas no pedestal sobre o qual descansava novamente a estátua do Buda Caminhante, sentou-se rabiscando em sua caderneta de couro, que devia ter salvado dentre nossos pertences quando fomos obrigados a atravessar o rio. Olhei em volta para ver se algum soldado revolucionário nos observava, mas não pude ver nenhum. Estávamos seguros. Ver papai com sua caderneta me fez pensar no *Reamker.*

Surpreendentemente, porém, não o perdera como pensara. Ficou claro para mim, então, que, enquanto livros podem ser rasgados e queimados, as histórias que contêm não precisam ser perdidas ou esquecidas.

No lago, um brilhante pássaro vermelho voou dentre os tapetes de lótus espirrando água, para o deleite das crianças e dos pais que observavam. Lembrei-me de uma fábula que Milk Mother me contou uma vez, sobre um pássaro macho que ficou preso em uma flor de lótus quando ela se fechou, ao pôr do sol. Apenas quando a flor se abriu de novo, ao amanhecer seguinte, o pássaro finalmente pôde sair. Voltou para seu ninho lindamente perfumado.

Milk Mother dizia que essas histórias eram como trilhas dos deuses. Levam-nos através do tempo e do espaço e nos conectam com o universo inteiro, com as pessoas e seres que nunca vemos, mas que sentimos existir. Eu sentia que em algum lugar, de alguma forma, Milk Mother ainda estava viva, segura. Percebi que conosco, no espaço fechado do nosso amor, ela havia encontrado segurança temporária, e então, como o pássaro libertado da flor de lótus, havia voado de volta para sua família.

Quando me aproximei, papai me olhou por cima de seus rabiscos e respirou fundo, colocando o caderno e sua caneta de pena de prata no bolso.

— Vamos voltar? — perguntou levantando-se.

Agarrei sua cintura e pressionei meu rosto em sua camisa, sentindo seu cheiro, farejando dicas do mundo em sua caderneta, onde ele se perdia. Papai riu. Então, quando eu achava que talvez devêssemos voltar para a lagoa, ele deu um passo atrás e puxou algo do cós de sua calça.

— Para mamãe — disse ele me entregando uma flor aberta balançando no caule. — Achei que gostaria de dar uma a ela.

— Como você sabia?

Ele deu de ombros, feliz por poder ler todos os meus pensamentos.

— O que você estava escrevendo? — perguntei, quando voltamos para os edifícios escolares.

— Um poema.

— Claro que é um poema! Mas do que se trata?

Papai voltou-se, seu olhar atravessou os campos de arroz rumo à cabana do varredor.

— Não tenho certeza — disse. — Eu lhe direi quando... quando descobrir.

— Promete que não vai esquecer?

Suas sobrancelhas franziram de incerteza, mas aquiesceu.

— Prometo.

Meneei a cabeça, satisfeita, e seguimos nosso caminho de mãos dadas, balançando os braços.

De volta aos edifícios escolares, as pessoas haviam começado a preparar o café da manhã. Fizeram um anel de fogueiras no pátio interno e farrapos de vapor e fumaça vagavam por ali como a neblina matutina. O odor de madeira queimada, arroz cozido e carne seca grelhada permeava o ar, mascarando o cheiro de orvalho da manhã. Do lado de fora da nossa porta, um pote de mingau de arroz cozinhava no fogo brando que tia India atiçava.

— Bom-dia! — cumprimentou-nos com sua voz musical.

Sua tez escura estava corada por conta do calor do fogo e seus olhos radiantes pelo brilho da manhã. *A consorte terrestre de Indra*, pensei. Em sua vida anterior, tia India poderia ter sido a mulher que Indra cortejara na Terra, que carregara Melea e nos dera o elo que nos conectava com o divino, ligando nosso mundo ao dos deuses. Ela cantarolou:

— A família toda estava procurando vocês! — Ela fazia tudo soar como uma declaração de alegria. — É melhor entrarem!

Entramos.

— Ah, aí estão vocês! — disse mamãe, com a voz tensa de preocupação. Estava sentada na esteira, dobrando os cobertores e mosquiteiros. Fui até ela e lhe entreguei o lótus. Seu rosto se iluminou, levantou a vista para meu pai dando-lhe aquele olhar terno, que frequentemente trocavam quando achavam que estavam completamente sozinhos. Mamãe inalou o tímido perfume da flor. Então, como não havia nenhum vaso ali, quebrou o caule, e voltando-se à vasilha acima da nossa esteira, deixou-o flutuar na água. Colocando seu longo cabelo atrás da orelha, inclinou-se e me deu um beijo no rosto. A seu lado, Radana imitava cada movimento e expressão dela, levando seus ralos cachinhos para o lado e dando beijos em sua própria palma gordinha.

— Onde vocês estavam — perguntou mamãe? — Sumiram por tanto tempo!

— Desculpe — disse papai —, acho que perdemos a noção do tempo. Então, piscando para mim, acrescentou:

— Visitamos o palácio de Indra.

Seu rosto não transpareceu nenhuma evidência acerca de tudo que havíamos visto ou ouvido.

Big Uncle gracejou:

— Palácio de Indra?! E escolheram voltar para a Terra? Estar entre nós, meros mortais?

Ficou parado ao lado da porta que dava para a sala contígua, com as pernas abertas e sem camisa, levantando alternadamente um gêmeo pendurado em cada braço, para cima e para baixo, como pesos, enquanto os meninos gorjeavam de alegria.

— Como era lá em cima? — Perguntou, entre uma inspiração e outra. — Celestial?

— Exatamente como aqui — respondi.

Voltei para papai, na esperança de vê-lo sorrir por conta de minha inteligência, minha tirada rápida. Em vez disso, seus olhos se nublaram. Não entendi.

Mamãe devia ter entendido, pois lançou-lhe um olhar compreensivo, e, mudando de assunto, alegremente sugeriu que Big Uncle levasse as crianças para se lavar antes de nos sentarmos para tomar o café da manhã.

Tata murmurou gravemente do canto da sala onde estava:

— Pode trazer um pouco de água para eu me lavar? Não posso ir lá fora. Simplesmente não consigo mais...

Ela parecia estupefata por conta de toda a mudança, e a noite de sono não havia diminuído o choque. Olhando para ela, era difícil acreditar que era a mesma tia de temperamento forte que na juventude havia desafiado todas as expectativas da sociedade — para não falar da Rainha Avó — recusando-se a casar; que gostava de me recordar sempre que uma garota não precisa de um homem, que pode fazer qualquer coisa sozinha. Agora, ela não conseguia sair do lugar, nem uma polegada sequer.

Big Uncle desceu os gêmeos e disse:

— Muito bem, rapazes, quem gostaria de equilibrar uma vara de bambu nos ombros?

Os gêmeos pularam animados, fazendo eco uma ao outro:

— Eu, eu, eu!

Big Uncle bateu palmas e ameaçou:

— Acalmem-se ou não vou usar ninguém.

Os gêmeos ficaram completamente imóveis, o que arrancou um sorriso de todos, porque, não importa quantas vezes Big Uncle fizesse essa ameaça, sempre funcionava com os meninos, como se seu pai os "usar" fosse o maior privilégio da vida. Até Tata não se conteve.

— Obrigada — disse a Big Uncle com uma sombra de sorriso cruzando seus lábios.

E para o resto de nós:

— Vou me recuperar em breve.

— Vamos — disse Big Uncle pegando um *kroma* xadrez e uma camisa e jogando-os sobre seus ombros musculosos. — Temos trabalho a fazer: lavar-nos e trazer água para Tata.

Atravessou a porta com os gêmeos se atropelando atrás dele.

Era fácil para Big Uncle transformar uma pequena tarefa em uma brincadeira, e, simultaneamente, imbuí-la de um senso de propósito e importância. Papai e eu pegamos uma muda de roupa e corremos para alcançá-los. Da porta, tia India pediu, com sua voz melodiosa, que trouxéssemos mais algumas flores de lótus.

— Para oferecer a Buda! E cuidado com os meninos, Arun! Não os deixe nadar muito longe!

Big Uncle se voltou e assentiu a sua esposa com uma exagerada reverência servil, murmurando:

— *Oui, ma princesse.*

Mas, para mim, assim que pulei em cima dele, gargalhou:

— Vamos usá-los como isca para crocodilos!

Os gêmeos exclamaram em uníssono:

— Oh papai, você não está falando sério!

Big Uncle resfolegou como um garanhão incitando seus potros à ação, empurrando-os para frente com o nariz. Correram para a água.

Olhando do templo, parecia que a lagoa desaguava no pântano, mas um longo trecho de dique separava os dois, que desenrolavam-se sobre a paisagem verdejante e divergiam em direção a inúmeros ramos entre os arrozais. Como era seu costume quando chegávamos a um lugar novo, papai me orientava nas quatro direções. O Sol se levantava e se punha em lugares levemente diferentes, disse enquanto caminhávamos, dependendo da época do ano. No leste, passando o pântano, o Sol havia subido acima das florestas e traçava um arco para oeste agora, a uma velocidade quase imperceptível. Seguimos ao longo da margem norte da lagoa, perto do dique. Big Uncle ia à frente com passadas longas e despreocupadas, seguido dos gêmeos, um atrás do outro, carregando nos ombros uma vara de bambu e dois baldes; depois eu, com uma tigela de plástico em uma mão e um pedaço de pau que havia encontrado no caminho na outra; e papai atrás, com os braços em volta de outro balde, gentilmente golpeando-o como um tambor. Ao sul, a cidade de Rolork Meas se estendia em uma chama de luz matutina, dourada e serena — uma linda colcha de retalhos de tradicionais casas de madeira e pomares. Papai prometeu que a iríamos explorar mais tarde, talvez pegar alguns itens da cidade, como um isqueiro e uma barra de sabão, para trocar com os habitantes de lá por arroz e ovos. Os soldados revolucionários haviam dito que poderíamos, desde que não tentássemos fugir e voltássemos ao templo como esperado. Agora que estávamos instalados, eu não via nenhuma razão para fugir e procurar abrigo em outro lugar. Estávamos confortáveis ali. Não poderíamos esperar — eu tinha certeza — um abrigo mais seguro.

Havíamos chegado a uma parte do dique que separava o pântano da lagoa. Big Uncle parou e pegou a vara de bambu e os baldes dos gêmeos. Famílias se reuniam ao longo do gramado para se lavar e conversar, cercadas de um lado por aguapés e de outro por flores de lótus. Perto dali, duas mulheres davam banho em seus filhos.

— Quanto tempo acha que vamos ficar aqui? — Perguntou uma, esfregando a parte de trás da orelha de seu filho com a borda de seu sarongue.

A outra respondeu:

— Meu marido foi à cidade na noite passada e os habitantes disseram que haviam recebido ordens de preparar suas casas para "gente nova".

A primeira mulher parecia intrigada:

— Quem?

A segunda respondeu:

— Nós, sem dúvida. Vão nos estabelecer ali. Por um tempo, ao que parece — admitiu a primeira.

— A cidade é boa, imagino. Poderíamos ter acabado em um lugar muito pior.

Papai e Big Uncle trocaram olhares, mas não disseram nada. Big Uncle, com o *kroma* quadriculado enrolado na cintura, por pudor, tirou as calças e as colocou em cima dos baldes e da vara de bambu. Entrou na água, puxando um gêmeo nu de cada lado como um rebocador com um par de boias. Também usando o *kroma*, papai o acompanhou, pegando o balde que havia levado e afastando as plantas fibrosas ao passar. Quando chegou a uma profundidade onde a água era clara, mergulhou o balde e o levou até mim.

— Tem certeza que não quer entrar? — perguntou, colocando o balde no dique. — Posso carregar você.

Balancei a cabeça, tirando a blusa e ficando só de sarongue para me lavar. Eu não sabia nadar, e os gêmeos ririam se me vissem sendo carregada como um bebê.

Papai deu meia-volta, mergulhando como um crocodilo. Big Uncle nadou até ele. Os dois homens conversavam, jogando água em seus torsos, enquanto os gêmeos nadavam cachorrinho em volta deles. A expressão de Big Uncle ia se tornando mais perturbada, e uma ou duas vezes lançou um olhar na direção dos dormitórios dos monges. Eu não podia ouvi-los a distância, mas imaginei que papai estivesse lhe contando o que o varredor nos dissera, o que havíamos visto atrás do templo. Com a tigela de plástico, recolhi água do balde e derramei sobre minha cabeça, parando de vez em quando para observar os dois homens. O contraste entre a solenidade calma de papai e a reação agitada de Big Uncle começou a me incomodar. Continuaram conversando por um tempo. A seguir, papai deu um tapinha no ombro de Big Uncle, como se quisesse confortá-lo. Meu tio balançou a cabeça com o olhar voltado para umas figuras em preto caminhando pelos distantes campos de arroz. Eu não saberia dizer se eram soldados revolucionários ou agricultores, se o que levavam nos ombros eram suas varas de bambu ou armas.

— Vejam! — Sotanavong gritou subitamente.

— Uma tartaruga, uma tartaruga! —gritou Satiyavong.

— Onde, onde? Ah, estou vendo! Ali!

Apontaram para o local diretamente à frente deles. Deslizando como uma enguia, Big Uncle mergulhou até a tartaruga, e no mesmo instante papai deu um tapa na superfície da água. Em um piscar de olhos, pegou a criatura pelo casco, ergueu-a acima da cabeça como um troféu e girou-a ao redor para que todos a vissem. As pessoas a nossa volta aplaudiram e vibraram, e um homem assobiou entre os lírios.

— Podemos fazer sopa de tartaruga!

Papai riu, afundou pesadamente na água como um afogado e reapareceu, alguns segundos depois, sem a tartaruga nas mãos. Todos gemeram de decepção. Big Uncle rugiu, e os gêmeos o acompanharam em coro:

— Faça de novo, faça de novo! — Como se fosse algum tipo de mágica que meu pai pudesse repetir quando bem entendesse.

Balancei a cabeça, sorrindo. Papai deu de ombros, com as palmas abertas, inocente, como se dissesse que a tartaruga havia simplesmente fugido de suas garras. Mas, é claro, ele a deixara ir. Não haveria sopa de tartaruga.

Terminamos o banho e vestimos roupas limpas. Big Uncle prendeu os baldes cheios na vara de bambu, um em cada ponta, e içou o jugo sobre seus ombros. Os gêmeos protestaram em turnos.

— Mas papai, você prometeu! Você disse que ia nos usar!

Big Uncle jogou um *kroma* molhado na cabeça deles.

— Pronto, pequenos girinos, podem levar...

Antes que pudesse terminar a frase, um alto estrondo chegou da estrada. Voltamo-nos para olhar. Em meio a uma nuvem de poeira surgiu a silhueta de um caminhão igual ao que nos trouxera no dia anterior. Rugiu passando o *stupa*, e então, desajeitadamente, retrocedeu para a entrada. Ah, não, pensei com medo, vamos ter de ir embora de novo. Todos correram de volta para o templo.

• • •

O caminhão trazia outra carga de passageiros. Mais dois surgiram em sucessão imediata. Mais de uma centena de pessoas, ao que parecia, cambalearam para fora da lona encerada azul que os cobria para a luz da manhã, parecendo mais sujos e sacudidos do que nós quando havíamos chegado. Conforme se reuniam no terreno do templo, foi ficando claro, por suas conversas, que tinham vindo direto de Phnom Penh, e, por terem sido conduzidos durante toda a noite, estavam privados de sono e desorientados, e não tinham ideia de quão longe haviam chegado. Um homem idoso caiu prostrado, tocando com a testa o solo nu, chorando alto para a estátua do Buda Caminhante. Eu não saberia dizer se estava muito feliz por finalmente ter chegado a algum lugar, ou sobrecarregado pela tristeza de ter viajado tão longa distância para lugar nenhum. Uma jovem rapidamente ajudou-o a se levantar, murmurando:

— Venha, papai, venha — como se fosse ela a mãe tentando consolar uma criança. — Estamos aqui agora.

Ela parecia entorpecida pelo cansaço e o choque. Voltou-se para o grupo de soldados revolucionários que os acompanhavam. Um deles encontrou seu olhar e rapidamente olhou para o outro lado, fingindo não haver testemunhado a angústia do pai dela. Os demais soldados — cerca de oito ou nove — estavam ocupados recolhendo suas armas e munições. Pareciam mais severos que os que haviam viajado conosco. Dois ou três soldados pareciam ter acabado de se juntar ao grupo, e ficou claro que provinham da cidade, pois pareciam descansados e suas roupas estavam limpas. Apontaram para os edifícios escolares e nos ordenaram que ajudássemos os recém-chegados.

— Mostrem-lhes o caminho — gritou um deles, com as mãos em concha como um megafone.

Parecia ser o líder do grupo, e falou confiante:

— Mais pessoas se juntarão a vocês! Deixem espaço! Quanto mais cedo se estabelecerem, melhor!

"Mais pessoas estão vindo?" Eu não sabia se devia ficar animada ou preocupada. Outro caminhão bufou a nossa frente. Era menor que os anteriores, mas estava tão lotado que alguns passageiros viajavam pendurados nas laterais. Vendo isso, o soldado líder tentou dispersar a vagarosa multidão na entrada.

— ANDEM! — Sua voz se elevou acima do murmúrio da multidão. — ISTO É APENAS TEMPORÁRIO! A ORGANIZAÇÃO DECIDIRÁ DEPOIS!

Uma terrível sensação me dominou. E se esses estivessem ali também para nos levar para longe? Tirar o velho e trazer o novo?

Tinha que encontrar papai e alertá-lo. Encontrei-o nos degraus da frente do salão de orações conversando com um jovem casal. Corri para ele, que, notando-me a seu lado, disse, animado:

— Raami, este é um ex-aluno meu, e sua família.

Fez um gesto em direção ao casal: o marido equilibrando uma pesada valise de cada lado e a esposa embalando um bebezinho nos braços com um *kroma* sobre sua cabeça e ombros para proteger a criança do tempo. Papai notou meu nervosismo, pegou minha mão e a apertou, e imediatamente senti a ansiedade diminuir.

— Mr. Virak fez várias aulas de poesia comigo quando era universitário — papai explicava contente, tanto para mim como para a jovem esposa, como se esse encontro fosse apenas uma feliz coincidência. — Era o único estudante de engenharia interessado em literatura.

Seu jeito despreocupado acalmou ainda mais minha apreensão, e me encontrei olhando para o bebê. A mulher sorriu e afastou o *kroma* para revelar mais o bebezinho. Balançou a cabeça para mim, como se dissesse que podia me aproximar e tocá-lo, mas fiquei onde estava. Ele parecia muito pequeno, muito precioso para mãos tão sujas como as minhas. Meus olhos se dirigiram ao pequeno lóbulo da orelha. Não havia brinco. Imaginei que era um menino. Estava profundamente adormecido, com as mãos envolvidas em brancas luvas de fino algodão que pareciam minúsculas luvinhas de boxe. Quando sentia o ar roçar sua pele, seus braços se moviam em um reflexo, como um boxeador socando o ar.

— E agora você é engenheiro civil — papai se voltou para Mr. Virak, sorrindo, com orgulho —, e trabalha para uma empresa estrangeira, é isso?

— Trabalhava, Sua Alteza — suspirou Mr. Virak. — Trabalhava na Malásia, mas voltei no início do ano. Agora, estou... bem...

Nesse momento, os recém-chegados começaram a vir em nossa direção. Entre eles estava o velho que se jogara no chão chorando, e, quando passou se arrastando com a multidão em direção aos edifícios escolares, notei uma flauta de bambu enfiada no *kroma* em volta de sua cintura. Quando avistou o *stupa* e os *cheddays* circundantes, deixou escapar outro soluço desesperado.

— Pobre homem — disse Mr. Virak, balançando a cabeça. — Sua esposa sofreu um ataque de asma e morreu na viagem. Tivemos de deixá-la ao lado da estrada. Imagine só, ele é músico funerário, e tocou sua música em tantos funerais; mas quando a própria esposa morreu, não pôde enterrá-la. Não pôde tocar nem uma única nota para lamentar sua morte. É um pesadelo, Alteza. Um pesadelo. Sinto como se estivéssemos viajando através de *thaanaruak*, o submundo.

Papai olhou para mim, e, voltando-se para Mr. Virak, disse:

— Bem, agora vocês estão aqui. Isto é um santuário.

Mr. Virak olhou em volta, cético. Eu podia imaginar por que. Não era o mesmo lugar agora, com os soldados gritando por todos os lados, levantando poeira e detritos com seus caminhões, pessoas se espremendo em um aglomerado confuso, sem saber para onde ir, apenas acompanhando os da frente.

Quando outra multidão passou por nós, papai sugeriu que nos apressássemos. Com tantas famílias, as salas de aula se encheriam rapidamente. Falou a Mr. Virak e sua esposa sobre a sala ao lado da nossa, que era meio pequena, mas que deveriam pegá-la, pois teriam mais privacidade do que dividindo uma maior com outra família. Então, pegou as duas valises de Mr. Virak, que protestou, gaguejando:

— Sua Alteza, não posso permitir que...

Papai disse:

— Vocês estão entre amigos agora. Não há necessidade de formalidade ou *status*. Aqui, somos todos iguais. Dirija-se a mim como a um amigo.

Os olhos de Mr. Virak cintilaram, compreensivos.

— Sim, claro, claro.

Seguimos em direção aos edifícios escolares. Corri à frente para alertar o resto de nossa família, animada porque o casal e seu bebê iam se juntar a nós, confortada com o grande número de pessoas, tanta presença a meu redor. Logo seria como em casa, pensei, feliz. Esse lugar seria preenchido por pessoas que eu conhecia, com amigos e familiares. Mais pessoas se juntariam a nós, dissera o soldado. A esperança pairava em meu coração.

Recolhemos nossos tachos e panelas e tudo mais que havíamos espalhado pelo chão e demos a pequena sala adjacente a nossos amigos. Levaram pouco tempo para se instalar com apenas as duas valises, uma cheia de roupas e outra de alimentos. Assustados por serem obrigados a partir sob a mira de uma arma, explicou Mr. Virak, deixaram para trás todos os utensílios de cozinha.

— Nem mesmo uma colher pegamos — admitiu sua jovem esposa, meneando a cabeça e corando, envergonhada.

Todos disseram que não se preocupassem; poderiam usar nossas coisas.

— Venham comer um mingau conosco — cantou tia India. — Está pronto!

Era quase meio-dia, mas, com tudo que estava acontecendo, ainda não havíamos tomado o café da manhã. Radana e os gêmeos estavam delirando de fome. Batiam suas colheres e tigelas fazendo um barulho infernal enquanto esperavam a comida. Tia India, com sua alegria característica, serviu um pouco de mingau em uma tigela grande e levou os três para a porta, onde se sentou para alimentá-los, dando um pouco para cada um com a mesma colher e da mesma tigela. Uma mamãe pássaro alimentando seus filhotes, pensei. Os três trinavam e cacarejavam, engolindo o mingau com uma satisfação insaciável.

O resto de nós se reunia em um círculo na esteira, como uma grande família. A esposa de Mr. Virak levou um recipiente com carne de porco moída e adoçada e uma lata de nabo em conserva para acrescentar à nossa habitual, mas cada vez menor, porção de peixe seco. Todos brincavam dizendo como a pouca variedade parecia uma festa, como tudo parecia delicioso. Talvez fosse por causa do ar puro do campo, apontou papai. Sim, Big Uncle concordou; talvez não fosse uma coisa ruim, afinal, termos sido levados para lá.

— Talvez eles estejam certos. A vida na cidade estava corrompendo nossos apetites, nossas papilas gustativas!

Com a menção à "cidade", todos ficaram sérios, e logo estávamos calmamente ouvindo as descrições de Mr. Virak acerca de Phnom Penh e do suplício que os trouxera até ali.

Como nós, no dia de ano-novo, mandaram que ele e sua esposa abandonassem a casa, mas, como já era tarde, decidiram esperar. No dia seguinte, quando abriram o portão, encontraram uma inundação de pessoas, intransponível como o Mekong durante uma tempestade. Mais uma vez, pensaram que seria prudente ficar e esperar. Iriam esperar e ver o que acontecia nos próximos dias, se a massa fervilhante passaria, e então talvez não tivessem que partir. Trancaram as portas, fingindo não estar em casa, passando a maior parte do tempo escondidos em um pequeno armário debaixo da escada da casa, prendendo a respiração sempre que um soldado revolucionário batia à porta, com medo de que o choro de seu bebê de dois meses pudesse ser ouvido através das várias portas. Enquanto isso, sem que se dessem conta, o mundo lá fora mergulhava na escuridão, e no momento em que saíram — forçados pela arma de um soldado que havia estourado o cadeado com um único tiro de pistola —, não era o mesmo lugar que haviam conhecido. Tudo em volta era destruição, edifícios reduzidos a escombros, veículos abandonados e queimados, cadáveres de pessoas e animais igualmente apodrecendo no calor, um fedor avassalador em todos os lugares.

— Phnom Penh não existe mais — murmurou baixinho Mr. Virak, mexendo o mingau em sua tigela. — Talvez nunca possamos voltar. Nunca. É o fim.

Ele ficava mexendo o mingau, que já começava a gelar, incapaz de dar a primeira colherada. Ergueu os olhos e acrescentou, hesitante:

— Quando... Quando nos levaram através da cidade, um dos soldados revolucionários, o comandante, acho, apontou na direção de

Cercle Sportif e disse que haviam executado o primeiro-ministro e outros líderes importantes. Chamou-os de traidores. *Não precisamos desses homens no novo regime.* Essas foram as palavras exatas. Vocês precisam ter cuidado.

Papai e Big Uncle trocaram olhares, mas não disseram nada. Um silêncio mortal pairava na sala. Mamãe acenou para mim, e percebi que havia ficado com a colher na boca durante todo o relato. Eu ouvia cada palavra de Mr. Virak na esperança de vislumbrar uma rua familiar, ou as esquinas da cidade; minha casa. Em vez disso, ele pintou o cenário de um lugar irreconhecível, um "submundo", onde deuses e *tevodas* não eram venerados, e sim capturados e enjaulados como animais.

Mr. Virak prosseguiu:

— Em poucas semanas fizeram o que disseram que fariam: levaram-nos de volta para o nada. É evidente que não é só Phnom Penh, mas todo o país está sendo reorganizado. Parece que quem vivia em cidades e províncias está sendo expulso também, sob regras mais estritas e mais duras. As pessoas não podem escolher que caminho seguir; se são direcionadas para o sul, vão para o sul, mesmo que sua cidade natal seja para o norte. Em incontáveis casos vimos membros da mesma família serem separados, alguns empurrados em uma direção e outros em outra. É um esquema elaborado de evacuação, que está só começando. Sinto que vão nos manter em movimento por...

— Mas, por quê? — interrompeu Tata com impaciência. — Que vantagem isso tem?

— É como vão se manter no poder — disse Mr. Virak.

— Sim — anuiu Big Uncle balançando a cabeça, como se visse tudo claramente. — Eles nos mantêm amedrontados e indefesos, destroem nosso sentido mais básico, separando-nos da família e evitando que formemos qualquer vínculo. Mais uma razão para permanecermos juntos.

Acabamos de comer. O ar pesava, inflado de maus pressentimentos. Os adultos não trocaram olhares nem disseram nada, apenas se moviam em suas separadas esferas de silêncio limpando os pratos, enrolando a esteira e varrendo o chão. Mr. Virak e sua esposa pediram licença e foram para sua sala. Fecharam a porta de ripas de madeira e andaram pelo espaço apertado com passos silenciosos, arrumando seu lar. Através de nossa porta eu podia ver que alguns recém-chegados não haviam encontrado lugar, e carregavam seus pertences a reboque rumo ao dormitório dos monges. Lá, eles veriam o que nós havíamos visto e dariam meia-volta, sem vontade de viver entre os fantasmas.

Erguendo-se, papai murmurou algo sobre fazer uma caminhada e perguntou a Big Uncle se queria acompanhá-lo. Big Uncle respondeu com um aceno solene de cabeça. Precisavam conversar. Eu sabia que não devia acompanhá-los. Já lá fora, disseram a mamãe e a tia India, que estavam ocupadas lavando a louça, que voltariam logo.

— Só precisamos clarear um pouco a mente e resolver umas coisas — explicou papai, e Big Uncle acrescentou:

— Definir nossos próximos passos.

As mulheres murmuraram um consentimento, e, quando os homens se foram, tia India aventurou, cautelosamente, com a voz desprovida de sua melodia habitual.

— Acha que é verdade... sobre o primeiro-ministro?

— Não ajuda nada fazer suposições sobre o que não sabemos.

Mamãe falou para tentar acalmá-la, mas eu poderia dizer que ela estava ficando cansada de explicar e de cuidar dos sentimentos de todos.

— Só temos de evitar ser reconhecidos.

Esfregou vigorosamente a panela de arroz com um pedaço de casca de coco. Então, notando as unhas pintadas de tia India, ergueu os olhos e disse:

— Você devia tirar esse esmalte.

Tia India parecia confusa.

— Como?

— O esmalte — indicou mamãe.

— Ah, sim, eu sei que está horrível, todo descascado — ela parecia angustiada. — Minhas mãos parecem as de uma vendedora de mercado. Mas esqueci o removedor de esmalte, e o vidro que encontrei em minha bolsa é de outra cor, e é claro que não posso...

— Use uma faca — disse mamãe. — Raspe.

Tia India franziu a testa, mas não se atreveu a contradizer mamãe. Tínhamos de confiar em seu julgamento para nos conduzir como pessoas comuns, como plebeus. Tia India sabia disso. Ainda assim, mamãe teve de explicar.

— Isso faz você parecer uma pessoa da cidade.

— Ah, entendi — assentiu tia India.

Soltou um suspiro, e mudando de assunto, disse:

— Estamos quase sem arroz. Vamos precisar cortar nossas refeições. Mas as crianças e mamãe estão sempre com fome.

— Eles vão comer quando tiverem fome — disse mamãe vigorosamente —, mesmo que não haja nada para o resto de nós.

Enxaguou a panela de arroz, colocou-a de lado, e, olhando para tia India, acrescentou mais suavemente:

— Vamos pegar algumas coisas para trocar hoje à tarde — e tentou sorrir.

Tia India parecia um pouco mais tranquila.

Senti uma mão em meu ombro.

— Venha cá — Tata recuou, levando-me para fora da porta. — Ajude-me a ajeitar um lugar para a Rainha Avó descansar.

Entregou-me uma esteira de palha para que a desenrolasse. Então, começou a murmurar:

— O problema de ter sete anos, e me lembro de mim mesma nessa idade, é que você tem consciência de tudo, e entende tão pouco... Então, imagina o pior.

Ela estava certa. Eu não entendia. Eram muitas peças para encaixar. Perguntei a ela o que sentia ser o mais imediato:

— Acha que vamos morrer de fome, Tata?

Ela não respondeu de imediato. Por fim, disse:

— Não, Raami. Não, nós não vamos morrer de fome.

Voltou-se, visivelmente abalada.

Engoli em seco. Eu não sabia o que me incomodava mais: a possibilidade de não termos o suficiente para comer ou perceber que Tata havia acabado de mentir para mim.

O problema de ter sete anos...

Fiquei imaginando em qual idade se compreende tudo...

Nove

Alguns dias depois, ao anoitecer, um grupo de homens e mulheres de aparência solene começou a chegar ao templo. Como os soldados revolucionários, vestiam-se de preto da cabeça aos pés e andavam com os mesmos passos furtivos. Surgiram do nada, e de repente estavam no meio de nós. Flutuavam em direção aos edifícios escolares como uma massa de morcegos negros agitando o ar com inquietação. O modo como se moviam, flutuando como uma sombra gigante, me fez pensar que já os havia visto antes. Então, percebi que de fato os vira, dias antes, quando tomávamos banho na lagoa; as figuras negras percorrendo os campos distantes. Eles nos observavam sorrateiramente, de longe, fingindo supervisionar a colheita. O velho varredor havia nos alertado sobre isso. Agora eles se aproximavam, carregando cestas de arroz e pedaços de cana-de-açúcar balançando em redes de bambu como se quisessem nos atrair, como formigas, para fora de nossas tocas.

— Camponeses de aparência estranha... — murmurou Tata, observando de nossa porta. — Fico imaginando quem são realmente.

Apresentaram-se como Kamaphibal, para se distinguir, a nossos olhos, dos soldados revolucionários. Falavam cambojano usando vocabulário provinciano, como os produtores de arroz, apesar de parecerem professores ou médicos. Um deles até usava óculos. "Como vai, camarada?", perguntavam, passando de porta em porta, de família a família, distribuindo a comida que carregavam, surpreendendo a todos com sua maneira de falar, com as palavras que usavam, como se não diferenciassem adultos de crianças, bebês de criancinhas. Chamaram todos para se reunir do lado de fora. O homem de óculos parou sobre o contorno de carvão vegetal da amarelinha. Enquanto se preparava para falar, os outros ficaram atrás, abrindo o caminho para ele com uma retumbante salva de palmas.

— Vocês devem estar imaginando por que estão aqui — disse, com a voz regular, monotonamente tranquilizante comparada ao errático estrondo proveniente dos soldados revolucionários. — Há uma razão, como verão.

Passou seu olhar lentamente, como a lente de uma câmera tomando uma grande multidão, demorando um pouco em um ou outro rosto.

— A guerra acabou. Nós vencemos. Nossos inimigos foram derrotados. Mas a luta não termina aqui. A luta tem de continuar. Qualquer um pode ser um soldado na Revolução, não importa se é um monge, um professor, médico, homem ou mulher. Quem se dá à Revolução é um soldado revolucionário. Se você sabe ler e escrever, a Organização precisa de você. A Organização os conclama para ajudar a reconstruir o país.

Seu olhar rolava de uma pessoa a outra, sem se perturbar com lactentes ou idosos, com tosses ou espirros.

— Vocês estão aqui porque acreditamos que muitos poderiam se juntar a nós nessa causa. Mesmo sendo novos na luta revolucionária, precisamos de sua experiência e habilidades comprovadas, seu conhecimento e prática.

Eu sabia ler e escrever bem, mas duvidava de que poderia realmente ser um soldado. Talvez ele estivesse exagerando. Como se estivesse lendo meus pensamentos, parou e olhou firmemente para nós com um sorriso ou uma careta, eu não saberia dizer. Uma piscada de compreensão. Papai, de joelhos, com o braço em volta de minha cintura, vacilou, e senti-o me apertar enquanto tentava recuperar o equilíbrio. Voltei-me para olhar para ele, perguntando-me se algo estava acontecendo, mas ele baixou o rosto, escondendo-o. Enquanto isso, o olhar do homem não se demorou e passou para outros rostos. Era óbvio que ele havia reconhecido papai.

— A história do Camboja é uma história de injustiça — prosseguiu, com seu tom conscientemente calmo. — Agora, temos que escrever uma nova história. Temos que construir uma nova sociedade sobre os escombros da antiga. Venham, não tenham medo. Vamos construir o novo Camboja Democrático juntos. Venham!

Esperou. Ninguém se moveu. Voltou-se para os outros membros do Kamaphibal. Eles responderam com um coletivo e silencioso aceno de cabeça. Depois, furtivamente como chegaram, começaram a ir, desaparecendo um a um entre a melancólica multidão como sombras absorvidas pela noite.

Kamaphibal.

— Uma palavra revolucionária — papai tentou explicar —, provavelmente composta de pedaços de palavras em pali antigo ou sânscrito, unidos.

Ele prosseguiu, mas eu não estava mais prestando atenção. Minha mente ficara no termo "pedaços", que pensei que vinha a calhar para esse grupo que surgiu do nada, como se emergisse dos pedaços de tudo que haviam quebrado e destruído.

Nas próximas semanas não houve sinal do Kamaphibal. Mesmo assim, suas palavras, a língua que falavam, continuaram a girar como fumaça depois do número de desaparecimento de um mágico. *Se você sabe ler e escrever, a Organização precisa de você. A Organização os conclama para ajudar a reconstruir o país.* Uma espécie de confusão desesperada se espalhava por todo o solo do templo enquanto as pessoas discutiam o que significava tudo aquilo.

De volta ao nosso quarto, Tata surpreendeu a todos perguntando em voz alta se não devíamos confiar no Kamaphibal.

— São um grupo certamente mais educado — disse, olhando ao redor em busca de apoio. — Bem, pelo menos a pessoa que falou usava óculos, não é?

Big Uncle olhou para ela como se essa última afirmação fosse tão fútil quanto a justificativa dos soldados revolucionários de atirar em alguém pela mesma razão. Tata tentou se explicar.

— O que quero dizer é que o homem, seja ele quem for, o porta-voz do Kamaphibal não era criado na selva como o resto desses bárbaros.

Big Uncle lembrou-a que, despido de sua eloquência revolucionária e sua pretensão camponesa, o Kamaphibal era formado pelos mesmos soldados do Khmer Vermelho — os "vis comunistas" que ela tão veementemente havia desprezado. Tata argumentou:

— Mas essas pessoas conseguem raciocinar! Fizeram sentido! É verdade que precisarão de pessoas como nós para reconstruir o país.

Big Uncle parecia cético, mas se absteve de falar mais alguma coisa.

Preocupado com as palavras do Kamaphibal, ninguém estava preparado quando um grupo de soldados revolucionários apareceu, certa noite, armado com cadernos e lápis.

Um menino — alto e magro, de lábios escuros de fumante e olhos amarelados — entrou em nossa sala brandindo um caderno e um lápis preso no espiral. Seu olhar atravessou a porta aberta em direção à pequena sala ao lado, onde Mr. Virak e sua esposa cuidavam de seu bebê, que nos últimos dois dias estava com febre. Sentindo o olhar do soldado sobre si, Mr. Virak se endireitou, de punho cerrado, como se estivesse pronto para lutar. Sua esposa colocou a mão no braço dele, puxando-o de volta. Mas o soldado os ignorou, observando nosso quarto com os olhos nos gêmeos, em Radana e, finalmente, em mim.

— Você! — Apontou com o caderno. — Venha aqui!

Levantei-me e caminhei em direção a ele com passos pesados, lentos, com o medo enrolado feito uma cobra na boca de meu estômago. Papai segurou meu ombro e me manteve no lugar. Dirigiu-se ao soldado:

— Camarada.

— SILÊNCIO! — gritou o garoto. Em seguida, voltou-se novamente para mim. — VENHA AQUI!

Ouvi Radana gritar e mamãe tentar confortá-la, mas não me atrevi a virar para olhar. Fui até o soldado.

— Qual é seu nome? — perguntou o soldado com seu olhar sobre mim, e me senti empurrada para o chão, pequena e esmagável como um inseto. — Seu nome! — Berrou.

— R-Raami — gaguejei.

— Quem é o chefe de sua casa?

Pestanejei, confusa por um segundo ou dois — "não temos casa, como poderíamos ter um chefe?". Mas antes que eu pudesse responder, papai disse:

— Sou eu.

— Klah... — uma objeção sem fôlego de Big Uncle.

Começou a se adiantar, mas papai disse com firmeza:

— Arun, afaste-se.

Big Uncle recuou para seu lugar perto da janela. Novamente papai disse ao soldado:

— Eu sou o chefe da família, Camarada.

— Ele é seu pai? — Perguntou o soldado.

— Sim — soltei engolindo um punhado de ar.

As mãos de papai cresceram frias e pesadas sobre meus ombros. Eu ouvia batimentos cardíacos, rápidos e pulsantes, mas não sabia ao certo se pertenciam a mim ou a papai, ou até mesmo ao soldado.

— Qual é o nome dele?

Mais uma vez, papai abriu a boca para falar, e de novo o soldado gritou:

— SILÊNCIO! Perguntei à menina — e se voltou para mim. — O nome do seu pai!

— Ayuravann — sussurrei, arrependendo-me assim que o nome saiu de minha boca.

Machas Klah, o "Príncipe Tigre", como papai era conhecido pelos familiares e amigos próximos, teria soado mais impressionante, intimidador.

— Nome completo — exigiu o soldado. — O nome completo de seu pai.

— Sisowath Ayuravann — disse, aturdida ao pronunciar o sobrenome primeiro, como fazem os cambojanos. — E eu sou Sisowath Ayuravann Vattaaraami.

Pensei que se me adiantasse e lhe desse meu nome completo também, compensaria minha lentidão inicial.

Mas o soldado não se importou. Empurrando o caderno, ordenou:

— Escreva: nome, ocupação, histórico familiar. Escreva tudo aí.

Papai não viu o lápis preso no espiral do caderno. Em vez disso, por força do hábito, pegou a caneta de prata do bolso e começou a rabiscar, primeiro timidamente, depois furiosamente, com braços e ombros trêmulos. Eu nunca o havia visto usar sua caneta dessa forma, com tanta pressa e nervosismo. Para ele, escrever, como dizia muitas vezes, era sinônimo de respiração, e sua respiração era o som mais calmo que eu já ouvira. Nesse momento estava sem fôlego, em pânico, e eu podia ouvir cada risco e rabisco da caneta no papel.

Enquanto papai escrevia, eu olhava para a pistola enfiada no *kroma* ao redor da cintura do soldado. A cobra mostrando a cabeça. Pensei tê-la ouvido sibilar. O eco de um tiro ecoou em minha cabeça, e mais uma vez vi o velho homem cair no chão e um halo de sangue se espalhar ao redor dele.

Papai terminou e entregou o caderno de volta ao soldado. Puxou-me para ele com os braços em meu peito como barras de segurança. O soldado olhou para o escrito, franziu a testa, e, a seguir, como se decidisse que bastava por enquanto, voltou-se e saiu da sala, atravessando o parquinho com suas longas pernas em direção ao prédio oposto.

— Você não devia ter lhe dado o nome de seu pai — tia India sibilou quando ficamos a sós novamente, acusando com sua voz áspera que a melodia havia desaparecido. — Você não devia.

Cada palavra era como um dedo apontado para meu peito. Big Uncle tocou o braço dela, para acalmá-la, mas tia India se voltou para ele:

— Agora eles também vão saber quem você é!

E com raiva, venenosamente, voltou-se para mim:

— Você devia ter ficado quieta!

Eu estava com medo. As palavras duras, os gritos, tia India se comportando daquele jeito, nada disso fazia sentido.

— Estou feliz por ela ter dito — interveio Tata em meu socorro. — Sim, eles logo vão perceber quem somos e nos tratar com um pouco de respeito. Se esses idiotas não o fizerem, o Kamaphibal fará.

Papai ignorou as duas. Voltou-se para mamãe, mas ela olhava as próprias mãos em seu colo, recusando-se a encontrar olhos dele, tentando acalmar seus ombros trêmulos. Eu olhava de um rosto para o outro — *O que está acontecendo?* —, mas ninguém olhava para mim.

Por fim, papai disse:

— Você não sabia. — Sua palma escovava meu cabelo naquele gesto reservado para o perdão quando eu fazia algo errado. — Não é culpa sua.

Saber o quê? O que eu não sabia? O que não era minha culpa?

— Não creio que o garoto se lembre — disse Big Uncle sustentando o olhar de papai. — Ele é muito novo para saber o que significa. É só uma criança. Raami poderia ter lhe dito qualquer coisa, que você era o próprio rei, e ele não saberia.

Voltou-se para os outros.

— De verdade, não há nada com o que se preocupar.

Tentou sorrir, mas seu rosto desabou de incerteza.

— Desculpe me intrometer — Mr. Virak falou de onde estava, perto da porta. — Você escreveu tudo que ele pediu?

Papai anuiu, e para mim, disse, a modo de explicação:

— Eu queria que ele se afastasse de você. Não importa o que custasse, queria que ele saísse da sala.

— Então, deu a eles seu nome *real*? — Mr. Virak o observava como se tentasse desfazer um nó em sua mente. — Você escreveu "Sisowath"?

— Sim — respondeu papai —, mas não creio que o garoto saiba ler.

— Seus líderes, o Kamaphibal, sabem ler — Tata reafirmou. — Ele logo saberá quem somos, e, então, não vão nos tratar como esse tratou. Nenhum deles vai.

Todos olharam para Tata como se ela estivesse mais louca que a Rainha Avó.

— Bem, ele vai pensar duas vezes — disse ela, tentando se recompor e olhando para papai. — Por favor, você é um príncipe Sisowath!

— Não creio que se importe — respondeu papai, parecendo mais incerto a cada minuto. — Não sou ninguém para ele.

Mais uma vez tia India se voltou para mim e sibilou entre soluços:

— Você não devia...

— Deixe-a fora disso! — gritou papai — Deixe-a fora disso!

Socou a parede, e a seguir, saiu da sala com a terra tremendo sob seus passos.

Estremeci com a reverberação. Ele era meu deus, pacífico e independente. Nem mesmo um terremoto poderia perturbá-lo. Por que ia deixar uma discussão como essa, sobre seu nome, perturbá-lo?

Dez

Ayuravann. *Ayu*, do sânscrito, que significa "vida", e *ravann*, a abreviatura combinada de *ras vannak*, "Brilhar com letra ou palavra, ser famoso com a reputação de um estudioso". A Rainha Avó disse que havia dado esse nome a papai porque, quando o estava carregando, sonhara que o deus Airavata, o elefante sagrado de Indra, erguera o pé e tocara sua barriga, como se quisesse dar seu espírito para a vida que crescia em seu ventre. Quando papai nasceu com a ponta da orelha direita virada para trás, como um elefante, ela teve certeza de que ele era uma encarnação terrena de Airavata. Quando papai se tornou conhecido por sua poesia, a Rainha Avó teve cada vez mais certeza de sua origem divina. *Ele é um veículo dos deuses, assim como Airavata é um veículo de Indra.* Mas isso não me convenceu de imediato. E quanto ao Príncipe Tigre? Por que papai era chamado de tigre se era, de fato, um elefante? A Rainha Avó respondeu com impaciência:

— Ah, criança ignorante, um deus tem muitas manifestações!

Encontrei-o perto do pavilhão de meditação, na parte de baixo de uns degraus de madeira que desciam rumo à leve inclinação para a lagoa. Caía o crepúsculo, e no anonimato em torno de nós ele se manifestou de outra maneira — frágil e fraturado, um pequeno caracol escondido em sua concha. Tive o impulso de pegá-lo nas mãos e moldá-lo todo novamente.

Limpei a garganta para que ele soubesse que eu estava ali.

Ele não se voltou; continuou a olhar para sua mão, acariciando-a como se cuidasse de um peixe ferido que houvesse resgatado da água. Desci as escadas e me sentei a seu lado.

— Deixe-me ver — disse, segurando a mão dele na minha, examinando a pele de seus dedos rasgada e sangrando. Soprei, imaginando a dor escapando silenciosamente com minha respiração. *Efêmero.* Uma palavra mágica, dizia ele. *Nada dura. Nem a tristeza, nem a dor.*

— Vai ficar tudo bem — disse, quando senti uma solidez em sua ferida, algo muito mais duradouro e profundo que essa pequena lesão superficial.

Ele se voltou para mim:

— Você sabe quem eu sou?

Claro! Que pergunta engraçada.

— Eu sou um príncipe. Um príncipe Sisowath.

Eu sabia disso. Éramos todos príncipes e princesas. Mas um príncipe não era tudo que meu pai era. A arte, dissera-me ele em resposta à história da Rainha Avó, é nossa expressão divina, e no concernente a manifestações, nós, humanos, não os deuses, é que devemos ser dignos de nos revelar. Mais que um príncipe, pensei, papai era a poesia que escrevia.

— Sisowath Ayuravann — disse ele, como se pronunciasse o nome de alguém que havia morrido há muito tempo. — Sabe o que esse nome significa? A história por trás dele?

Esperei enquanto ele fitava a água em busca de uma fissura, talvez, que lhe permitisse entrar em outro mundo.

— Quando eu tinha dez anos de idade — começou —, tinha um amigo. Ele era vendedor de pão. Todas as manhãs ele saía vendendo pequenas baguetes francesas nas ruas perto de minha escola.

O céu soltou um estrondo distante. Olhei para cima. Uma pequena e rala nuvem atravessava a lua crescente como um véu cobrindo um sorriso torto, tentando esconder sua diversão de nós.

— O nome dele era Sambath. Ele era pobre, mas eu não sabia, nem me importava. Tudo que importava para mim era que ele era meu amigo, meu melhor amigo.

A nuvem passou, e a lua parecia maior e mais brilhante, como um beiço. *Tousana*, lembrei que papai dizia, que vinha da palavra pali *dassana*, que significa *insight*. Quando algo parecia ao mesmo tempo familiar e novo. Nós havíamos falado sobre contar histórias, que podiam existir várias versões do mesmo conto, muitas maneiras de contá-lo, e como cada versão era uma espécie de manifestação, como se a própria história fosse uma entidade viva e em evolução, um deus com muitas aparências.

— Sendo o que era, um menino pobre, Sambath não podia entrar na escola. Nos intervalos, porém, quando os alunos eram autorizados a sair para comprar lanches nas esquinas próximas, eu ia ao seu encontro. Nós nos sentávamos e conversávamos, dividindo uma baguete que eu comprava dele, mergulhando-a em leite condensado que eu comprava de outro vendedor. Eu ficava com ele durante todo o intervalo, mesmo que as outras crianças voltassem para a escola para brincar com seu próprio grupo. Uma vez, na calçada, perto do posto policial, estávamos jogando bolinhas de gude. Sambath ganhou. Fiquei chateado. Queria minhas bolinhas de volta. Ele disse não. Ele as ganhou de forma *justa*.

Papai já havia me contado essa história antes, mas ele nunca havia mencionado que jogavam alguma coisa, muito menos que havia divergências entre eles. Isso era novo, e me pareceu que não só a história era diferente, como papai também não parecia perceber que estava contando aquilo. Ele estava visivelmente chateado e confuso, como se ainda estivesse preso naquela discussão pelas bolinhas de gude.

— "De forma justa?" Por que ele usaria essas palavras comigo? Eu havia sido injusto com ele? A raiva encheu meus pulmões. Brigamos, primeiro xingando um ao outro: "Mentiroso! Traidor!

Ladrão! Cachorro sem vergonha, você acha que é melhor que os outros só porque é um príncipe?". Então, dei o primeiro soco, e de repente estávamos trocando socos e pontapés.

A mão de papai se fechou em punho ao rememorar aquele soco.

— Foi nossa primeira briga de verdade. Por que ele tinha de estragar tudo lembrando quem eu era? Príncipe ou não, eu era só seu amigo. Ele devia ter entendido isso. Dei-lhe uma joelhada no estômago. Sambath me deu uma joelhada nas costas, duas vezes, e forte.

Eu podia muito bem imaginar a briga, pensando como os meninos chutam, socam e lutam mesmo quando não estão com raiva.

— Um guarda da escola voltava do almoço e nos viu, e, em vez de perguntar, começou a bater em Sambath com seu cassetete. Golpeava-o. Pedi que parasse, mas ele não parou. Continuou batendo em Sambath. *Isso vai ensiná-lo a conhecer seu lugar*, rosnou, para a massa disforme a seus pés. *Seu lixo inútil! Você sabe com quem está falando?*

A voz de papai ficou tão dura por um segundo que achei que era o guarda furioso falando.

— "Um príncipe! Você está falando com um príncipe, seu verme sujo!" Sem parar, ele lembrava Sambath disso.

Outro estrondo ecoou. Olhei para o céu procurando algum raio, mas não havia nenhum. Ainda assim, queria que saíssemos dali. Podia começar a chover a qualquer momento. Papai parecia não ouvir o trovão. Engoliu em seco, umedecendo a garganta, e prosseguiu:

— Ele ficava dizendo meu nome, meu título, lembrando Sambath e todas as crianças que se reuniram para assistir, e nunca senti tanta vergonha de quem eu era como naquele momento.

Algo pulou à nossa frente. Um peixe de cauda prateada. Brilhou como uma faca no ar, e a seguir, desapareceu novamente sob a superfície. Papai observou as ondulações na água, e por um momento parecia que ia pular no lago e seguir o peixe. Muitas vezes ele ficava assim: como se quisesse fugir, mas sem saber se podia.

— O guarda não sabia. Achava que estava me honrando ao bater no garoto, um menino de rua sem valor, na opinião dele, que se atrevera a me xingar, conspurcar meu nobre nome.

A Rainha Avó havia dito que "Ayuravann" era a reformulação feita por um monge budista da palavra "Airavata". O monge havia interpretado o sonho da Rainha Avó como que papai morreria jovem, como se os deuses quisessem destruir qualquer humano que se atrevesse a assumir a aparência deles. Assim, o monge consultou um texto sagrado budista e inventou "Ayuravann". O nome que protegeria papai daqueles que o quisessem prejudicar e ancorá-lo a este mundo. Ele poderia desfrutar de uma longa e próspera vida. Não tínhamos nada a temer.

— Sisowath Ayuravann. Meu mal e minha redenção, Raami, os dois empatados na história desse nome. Quando menino, eu sabia que existiam mundos diferentes, mas também acreditava que a amizade os podia atravessar. No entanto, quando meu amigo foi espancado para compreender que certos limites não podiam ser ultrapassados, percebi que não só vivíamos em mundos diferentes, mas também que o meu era ferozmente guardado. — Voltou-se para mim. — Eu poderia muito bem ter batido em Sambath com as próprias mãos. A visão de seu rosto, sangrando, arrebentado, Raami... Nunca pude esquecer. Está comigo até hoje. Minha culpa. Eu deixei aquilo acontecer, entende?

Eu vi a assimetria de sua revelação e não podia ficar quieta por mais tempo.

— Mas você não fez nada.

— Exatamente, eu não fiz nada, quando poderia ter feito. Eu poderia ter pedido ajuda. Poderia ter chutado e arranhado o guarda. Poderia ter tomado os golpes de seu cassetete. Mas não fiz nada disso. Em vez disso, um homem surrou um menino por causa de meu nome. E, mais cedo ou mais tarde, terei de responder pela injustiça de tudo isso. Terei de pagar por meu crime.

— Mas não foi sua culpa! — argumentei. — Lembra-se da tartaruga que pegou? Bem, nós poderíamos ter feito sopa dela, mas você a deixou ir. Você não poderia machucar nem mesmo um animal. Como você poderia machucar uma pessoa?

Ele não me ouviu, perdido no desespero. Quando, por fim, falou, foi mais para si mesmo.

— Sim, eu sou um príncipe, um príncipe menor, mas um príncipe mesmo assim. Sisowath. Esse nome é importante. É importante para os soldados revolucionários e para o Kamaphibal. Sempre foi importante. Eu devia ter sido capaz de fazer mais com ele.

Era só um nome, pensei, não mais significativo que a absurda denominação que o Kamaphibal havia inventado para si, e, no que dizia respeito a papai, não me importava por qual nome ou título atendia. Sisowath, Ayuravann, o Príncipe Tigre, Sua Alteza... Mesmo se ele tivesse mais de cem nomes, ainda seria meu pai, e não havia ninguém, nem príncipe, nem deus, mais gentil que ele.

— Você ainda seria a mesma pessoa para mim — eu disse, enquanto minha mão escovava seu cabelo —, mesmo se não tivesse um nome. Mesmo se não fosse ninguém.

Ele me puxou para si, e apoiando o queixo em minha cabeça, murmurou:

— Certa vez, em um sonho, deparei-me com uma criança carregando minha alma.

— Uma vez, em um sonho — respondi, sabendo muito bem a rotina, o jogo que sempre fazíamos com os versos que ele escrevera, jogando-os para trás e para frente, experimentando-os em voz alta —, deparei-me com um reflexo de mim mesmo.

Um sapo pulou na lagoa, a água se encrespou novamente, ondulando-se sob um céu escurecido da cor do desespero. A consciência pesada de um pai.

— As palavras — disse ele, olhando para mim de novo — nos permitem fazer permanente aquilo que é essencialmente transitório. Transformar um mundo cheio de injustiça e dor em um lugar bonito e lírico. Mesmo que só no papel. Escrevi o poema para você no dia em que estava de cama com pólio. Eu estava curvado sobre seu berço e você olhou para mim com olhos tristes; pensei que entenderia minha dor.

"Talvez eu tenha entendido", queria lhe dizer. "Entendo agora." Certamente entendi a sensação de querer fazer mais do que se pode.

Uma rajada de vento soprava do leste, levando a água a lamber nossos pés.

Senti a tristeza de papai explodir em mim.

A noite chegou como uma asa gigante fechando-se sobre nós, carregando em suas dobras a silhueta de outro gigante, um *yiak* com um lampião a gás na mão erguida. Big Uncle estava ao lado do pavilhão de meditação, e sua sombra competia com a sombra do edifício como uma cena do *Reamker*.

— Aí estão vocês! — Exclamou. — Procurei vocês por toda parte!

Papai se voltou.

— O que está fazendo aqui?

— Posso perguntar o mesmo a vocês — disse Big Uncle descendo as escadas de madeira em direção a nós, com seus passos pesados e graves, sacudindo a terra com seu poder como os trovões no céu.

— Vai chover a qualquer momento.

Ele ofereceu sua mão. Segurei-a e ele me levantou. Subimos atrás dele. No topo, voltou-se para nós e disse:

— A família inteira está morrendo de preocupação.

Papai baixou os olhos, com as mãos nos bolsos, e murmurou:

— Lamento, não posso apagar o que foi dito, o que escrevi.

Big Uncle balançou a cabeça.

— Não estou falando disso. Estão preocupadas com vocês.

Começamos a andar. Éramos só nós três lá fora. Parecia que todos os demais haviam procurado abrigo da tempestade iminente. Um fluxo constante de vento frio soprava, agitando as árvores e arbustos em torno de nós, derramando suas sombras ao nosso redor. Passamos pelo salão de orações aberto e olhei para cima, para o topo das colunas, na esperança de ver as estátuas de Kinnara ganharem vida e alçarem voo. Mas mal pude distingui-las no escuro com suas silhuetas inanimadas. A alguns metros de distância, a estátua do Buda Caminhante guardava a entrada, reafirmado em sua solidez.

— Como está se sentindo? — perguntou Big Uncle depois de um momento de silêncio.

— Não devia ter feito o que fiz — disse papai. — Como está India?

— É compreensível. Lembra-se de mim em Mango Corner? Todos nós temos nosso momento, acho.

— Não sei, Arun — papai sacudiu a cabeça sem convicção. — Eu devia ter me comportado de uma maneira mais sensata.

— Você estava com medo, assim como India. Mas ela está bem agora. Já passou. Vamos dar os próximos passos. Lembra-se do que falamos? O plano de nos estabelecermos aqui com o povo da cidade? Fixar a real residência em Rolork Meas — acrescentou em tom de brincadeira. — Ei, é uma boa ideia! O que você acha, Raami?

Não respondi. Não era hora para brincadeiras. Esse tempo todo eles estavam planejando se estabelecer em Rolork Meas?

— Bem, eu acho que devemos — prosseguiu Big Uncle. — Devemos fazer disto nossa casa, por enquanto. Mesmo que isso signifique sermos colocado em famílias diferentes.

"Famílias diferentes?" Viver separados? Senti o pânico subindo por minha garganta.

Big Uncle continuou andando com seus passos leves, sereno.

— Mas, como? — perguntou papai. — Não temos ninguém aqui.

— Poderíamos *declarar* um vínculo.

— Com o quê? Com quem?

— O velho varredor. Ele estava procurando você — explicou Big Uncle. — Trouxe alguns ovos de sua galinha. Podíamos dizer que ele é um parente distante de Aana, um tio, talvez. É plausível. Não vê? Ele poderia ser nosso vínculo *camponês.* Nossa rede de segurança.

Papai parou abruptamente, e, soltando minha mão, voltou-se para Big Uncle no escuro.

— Falou sobre isso com ele? — perguntou, visivelmente chateado.

— Claro que não! — Big Uncle retumbou com indignação. — Eu não disse uma palavra a ninguém. Queria falar com você primeiro, ver se ele seria mesmo uma possibilidade — suavizou. — Além disso, seu amigo não estava com disposição para conversar. Não poderia discutir o assunto com ele, mesmo se quisesse. Estava todo abalado por causa de alguma coisa.

Continuamos a caminhar, eu no meio agora. Papai ficou em silêncio, pensando. Depois de um momento, disse:

— Não, é pedir demais a ele. Ele estaria arriscando sua vida pela minha. Estou sozinho nessa.

Foi a vez de Big Uncle ficar chateado.

— Como assim, está sozinho nessa? Estamos todos juntos nessa.

— Não, poderia ser só eu, Arun. Só eu, entende?

— Do que está falando?

— Eu escrevi meu nome e ocupação — papai começou a explicar calma e friamente. — Nossa história familiar é breve: sou o único Sisowath, vocês todos são parentes por afinidade. Plebeus. Você, Tata e Aana são irmãos, e seus pais eram anteriormente produtores de frutas, principalmente manga e banana, em Kien Svay. Sua mãe está viva, mas seu pai morreu afogado no Mekong quando o barco dele afundou enquanto transportava frutas para a cidade.

— Mas, por quê? Por que está dizendo isso? Nada disso faz sentido.

— Ouça, Arun — disse papai, com as mãos nos bolsos, o que era seu jeito estranhamente calmo e casual. — Acho que aquele jovem, o porta-voz do Kamaphibal, me reconheceu. Não sei como, mas acho que sabe quem sou. E, se não sabe, vai descobrir. Tata tem razão, ele é um de nós. Ele podia ver através de mim. Quando for chamado, eu vou. *Sozinho.* Por favor, entenda. Preciso que você entenda, Arun.

Ouvi a lanterna se quebrar contra a terra dura ao cair das mãos de Big Uncle.

— Ah, meu irmão — ele arfava, sem fôlego, com horror —, o que você fez, o que você fez? Você cortou suas asas. Cortou suas próprias asas.

Um raio caiu, o céu rugiu e a noite chorou lágrimas gigantes, estrondosa e inconsolável.

Onze

Na quietude, acordei e vi que papai não estava. Mamãe também não; seu cobertor estava amontoado ao pé da esteira de palha. Sentei-me, deixando que meus olhos se acostumassem à escuridão densa como tinta, tomando consciência do som de uma flauta de bambu lá fora. Uma melodia familiar. Entrou em minha mente e recordei as palavras que vinham com ela:

Desde que era uma garotinha, nunca estive tão assustada,
como quando Sua Alteza segurou minha mão.

Era uma passagem de um drama *lakhon*. Mas um *lakhon* ali fora? A essa hora? Um brilho laranja fraco entrava pela porta da frente. Na sala, ninguém mais estava acordado. Eu podia facilmente saber quem era quem pela silhueta de cada pessoa no chão: sob um mosquiteiro, a massa montanhosa de Big Uncle, os vultos gêmeos em forma de náutilo; tia India, uma colina delgada de declives e curvas; e em outro mosquiteiro, Tata, longa e reta como um pilão; a Rainha avó, globular e maleável como uma massa de barro em processo de moldagem. Nenhum sinal de mamãe e papai em lugar nenhum. Onde poderiam estar? Eu não estava preocupada, ao contrário; sentia-me estranhamente dócil, acalmada pelo sono que havia pouco deixara meu corpo e pela música da flauta de bambu, que soava mais como o trinado de pássaros do que a qualquer coisa que um ser humano pudesse evocar com os lábios.

Radana roncava suavemente ao meu lado, abraçando sua pequena almofada, com o rosto esmagado em uma felicidade pastosa, completamente alheia à ausência de mamãe. Puxei o cobertor do pé da esteira de palha e a cobri com ele, prendendo as bordas em volta dela para que ficasse segura e protegida dentro de seu cercado macio. Então, saí do mosquiteiro e fui para a porta. Ali os vi.

Estavam sentados do lado de fora, perto de uma pequena fogueira, com o rosto voltado, de modo que só podia ver as pequenas curvas dos queixos brilhando como dois quartos lunares. Ela estava enfaixando a ferida na mão dele com uma tira arrancada do *kroma* de seus ombros. Fez o curativo, e, vendo que poderia usar mais uma camada, rasgou outra tira do cachecol xadrez. Papai contemplava cada gesto, cada movimento. Nenhum dos dois notou minha presença, absortos um no outro com a flauta de bambu atraindo sua mente à quietude. Queria dizer algo para que soubessem que eu estava lá, mas minha voz ainda não havia voltado a mim. Engoli minha mudez e abaixei no chão. Meus sentidos lentamente despertavam por conta do ar frio que surgiu depois de uma noite de chuva torrencial.

Por favor, Alteza, eu imploro, deixe-me ir...
Eu pertenço a outro, que é humilde como eu.

Olhei na direção da música, que parecia se aproximar, e vi no escuro ao redor outra sombra se agachar na entrada do prédio do outro lado do nosso. Era o velho músico. A silhueta alongada da flauta de bambu se estendia de seus lábios. Seus dedos se moviam sobre os buracos do instrumento, tecendo um refrão:

Por favor, eu imploro, deixe-me ir...
Sua Alteza, por favor, deixe-me ir.

Fez uma pausa, tocou algumas notas e lentamente mudou para uma peça mais tensa, mais controlada. Mais uma vez, ouvi em minha cabeça as palavras que acompanhavam a melodia, os insultos trocados entre dois adversários, o príncipe desonesto e o empobrecido vendedor de perfumes:

Oh, minúsculo animal do mundo selvagem,
Vendo um fogo quente e flamejante, imagina um jogo!
Oh, montanha, torre sobre todos...
Seu nome o coloca na família dos deuses.
No entanto, você é mais baixo que a grama!

Era do *Mak Thoeung*, um amado clássico cambojano recitado em verso. Eu conhecia essa história também. Havia visto muitas performances *lakhon* dele e ouvi sua leitura no rádio. Conta a história do vendedor de perfumes e sua bela e jovem esposa. Um dia, enquanto estão no mercado vendendo perfumes e óleos, um jovem príncipe põe os olhos na esposa e a toma como concubina. O vendedor de perfumes vai ao rei e lhe informa que o jovem príncipe fez. O príncipe nega. O rei, a conselho de seu ministro de maior confiança, ordena que os dois homens carreguem um tambor grande e pesado até os campos distantes e voltem, como punição por sua insolência. Sem o conhecimento deles, dentro do tambor se esconde um menino, que ouve a conversa entre os dois infratores e a relata ao rei. Julgando estar sozinhos, o vendedor de perfumes e o jovem príncipe começam a trocar insultos afiados como lâminas:

Sua raça é celeste,
Então inestimável e bonita, como nenhuma palavra pode descrever.
No entanto, não mostra sequer compreensão humana,
e sim a ignorância das criaturas inferiores!

Como se atreve a falar de mim de tal maneira!

Sua Alteza, estou falando
Apenas de quem roubou minha esposa

Seu tolo ignorante, eu sou a pessoa que roubou sua esposa!

Papai dizia que amava o *Mak Thoeung* por causa de sua poesia. Mas a verdadeira razão, eu suspeitava, de que estimasse a história acima de todas as outras, era sua representação no teatro muitos anos antes de ele e mamãe se casarem. Eles foram separadamente ao teatro para ver o *lakhon*, mas, por algum acaso, sentaram-se ao lado um do outro, e durante a apresentação, viram um ao outro sussurrando as falas que os diversos personagens falavam ou cantavam, comportando-se como se ambos se conhecessem a vida toda. Mamãe estava lá com uma tia, e sua acompanhante não a dissuadiu daquilo que normalmente seria considerado um comportamento inapropriado para uma jovem solteira. Em vez disso, a tia fingiu não ver ou ouvir o que estava acontecendo, sabendo que o homem sentado ao lado de mamãe não era outro senão o próprio Príncipe Tigre. Ela parecia incentivar o relacionamento, e, um ano depois, quando mamãe e papai se casaram, a tia disse que ela os havia aproximado. Uma vez, quando pedi a papai que explicasse qual das duas — a história ou a tia — aproximou mamãe e ele, respondeu rindo:

— Ah, Raami, toda a noite conspirou para nos aproximar!

Agora, eu imaginava se essa noite não estava conspirando também, de alguma forma. Eu sentia — mesmo sem poder expressar — que essa música emergindo da dor de um marido pela esposa morta era destinada a meus pais. Como mágica, a poesia que amavam havia encontrado o caminho para eles, mesmo nessa hora obscura.

Observei de novo o pátio da escola em direção ao velho músico. A peça que tocou depois era tão triste que senti vontade de chorar: o vendedor de perfumes e sua esposa recebem a mesma punição de carregar o tambor até os campos distantes e voltar; eles abrem a alma um para o outro. Fechei os olhos, ouvindo a letra em minha cabeça:

A flor de pétalas caídas não pode mais florescer
A vida, uma vez que brota, está fadada a morrer.

Minha vida já acabou para mim...

A música parou. Abri os olhos e vi outra sombra surgir na porta e pairar sobre o velho músico. Era sua filha. Ela se abaixou e carinhosamente tocou o ombro do pai; seu longo cabelo se derramava sobre ele como seda. Ela disse alguma coisa, e imaginei que lhe pedia para descansar. Ele balançou a cabeça e deixou que ela o levasse de volta para o quarto. Meu olhar voltou para papai e mamãe.

Eles pareciam não notar que a música havia parado. Continuaram sentados ali, segurando a mão um do outro, abrigados em uma esfera de luz que o fogo lançava como uma aura de proteção. Se eu fosse Indra, pensei, construiria para eles um mundo e os manteria envolvidos em seu amor solitário.

Subitamente, lembrei-me do sonho que havia tido logo antes de acordar. Papai era um ser muito parecido com o lendário Kinnara, ao mesmo tempo humano e divino, desamparado e corajoso, que, incapaz de suportar a força das existências concorrentes, empalou-se nos raios e caiu no chão. Com as asas cortadas e sangrando, ele se encolhia na chuva, sozinho e desprotegido. Tendo escolhido uma vida mortal, trocou sua imortalidade por um lampejo de esperança na escuridão da noite. As imagens circulavam minha mente como fios de notas musicais, e eu sabia que havia acordado sozinha. A flauta de bambu havia me chamado, me atraído para a porta. Não tinha dúvida alguma de que a música era para mim. Estava tentando me dizer alguma coisa. Uma história que eu já conhecia.

Um refrão familiar.

Nesse momento, a chaleira borbulhou e expeliu vapor pelo bico. Surpresa, mamãe liberou suas mãos e levantou a chaleira do fogo. Derramou um pouco de água na tampa da garrafa térmica a seu lado, entregou-a a papai como uma xícara e verteu o resto da água na térmica para mantê-la aquecida para mais tarde. Papai segurou a tampa com a mão enfaixada, respirando o vapor enquanto esperava que a água esfriasse.

Mamãe o observava, e depois de um momento, disse:

— Não é tarde demais. Não posso deixá-lo acreditar que é. O caderno do soldado pode ter se perdido. Não sabemos; esses soldados... eles podem não ter mostrado o caderno a seus superiores. É tudo uma encenação. Você poderia inventar outra história. Dê a si mesmo um novo nome, uma identidade diferente — ela tentou brincar —, um vendedor de perfumes ou algo assim.

Papai ficou em silêncio soprando a água. Tomou um gole hesitante, e olhando para ela, disse:

— Você sabe, eu sou tanto o vendedor de perfumes quanto o príncipe.

Sua mão tremeu segurando a água. Aquietou-a com a outra mão.

— Não — disse ela com a voz tensa e doída. — Não, você é mais para mim. Você sempre se esforça para ser mais. Eles deviam saber disso — soltou um soluço abafado. — Eles não podem tirar você de mim.

Ele colocou a tampa da garrafa térmica no chão, e tomando as mãos dela, apertou-as em sua face. Seu corpo tremia, e soluços escaparam de sua garganta. Subitamente, lembrei-me de uma foto em sua mesa de cabeceira, em casa, na qual faziam uma pose semelhante: as mãos dela nas dele, as frontes se tocando. Uma foto do casamento. Durante muito tempo senti ciúmes dela — a intimidade capturada dentro da moldura de vidro parecia impenetrável —, até que um dia papai me explicou que havia sido tirada antes de eu chegar. "Quando éramos só nós dois", disse. Isso me perturbou ainda mais, porque não podia imaginar uma época em que eram apenas eles dois. Mas agora eu via como devia ter sido quando eram Ayuravann e Aana, não papai e mamãe, essas duas pessoas cuja união me trouxe ao mundo.

— Quando eles vierem — disse papai olhando nos olhos dela —, peço que me deixe ir.

Eu devia ter reconhecido imediatamente a voz fantasmagórica da flauta de bambu me alertando no escuro, lembrando-me do fim da história: de volta ao palácio, o tambor é aberto e o menino dentro se revela para que todos o vejam. Ele relata cada palavra que ouviu, e toda a audiência real sabe a verdade. O príncipe, irado, exige que todos sejam mortos e corre em direção à mais assustada de todos, a jovem esposa. Porém, antes que ele a alcance, ela mergulha fundo em seu peito um longo grampo, tirando a própria vida. Na confusão, o rei, temendo uma revolta popular, entende que tudo deve terminar ali, de uma vez por todas. Ordena a execução imediata do vendedor de perfumes, do ministro e do menino. A justiça — como papai explicou a conclusão do conto, sem sentido para mim — podia ser encontrada dentro do tambor, mas, quando matamos uma criança, matamos nossa própria inocência.

— Peço que me dê sua bênção — soluçou papai.

O amor de meus pais. Lentamente me dei conta dessa ternura que eu testemunhava nas sombras diante da ameaça de ser roubada. E, apesar de meu desejo muito adulto de protegê-los, não havia nada que eu pudesse fazer para impedir. Fora da pequena esfera de luz havia uma imensa escuridão incompreensível conspirando para separá-los, e, como o menino dentro do tambor, eu sofreria essa morte.

— Se não sua bênção — disse papai, engolindo as lágrimas e a tristeza —, então seu perdão. Peço seu perdão.

Mamãe se afastou dele com o rosto de lua cheia, brilhando e correndo lágrimas. Ela me viu, mas não tentou esconder sua tristeza.

Voltei para dentro e esperei que o Sol se levantasse.

O vento deu um longo e arrastado suspiro, e da gigante figueira-de--bengala na entrada do templo, um bando de pássaros bateu as asas, ecoando a exalação. O esplendor de um novo dia nos cumprimentou de todas as direções conforme atravessávamos os jardins do templo. Lírios d'água e flores de lótus jogavam respingos coloridos — amarelos, rosa, roxos, índigo — em toda a paisagem verdejante. Ouro e prata brilhavam nos telhados do salão de orações e na cúpula gigante do *stupa*, transformando o templo em um reino em miniatura adornado de joias. Acima de nós o céu se estendia alto, florescendo com espessas nuvens brancas, como um grande mar azul embalando gardênias flutuantes. Fiquei maravilhada ao ver como o céu imitava a Terra e a Terra imitava o céu. Poças de chuva pontilhavam o chão, e cada uma guardava em seu reflexo a possibilidade de outro mundo muito parecido ao que nos acolhia.

Éramos cumprimentados por aqueles que passavam:

— Bom-dia, Majestade! Como está? Um dia sobre o qual vale a pena escrever, não é?

Papai sorria e acenava com a cabeça, reconhecendo cada um, e a essa altura todo mundo parecia saber quem ele era: um príncipe, um poeta. *Como ele poderia mudar seu nome, sua história?* O pensamento passou por minha mente como uma mariposa noturna confusa por conta da luz e da alegria. Enxotei-a. Nos degraus do salão de orações, uma idosa comentou:

— Você ficou um camponês bonito, meu jovem príncipe.

Seu grupo de amigos desdentados riu timidamente. Papai fez uma pausa, confuso, e captou seu reflexo em uma das poças de chuva: as calças arregaçadas, o *kroma* em volta da cintura, balançando os baldes na vara de bambu ao ombro. Jogou a cabeça para trás e soltou uma gargalhada. Lembrei-me de suas palavras — *Eu sou tanto o vendedor de perfumes quanto o príncipe* — e da desolação com que as pronunciara horas antes. Agora ele ria, e sua felicidade imitava o brilho da manhã, renovando-se, assim como o dia parecia sempre se renovar.

Atravessamos a estrada de terra para ir buscar água potável no poço da cidade. Mas, primeiro, faríamos uma visita ao velho varredor e lhe agradeceríamos os ovos que nos levara na noite anterior. Papai abria caminho assobiando enquanto andava, e os baldes na vara de bambu ao ombro balançavam e rangiam conforme ele serpeava em volta dos buracos cheios de chuva que as rodas dos caminhões haviam aberto na estrada. Eu o seguia em um ritmo vagaroso, circulando escancaradas poças de água, pulando as menores, saltitando sobre trechos gramados, parando aqui e ali para observar o invisível se tornar gradualmente visível.

Em um leito de ervas espinhentas, uma aranha espiava por baixo de uma teia úmida de orvalho, como se tentasse decidir se saía para buscar alimentos ou ficava em casa e lançava sua teia longe. Perto dali, um confiante louva-a-deus apoiado nas patas traseiras se balançava em uma longa folha de grama, sereno como um nadador cogitando um mergulho de manhã cedo no frio oceano. À minha esquerda, um escaravelho-sagrado zunia com o aprumo de um hidroavião, chacoalhando partículas de argila e pólen de suas asas. Diretamente abaixo dele, dois insetos aquáticos atravessavam uma grande poça como acrobatas de circo, ousando fazer um ao outro uma proeza de mágico.

O solo era animado por esses seres infinitesimais, e eu me lembrei do que papai dizia sempre que saímos para caminhar:

— Se prestar atenção suficiente, Raami, vai perceber que uma única folha pode conter uma miríade de vidas imitando a nossa, e vai saber que existem outros viajantes neste mundo com você.

Um me acompanhava fielmente: uma libélula de asas amarelas e pretas, dessas que aparecem depois da chuva. Revoou aqui e ali, às vezes à minha frente, às vezes atrás. Então, quando nos aproximávamos da cabana do velho varredor, ela voou, depois de me acompanhar em segurança pelo caminho. Se prestar bastante atenção, pensei, você saberá que nunca está sozinha. Há sempre alguém ou alguma coisa me guiando. *Tevodas,* estava claro para mim agora, não eram seres celestes, mas coisas terrenas, coisas *bonitas* que eu via todos os dias, e o que os fazia belos era justamente o fato de serem momentâneos, apenas um vislumbre, aqui e ali, antes de desaparecer de novo.

Procurei a libélula, mas, em vez dela, vi uma borboleta com coloração semelhante — asas pretas e amarelas — esvoaçando sobre a cabeça de papai. Outro deus, outro disfarce. Até mesmo a mais ínfima criatura era capaz de se transformar.

Na cabana do velho apenas sua galinha nos saudou, cacarejando assustada, escavando a terra em uma busca aterrorizada. Papai e eu avistamos o ninho vazio perto da porta. Olhamos um para o outro e demos de ombros, tentando nos livrar da culpa. A galinha veio para perto de nós e um murmúrio de descontentamento escapou de sua garganta, como se dissesse: *Sua Alteza, eu estou falando apenas de quem roubou meus ovos!* Controlei o impulso de rir. Papai inclinou a cabeça interrogativamente, sem saber o que me causava graça. Pensei em lhe dizer, mas não falei nada com medo de fazê-lo relembrar a tristeza das horas anteriores. Em vez disso, perguntei em voz alta onde nosso velho amigo havia ido; e em silêncio, internamente apreensiva, por que tudo estava em tal desordem, por que a porta da cabana do varredor estava presa inclinada por um nó de vime escondido, como se alguma coisa enorme a houvesse estourado.

— Talvez tenha sido um rabo de dragão — sugeri, imaginando que uma serpente *naga* havia subido do pântano durante a tempestade da noite e esquadrinhara a terra, com sua cauda chicoteando o ar, formando um funil que ganhou do turbilhão das monções esse apelido engraçado.

Papai não respondeu. Em vez disso, fez uma varredura pela cabana. As novas folhas de coco que ele havia arrastado do terreno do templo certa tarde e colocara sobre as deterioradas paredes de palha — apesar da insistência do varredor em afirmar que estava adequadamente abrigado — não haviam evitado que a chuva uivante da noite entrasse. Tudo estava encharcado, uma bagunça ensopada, e havia uma sensação de abandono abrupto, como se o velho varredor houvesse sido sugado para fora da cama por uma força que o arremessara pela porta da frente.

— Talvez ele tenha ido procurar abrigo na cidade — sugeri mais uma vez, mais para acalmar minhas próprias preocupações que as de papai.

À nossa volta, a galinha gorgolejava indignada, subindo e descendo o pescoço, desfilando com ar de quem havia sido deixada para trás: "Aquele velho malandro fugiu com meus filhos! Ainda na casca, é bom que saibam". Ela mergulhou o bico em uma poça e bebeu, jogando a cabeça para trás de vez em quando e gargarejando como se sua garganta estivesse rouca de tanto explicar sua perda a dois carnívoros bípedes.

Papai estava alheio ao sofrimento da galinha. Seus olhos pousaram na porta escancarada, e deslizaram lentamente para a cuba de argila pressionada contra a parede da frente, sob o lábio de uma calha de bambu. A cuba era a única forma sólida, durável, ao passo que as poucas posses do velho varredor — a esteira da palha encharcada em cima da cama de bambu, um par de gastas vassouras de galhos aninhado ao lado da porta, uma camisa puída pendurada em uma parede, um *kroma* desbotado em outra — pareciam à beira da evaporação, como seu proprietário aparentemente evaporara.

— Ele não dormiu aqui — disse papai, por fim, enquanto caminhava até a cuba.

Usando a mão enfaixada para levantar a tampa de madeira, olhou para dentro com uma expressão pensativa, como se tentasse resolver um grande mistério.

— Não está cheia. Ele devia ter deixado a tampa aberta para recolher a água da chuva.

Voltou-se para mim.

— Acho que nosso amigo saiu antes de a tempestade chegar ontem à noite. Estranho, porém, que tenha ido sem se despedir de nós.

— Talvez, quando levou os ovos, tenha ido dizer adeus.

Papai tentou sorrir, e, para amenizar suas próprias preocupações, disse:

— Ele deve estar em algum lugar próximo.

— Podemos voltar à tarde.

— Sim, é uma boa ideia.

Conforme seguíamos ao longo de um dique em direção ao poço, escrutei a área com a esperança de vislumbrar a encurvada silhueta do velho varredor reunindo galhos debaixo de uma árvore ou colhendo ervas silvestres ao longo de um caminho gramado entre os arrozais. Mas só havia a esfarrapada estrutura do que parecia ser um espantalho da última temporada no milharal à direita de nós. Pisquei, desejando que o espantalho se endireitasse e acenasse. Se o fizesse, confirmaria minha suspeita de que o velho varredor era algum tipo de espírito, um *tevoda* disfarçado. Mas não se mexeu, nem quando um bando de pardais pousou em seus braços de gravetos, de onde pendiam cordas com latas enferrujadas. Uma brisa soprou e as latas bateram, espantando os pardais como fragmentos de uma canção perdida: "É verdade, minha vida é de pobreza... minha casa uma cabana de palha semiconstruída...". Papai dizia que, em algumas manhãs, acordava com a cabeça cheia de palavras e imagens, e que a única forma de retê-las era escrevendo. Era assim comigo desde que havia acordado nessa manhã: minha cabeça cheia de falas semirrecordadas. "Suas paredes de ventos e chuvas..."

— Já terminou? — Perguntei, olhando para a água opaca embaixo, com o queixo apoiado na borda do poço.

Papai não me ouviu. Sua cabeça acompanhava o voo de um falcão que circulava acima de nós com as asas retas como metal.

— Terminou aquele poema que estava escrevendo? — Perguntei novamente.

— Humm... — respondeu, ainda observando o falcão.

— Sim ou não?

— Sabe por que escrevo? — Murmurou, sorrindo para si mesmo.

— Você não pode responder a uma pergunta com outra pergunta! — Ele olhou para dentro do poço, e seu reflexo borrado disse ao meu:

— Eu escrevo porque as palavras me dão asas.

— Asas?

Senti a pulsação de meu coração, mas não contei sobre meu sonho.

— Sim, asas! Então, posso voar!— Rindo, ele abriu os braços e contornou o poço. — Ser livre como aquele falcão!

— Você não pode ser um pássaro — gritei, e meu medo ressurgiu. — Não pode! Pare com isso!

Papai parou, surpreso com o volume e a dureza de minha voz. Olhou para mim e disse, melancólico, como se chegasse à mesma conclusão:

— É, você tem razão, claro. Não posso ser um pássaro.

Seu olhar voltou para o falcão, que agora circulava a torre de ouro do *stupa*.

— *Upadana dukkha* — disse o Buda a seus discípulos. — Desejo é sofrimento.

— O que é desejo?

— Querer tanto algo que seu coração dói.

— O que é sofrimento?

— Quando seu coração dói.

— Bem, meu coração dói porque desejo ir para casa.

Papai riu, puxando-me para si. Passou os braços em volta de mim, e pareciam, pensei, seguros como duas asas. No céu, o falcão circulou o *stupa* mais algumas vezes antes de deslizar na branca imensidão. Papai pegou um balde feito de tronco de palmeira esculpido e o deixou cair no poço, segurando firmemente a longa vara de bambu pela alça. Andou em volta do poço até que o balde começou a afundar, enchendo-se de água, como o funil formado por um navio naufragando. Então, puxou-o de volta para cima e verteu a água em um dos nossos baldes, repetindo os passos até que os dois ficaram cheios.

Estávamos prontos para voltar ao templo. Mas, em vez de voltar em direção à cabana do velho varredor, tomamos um atalho através de uma série de arrozais que margeavam a estrada de terra. Papai se equilibrou nos diques estreitos, e o jugo de bambu em seu ombro se dobrava como um grande arco com o peso da água, e seu corpo balançava para a esquerda e para a direita, com os braços esticados para firmar os baldes, para que a água não derramasse. Parecia mais uma galinha tentando voar do que um pássaro que conseguiria subir. Eu o seguia de perto, correndo, pulando, saltitando, imaginando os arrozais como uma amarelinha gigante. Papai apontou as diferentes famílias de arroz, recitando os nomes como um verso de um dos seus poemas.

— Grão longo, grão curto, grão gordo, grão grudento, grão que cheira a chuvas de monção.

Eu o imitava, cantando em voz alta.

— Às vezes, quando você olha para o céu, vê *tevodas* tomando banho. A água cai na terra e faz tudo crescer — fez uma pausa para tomar fôlego, ajustando o jugo de bambu em seu ombro, e começou a andar novamente. Disse:

— Sim.

— Sim, o quê?

— Acabei o poema.

— Achei que nunca acabaria!

Ele riu.

— Você tem muito pouca fé em mim!

— Hmm...

Riu novamente.

— Quer ouvi-lo?

— Claro!

Segui seu compasso; meus passos acompanhavam a ascensão e queda de sua voz:

Dizem que a minha terra é devastada,
Assustada e partida pelo ódio
No caminho do autoextermínio.

No entanto, nenhum outro lugar
Se assemelha a meu sonho de céu.
Os campos de lótus que embalam meu lar
Cada flor um espírito reencarnado,
Ou talvez, como eu,
Uma criança que deseja renascer
Deveriam os sonhos se tornar possíveis de novo.

É verdade, minha vida é de pobreza
Minha casa uma cabana de palha semiconstruída
Suas paredes de ventos e chuvas.

— Sim — admitiu papai quando o pressionei —, o poema é sobre o velho varredor. Mas, é também sobre Sambath. Eu mesmo. Você, querida.

Enquanto ele falava, voltei-me e olhei para a cabana abandonada e encharcada do outro lado da estrada. Percebi, assustada, que a escassez de uma existência espelha outra, que a pobreza de um velho oferecia um vislumbre das desventuras que devia ter sofrido quando criança, que devia ter sofrido a vida inteira, e esse pequeno e esquecido pedaço de chão com a cabana em ruínas e seus pertences encharcados guardava em seus reflexos a privação do amigo de infância de papai. Ficou claro que o velho varredor era uma versão de Sambath, e, assim como eu via uma manifestação de meu pai em tudo que era nobre e bom, ele via uma manifestação de seu amigo por todo lado, em cada pessoa pobre que conhecia, e tentava fazer por cada um o que não fora capaz de fazer por seu companheiro.

— Somos todos ecos de outros, Raami.

Doze

Aconteceu em um suspiro. Em um momento estava vivo, e no seguinte, imóvel; sua tímida silhueta na esteira de palha parecia um pensamento incompleto, um pontilhado, mais que uma pessoa real. Era como se ninguém esperasse que morresse. Era só uma febre, todo mundo dizia. Devia ter superado. Mas eu sabia, desde aquele dia que Mr. Virak chegou ao templo e eu pus os olhos sobre a forma delicada escondida sob as dobras do *kroma* de sua esposa como um pacote parcialmente desembrulhado, que o bebê era mais espírito que carne. E, como todos os espíritos, não pertencia inteiramente a nosso mundo.

— Os deuses o chamaram, Raami — disse a Rainha Avó acerca de sua morte.

Ela estava se adaptando bem à mudança, nunca reclamava da comida que diminuía ou do chão duro onde tínhamos de dormir. De vez em quando perguntava por Om Bao ou Old Boy, mas quando lhe explicávamos que não estavam conosco ela anuía, como se de repente se lembrasse. Então, sua expressão se tornava vaga novamente, e, como de costume, sua mente errava em outro mundo.

— Em um piscar de olhos — sussurrou, em meu ouvido —, no meio da respiração, ele se foi, surpreendendo até a si mesmo.

Eu não tinha certeza de que isso era possível, mas parecia — sua pequena boquinha ainda aberta, seus olhos que se recusavam a fechar mesmo depois de repetidas tentativas dos adultos. Olhando para ele, eu não podia evitar pensar que talvez ele não estivesse pronto, que, apesar de ser um bebê e não saber nada do mundo ou de si mesmo, ficara chocado com a rapidez da sua própria morte. Tentei imaginar como seria isso, morrer inspirando ar em vez de soltá-lo.

— Parece estar bocejando — sussurrei inclinando-me para a Rainha Avó. — Deve ser horrível sufocar para sempre.

— Ele foi poupado de uma vida de tristeza e arrependimento.

Ela assentiu, e continuou assentindo.

— Sim, uma vida de tristeza e arrependimento...

Ela foi a única pessoa entre os adultos que não se chocou com essa perda repentina. Em vez disso, observava com o mesmo olhar imparcial de quem se prepara para a própria partida.

Em seu canto, Tata assistia a toda a cena com os olhos arregalados e consternados, como se a morte, desarraigada e inapropriada, houvesse aparecido do nada e se estabelecido conosco, disputando seu espaço compartilhado nesse refúgio já assombrado por tantos fantasmas.

— Isso não pode estar acontecendo — murmurou para si mesma. — Não posso estar aqui.

Uma multidão se reuniu. Mr. Virak se agachou no canto de trás de sua sala com a cabeça escondida nos braços e o corpo enrolado feito uma bola. Papai e Big Uncle tentaram levá-lo dali, para longe dos gritos de sua esposa, da quietude de seu filho morto, mas ele se recusou com um silêncio tão resoluto que o deixou endurecido em seu canto como uma pedra inamovível. Não queria falar com ninguém. Ninguém poderia entender sua dor. Eu queria lhe dizer que entendia. Não a dor, mas a crueldade dos deuses. Como o casal poderia dar um presente aos deuses do qual não suportava se separar?

A multidão se agitou perto da porta. O músico, vestindo uma calça preta e uma camisa branca de um *achar*, entrou na sala segurando não sua flauta de bambu, mas três varetas de incenso e uma grande tigela de bronze cheia de água com pétalas de lótus.

— Está na hora, minha querida — disse, ajoelhando-se sobre o tapete ao lado da esposa de Mr. Virak. — É hora de deixá-lo ir.

Familiarizado com todos os rituais da morte, ele seria o *achar* funerário. Celebraria para o bebê a cerimônia que não pudera oferecer para sua própria esposa quando ela morrera na estrada.

— Precisamos libertar nossos fantasmas — murmurou baixinho, mais para si mesmo, para o fantasma de sua esposa sentada ao lado dele, talvez. — Que você possa encontrar a paz em sua jornada.

A seguir, voltou-se para a porta fazendo um gesto para Big Uncle e papai.

Eles entraram carregando um caixão, tão pequeno que parecia uma gaveta.

A multidão gemia, deixando escapar que o bebê havia engolido metade de uma respiração.

Foi meu primeiro funeral. As mulheres idosas o lavaram, vestiram e envolveram seu pequeno corpo em uma camisa branca de Mr. Virak, que, na ausência de um apropriado lençol de algodão, serviu como mortalha. As mulheres pentearam-lhe os cabelos, molhando-os várias vezes com água da bacia de bronze que o músico havia levado para que os tufos de penugem ficassem no lugar. Mas no cocoruto havia duas mechinhas, enroladas como um par de caracóis, e os fios ficavam levantando como jovens brotos de arroz. Que estranho, pensei, que seu cabelo parecesse ser a única parte dele ainda viva, ainda lutando para viver. Mais estranho ainda que a respiração de uma pessoa, indiscernível e sem peso, pudesse exercer tal influência sobre o corpo, fizesse o bebê agitar as pernas e os braços com alegria ao ver o rosto de sua mãe; e, sem ela, ele jazia indiferente ao imenso pesar dela, rígido, sem ar, com os olhos olhando para além deste mundo, para outro.

Quando as mulheres acabaram de prepará-lo, deram o pequeno pacote branco a Mr. Virak. Ele embalava o cadáver, e, aspergindo-o com água da bacia de bronze em uma ablução simbólica, murmurou:

— Eu, seu pai, que o amei nesta vida, expio seu carma, liberto-o de seu sofrimento, para que você possa ser livre para escolher seu próprio caminho.

Entregou o bebê a sua esposa e ela repetiu o gesto e as palavras. Lágrimas marejaram meus olhos, e me lembrei de Om Bao, como eu havia me perguntado como seria lamentar sua ausência, o que era o luto.

Uma vida inteira de tristeza e arrependimento expressa nesse único momento, nos soluços de uma mãe que ecoou o último suspiro de seu filho.

O músico pegou o bebê da esposa de Mr. Virak e o colocou no caixão improvisado, feito da madeira de uma mesa encontrada entre as pilhas de coisas atrás do templo. Fechou a tampa. Vi no topo as palavras rabiscadas com letra de mão por uma criança: *Conhecer vem de aprender; Encontrar vem de procurar.*

O que sobrou para encontrar? Tudo estava perdido naquele caixão. Comecei a sentir raiva dos deuses por pegar a menor pessoa que puderam encontrar e reclamá-la como sua. Quem disse que só eles tinham direito de amar uma criança? Quem disse que só eles podiam amar? Até uma pessoa tão pequena como Radana podia amar outra. Ela mandou beijos para o caixão quando o levaram do quarto, perguntando:

— Bebê? Mamãe, bebê?

Mamãe, assentindo, respondeu:

— Sim, querida. O bebê está dormindo. Dê adeus ao bebê.

Ela apertou Radana em seus braços, como se dissesse que não há deuses ou fantasmas, por mais poderosos que fossem, que pudessem se equiparar ao apego feroz de uma mãe por seu filho.

Lá fora, um montículo de galhos e folhas de palmeira foi formado no meio do terreno. Era um local incomum para uma pira funerária, mas, antes, das profundezas de seu silêncio, Mr. Virak surgira e expressara um pedido: que o corpo de seu bebê fosse imolado ali, como se testemunhar sua cremação diante de si, no mesmo lugar onde seu filho havia vivido, fosse necessário para convencê-lo da morte do bebê.

Um monge, que já não podia ser monge, presidiu o funeral. Lembrei que ele havia chegado no mesmo dia da chegada de Mr. Virak, e que os outros se moviam ao redor dele com deferência; que os anciãos o haviam chamado de "Sábio Mestre", mesmo parecendo não ter mais de trinta anos. Usava então o que havia usado no dia de sua chegada: uma camisa e uma calça, vestimentas laicas, e em sua antes macia cabeça eriçavam-se novos fios de cabelo. Sem seu manto açafrão parecia nu, vulnerável, despojado da invencibilidade que sempre pensei que os monges possuíam.

— Assim como uma flor de lótus, dotada de beleza, perfume e cor deve desaparecer — entoou erguendo com o braço esquerdo a vasilha de bronze que o músico lhe havia dado e com a mão direita agitando a água com um raminho de flores de jasmim —, assim deve nosso corpo definhar, tornar-se nada. — Aspergiu água sobre o pequeno caixão. — *Anicca vatta sankhdra*, a impermanência é a condição de todas as existências sencientes. Nada permanece, nada dura, e nós, que nos apegamos e desejamos, estamos presos em um ciclo interminável de nascimentos e renascimentos, na roda do Samsara.

Ele contornou a pira funerária, aspergiu água sobre o caixão fechado, no chão, em torno dela; carpideiras de cabeça baixa reuniam-se em pequenos grupos.

— *Cattari ariya saccani...*

Sua voz arrancou na ressonância de uma centena de monges cantando.

Quando se dirigiu aos pais de luto, hesitou; o canto de seus lábios tremia, como se não soubesse o que dizer. Então, fez algo incomum, proibido para um monge: estendeu a mão e tocou o ombro de seu devoto.

— Sua dor vai desaparecer — disse, com a mão no ombro de Mr. Virak, falando com ele não como monge, mas partilhando sua tristeza.

— É difícil acreditar nisso agora, meu amigo.

O olhar fixo do músico capturou os olhos brilhantes de Mr. Virak.

— Mas vai murchar, e, como uma flor, deixar para trás uma semente de possibilidade.

Mr. Virak acenou levemente a cabeça para o músico, que, com um isqueiro tirado do bolso, ajoelhou-se e acendeu a pira funerária. O caixão-gaveta, com o bebê dentro, explodiu em chamas. Mr. Virak e sua esposa caíram no chão, chorando sobre a amarelinha, ele em silêncio, ela em voz alta. Um coro de carpideiras se juntou a eles em uma interminável canção de ninar feita de lágrimas.

O fogo funerário ainda queimava quando um grupo de soldados revolucionários chegou e convocou uma reunião noturna. Algumas crianças me chamaram para brincar de amarelinha com elas, mas não havia espaço. A colina funerária havia coberto a amarelinha. Brasas fulguravam e faíscas voavam no ar, como vaga-lumes reunidos para chorar a morte, como nós. Só os soldados revolucionários pareciam entusiasmados, fervorosos.

— A Organização sabe quem vocês são! Quem fez o quê, quem era rico e quem era pobre, quem vivia em uma mansão e quem morava na rua; quem é cambojano e quem é espião estrangeiro! A Organização tem olhos e ouvidos! Não há nenhuma razão para mentir ou se esconder! Vocês devem sair! Revelem-se!

A Organização era cega, pensei. Surda também. Ameaçou e ordenou, enviou suas sombras para entusiasmar e proclamar quando deveria lhes dizer para chorar e lamentar, ou, no mínimo, ficar em silêncio. *Não sabem que isto é um funeral?*

— Doem-se à revolução! Oficiais do Exército, engenheiros, médicos e diplomatas! Aqueles que ocupavam posições de qualquer tipo no antigo regime! Apresentem-se!

Só as vozes dos fantasmas eram mais onipresentes, insistentes. Eu os ouvia, a todos, ao meu redor em comiseração. Deviam ter saído dos *cheddays*. Olhei para o *stupa*, para sua torre dourada, que à porosa luz do crepúsculo parecia uma vara de pesca caída do céu. *Temos mais um! É um peixe? Um girino? Não, a semente. A semente da possibilidade...* Eles cantavam e cantavam, dando as boas-vindas ao bebê de volta ao mundo deles. *Nós, que por engano o deixamos ir embora, agora o recuperamos como um dos nossos.*

— Apresentem-se! Vocês devem se dar ao país! Venham para a gloriosa causa da Revolução! Apresentem-se!

Ninguém se apresentou. Um bebê havia morrido. Era o suficiente para um dia.

— Veja, Raami — disse papai, apontando para a lua alta acima de nós. — É a segunda lua do ano-novo lunar. — Calculou a data nos dedos. — E é cheia, nada menos do que cheia. Não surpreende que seja tão brilhante. De fato, o Tigre deve recuar e abrir caminho para o Coelho.

Fomos nos sentar nas raízes expostas da figueira-de-bengala em frente ao nosso quarto, e, mesmo sendo tarde, a noite era luminosa, como se, de luto, ela houvesse abandonado seu preto habitual e se envolvesse de branco funerário.

— Não estava cheia noite passada — murmurei, sentindo-me apática e vazia, como se houvesse feito uma longa caminhada para lugar nenhum.

Lá dentro, todos haviam caído em exaustão e torpor.

— Será que é a mesma lua?

Claro que era. Eu sabia disso, mas não parecia correto dizer o que eu realmente pensava — que a noite não se inundara só da luz da lua, mas também da pira funerária, que agora tinha um brilho pálido, como se uma estrela houvesse caído no meio do pátio da escola, incinerando tudo em seu caminho. O ar, tomado de um odor acre, me fez lembrar de uma vez em Phnom Penh, quando um lagarto *chieeng chock* caiu da parede, no pavilhão das cozinhas, direto no braseiro de barro do Om Bao, escaldante e em chamas, e durante um dia inteiro não consegui comer porque tudo cheirava a carne queimada.

— Não parece, não é? — murmurou papai, com os olhos ainda na lua. — As coisas estão se movendo tão rápido, Raami, que não parece ser o mesmo dia, o mesmo mundo em que acordamos.

Sim, era difícil acreditar que um único dia havia se passado desde a última vez que olháramos para a lua, quando ela brincava de esconde-esconde conosco e papai me contara a história de seu amigo Sambath. Em um curto espaço de tempo uma criança viveu e morreu, e sua morte foi mais sentida do que sua vida. Fiquei maravilhada com o fato de, que com tão pouco, uma pessoa podia deixar um vazio tão enorme que parecia que semanas inteiras haviam sido sugadas, queimadas até as cinzas dentro do caixão.

— Mas sim, é a mesma lua — prosseguiu papai com a voz tão distante quanto a branca face brilhante que nos fitava.

— Sempre, de onde quer que olhemos, é a mesma lua. — Ele fez uma pausa, engolindo. — Sabe, nasci no ano do Tigre, 1938. Tenho trinta e sete anos, sou um velho para você, com certeza!

Soltou um riso suave. Depois, voltando-se para mim, disse:

— Em uma de suas incontáveis reencarnações, Buda foi Tunsai Bodhisat, um *bodhisattva,* um ser iluminado, sob o disfarce de um coelhinho.

Um Buda coelho?

— Certa noite, durante a lua cheia — a voz de papai tecia um rastro fino ao redor de minha cabeça, como o contorno de outra história —, Indra decidiu se transformar em um velho brâmane e testar a bondade de Tunsai Bodhisat para determinar se o coelho mereceria um renascimento melhor. "Estou com tanta fome, meu pequeno", disse ao coelho. "Você não se ofereceria como alimento para mim?" Tunsai Bodhisat, cheio de compaixão por esse asceta tão emaciado, concordou. Fez uma fogueira, chacoalhou o corpo para se livrar das pequenas pulgas e insetos que se agarravam a sua pele e pulou nas chamas rugientes. Porém, assim que saltou, Indra correu para salvá-lo; tomou seu espírito e voou com ele para a lua, onde esculpiu a imagem de Tunsai Bodhisat na superfície luminosa. De agora em diante, disse Indra ao coelho, o mundo saberá de seu gesto gentil.

Papai sorriu e ergueu o olhar para o céu novamente.

— É por isso, Raami, que, quando olhamos para a lua cheia, vemos um coelho!

Procurei a tênue imagem em forma de coelho que Milk Mother me ensinara a decifrar naquela esfera de luz. Ela tinha sua própria versão de por que o coelho estava lá, por que sempre parecia estar debruçado sobre uma fogueira, cuidando dela. Ele é o guardião da Chama Eterna, dissera-me ela. Agora, eu me perguntava se o coelho não estava cuidando de sua própria pira funerária.

— Quando o céu está escuro, quando tudo à nossa volta é negro e sem esperança, a lua é nossa única luz — disse papai, interrompendo meus pensamentos. — Eu gostaria de ir para a lua. Raami... — baixou o olhar para mim com os lábios entreabertos, como se fosse dizer mais alguma coisa.

Esperei. Ele pestanejou e se voltou. Fiquei calada, sentindo aquilo que ele não conseguia explicar — que a morte é uma passagem, uma viagem daqui para lá, e às vezes pode nos levar a um lugar melhor. O corpo do bebê podia ter sido devorado pelas chamas, mas seu espírito havia ido para a lua, e lá, no alto do céu, estaria a salvo do mal. Papai não precisava me explicar tudo. Algumas coisas são óbvias, como querer fugir, ficar livre de dor e de tristeza. Queria que ele soubesse disso, soubesse que eu entendia.

— Eu também — disse. — Eu também gostaria de ir para a lua.

Mas continuei inquieta. Alguma coisa não estava bem. Quando olhei para o céu de novo, percebi que não podia ver o que papai queria que eu visse. Eu não era poeta. Não tinha sua visão para adivinhar na esfera iluminada da lua cheia uma metáfora para a esperança. Vi, sim, um enorme buraco, escancarado no céu dentro do qual ele podia desaparecer.

A lua veio e se foi, mas ficamos onde estávamos, presos nesse encrave dos desaparecidos. Comecei a me agarrar a papai com medo de que em algum lugar um Indra traiçoeiro o escolhesse indiscriminadamente dentre uma multidão e o pusesse em algum vago caminho, que inevitavelmente resultaria em que eu o perdesse. Seguia seus passos e observava todos os seus movimentos, atenta àqueles que pudessem ter sido enviados para levá-lo embora. Quando se levantava para ir a algum lugar, eu corria para acompanhá-lo, às vezes apertando sua mão tão forte que ele recuava, talvez arrependido de ter me dito tanta coisa tão cedo, ou quem sabe um pouco tarde demais. Certo dia, quando o acompanhei até a cidade, soubemos que o velho varredor, com um caminhão de moradores de Rolork Meas mais ricos — proprietários de terras, antigos funcionários municipais e burocratas, pequenos comerciantes — havia sido transferido para outro lugar. Para onde exatamente nosso amigo fora transferido, ou porquê — visto que, obviamente, ele não pertencia a nenhuma dessas categorias — ninguém sabia ao certo, e nenhum dos habitantes da cidade estava disposto a dizer em voz alta o que sabia ou sentia. Talvez tivessem medo de que o mesmo destino se abateria sobre eles. Só podíamos especular. Quando papai tentou descobrir mais com os soldados revolucionários que faziam a ronda no templo, um deles disse com indiferença:

— Quando alguém está muito enraizado deve ser arrancado e plantado em outro lugar.

Enraizado, arrancado, plantado. Minha cabeça estava cheia dessas palavras. Pronunciadas como quer que fossem, soavam com rancor e veneno oculto. Mesmo sendo uma criança de sete anos de idade, reconheci o tom do absoluto: ou você é a favor ou contra a Revolução. Não podia haver nenhuma ambiguidade, não havia meio-termo. O velho varredor tinha muitos "vínculos ruins": cidade, o templo, os monges, e agora nós. Portanto, não podia ser confiável.

— Ervas daninhas devem ser arrancadas antes que se multipliquem! — Disseram os soldados, e, como para reforçar suas contrapartes militantes, os Kamaphibal, entoaram, com as mesmas maneiras e vozes calmas com que nos saudaram desde o início:

— Irmãos e irmãs, companheiros, juntos temos de construir uma nova consciência política. Temos de abandonar nossos hábitos e desejos antigos, fazer sacrifícios pessoais para o bem maior.

Ouvindo-os, vendo como se moviam, poder-se-ia imaginar se haviam sido jovens noviços budistas em suas encarnações anteriores. Se, como o velho varredor, haviam passado parte da adolescência varrendo o chão dos templos enquanto aprendiam a ler e escrever por meio da recitação de princípios budistas: *A vida é cheia sofrimento; a causa do sofrimento é o desejo, mas podemos acabar com o sofrimento, basta escolher o caminho certo...*

— O caminho glorioso da Revolução não é livre de obstáculos.

O soldado de óculos declarou mais uma vez, em pé no meio do pátio da escola, fora das salas de aula, ladeado de ambos os lados por um membro mais velho do Kamaphibal. Havia apenas três deles nesse momento, e me ocorreu que o jovem soldado com cara de coruja não era o líder do bando, nem mesmo seu porta-voz, como todos havíamos pensado, mas um aprendiz. Os mais velhos o estavam testando, deixando-o liderar, assim como monges veteranos testariam um novato, sua prontidão para fazer o trabalho de pôr em uso seu conhecimento do texto sagrado.

— Nós atravessamos selvas — recomeçou o sermão —, cruzamos rios e montanhas e enfrentamos uma batalha após outra para chegar à porta de vocês.

Algo nele me fez lembrar papai. A sinceridade de poeta, talvez, o respeito por palavras, como se cada uma tivesse peso e valor além do som que fazia. Ele falava solenemente, cuidadosamente.

— Agora precisamos de vocês para nos ajudar a construir um mundo novo. Um Camboja Democrático, próspero e justo.

A audiência não se moveu; os rostos cansados olhavam com indiferença. Faziam lembrar devotos que se cansavam quando um sermão budista durava demais, ficando muito repetitivo. Parados, ninguém se atrevia a se afastar da reunião, que estava sendo convocada com mais regularidade agora, todas as outras noites no mesmo horário, quando o calor do dia diminuía, quando as mulheres estavam ocupadas preparando a refeição para suas famílias e só os homens estavam livres para participar. Talvez essa fosse a intenção do Kamaphibal desde o início: chegar aos homens primeiro. Eu ia sempre com papai a essas reuniões, segurando firme sua mão, sentada em seu colo, ou às vezes dormindo em seus braços quando o discurso ficava monótono.

Essa noite, porém, mamãe me mandou ficar no quarto e cuidar de Radana e os gêmeos enquanto ela preparava o jantar. Eu observava e ouvia de uma distância segura, com o queixo apoiado no parapeito da janela. Lá fora, tia India e mamãe cortavam legumes e punham o arroz para cozinhar, ocasionalmente olhando para Big Uncle e papai, parados a vários metros de distância, entre um pequeno grupo de homens reunidos fora do círculo maior formado em volta do Kamaphibal. Papai, de cabeça baixa e os braços cruzados sobre o peito, parecia ser a única pessoa a ouvir o discurso. Parecia estranhamente atento. Ao lado dele, Big Uncle ficava rodando os ombros como se liberasse alguma tensão, lançando olhares furtivos para seu irmão mais velho, parecendo mais ansioso pelo silêncio contemplativo de papai do que pela presença do Kamaphibal, de sua retórica estranhamente familiar, mas impenetrável.

— Camaradas, basta ver o sofrimento ao seu redor para saber que são necessários. Vocês têm de se erguer, oferecer sua educação e habilidades.

Aquilo pareceu ecoar na multidão, que se agitou. Olhares vazios brilhavam com compreensão, cabeças assentiam relutantemente.

Os dois membros mais velhos do Kamaphibal notaram, e, aproveitando a oportunidade, um deles tirou algo do bolso de sua camisa — uma página de caderno dobrada em quatro, com a borda perfurada puída como um remate de renda. Desdobrou o papel e começou a chamar nomes. Uma longa lista de nomes: *Vong Chantha, Kong Virak, Im Bunleng, Sok Sonath, Chan Kosal...* Pensei ter ouvido nosso nome, mas não tinha certeza. Talvez fosse Sinn Sowath, que seria outro nome, outra família totalmente diferente. Tantos nomes cambojanos soam igual: Seysarith, Sireyrath, Sim Sowath.

... Pen Sokha, Keo Samon, Rath Raksmei.

A lista acabou. O soldado mais velho dobrou o papel nos vincos originais e o colocou de volta no bolso da camisa. Estreitou os olhos, procurando entre os rostos que olhavam para ele como um mágico em busca de voluntários de uma plateia relutante. Ninguém se moveu, ninguém respirou. Até o céu parecia congelado acima de nossas cabeças, como um quadro branco. O soldado mais velho se adiantou batendo os pés no chão. Se ninguém estava disposto, parecia dizer, então ele decidiria. Faria uma oferenda, escolheria alguém para o sacrifício. Olhando a lista de novo, chamou:

— Sua Alteza Sisowath Ayuravann. Um príncipe; um príncipe e poeta.

Alguma coisa caiu. Meus olhos seguiram na direção do som. Foi mamãe; havia deixado cair o pote de arroz e os grãos brancos crus cobriam o chão como ovos de formigas. Meu olhar disparou de volta para papai. Ele não ergueu os olhos, não se mexeu; permaneceu como estava, com a cabeça inclinada e os braços cruzados, cada músculo rígido. A seu lado, Big Uncle se voltou para nós com um olhar de horror, atordoado.

— Estamos honrados por contar com o senhor entre nós, *Votre Altesse* — disse o soldado entusiasmado.

— O senhor será um exemplo para os outros. Por favor, venha à frente, *Altesse.*

Ele esperou.

Nem uma folha se movia.

— Camarada Ayuravann, sabemos que o senhor está aqui. Por favor, identifique-se.

De volta ao nosso quarto, seguiu-se o pânico.

— É um blefe — disse Big Uncle agitado. — Fingem saber que você está aqui para atraí-lo para fora. Se realmente soubessem, teriam apontado para você na multidão. Eles só têm um pedaço de papel para seguir adiante, não sabem realmente que você está aqui. É um blefe, você tem que esperar, escute, Ayuravann. Não vá, não se revele. Eles não sabem como você é. Você precisa desaparecer, ficar invisível. Não é tarde demais. *Por favor* — ficou sem fôlego.

Papai não disse nada, manteve os olhos fixos em mim e somente em mim, as mãos cruzadas pressionando seu estômago, como se amortecendo a frágil calma, tentasse passá-la para mim no meio do medo e frenesi ao nosso redor.

— Você não pode ir — declarou mamãe, colocando-se na frente dele, forçando-o a olhar para ela. — Não vou permitir. Arun está certo, não é tarde demais. Não vou deixar que você pense isso.

Ela tremeu.

Papai não pôde consolá-la. Permaneceu onde estava, com o olhar ainda fixo em mim, como se tudo o que pudesse fazer nesse momento fosse certificar-se de que eu o via, bem ali a minha frente, e que eu sabia que ia ficar tudo bem, que nada ia acontecer.

— Você precisa fugir — sugeriu Tata, histérica. — Mas, aonde iria? Há armadilhas por toda parte. Eles nos prenderam como animais.

Papai permaneceu quieto, e seu silêncio era como uma centena de vozes sussurrando uma centena de histórias. Eu não sabia qual devia ouvir, em qual acreditar.

— Sabe por que lhe conto histórias, Raami? — perguntou ele.

Havíamos deixado os outros, seu pânico e seus medos, e nos escondemos na solidão do pavilhão de meditação.

Neguei com a cabeça. Eu não sabia de nada, não entendia nada.

— Quando pensei que você não poderia andar, queria ter certeza de que pudesse voar.

Sua voz era calma, calmante, como se fosse só mais uma noite, mais uma conversa.

— Eu lhe contava histórias para lhe dar asas, Raami, assim você nunca seria presa por nada; nem seu nome, seu título, os limites de seu corpo, o sofrimento deste mundo.

Ergueu os olhos para o rosto do Buda de madeira no canto da sala, e, como se aceitasse um argumento que eles haviam usado anteriormente, murmurou:

— Sim, é verdade, em todos os lugares que você olhar há sofrimento; um velho desapareceu, um bebê morreu e seu caixão é uma gaveta; vivemos em salas de aula assombradas por fantasmas, esta terra sagrada está manchada com o sangue dos monges assassinados.

Ele engoliu em seco, e, a seguir, tomando meu rosto nas mãos, prosseguiu:

— Meu maior desejo, Raami, é vê-la viver. Se eu tiver de sofrer para que você possa viver, terei prazer em dar minha vida por você, assim como um dia desisti de tudo para ver você andar.

Balancei a cabeça. Eu não podia aceitar isso, essa troca absurda e brutal de uma vida pela outra. Minha percepção era simples: ele era meu pai, eu, sua filha, e pertencíamos um ao outro. Não podia imaginar minha existência sem a dele. Queria dizer isso a ele, mas não pude encontrar as palavras, não sabia como. Novamente, balancei a cabeça. *Não.*

Todo o seu rosto tremeu como uma lagoa perturbada, ondulando em agonia, angústia.

— Estou lhe contando isto agora, esta história, pois é uma história, e essa você vai viver. Quando eu jazer enterrado sob a terra, você vai voar. Por mim, Raami. Por seu pai, você vai se elevar.

Não respondi. Queria que ele parasse de falar. Fosse o que fosse que estava tentando me dizer, soava como um adeus.

Ele se afastou, inspirando o ar.

— Sei que você não entende, mas um dia irá.

Uma torrente de lágrimas deslizou pelo canto interno de seu olho direito e gotejou na curva de seu nariz, acariciando-o, demorando-se no alargamento de sua narina.

— Perdoe-me quando entender. Perdoe-me por não estar aqui para ver você crescer.

Ele não pôde dizer mais nada. Caiu em soluços com o rosto enterrado nas mãos. Uma centena de *tevodas* se juntou a ele, e seus gritos soavam como um bando de pássaros revoando, as asas batendo no céu escuro.

Treze

— Vocês têm que se sacrificar pela Revolução!

O soldado mais velho berrou, esmagando o punho contra a palma da mão. As veias de seu pescoço saltavam. Cada palavra e movimento seus se exageravam sob as chamas alaranjadas das tochas erguidas pelos soldados revolucionários que rondavam pelo pátio. Estava claro agora que o soldado mais velho — o mesmo que havia lido a lista de nomes — era o líder do Kamaphibal.

— Todos os seus camaradas aqui, inclusive eu, já abriram mão de suas famílias e de suas casas a fim de construir o Camboja Democrático!

Eu não poderia dizer quão grande era o grupo, mas parecia já haver centenas deles nessa luz cintilante e hesitante. Suas silhuetas eram como uma série de recortes de papel, um a duplicação do outro, amarrados juntos aparentemente por algum voto silencioso de solidariedade, por certa uniformidade pré-projetada. O jovem soldado aprendiz, com seus óculos e a solenidade de um poeta, era a única incongruência, agora em pé ao lado como se houvesse sido rebaixado de seu posto central por ter falhado em seu dever de persuadir e angariar seguidores.

— Vocês não são os únicos que perderam aqueles que amavam — prosseguiu o líder Kamaphibal. — Nós perdemos e sofremos muito. Mas as nossas perdas e sofrimento libertaram vocês e este país das injustiças do antigo regime. Agora, vocês devem se juntar a nós na luta! Vamos em frente, antes que seja tarde demais! Antes que outra criança morra em seus braços!

Ele se referia ao bebê de Mr. Virak. Não me pareceu certo que mencionasse o bebê morto na frente de seus pais, que usasse seu nome para levar as pessoas a aderir à Revolução. Como se recrutar pessoas vivas não bastasse, tentavam recrutar uma criança morta também, usar sua morte para afetar a tristeza de seus pais.

— Aqueles cujos nomes foram chamados terão a oportunidade de se revelar por sua própria vontade. Se ainda assim optarem por se esconder ou fugir, não poderemos garantir sua segurança, ou de sua família. — Fez uma pausa, deixando que as palavras penetrassem. — Deem um passo à frente, camaradas. Agora, a escolha é sua.

Houve um longo silêncio. Finalmente, um homem levantou a mão. Vi a manga enrolada de sua fúnebre camisa branca. Mr. Virak. O Kamaphibal aplaudiu. *Kong Virak*. Seu nome era o segundo da lista. Ele o devia ter dado aos soldados. Como mais poderiam saber? Desde que o bebê morrera, ele não era mais o mesmo, e agora, como todos temiam, irrefletidamente levantou a mão. Próximo a ele outro braço subiu, ou talvez não. Talvez fosse apenas uma sombra do braço de Mr. Virak. Mais uma vez, o Kamaphibal aplaudiu. Havia sombras por todo lado. Eu não podia ter certeza de quem eram ou de quantas pessoas haviam levantado a mão. Mr. Virak se levantou e se revelou como um alvo.

De volta a seu quarto, a esposa de Mr. Virak chorou. Pediu-lhe uma explicação para sua decisão. Ele disse que não podia ficar ali. Que não podia ficar com ela. Não tinham nada entre si exceto tristeza, lágrimas e memórias. Ele perfurava o corpo dela com palavras que abriam buracos como ferimentos de balas. Sua angústia a deixou louca. Ela correu para nosso quarto, chorando.

— Por favor, fale com ele — puxou a manga de papai. — Fale com ele.

Mamãe caminhou até ela e lhe deu um tapa no rosto.

— Fique quieta! — ordenou. — Não consigo ouvir meus pensamentos.

A esposa de Mr. Virak caiu no chão em soluços abafados. Voltando-se para papai, mamãe perguntou:

— Por quê? Diga-me por que está desistindo. Ainda há outro jeito, uma saída.

Eu não entendi. O que havia feito dessa vez? Então, entendi. Papai estava sentado ao lado de Mr. Virak. Ele levantara a mão.

— Há uma maneira de sair dessa, não vê?

Mamãe chorava.

Papai tomou suas mãos e as apertou nas suas. Olhava para ela como se estivessem sozinhos no quarto, como se fosse um momento privado só entre eles. Disse:

— Sei que nem sempre estive presente quando precisou de mim — Ele a abraçou forte, puxando-a para si com os braços presos entre o peito dele e dela. — Com frequência me perco na constelação de minhas próprias ideias, sempre à procura de pontos de iluminação. Mas não importa para onde olhe, vejo você, brilhante e luminosa, oferecendo-me tudo aquilo que procuro. Você é minha única estrela. Meu sol, minha lua, meu guia e direção. Sei que enquanto tiver você, nunca vou perder meu caminho. Mesmo se não puder tocá-la, sei que vou vê-la, senti-la, em qualquer lugar. Se precisar de você, sei onde encontrá-la. — Levou a mão ao coração. — Aqui, você está sempre aqui.

Mamãe se afastou e correu para fora da sala com seus longos cabelos encharcados de lágrimas. Papai ficou ali, tremendo, olhando para mim.

Quando eu jazer enterrado sob a terra, você vai voar...

Eu devia ter entendido. Mesmo nesse momento, ele não tentou esconder sua tristeza ou medo de mim. Ficou ali balançando levemente, a mão apertando o peito, os lábios entreabertos, como se quisesse explicar tudo que sabia, mas refreou a língua, compreendendo que não haveria palavras ou história que pudessem me preparar para sua partida, elucidar seu coração partido.

Sei que você não entende, mas um dia vai. Perdoe-me quando entender. Perdoe-me por eu não estar aqui para ver você crescer.

Eu não sabia que esse dia chegaria tão cedo. Que era agora. Entendi, mas não podia fazer uma única coisa. Não podia confortá-lo, nem ele a mim.

Recompondo-se, papai se voltou para os outros e explicou o que já havia revelado a Big Uncle na outra noite — havia se desvinculado da família e reescrito nossa história.

— Cuide delas — disse a Big Uncle. — Minhas filhas são suas.

Big Uncle abriu a boca para protestar, ma, vendo o olhar nos olhos de papai, abaixou a cabeça, impotente.

Eu não sabia que tanta tristeza poderia existir em um lugar tão pequeno.

Mamãe dormia de costas para nós, abraçando Radana contra o peito. As lágrimas a haviam drenado, endurecendo seu corpo como uma tábua. Ao lado dela, papai jazia tão quieto que por um momento pensei que ele também estava dormindo. Mas vi que seus olhos se moviam seguindo os saltos de um pequeno lagarto *chieeng chock* no teto. Não sei por que, mas o lagarto me fez pensar no bebê. Talvez por sua pequenez, o modo como fazia *tsssk tsssk* com a sua língua, como o bebê fazia quando ia espirrar. Imaginei se o bebê havia voltado, reencarnado como esse minúsculo lagarto de pernas trêmulas pelo desejo de viver, escalando o teto e as paredes à procura de comida, brincando com a esfera de luz projetada pela lamparina de querosene. Foi e voltou várias vezes. Um pensamento lentamente se enraizou em minha cabeça, com a sensação e a forma do voo de um pássaro, sem peso, elíptico. Circulou minha consciência como o falcão rondando o *stupa* que eu vira dias antes, quando estávamos no poço. Voou voltas e voltas, esculpindo uma lua cheia e brilhante.

— Papai — sussurrei cautelosa com minha descoberta —, será... será que seu espírito vai para a lua, então?

Pareceu paralisar completamente. Por fim, disse, com voz trêmula:

— Sim... — firmou-se e prosseguiu —, e vou seguir você, basta olhar para o céu para me encontrar, onde quer que esteja.

— Papai?

— Hmm...

— Tomara que em sua próxima vida você seja um pássaro, para que possa voar para longe, para que você possa escapar quando precisar e voltar quando quiser.

Silêncio.

Então, ele me puxou para mais perto. Senti seus lábios em minha testa, suas lágrimas em minha pele, quente e transbordante. Abracei-o até já não poder mais senti-lo, nem sentir seu coração parando em mim.

Nessa noite, acordei no meio do sonho. Vi os lábios de papai em mamãe, seus corpos enrolados em torno um do outro como duas cobras. “Eu quero engolir você, prendê-lo... mantê-lo para sempre para mim”. Alimentavam-se do veneno um do outro, pensei, mas eu não os podia impedir, não podia falar. Foi só um sonho, disse a mim mesma. Um sonho. Fechei os olhos e voltei a dormir. Algum tempo depois, ouvi o som de papel se rasgando lentamente, com cautela. Abri os olhos e vi papai inclinado sobre seu caderno na porta, à luz parcial lançada pelas estrelas do céu noturno. Ele estava escrevendo, ou talvez dobrando a página rasgada, eu não saberia dizer. O sono era mais forte que a curiosidade, trancando-me em seu abraço, e caí de novo no esquecimento.

Quando acordei de novo já era manhã. Papai não estava na esteira ao meu lado. Corri para fora para procurá-lo. No portão do templo, um grupo de soldados revolucionários guardava uma fileira de homens — Mr. Virak, o músico, o monge e outros cujo rosto eu conhecia — enquanto subiam em um carro de bois carregado com pertences. Papai estava ao lado do carro, preparando-se para embarcar também. Fui empurrando a multidão e corri para ele.

— Mudei de ideia — disse, com os braços ao redor de sua cintura, puxando-o para longe do carro de bois. — Não quero que você vá para a lua.

— Raami — disse ele se ajoelhando —, ouça, querida. Eu nunca menti para você e não vou mentir agora. Sei que você é só uma criança, mas não tenho tempo para esperar você se tornar adulta. É tarde demais para mim. — Fez uma pausa, olhando para o chão. — Mesmo com o coração doendo, preciso ir. Eu... eu gostaria de poder fazê-la compreender.

— Mas você é o meu pai — chorei, incapaz de dizer o que sentia, o que entendia.

Entendia que, em um mundo onde qualquer coisa real podia desaparecer sem deixar vestígios, onde a própria casa, o jardim e a cidade de uma pessoa podiam evaporar como névoa em uma única manhã, ele era minha única constância. Que ele era meu pai e eu era sua filha; que ele havia encarnado primeiro, proveniente de alguma existência anterior que havia vivido, para me guiar no caminho, para me amar e cuidar de mim; isso era prova suficiente de alguma lógica neste universo. Todo o resto sem sentido e confuso, no entanto, era permitido, até mesmo perdoável. Mas, agora, eu ficaria sem ele? Meus olhos iam de um soldado a outro em busca de alguém que entendesse, que soubesse como me sentia; mas nenhum deles olhou em nossa direção. Voltei-me para papai e exigi:

— Diga a eles que você é meu pai!

Ele não respondeu; manteve o rosto ainda abaixado e os olhos escondidos de mim.

— Diga a eles! Você é meu pai, eu quero você aqui! *Diga a eles!*

Ele ergueu os olhos transbordantes das chuvas de monção, como os arrozais inundados que cercavam o templo. Ele não ousava piscar ou dizer qualquer coisa. Nunca o vi tão triste, mas eu não conseguia consolá-lo. Só sentia minha própria tristeza. Só pensava em mim mesma.

— Leve-me com você, então — implorei.

— Raami, meu templo — começou a dizer, mas parou, com a voz embargada.

— Se você me deixar aqui — argumentei —, vou sofrer, meu coração vai doer.

No entanto, eu não era capaz de imaginar meu coração doendo mais que nesse momento. Ainda assim, tentei segurá-lo.

— Não vá ainda. Quero ouvir outra história. Conte-me uma história!

Ele hesitou e se afastou; todo seu corpo tremia.

— Por favor, uma última história. *Por favor, papai.*

Agarrei o fogo da dor e o arremessei em todas as direções, em cada pessoa que se aproximou de mim. Recusei-me a falar com Big Uncle, porque fora ele quem me segurara naquela manhã, quando tentei correr atrás de papai quando a caravana de carros de bois começou a se afastar do templo. A esposa de Mr. Virak havia feito exatamente isso: correra e implorara a um jovem soldado, que, por piedade ou impaciência, parara o carro de bois em que seu marido estava e permitira que ela se juntasse a ele. Mas Big Uncle não. Seu poderoso abraço me levou de volta para a sala de aula, resoluto diante de minhas lágrimas e súplicas, meus chutes e gritos. "Quero ir com papai! Deixe-me ir! Eu odeio você! Odeio você, grande *yiak*!" Mesmo quando o mordi e arranhei, ele não me soltou. Só me segurou com mais força. Eu me ressentia com sua enorme presença, que eu sentia que, de alguma forma, devia compensar a ausência de papai. Quando as outras — Tata, tia India e a Rainha Avó — tentaram me consolar, dei as costas a elas, encolhendo--me com suas carícias e palavras doces, ignorando seu choque e dor, incapaz de admitir que elas precisavam de conforto tanto quanto eu. Chutei e dei uma cotovelada nos gêmeos quando, lutando no chão, rolaram muito perto de mim. Bati em Radana quando ela estendeu os braços oferecendo um abraço. Só mamãe me deixou em paz, como se sentisse que algo maleável e macio tinha se quebrado dentro de mim.

As palavras lhe davam asas, dissera ele. Não consolo; *asas*. Essas que, percebi, ele havia cortado e entregado a mim para que eu pudesse continuar meu voo.

Sem papai, estava suspensa em dormência, à deriva para lá e para cá, como se essa tristeza, que era como nenhuma outra que houvesse conhecido, tivesse peso e massa que excediam meu corpo. Era uma entidade completa, uma presença de sombra sentada e caminhando a meu lado, assumindo seu lugar como meu novo e permanente companheiro.

Segui em frente, angustiada contra o inexplicável, o incompreensível, segurando meu pai da única maneira que pude — acreditando que seu espírito havia se elevado ao céu, e nele residia, etéreo e fugaz como o luar. Eterno, livre, por fim.

Catorze

As semanas seguintes passaram como em um borrão enquanto o Kamaphibal ardorosamente procurava destruir nosso velho mundo a fim de criar um novo, enquanto enviavam soldados para desmascarar o passado das pessoas — sua educação, emprego, meio social — e decidiam quem era bom e quem era ruim, quem mereceria indulto ou eliminação. Eu não entendia a razão de tanto ir e vir, a interminável convocação e separação. Ninguém entendia. Ninguém via, através da retórica codificada de solidariedade, fraternidade e amor a uma crença profundamente inculcada, que qualquer um podia ser inimigo. No início, o inimigo eram os intelectuais, diplomatas, médicos, pilotos e engenheiros, policiais e oficiais militares, aqueles com patentes e reputação. A seguir, o inimigo era os funcionários de escritórios, técnicos, funcionários de palácio, taxistas, pessoas com *mok robar civilai* — "profissões modernas" —, o que incluía quase todos no templo, visto que a maioria de nós era da cidade. Aqueles que não mentiram e assumiram uma nova identidade foram chamados e trazidos à tona, como coelhos forçados a abandonar suas tocas. Deram a suas famílias, então, a escolha de acompanhá-los ou ficar no templo e esperar que voltassem. Mas como nunca ficou claro quando isso aconteceria — essa "volta" — ou o que significava exatamente "juntar-se" à Revolução ou ser "procurado" pela Organização —, a maioria das famílias escolheu ir, acreditando que, o que quer que fosse que o destino lhes havia reservado, pelo menos enfrentariam juntos.

Quando se foram, outras vieram, e não somente de Phnom Penh, mas de todo o país, às vezes em um comboio de caminhões, às vezes em uma caravana de carros de bois. Toda vez, eu corria da sala ou de onde quer que estivesse escondida e dava cotoveladas atravessando a multidão na esperança de encontrar papai entre os recém-chegados. Meu coração dava um pulo quando vislumbrava uma camisa que parecia uma das suas, um cabelo acinzentado nas têmporas, ombros que pareciam capazes de suportar o peso de uma montanha. Mas nunca era dele. Ninguém tinha notícias dele. Ninguém se importava. Todo mundo tinha suas próprias perdas para cuidar.

Quanto aos recém-chegados, cada grupo parecia mais desapossado e desesperado que o anterior. Suas provações pareciam tê-los endurecido, ofuscado sua visão e anestesiado sua sensibilidade, e às vezes pareciam não saber diferenciar o certo do errado. Afastavam estátuas de deuses e espíritos guardiões e reivindicavam um lugar no salão de orações, no dormitório dos monges, no pavilhão Darma e no até então inviolado pavilhão de meditação. Nenhum lugar estava protegido, nenhum canto ou nicho sagrado ficou intocado pela necessidade. Duas famílias lutaram no chão debaixo do Buda Caminhante perto da entrada, empurrando-se por um espaço, enquanto a estátua permanecia em pé, olhando para a frente de forma pacífica, indiferente à disputa. Uma vez paraíso, agora o templo parecia um aterro sanitário, cheio de lixo e tragédias. Pessoas trocavam histórias pessoais de perda e morte enquanto ajeitavam os alimentos e roupas. *Nossa casa foi incendiada; meus pais eram idosos, a viagem foi demais para eles...* Um calvário fazia companhia a outro, e, desta forma, todos aceitavam o fato de que não estavam sozinhos, que esse horror era universal, inevitável.

Quanto à nossa família, guardamos tudo para nós mesmos. Nunca falamos com ninguém sobre a nossa perda. Tínhamos a sensação — a necessidade de acreditar — de que papai não havia desaparecido completamente. Sua presença, amorfa como a água em um copo inclinado, infiltrava-se em tudo, em tudo o dizíamos e fazíamos, em nossa quietude e silêncio, em nossa fenda e em nosso eu estilhaçado. Big Uncle praticamente se transformou em duas pessoas: uma sorrindo e alegre quando estava com a família, e outro sério e introspectivo ao se julgar sozinho, sem ser observado. Ele brincava com Radana e os gêmeos, acordando-os com cócegas, deixando-os pularem nele entre os travesseiros e cobertores. Levava-os nas costas até que o som do riso deles enchia o quarto, de modo que, por um breve segundo ou dois, eu esquecia onde estávamos, pensando em todos de volta a casa em segurança. Ele brincava durante as refeições dizendo que havia desistido do café, por exemplo, abstendo-se dessa ou daquela comida que sabia que não tínhamos. Ou fazia jejum um dia inteiro, como um monge fazia ao tomar certos preceitos. Certa vez, sentindo a espessura de seu cabelo crescido, ponderou em voz alta:

— Sabem por que monges e monjas raspam a cabeça?

Quando ninguém respondeu, inclinou-se, falando para si mesmo:

— Disseram-me que, quando alguém pede aos deuses um milagre, deve fazê-lo com uma humildade nua. Despojado de qualquer orgulho humano, de vaidade. — Passou a mão por sua juba despenteada. — Talvez eu devesse raspar minha cabeça. Oferecer minha humildade para seu retorno.

Mamãe se levantou e saiu da sala.

Olhei para ele. "O que está esperando, então? Raspe!" Fiquei enfurecida em silêncio. "Raspe a cabeça. Traga papai de volta!" Eu não sabia se estava brava com ele por conta de sua ponderação inútil ou se surpresa pelo absurdo de um Deus que poderia ser persuadido tão facilmente a trazer meu pai de volta com uma única oferta de cabelo de seu irmão. Papai valia mais que isso. Big Uncle, cego de tristeza, não conseguia ver minha raiva.

— Pelo menos devia aprender a orar — concluiu gravemente, distraído.

Tia India, não convencida da súbita devoção do marido, olhou para ele com um espanto silencioso, como se o achasse louco; em um momento se comportava como era normalmente, um bobo da corte, e no outro, como papai, o silencioso e solene pensador.

Tata, ao mesmo tempo severamente pragmática e infantilmente ingênua, interveio:

— Não é aos deuses que precisa apelar, Arun. Fale com o Kamaphibal. Explique quem realmente somos. Talvez ainda possamos nos juntar a ele.

Em seu canto, a Rainha Avó, que observava toda a conversa, soltou um suspiro pesaroso e murmurou:

— A pior ironia da maternidade é quando a mãe sobrevive a seus filhos.

Então, subitamente, sua expressão se embotou ainda mais, sem uma pista da razão. Um silêncio fúnebre caiu na sala.

Lágrimas brotaram dos olhos de Big Uncle, e ele lutou contra elas com um sorriso. Mais tarde, atrás do edifício da escola, julgando-se sozinho, chorou com o rosto nas mãos, sem saber que eu estava vendo.

Gradualmente as coisas pareciam melhorar, ou pelo menos se acalmar. Um novo grupo de Kamaphibal, formado principalmente por camponeses locais, surgiu quando o anterior seguiu para outras áreas para detectar pessoas mais educadas, como eles próprios, e recrutá-las para a Revolução. Uma sensação de ordem tomou forma quando o Kamaphibal local começou a atribuir abrigos mais permanentes às famílias. Os que desejassem já poderiam viver na cidade, ou dividindo casas com as pessoas da cidade ou ocupando as casas vazias pela recente deportação das famílias locais. A prioridade era dos que acampavam na terra nua, ou para aqueles — isso não foi abertamente discutido, mas todo o mundo sabia — que haviam subornado residentes bem relacionados. Uma cabana foi dada a uma família em troca de um relógio, ou uma casa de madeira por um cinto feminino tradicional feito de ouro puro. Quanto mais amarelo o ouro, mais cobiçado era pelos camponeses da cidade, e maior a casa que poderia pagar. Corria o boato de que uma das esposas do Kamaphibal estava disposta a desistir da casa que havia "herdado" de um comerciante chinês exilado em troca de certo cinto. Quando Tata ouviu isso, lembrou a Big Uncle que tínhamos ouro. Muito. Talvez pudéssemos trocar um cinto ou dois por um abrigo mais adequado.

Big Uncle disse que não podia confiar em nada nem em ninguém — em um rumor ou um residente local. Bastava olhar para o Kamaphibal, apontou, cujos membros iam sempre mudando. Nada ficava tempo suficiente para que pudéssemos confiar. Podemos ganhar uma casa, argumentou, e depois ser deportados de novo. Depois de muita discussão, concordamos que o melhor a fazer era ficar onde estávamos, e, acima de tudo, não chamar a atenção para nós. Quanto a nossa alegação de sermos plantadores de manga, os soldados nunca mais voltaram para dar continuidade aos interrogatórios. Seja qual for a razão, pelo menos por ora, o disfarce funcionou, manteve-nos com segurança em nossa sala de aula, que, conforme explicou Big Uncle, podia nos enclausurar melhor que uma casa na cidade, onde estaríamos sob a vigilância constante dos soldados revolucionários e do Kamaphibal e seus familiares conspiradores.

Mas eu sentia que a verdadeira razão pela qual ficamos era simplesmente porque não podíamos suportar deixar o lugar onde papai esteve, onde o chão ecoava com os passos dele, as árvores soltavam seus suspiros e o lago espelhava sua tranquilidade. Ali, ainda podíamos estar com ele, e, por mais que desejássemos libertar seu espírito, deixá-lo viajar para o universo invisível e procurar uma nova casa, ainda não estávamos prontos para deixá-lo ir. Nós nos agarramos à possibilidade de ele existir entre nós, mesmo como um fantasma, mesmo como um eco ou sombra, porque deixá-lo ir era abandonar nossa esperança, admitir e submeter-se às trevas, ao desespero irreversível.

Assim, mesmo que mais pessoas estivessem partindo para fazer uma nova vida na cidade, nós continuamos no templo, e, em vez de trocar nosso ouro por um desconhecido abrigo sem fantasmas, trocamos por alimentos. Um colar nos rendeu uma fronha cheia de arroz para complementar as esporádicas rações que recebíamos da Organização via soldados revolucionários ou Kamaphibal. Um par de brincos conseguiria um bloco de açúcar de palmeira que usaríamos com moderação, como um tratamento especial de vez em quando para a Rainha Avó e os menores. A pulseira comprou um pedaço de carne que mamãe e tia India salgaram, secaram ao sol e dividiram em porções para uma semana inteira.

Todo mundo, não importava onde morasse — no templo ou na cidade —, era agora esperado para trabalhar. Big Uncle partia todas as manhãs com um grupo de homens para cavar valas de irrigação e canais para levar a água do pântano inundado pela chuva a campos distantes. Mamãe e tia India foram designadas para colher o arroz que brotava ao longo das margens dos rios ou em colinas e levá-los aos arrozais arados para que os agricultores os transplantassem. Tata

— como mamãe convenceu o Kamaphibal de que ela tinha saúde ruim —, e eu, por causa da poliomielite, ficamos para trás para cuidar da Rainha Avó, dos gêmeos e de Radana. Eu teria gostado de sair do templo, mas esse era nosso trabalho — cuidar dos idosos e dos jovens — para que os outros pudessem fazer os deles. Cada um de nós deve dar sua contribuição à revolução, como dissera o Kamaphibal.

O trabalho, o ritmo e a rotina da jornada, a exaustão física à noite, impediu-nos de desaparecer completamente em nossa dor privada, e quando os soldados revolucionários começaram a trazer arroz e comida em intervalos mais regulares, quando o Kamaphibal começou a relaxar seu controle e parou de perguntar quem era quem, quando nenhum carro de boi ou caminhão apareceu para transportar alguém para longe, a esperança começou a surgir. Talvez o pior já houvesse passado.

— Peguem seus pertences! Saiam!

Eram dez, vinte soldados, talvez mais. Invadiram o terreno do templo e ordenaram que todos saíssem.

— Você, você e você ali.

Apontaram suas armas como se escolhessem animais para transportar, separando grandes famílias em menores.

— Só parentes diretos juntos! O restante divida-se!

Big Uncle, protegido por uma multidão, reuniu-nos rapidamente ao seu redor.

— Somos uma única família. Todos filhos da *Avó*.

Ele fixou o olhar em mim, como se só eu tivesse a chave para nossa unidade.

— Avó, não Rainha, entendeu?

Sim, entendi. Não éramos mais quem havíamos sido. Como poderíamos ser?

Uma dupla de soldados irrompeu no meio da multidão e veio direto a nós. Mamãe agarrou Radana e a apertou. Um dos soldados a empurrou para o lado, e em um único longo passo, chegou à Rainha

Avó. Ordenou que identificasse só as *koan bongkaut* — crianças — que ela havia dado à luz. A Rainha Avó apontou para Tata e Big Uncle. Tia India, agarrando os gêmeos, correu para o lado de Big Uncle.

— Sou sua esposa, e os meninos são nossos filhos.

Os três se penduraram em Big Uncle como baldes em uma vara de bambu. Sozinha, mamãe ficou congelada no lugar, apertando Radana contra o peito com uma trouxa de roupas em cada ombro.

O soldado empurrou mamãe e Radana para a esquerda, a Rainha Avó e os outros para a direita. Seguiu-se pânico e confusão. Big Uncle tentou dizer que pertencíamos a uma única família. O soldado girou o rifle como um bastão e acertou o rosto dele. Big Uncle vacilou e o sangue jorrou de suas narinas por conta do nariz quebrado, talvez. A multidão se dividiu, e, de repente, eu me vi no meio de um corredor entre duas massas pulsantes: de um lado, mamãe e Radana, só as duas, desoladas. Do outro lado, Big Uncle e o resto de minha família, pelo menos segurança em números. Eu podia escolher. *Mas, qual?* Lágrimas ardiam meus olhos e nublavam a minha visão.

— Raami, venha — sussurrou Big Uncle esticando uma mão furtiva para mim.

Olhei para ele, desejando ser tomada por seu abraço forte.

— Venha.

Voltei-me para o outro lado e vi mamãe com os lábios entreabertos, mas incapaz de falar, de dizer meu nome, de fazer qualquer tipo de apelo. Pestanejei.

Ela precisava de mim e eu precisava dela. Voei para mamãe.

Big Uncle fechou os olhos ao mesmo tempo que Tata e tia India rompiam em soluços, enquanto os gêmeos observavam, impotentes. Só quando os soldados revolucionários nos empurraram em direção à entrada foi que a Rainha Avó pestanejou, percebendo o que havia feito — esquecendo-se de nos reivindicar, em essência, jogou-nos longe.

Uma fila de caminhões do exército cobertos de poeira forrava a estrada; um comboio de carcaças metálicas. Girei, de repente lamentando minha escolha, em busca de uma rota de fuga; mas, antes que pudesse dar um passo, a multidão veio até nós, empurrando para frente sob o comando de um soldado. Ouvi a voz de Big Uncle acima da multidão:

— Raami, Raami!

Olhei em volta, mas não podia vê-lo através do mar de braços e quadris em torno de mim. Era apenas sua voz, desesperada, desesperadora.

— Aana! Aana!

Mamãe não parava de olhar para trás. Segurou minha mão com firmeza, e, com Radana em seu quadril, puxou-me com ela.

— Oh, Aana, onde está você?

Mais uma vez a voz ofegante de Big Uncle.

A loucura nos cercava por todos os lados. A única direção em que podíamos avançar era para a saída. Para nosso exílio.

No caminhão, fiquei na ponta dos pés e observei a multidão, tomada pelo sentimento de que estava deixando para trás uma parte essencial, irrecuperável de mim mesma. Eu havia acreditado que havíamos sido levados à terra sagrada, e, assim, seríamos protegidos, sem jamais suspeitar que o céu e o inferno podiam existir no mesmo espaço. Perdi minha inocência, e com ela a ilusão de que estava a salvo. Agora não havia Big Uncle, Rainha Avó, Tata, tia India ou os gêmeos. Não havia papai. Independente de como me voltasse, confrontava a mesma dura realidade: minha família havia ido embora. Sem meu espírito, meu *pralung*, minha imaculada esperança, eu me sentia como uma pipa de linha cortada; à deriva, à deriva.

Quando o caminhão começou a se mover, fechei os olhos e deixei que o mundo desaparecesse em uma única palpitação. Não podia suportar seu desaparecimento lento, então, obliterando-o antes, ele me obliterava. Calei o barulho e o caos, a presença de outras pessoas ao meu redor. Tomava conhecimento só de mim mesma, dos movimentos de meu corpo, como parecia ser operado pelo mesmo mecanismo ou instalação elétrica que impulsionava o metal desconjuntado para frente, como se fôssemos dois esqueletos de nosso antigo eu, despojados de enchimento e das sutilezas que até agora nos amortecia contra saltos e choques inesperados. Quando o caminhão parava, sentia que me esmagava contra uma rocha. Quando acelerava para frente, eu era lançada no ar, movendo-me tão rápido quanto o vento.

Segui assim, com minha mente puxando para lá e para cá, meu corpo coroando as ondas de náusea e dormência. Certa vez, depois de muito tempo, abri os olhos e procurei papai, Big Uncle e os outros, suas sombras e silhuetas entre as árvores e colinas em forma de humanos, a possibilidade de sua existência em algum lugar deste mundo, ao lado da nossa. Mamãe, embalando Radana no colo, libertou um braço e me puxou para si, pressionando meu rosto na suavidade entre seu braço e seu peito. Abraçou-me forte. Fechei os olhos e afundei mais profundamente na sombra que era eu mesma.

Quinze

O velho casal sorriu, expondo dentes manchados e escuros. Seus sorrisos abertos e alegres faziam de sua cabeça raspada — uma expressão comum de devoção budista entre anciãos cambojanos — parecer desproporcionalmente maior que seu corpo, e suas sombrias roupas rurais incongruentes com bom humor e boas maneiras. Estavam inexplicavelmente felizes em nos ver, como se fôssemos parentes perdidos há muito tempo, e nossa chegada, tão esperada, de alguma forma fez explodir e abrir uma bolha de entusiasmo.

— Vocês chegaram, vocês chegaram! — exclamou a mulher enquanto corria em nossa direção.

Mamãe e eu oferecemos nosso *sampeah*. A mulher se voltou para o marido e disse, entusiasmada:

— Oh, elas são adoráveis!

Ela nos recebeu em sua casa, em seu vilarejo. Stung Khae, disse: "Rio lunar". Meu coração falhou uma batida. Papai havia nos enviado até ali? Seu espírito nos guiara a esse lugar, que era homônimo de sua reencarnação? Para que essas pessoas enrugadas, de aparência terrosa e abrigando felicidade me fizessem pensar que deviam ter brotado das mesmas sementes e solo das árvores ao redor? O marido não falava, mas estava à vontade em seu silêncio, em uma mão segurava uma faca de entalhar, e com a outra tocava um pedaço de madeira, como se tentasse decifrar seus grãos e textura de sua forma predestinada. A mulher não conseguia parar de falar.

— Vocês são a resposta a minhas preces! Ah, como eu sonhei e esperei vocês!

Ela mastigou e cuspiu, e o suco vermelho da noz-de-areca tingiu os cantos de sua boca e o chão perto de seus pés.

— Espero por vocês desde que meus seios eram redondos!

O marido sorriu, nem um pouco constrangido com a inocência de sua esposa. Um pequeno pedaço de fumo se movia dentro de sua bochecha esquerda, rolando languidamente como uma palavra, um sentimento esperando ser pronunciado em voz alta. Seu rosto, enrugado e ressecado, assemelhava-se a um leito de rio seco, mas cheirava a terra molhada, a lama fresca. Guardou a faca e um pedaço de madeira nas dobras do *kroma* que prendia sua solta camisa *achar* e tirou as duas trouxas de parte de trás da carroça que nos transportara. A esposa, notando como nosso corpo e pertences estavam sujos, arriscou:

— Oh, Buda, o vento deve ter soprado vocês até aqui!

Espanou a poeira de meu cabelo com uma familiaridade que me fez ansiar por Milk Mother.

— Vocês precisam de um bom banho!

Radana, acordando com o barulho a seu redor, esfregou os olhos, e, depois de olhar para o velho casal, escondeu o rosto no peito de mamãe, choramingando, assustada com a aparência deles.

Mas eu não os achei feios. Para mim, pareciam velhas árvores que caminhavam e falavam; sua farfalhante e ruidosa presença era um refúgio, uma espécie de abrigo contra a solidão que os arrastava e ensombrava o dia todo. Ao som de rodas girando, nossos olhos se voltaram para o soldado ainda empoleirado no caminhão. O marido por fim falou, saindo de seu silêncio:

— A chuva virá.

Olhou para o céu, e depois para nosso condutor.

— Talvez devesse esperar passar.

— Sim, fique. Você pode comer conosco! — Ofereceu a mulher, como se concluísse o pensamento do marido.

O soldado tirou o boné, agradecendo o convite, mas suas mãos, erguendo as rédeas, mostraram que não ia ficar. Voltou-se para mim, e notando o broto de bambu em minha mão esboçou um sorriso. Então, com o boné para trás e afundado na testa, virou o caminhão e se voltou para o caminho de terra, refazendo os passos que nos trouxera até ali.

A primeira parte da viagem havia sido uma lacuna — um silêncio profundo. Eu dormi no caminho, arrastada pela maré de tristeza. Quando acordei novamente, foi por conta do som de pessoas falando ao meu redor. Parecia que nosso caminhão havia deixado Prey Veng e nesse momento entrava em Kompong Cham. As duas províncias pareciam a mesma. Florestas impenetráveis e infinitas nos cercavam por todos os lados. Parecia que ia chover, mas não choveu. O céu estava mais baixo e cinza, pesado de calor e umidade; um silente luto não correspondido. Mas, longe, na distância, depois do pico de uma montanha, era azul e brilhante. Eu não saberia dizer se debaixo da luz nos esperava um santuário, onde nos reuniríamos com os outros, ou a borda do mundo, um abismo.

Mamãe apertou minha mão, como se me lembrasse de que ainda estava ali, ao meu lado. Em seu colo, Radana continuava dormindo. Nós duas mantivemos os olhos sobre minha irmã, incapazes de enfrentar uma à outra depois daquele momento, quando ela ainda estava paralisada e fui forçada a escolher.

Gradualmente as florestas se diluíram. As árvores ao longo da estrada pareciam menos selvagens, reconhecíveis de novo: eucalipto, cássia, folhas e casca de acácia. Papai havia me ensinado a distingui--las durante nossas várias visitas ao campo. Aqui e ali, sob a sombra dessas árvores na estrada, erguiam-se barracas ao ar livre, construídas para que os viajantes descansassem. Arrozais surgiram de novo, e com eles silhuetas de cidades e aldeias que pontilhavam a paisagem como suaves murmúrios e suspiros.

Chegamos a uma plantação de palmeiras da altura do céu. Um grupo de homens da aldeia, com algumas crianças, esperava por nós nos degraus de um pavilhão ao ar livre. Observei rapidamente o grupo procurando papai, mesmo sabendo que ele não poderia estar ali. Quando descemos do caminhão, os homens nos saudaram com curiosidade discreta. Uma das crianças, uma menina com um sarongue de tecido elástico e sem blusa, foi me oferecer água em uma casca de coco. Olhei para o coco, engolindo em seco, imaginando a água caindo em minha garganta seca, mas a aparência suja da menina me fez hesitar. Ela empurrou a casca de coco em minha mão e correu em direção ao caminhão estacionado, onde sua irmã mais velha — era o que parecia, pela semelhança facial — estava empoleirada no banco do condutor, brincando com o volante. As outras crianças, seminuas e sujas como as duas meninas, contornavam o veículo, igualmente encantadas, cheirando a fumaça de combustível, batendo no capô e nas portas dianteiras, maravilhadas com os faróis e os pneus de borracha. Cutucaram-no, chutaram--no e tentaram empurrá-lo para frente e para trás, como se fosse um lendário búfalo-asiático de ferro que podia ser provocado a se mexer; a bufar, pelo menos.

Uma caravana de carros de bois apareceu, cada um conduzido por um soldado revolucionário. Mais uma vez, foram divididas e classificadas. A família desta carroça para uma aldeia ao norte, outra naquela carroça para uma aldeia ao sul e assim por diante.

Mamãe recolheu nossas duas trouxas e ergueu Radana e eu para a carroça designada. O condutor, com o boné preto puxado para baixo para proteger os olhos, não se voltou para olhar para nós, mas, ao sentir nosso peso acomodado, sacudiu as rédeas e estalou a língua para os bois.

A carroça se moveu e mais uma vez rodamos em direção ao desconhecido, pelo caminho diante de nós que se tecia através dos verdes arrozais como uma cobra perdida na grama. Cabanas de palha salpicavam a paisagem parada e monótona, e exceto pelos remoinhos de fumaça subindo para além dos telhados, era como se nos movêssemos através de uma tela pintada. As altas e magras palmeiras, suas escuras silhuetas, tochas carbonizadas, saltavam dos diques das plantações aspirando a uma ainda mais elevada existência. Acima de nós o céu pairava baixo e mais cinza do que nunca, como uma barriga gigante prestes a entrar em erupção. Dois relâmpagos se cruzaram silenciosamente como um par de espadas de esgrima se chocando, fazendo minha espinha se arrepiar. Perguntei-me quão mais longe teríamos de ir. Se não chegássemos em breve, ficaríamos presos na força das monções.

Lancei um olhar a nosso condutor. A arma de cano longo, anteriormente pendurada em seu ombro, estava agora em seu colo. Ele não havia dito uma palavra. O único som que ouvi dele foi o estalo de sua língua de vez em quando, conforme batia suavemente nos bois atrelados com sua vara de bambu. Parecia não se perturbar com o céu sombrio, os relâmpagos com seus brilhantes *flashes* de mudez. Ele parecia fazer parte daquilo, daquela imobilidade, do silêncio que estava em toda parte, que aumentava a distância e os espaços a nossa volta.

Meus pensamentos se voltaram para os outros. Fechei os olhos, imaginando os rostos: a Rainha Avó, Tata, Big Uncle, tia India, os gêmeos, primeiro Sotanavong, depois Satiyavong — separadamente, individualmente, como raramente pensava neles. Contei cada pessoa nos dedos, um, dois, três, quatro, cinco, seis, reconfortando-me na contagem, se não em sua real presença. Onde estavam eles agora? Em um carro de bois também, em direção a sua nova casa, a sua nova vida? Pensavam em mim como eu pensava neles? E papai? Onde estava?

Quantas vezes me deixei sonhar que ele apareceria de repente... Que poderia se materializar ali mesmo, entre os campos de arroz, como uma figura andando em minha direção.

Olhei para mamãe, que segurava Radana no colo, com um *kroma* xadrez azul e branco nos ombros, protegendo minha irmã adormecida da intempérie. Foi bom Radana dormir tanto, bom que fosse embalada facilmente pelo ritmo de uma carroça ou caminhão em movimento, permitindo que mamãe descansasse a maior parte do tempo. Mal havíamos falado uma com a outra, mamãe e eu. Nem uma palavra sobre os outros. O que havia para dizer? "Eu sei que você queria ir com eles. Sim, eu queria."

Não mais me arrependia de tê-la escolhido, contra meu próprio senso de segurança em números. Mas me arrependia do que via, do que o tempo todo não queria ver: sua incompletude, ela sem ele, mamãe sem papai. Desde que ele havia ido embora, eu evitava ficar sozinha com ela, evitava olhá-la nos olhos. Eu não queria testemunhar sua devastação, mal podia suportar a minha própria. Agora ali estava ela a minha frente, seu rosto magro, lábios secos e rachados, todo seu ser tenso em ponto de ruptura. Onde estava aquela linda borboleta com flores nos cabelos? A tristeza a envolvia, e ela parecia ter se transformado; dessa criatura sem peso, capaz de voar, a alguém que andava e se movimentava com membros de barro.

Naqueles dias e noites após a partida de papai, muitas vezes disse a mim mesma que pelo menos ainda tinha mamãe: ela seguraria minha mão, me abrigaria de qualquer tempestade. Mas, quando esse momento chegou, ela ficou paralisada no meio da multidão afluente, incapaz de me chamar para si, nem com palavras nem com gestos, e ficou dolorosamente claro que ela precisava de mim tanto quanto eu precisava dela, que sem papai, ela e eu sempre precisaríamos uma da outra quando a calamidade nos atingisse.

Agora, enquanto eu olhava para ela, enquanto sentia sua ânsia por ele, sentindo a falta dos outros, pensei que talvez nós chorássemos pelos mortos, mas pelos vivos também. Sentíamos sua ausência antes mesmo de saber que estavam ido embora.

Mamãe ergueu os olhos e, talvez envergonhada pelo modo como parecia para mim, ergueu o *kroma* sobre a cabeça para esconder o rosto. Deixou-se embalar pelo movimento da carroça; seu corpo balançava como se houvesse parado de lutar contra o cansaço. Em um instante ela estava dormindo novamente, sonhando um sonho conjunto com Radana, unidas pelo menos por seu desconhecimento dos mergulhos e solavancos ao longo do caminho. Eu não a culpava, não invejava essa conexão que ela e Radana compartilhavam. Por mais que ansiasse pelo vínculo que tive com meu pai, sabia que não podia repeti-lo com ninguém. Outros apareceriam e desapareceriam como vaga-lumes; eu poderia nunca saber quando. O melhor que eu podia esperar era atrair de cada um a luz de que precisava para me guiar neste caminho escuro e incerto. O resto, eu teria de fazer por conta própria. E minha solidão, esta solidão, seria minha força.

De novo relâmpagos brilharam, seguidos pelo que parecia uma montanha rasgando-se ao meio. Pulei e me espremi ao lado do soldado revolucionário, quase derrubando a arma de cano longo de seu colo. Ele não se mexeu nem me empurrou de volta para meu lugar; nem riu de meu medo. Em vez disso, tirou a arma e a colocou paralela à lateral da carroça, à sua direita. Então, açulou os bois outra vez com sua vara para apressá-los, murmurando com suavidade uns termos ininteligíveis de carinho que eu tinha certeza de que eles entendiam. Os bois apertaram o passo agitando as orelhas, balançando a cauda, escondendo sua ondulação como se absorvessem o sentido de urgência de seu mestre.

Voltei-me para olhar para mamãe e Radana. Ainda estavam dormindo, nem um pouco perturbadas pelos trovões e relâmpagos ou conscientes de que eu havia saído de meu lugar ao lado delas. Decidi ficar na frente, sentindo-me menos sozinha ao lado do soldado, reconfortando-me com sua vigilância e vigília. Se eu fosse atingida por um raio, pensei, pelo menos ele seria testemunha. Eu não estava completamente sozinha.

Outro trovão ecoou. Espremi meu corpo mais perto dele. Ele não se opôs. Eu não sabia se estava com mais medo de seu silêncio ou do rugido do céu. Seguíamos por uma parte do caminho que se estreitava por conta dos arbustos de bambu que cresciam de cada lado. O soldado puxou com força as rédeas e os bois pararam completamente. Pensei que ele ia acordar mamãe e Radana e dizer que nós três tínhamos de sair, que era o mais longe que havia sido instruído a nos levar, que o resto teríamos que enfrentar sozinhas. Mas, em vez disso, esticou-se para fora da carroça, quebrou um longo e fino galho de bambu, e, sem uma palavra de explicação, entregou--o a mim acenando para os bois com a cabeça, indicando que eu deveria incitá-los. Bati no da esquerda, tão suavemente como o vira fazer, e depois no da direita. O soldado estalou a língua e afrouxou as rédeas. Mais uma vez, estávamos nos movendo.

— Então, havia dois deuses infantis, certo? — Disse ele, subitamente, como se continuasse uma conversa que havia começado mais cedo. — Um *tevoda* e um *yiak*.

Ele não se voltou para encontrar meu olhar chocado; manteve os olhos à frente, no caminho.

— Eles estudavam magia com um eremita, um feiticeiro — sua voz era tão calma quanto seu perfil, e eu me perguntava se ele mesmo não era mágico, uma enganosa manifestação de algum tipo. — Um dia, o feiticeiro lhes propôs um desafio. Disse que quem colhesse um frasco cheio de orvalho pegaria primeiro o *keo monoria.*

Engoli em seco e perguntei:

— O que é isso?

— Uma bola de cristal que continha o poder da luz. — Indicou os bois, e mais uma vez bati com a minha vara de bambu. — Naquela noite, os dois estudantes saíram, cada um com um frasco. Na madrugada do dia seguinte, o *tevoda* voltou com um jarro cheio de orvalho. O *yiak*... bem, seu frasco estava pela metade. O feiticeiro deu a bola de cristal ao *tevoda*. O *yiak* ficou chateado; ele merecia algo também. Assim, o feiticeiro lhe deu um machado, uma arma de grande poder. Mas o *yiak*, insatisfeito, tomou o machado e correu atrás do *tevoda*, e cada vez que agitava sua arma para ele, ouvia-se esse terrível estrondo. O *tevoda* pulou para fora da estrada para evitar ser atingido, atirando a bola mágica no ar e soltando *flashes* brilhantes de luz.

A carroça pulava para cima e para baixo no caminho marcado de buracos e lombadas. Esperei que o soldado prosseguisse, mas chegamos a um canal cheio de água barrenta, e em toda sua largura descansava uma ponte parcialmente inundada, feita de troncos de palmeiras derrubados. Inclinando para esquerda e direita, verificando a posição das enormes rodas, ele guiou os animais e a carroça até o outro lado da precária ponte.

— Não precisa ter medo de relâmpagos e trovões — disse ele quando chegamos à terra seca novamente. — São apenas duas crianças brincando com a magia.

Silenciosamente, secretamente, perguntava-me se nesse momento poderia de alguma forma capturar a mim mesma em um vaso de cristal, e me invocar sempre que me sentisse sozinha.

— Eu gosto de mágica — arrisquei —, e você?

Não respondeu. E tão inesperadamente como havia falado, tornou--se parte do silêncio de novo.

Por fim, chegamos a uma divisão no caminho. O soldado virou o carro de bois rumo à direita, e rodamos por uma faixa ainda mais estreita, cercada mais imediatamente de cada lado por uma vala de irrigação, e depois por uma extensão de verdes arrozais que se espalhavam sem limites para além. Mais à frente a trilha se abria em um trecho levemente elevado de terra, cercado de árvores frutíferas. No meio do terreno, subindo em direção ao céu aberto, duas palmeiras cruzavam seus troncos, que se curvavam como braços erguidos, implorando aos deuses. À direita das palmeiras, a uma distância aparentemente suficiente para evitar frutas ou folhas caídas, havia uma pequena cabana de palha sobre palafitas. De seus degraus de bambu ergueram-se duas sombras. Meu coração acelerou. *Poderia uma delas ser papai?* Eu sempre tinha esperança, via-o em toda parte, em cada silhueta e forma, em cada gesto, e talvez, intimamente, ele ainda fizesse parte do meu mundo. Uma das sombras acenou timidamente, a outra vigorosamente, em êxtase.

— Venham — apressou a esposa, tirando minha atenção da figura que recuava na carroça.

O céu rugiu e tremeu, enigmático como seu emissário, que foi desaparecendo com o silêncio de uma miragem.

A esposa pegou mamãe pelo cotovelo e a levou com Radana para a escada. O marido e eu as seguimos, ele carregando nossas duas trouxas e eu arrastando minha vara de bambu no chão.

— Vocês chegaram na hora certa — murmurou ele, olhando as nuvens que se moviam acima, como se o céu fosse seu ponto de referência para tudo, para todas as conversas que queria começar. — Quando cair, será uma grande tempestade.

Seus olhos se voltaram para o cata-vento de madeira que girava no telhado da cabana. Tinha a forma de um galo, e, apesar de não ser uma escultura detalhada, havia algo nele que o fazia parecer vivo, como se estivesse prestes a bater as asas e cantar. Virou à esquerda e à direita e se voltou na direção das nuvens que se moviam, como se invejasse seu voo, desejando sua própria libertação.

— Sei que vocês merecem mais — murmurou o marido com os olhos ainda no galo, falando com ele. — Vocês merecem coisa melhor que nosso telhado de palha.

Fiquei quieta.

Na escada, a esposa interveio com as mãos apertadas, em êxtase:

— Oh, nunca pensei que na minha idade eu seria abençoada com crianças!

— Mae — começou o marido, e novamente ela concluiu:

— Sim, eu sei, eu sei! Eu não deveria ficar tão empolgada!

O marido concordou com a cabeça; era exatamente o que pensava. Em uma observação mais atenta, ficava claro que eles eram duas pessoas diferentes, mas que complementavam um ao outro: ele sentia, ela agia; ele pensava, ela falava. Dois lados da mesma revelação.

— Elas não são nossas — advertiu ele —, pertencem à Organização.

Ela fez como se lhe desse um tapa no ombro.

— Pare de estragar minha felicidade!

E para mamãe:

— Pok não acredita em milagres.

Ele sorriu, mas não refutou a acusação da esposa. Ajeitando o peso dos fardos nos ombros, ele observou mamãe, notando, como eu notara, a onda de tristeza que crescia em seu rosto enquanto seus olhos olhavam as imediações: a pequena cabana de palha com essa espécie de escada: cada degrau um pedaço de bambu cortado rudemente; a simples plataforma debaixo da cabana onde — como em nosso sofá de teca em casa, imaginei — todos os eventos da vida deles tiveram lugar; o chão de terra em volta dela cheio de cestas com utensílios de cozinha amassados e ferramentas domésticas.

— Não... não é muita coisa — disse ele, cortando seus pensamentos em tom de desculpas.

Mamãe corou de vergonha.

— Não, não... nada disso...

Parecia que ia explicar, mas, em vez disso, disse:

— É adorável. De verdade.

Concentrei meu olhar no dele. "Vocês merecem coisa melhor que nosso telhado de palha." Ele não se referia ao galo quando disse essas palavras.

Mais uma vez, a esposa parecia atordoada:

— Talvez haja alguma coisa nesse novo deus, afinal. A Organização, a Organização! Todo o mundo grita esse nome. Ah, como rezei e rezei para ela! Agora, ela está concedendo meu desejo! Eu não poderia ter pedido crianças mais agradáveis!

• • •

Eles chamavam um ao outro de "Pok" e "Mae". "Pa" e "Ma", como se esses simples termos carinhosos que soltavam aqui e ali não só revelasse o amor um pelo outro, mas também seu desejo compartilhado: os filhos que gostariam de ter, mas não tinham.

— Vocês são nossas filhas agora — Mae prosseguiu. — Nossa casa é sua casa.

Ela esvoaçava pela sala como uma mãe andorinha construindo seu ninho, recolhendo a palha caída no chão de ripas de bambu e enfiando-a de volta nas paredes.

— Não sejam tímidas, fiquem à vontade. Qualquer coisa que necessitarem, qualquer coisa, avisem, está bem?

Ela falava alegremente, de forma contínua, sem pausa, contando que desde os treze anos era casada com Pok; que aos quinze anos, quis ter filhos; que ao longo dos anos ela rezara e rezara, e fizeram oferendas a todos os deuses e todos os espíritos de todos os mundos, mas nenhum ouvira suas súplicas; até que, um dia, ela estava velha e enrugada e aceitou seu destino sem filhos. Não que estivesse reclamando, caso os deuses estivessem ouvindo. Sim, admitiu, ela e Pok haviam sido abençoados de outras maneiras. Eles tinham sua terra, o plantio era difícil, mas a colheita suficiente, se não sempre abundante; e, com exceção de sua esterilidade, não sofreram nenhuma doença grave ou catástrofe, o que era nada menos que um milagre, considerando sua idade e as guerras por que passaram.

Depois, veio a Revolução, e seu Criador, cuja presença estava em toda parte, cujo poder os soldados louvavam interminavelmente — "Não há chuva? A Organização se certificará de que a água seja canalizada para seus campos." "Não há arroz suficiente? A Organização lhes mostrará como dobrar, triplicar seu rendimento na próxima safra." Quem era essa Organização? Ela queria saber. Era um semideus, como o rei, ou um sábio iluminado, como o Buda? Devia ser um ser divino. Se assim fosse, certamente ela devia atender a seus chamados ao culto, a fazer os sacrifícios e oferendas necessárias. A Organização precisava de voluntários, diziam os soldados. *Neak Moulathaan* — pessoas simples —, verdadeiros camponeses para abrigar alguns desalojados das cidades. Ela não entendia o que lhe exigiam, mas concordara em colocar a si e sua casa a serviço da Revolução, acreditando que essa seria a forma de que concedessem a ela e a Pok seu desejo, há muito tempo enterrado, de ter filhos, de ter a companhia de outros além de si próprios. E quando ela nos viu — "Oh, parecendo desamparadas e abandonadas!" —, sabia que havia sido convocada a oferecer seu grande poder de mãe; ou, no mínimo, um abrigo.

Mae olhou em volta e, suspirando, concluiu:

— Mas isto dificilmente poderia ser chamado de casa. Vocês precisam de mais — disse, repetindo o mesmo sentimento de Pok. — Estou tão envergonhada de lhe oferecer isto!

Sua cabana tinha apenas um quarto, metade do tamanho do meu em Phnom Penh, e uma vez que não caberíamos todos — Mae, sorrindo de novo, planejou tudo —, as mulheres dormiriam dentro e Pok dormiria fora, na plataforma de bambu elevada debaixo da cabana. Mamãe, deixando Radana no chão para poder descansar os braços, voltou-se nervosamente para Pok, de olhos perdidos carregando nossos pertences. Imediatamente, Mae aplacou a preocupação de mamãe:

— Ele cresceu com o vento e a chuva — afirmou. — Sua velha pele de couro é mais resistente que o tempo.

Pok foi até os fundos e colocou os fardos perto de uma pilha de esteiras de palha. Parecia possuir uma calma fácil, uma despreocupação com todas as coisas em sua presença, verdadeira ou não. Mas, ao cutucão de sua esposa, corroborou:

— Sim, eu gosto do ar fresco.

Voltou-se para nós e sorriu. Então, como se quisesse dissipar nosso ceticismo e dar provas de suas palavras, alegremente jogou uma esteira de palha enrolada por cima do ombro e voltou a descer os degraus, deixando-nos ao comando de sua esposa.

— Oh, que falta de modos! — Mae engasgou, horrorizada ao nos ver ainda em pé. — Eu só falando e falando o tempo todo. Pobrezinhas... Sentem-se, sentem-se. Descansem essas almas cansadas.

Dezesseis

Mae tirou três esteiras de palha enroladas da pilha encostada na parede dos fundos e as espalhou sobre o chão de ripas de bambu. Essas esteiras tecidas de folhas de palmeira eram nossos colchões, explicou, não deviam ser misturadas com as esteiras de alimentação, tecidas de talos de arroz, que nunca devíamos levar para dentro de casa porque o cheiro de arroz e peixe atrairia formigas e todos os tipos de insetos. Tínhamos de ter cuidado no campo, onde insetos com dentes afiados como serras podiam transformar em poeira, numa semana, o que as pessoas levavam meses para tecer.

O crepúsculo caíra, e depois de um banho completo e um jantar de arroz cozido no vapor e peixe assado, eu estava pronta para descansar — para mergulhar em um sono profundo e longo. A voz de Mae, seu ritmo caseiro e metálico, fez meu corpo relaxar, aliviando cada dor e cada tensão.

De uma das cestas de vime tampadas ela tirou dois cobertores desbotados cheios de remendos e sacudiu-os vigorosamente.

— Hmm... — franziu o cenho, incomodada com sua aparência —, não pareciam tão ruins quando éramos só nós dois.

Cheirou os cobertores, e a seguir, de volta a seu ser entusiasta, declarou alegremente:

— Bem, pelo menos estão limpos!

Entregou um dos cobertores a mamãe.

— Coloquei algumas folhas secas de limão kaffir para manter longe as... você sabe... *vor*.

"Cobras", era o que ela queria dizer. Lembrei que Old Boy fazia o mesmo; chamava as cobras venenosas de *vinhas* quando ia regar nossos jardins, acreditando que pronunciar seu nome real evocaria sua presença. Era uma superstição rural comum.

— Obrigada — disse mamãe, com os olhos vidrados de exaustão.

Radana ecoou:

— Obrigada, obrigada.

Ela já não sentia medo do rosto enrugado e da boca rasgada de Mae. Franziu os lábios imitando-a. Parecia fascinada com o jeito como se moviam, como as palavras e sons borbulhavam constantemente deles como a água de um riacho. Lutou para sair do colo de mamãe e andar pela cabana, balbuciando tolices, imitando a fala e os movimentos incessantes de Mae.

Mamãe começou a arrumar nossos pertences. Dobrou as roupas, suavizou as rugas e as organizou em três pilhas separadas — as dela, as de Radana e as minhas. Reduzidas como nossas posses haviam se tornado, as cores brilhantes pareciam extravagantes, ostensivas contra as paredes e o teto de palha. Havia um vestido de cetim de Radana, tão branco e lustroso que reluzia. Onde ela ia usar isso? Só havia árvores e campos de arroz ali.

Mamãe colocou o vestido de cetim na parte inferior da pilha de Radana e, esvaziando o pacote, tirou a pequena almofada antes endurecida de joias, mas agora suavizada pela perda. Papai havia desenhado um rosto, certa tarde no templo, quando Radana não parava de pedir seu amado ursinho que havíamos esquecido em Phnom Penh. Era uma carinha boba, um urso com olhos e orelhas redondas e cabelo encaracolado como uma menina.

— Princesa Honey Bear — papai batizara sua criação com meu apelido.

Esperava ver mamãe rir como naquela tarde. Mas ela só conseguia olhar para a almofada com os olhos cheios de lágrimas.

Vendo a almofada, Radana correu para tirá-la das mãos de mamãe. Apertou-a, abraçou-a e a beijou várias vezes; era sua improvisada boneca tão ansiada. Pondo o dedo na boca, sentou-se no meio da sala para afagá-lo.

— Dormir! — anunciou ela, caso ninguém entendesse o que ela estava fazendo.

— Você vai dormir — riu Mae. — Aqui, quando o céu fecha os olhos, fechamos os nossos também.

— Dormir! — disse Radana novamente, com mais força desta vez.

— Tudo bem, tudo bem, vou calar a boca agora.

Mae cobriu Radana com o cobertor que tinha na mão, sentou-se ao lado dela, e, acariciando suas costas, cantarolou uma canção de ninar familiar.

Radana adormeceu rápido. Mae se levantou, e com passos silenciosos começou a colocar o mosquiteiro; o piso de bambu rangia suavemente sob seus pés enquanto ela se movia de um lado para o outro.

Enquanto isso, mamãe havia desamarrado a outra trouxa, em cima da qual estava a caderneta de couro de papai, a caneta de prata e o relógio Omega Constellation — tudo frouxamente enrolado em um dos lenços brancos bordados que ele costumava levar no bolso da calça. Ele devia ter feito o pacote, mas decidido no último minuto que não precisaria daquilo. Agora, ali estava: a pira funerária de seus artigos pessoais. Subitamente, lembrei-me de tê-lo visto com o caderno na noite antes de partir. Ouvi de novo o som de papel rasgando. E se houvesse sido um sonho? Se ele realmente se levantara para escrever, e, talvez não gostando do que havia escrito, houvesse rasgado a página? Senti a necessidade urgente de arrebatar o caderno da pilha, mas eu não conseguiria ler suas palavras sem ele presente. Não podia suportar sua poesia sem sua presença.

Um som escapou da garganta de mamãe e ela se curvou, apertando seu estômago; seu cabelo caía para frente e escondia seu rosto de mim. Uma mão se fechou sobre sua boca, tentando abafar o som; seu corpo tremia pelo esforço. Mas eu ouvi, de qualquer maneira.

Sua dor fluiu para fora, espalhando-se como o cobertor de Mae, cobrindo-me com suas franjas esfarrapadas e os buracos remendados, e meu coração se partiu novamente, não por meu pai nesse momento, mas por ela, que tinha de nos abrigar, remanescentes de seu amor compartilhado, e seguir sem ele.

Mae, pressentindo algo errado, deteve a amarração do mosquiteiro e perguntou:

— Você está bem, filha?

Mamãe balançou a cabeça, recompondo-se, e acabou de desfazer as trouxas. Então, tirou um *sampot hol* cor de berinjela da pilha e caminhou até Mae.

— Isto é para você — disse ela estendendo-o para nossa anfitriã.

Mae viu o sarongue de seda tecido à mão, e parecendo subjugada pelo gesto, tanto quanto pela beleza do presente, disse sem fôlego:

— Ah, não, não posso — balançou a cabeça —, não posso aceitar.

— Por favor. Não sei como lhe agradecer.

Mais uma vez, Mae balançou a cabeça, e a seguir, recuperando-se do fascínio, disse, com firmeza:

— O que eu faria com ele? Isto é pano para *tevodas*, não para um corvo velho como eu.

— Vai ficar lindo em você — disse mamãe, baixando o olhar para a seda e acariciando-a.

— Esta cor... era a favorita de minha mãe. Por favor, aceite. Vai me fazer muito feliz.

Mae olhou de soslaio. Então, suspirando, disse:

— Vou ficar com ele até que você o precise de volta.

Lá fora, o anoitecer ganhou um tom mais escuro e trouxe consigo uma leve brisa, que de vez em quando agitava as folhas e os talos de arroz, fazendo que bandos de pássaros varressem a paisagem. Ainda assim, a chuva não chegou. Eu queria que chovesse. Queria que o céu chorasse, que abrisse o caminho para mim.

Olhei pela janela e vi as duas palmeiras cruzadas. "*Thnoat oan, thnoat bong*" — haviam dito Pok e Mae. "Amantes." Balançavam no abraço travado, fazendo uma serenata uma à outra com seu rangido triste. Relâmpagos cintilaram na distância, seguidos por um estrondo. *Estão brincando com magia de novo*, pensei, vendo em minha mente os gêmeos rolando, mordendo um ao outro como filhotes de cachorro no meio das nuvens, e o machado e bola de cristal mudando de mãos. Congelei a imagem em minha cabeça.

Incapaz de ficar em pé por mais tempo, deitei de bruços ao lado de Radana e olhei através dos estreitos espaços entre as ripas de bambu. Ali, diretamente abaixo de nós, estava Pok, perfeitamente contido na plataforma elevada, com os pés balançando acima de uma fogueira, que, sob minha perspectiva, parecia estar lambendo seus dedos. Ele estava esculpindo o pedaço de madeira que eu vira com ele antes, quando uma lasca perdida voou para as chamas, cheirava como suco de palmeira fervida.

— Esse velho está sempre fazendo alguma coisa — disse Mae esticando os braços para prender a ponta do mosquiteiro sob a esteira de palha. — Não consegue ficar parado. Ele esculpe e grava e cinzela até adormecer. Às vezes isso não acontece, e ele acaba ficando acordado até o amanhecer. Se ficar olhando para ele, nunca vai conseguir dormir.

— O que ele está fazendo? — perguntei, deitando de costas.

— Um bezerrinho para minha vaca — disse Mae. — Ele morreu duas semanas atrás. O bezerro... Coitadinho. Agora a mãe geme, geme. Ouçam, dá para ouvir.

Eu escutei, e com certeza, de algum lugar atrás da cabana, vinha o som de *muuu, muuu, muuu*... Tinha visto a vaca antes, quando ela vagava até o limite da propriedade, enquanto nós tomávamos banho dentro de um anexo de palha sem teto nas proximidades. Era a vaca mais magra que eu já vira, e pensei que ia comer a palha. Mas ela só olhou para mim, gemendo, como fazia agora, *muuu, muuu*...

— Pok pensou em fazer uma pequena escultura para ela. Para pendurar no pescoço.

— Como um feitiço? Por quê? Para quê?

Imaginei que mesmo um animal tão maçante como uma vaca saberia a diferença entre seu bezerro real e uma réplica de madeira em miniatura.

— Ah, não sei — disse Mae fechando a porta da frente. — Acho que ele só quer dar forma à sua tristeza.

— Ah...

Mamãe puxou Radana mais para perto, dividindo um cobertor com ela, enquanto eu dividia o outro com Mae. Eu estava prensada entre Mae à minha direita, perto da porta, e Radana à minha esquerda, ao lado de mamãe na parede. Mae bocejou, murmurou uma coisa ou outra e, depois do que pareceu poucos segundos, caiu em sono profundo, como se nocauteada pela noite.

Logo, ela e Radana roncavam a torto e a direito, como dois apitos atendendo ao chamado um do outro, enquanto mamãe e eu procurávamos no escuro as formas de nossas dores.

Gotas translúcidas de chuva se agarravam às folhas e à grama como joaninhas cujas cores e estampas vívidas houvessem sido lavadas durante a tempestade noturna. Demorei-me na porta, enrolada no cobertor de Mae, com as pernas esticadas à frente, para fora, bocejando, esperando que o sono deixasse meu corpo, que os sonhos se acalmassem. À minha frente, a acolchoada paisagem de arrozais e palmeiras se desfraldava conforme o céu descascava sua camada de gaze, revelando nas proximidades cabanas ensombradas pelas árvores, muito parecidas com a nossa, em um terreno ligeiramente elevado. Mais longe, as silhuetas verde-escuras das aldeias vizinhas se erguendo como nós e espirais em um tecido antes suave. A água da chuva transbordava os arrozais, e as hastes verdes e delgadas pareciam muito mais alto do que eu me lembrava.

Em um dos campos mais próximos da cabana, em parte protegido por uma tela de frágeis lâminas, uma pata salpicada de marrom — imaginava que era fêmea por conta de seu colorido suave — mergulhou na água esbranquiçada, balançando o rabo no ar, e emergiu de volta, sacudindo a cabeça e cavoucando as penas com o bico. Era sua privada ablução matinal.

Em uma faixa de terra inundada, um búfalo asiático balançava a cauda enquanto pastava os tufos de verde salpicados de flores de lavanda — de glórias-da-manhã, a julgar por suas folhas alongadas. Perto dali, um homem — dono do búfalo, pensei, pela facilidade com que se faziam companhia — com um *kroma* apertado como uma cueca em volta dos quadris, arrastava-se com passos cuidadosos segurando uma armadilha para peixes em forma de cone. Subitamente, mergulhou-a nas águas rasas, todo seu ser fascinado pela emoção da caça. Uma serpente *naga*! Imaginei algo espetacular; minha mente sempre saltava rumo a uma história, à possibilidade de fuga, de liberdade.

Que estranho, pensei, que tudo parecesse tão diferente. Esse lugar, que apenas um dia antes eu sentira como um abismo de silêncio e quietude no qual havíamos caído, agora florescia com atividades e sons.

O búfalo asiático soltou um ronco alto, de narinas dilatadas, balançando a cabeça enorme, entediado; seus chifres curvados pareciam um par de foices cortando o ar. Um bando de pássaros eclodiu de um arbusto próximo, arrepiados de tanta animação. O homem da armadilha para peixes olhou para cima com a mão na testa, protegendo os olhos do Sol inclemente, como se contemplasse a possibilidade de seu próprio voo. Papai, pensei. Ele sempre quis voar. *Ser livre como aquele falcão!*

Um galo cantou, seguido por outro, e outro, desencadeando uma cadeia de cocoricós que ecoou de cabana em cabana, de uma aldeia a outra.

Desci os degraus e caminhei descalça no chão molhado. De algum lugar alto, a estridente e esganiçada voz de um homem cantarolou, *Oh, pássaro* sarikakeo, *que está comendo?*, assobiando quando a letra lhe escapava.

Voltei o meu olhar para o céu e lá estava Pok descendo do tronco de um dos Amantes, com um frasco de bambu balançando preso a uma cinta de couro em volta de sua cintura.

Olhou para baixo, e ao me ver em pé, cumprimentou:

— Você está acordada! — Pulou em um pedaço de grama, ágil e leve. — Bem na hora — apontou para o frasco de bambu. — Quer um pouco?

— Suco de palmeira?

Nunca havia tomado isso no café da manhã antes.

— Ah, não só isso! É o néctar da juventude.

Sorriu com seu rosto todo enrugado, seus dentes tão manchados que parecia desdentado, com cem anos de idade.

— Presente do céu para nós, mortais! Isso nos mantém jovens!

— Mantém?

Ele riu.

— Bom, talvez não.

Desviei o olhar, envergonhada por meu deslize, e tentei mudar de assunto.

— Onde está todo mundo?

Pok apontou com a cabeça para os fundos da casa.

— Foram ao rio se lavar.

Desenganchou o frasco da alça da bainha de sua faca e o pendurou na ponta inferior da vara de bambu que serpeia por todo o comprimento da palmeira como as vértebras de um dragão.

— A esta hora, tão cedo, o suco é gelado como...

Parecia procurar a palavra certa.

— Gelo — sugeri, pensando que talvez no dia anterior eu não havia percebido sua reticência, assim como não percebera todo o resto.

— Eu ia dizer nuvens — sorriu —, mas, sim, gelo é mais adequado.

Franzindo as sobrancelhas, acrescentou em um aparente tom de interesse:

— Sabe, eu nunca vi gelo. Já ouvi as pessoas falarem disso, mas não consigo imaginar essa "água sólida". É feito por uma máquina, não é?

Assenti com a cabeça pensando na pequena geladeira que tínhamos em casa, onde armazenávamos nossos queijos e patês importados, e o pequeno congelador em cima com suas bandejas de metal para o gelo.

Pok balançou a cabeça com espanto.

— Não é de admirar que esses soldados revolucionários tenham tanto medo de máquinas. Que poder! Transformar a água em sólido!

Fiquei em silêncio, deixando-o raciocinar.

Começou a desatar a correia de couro que segurava a bainha da faca e vários pares de fechos de bambu que reconheci como o tipo usado para espremer o suco das flores de palmeiras.

— Não posso dizer que entendo o que está acontecendo — prosseguiu evitando meu olhar. — Que graça ou desgraça trouxe vocês para cá, para nós; nós, que não temos nada para lhes dar.

Percebi o que ele estava fazendo: estava tentando ser um pai, conversar com uma criança como um pai faria. Devia ter adivinhado que estávamos perdidas, pois ali estávamos, uma jovem mãe, duas meninas e nenhum pai. Deve ter percebido quão longe havíamos sido atiradas, pois havia um mundo que ele, que havia vivido incontáveis luas e visto quase tudo, não conhecia, não podia nem imaginar. Um mundo de "água sólida". Eu queria lhe descrever esse mundo, toda minha vida lá, mas um aperto cresceu em meu peito, e quando abri a boca para falar, tudo que consegui dizer foi um engasgo abafado.

Pok ficou parado me observando, como se eu fosse um pássaro, com medo de fazer um movimento errado. Depois de um momento, disse:

— Vamos tomar um pouco de suco.

Eu o segui até uma jovem palmeira robusta a poucos metros de distância. Ele cortou uma parte da sua fronde com a faca, rasgou a parte flexível da dura espinha e, com movimentos rápidos e hábeis das mãos, magicamente bateu aquilo dentro em um par de cones. Verteu um pouco de suco do frasco de bambu nos cones e estendeu um para mim.

Caminhamos até o limite dos arrozais, subimos no dique, e enquanto ficamos ali bebendo nosso café da manhã em um silêncio acompanhado, mais confortáveis agora, sem falar, pensei que talvez não fosse necessário explicar nada. Talvez tenha sido suficiente eu saber que não estava sozinha, que, no mínimo, parada ao meu lado havia essa pessoa, que, sem que eu soubesse até agora, o tempo todo estivera viajando comigo nesta mesma jornada, só que partindo da direção oposta.

"Não posso dizer que entendo o que está acontecendo..." Se eu possuísse as palavras, teria dito a ele o que meu coração intuía — que alegria e tristeza muitas vezes seguem a mesma estrada, e, seja por graça ou desgraça, encontram-se e se tornam companheiras uma da outra. Porém, novamente, não conseguia expressar o que sentia. Então, disse a ele o que pude:

— Talvez sejamos *pok thor koan thor.*

Thor vem da palavra sânscrita *dharma*, mas, para mim, significava simplesmente amar alguém que você não esperava amar, e assim, *pok thor koan thor* é um vínculo entre pai e filho que não são parentes de sangue. *Elas não são nossas*, dissera Pok, advertindo Mae a não se apegar muito a nós. Olhando para ele agora, eu sabia que havíamos caído em boas mãos. Sabia também que, como papai, como qualquer pai que entendia a brevidade de sua função, a essência da paternidade, Pok cuidaria de nós da melhor maneira que pudesse; ele nos ensinaria a viver como *neak srae*, como não somente plantar o arroz, mas como imitá-lo, para firmemente nos ancorarmos a qualquer solo, de ponta-cabeça, e, ao mesmo tempo, balançar na direção do vento.

— Talvez tivéssemos de nos conhecer — eu disse, sentindo a possibilidade de meu pai em todos os lugares. *Somos todos ecos de outros, Raami.*

Pok olhou para mim. O silêncio parecia tê-lo ultrapassado novamente. E então seu rosto se abriu como o Sol da manhã.

Dezessete

Assim começou minha educação, com Pok como meu guia e guardião, essa alma gentil que chamava a si mesmo de *neak prey* — um "homem da floresta" —, porque nunca havia visto uma geladeira ou conhecido o gosto do gelo, mas que, com calma, paciência e *thor*, nos ajudaria a suportar os rigores de nossa reencarnação de pessoas da cidade para camponesas. Para começar, naquela manhã, depois de terminar nossa segunda dose de suco de palmeira, Pok ergueu o olhar para o cata-vento em forma de galo girando no topo da cabana. Ali, explicou, nossa vida era governada pela mudança sazonal da respiração das monções, que quando soprava do sudoeste trazia chuva e arroz, e do nordeste, seca e escassez. Descreveu em detalhes a configuração de Stung Khae e suas aldeias vizinhas, pontilhando-as na palma da mão com a ponta do dedo em uma curva em forma de "S", de norte a sul. Juntas, eram doze aldeias da comuna. Stung Khae, a quarta aldeia do norte, nascera bem na curva de um pequeno rio, que Pok já havia apontado para mim. O rio, também chamado Stung Khae, enroscava-se entre a nossa e a terceira aldeia, conectando-se com Prek Chong, um grande afluente do Mekong, em algum lugar no norte distante.

À menção do Mekong meu coração se agitou, minha mente se distraiu e perguntei se Pok poderia me levar até lá. Ele respondeu:

— Ah, filha, fica muitas florestas e rios além.

Ele admitiu nunca tê-lo visto.

— Papai disse... — parei.

— Sim? Seu pai disse que...

Eu não podia lhe contar. Não podia suportar contar mais. Não ainda. Pok compreendeu. Ficou evidente para ele que minha perda era recente.

— Vamos — disse, e guiou-me através da vasta extensão verde, para onde um grupo de agricultores se ocupava preparando os campos para o plantio. Os homens, cada um em um campo com seu arado e o búfalo asiático, agitavam o solo inundado, transformando a água turva e a terra em lama grossa, pastosa. Perto dali, em um pedaço de terra onde dois diques se encontravam, as mulheres tiravam a terra de um cupinzeiro e punham-na em cestas de vime para que as crianças a espalhassem nos arrozais. A terra, cheia de cupins — *dey dombok*, disse Pok me ensinando os nomes das coisas conforme andávamos — seria moída pelos arados e viraria um poderoso fertilizante para o solo. Então, depois de uma chuva ou duas, quando o solo revolvido estivesse assentado e nivelado, mas ainda suave o suficiente para empurrar com o dedo, tenras mudas de arroz seriam trazidas da aldeia *thnaal sanab* e transplantadas para os arrozais. As chuvas continuariam, nutrindo o arroz bem como provendo santuários para alevinos, girinos, caramujos, caranguejos e outras incontáveis criaturas pequenas que poderíamos pegar para comer, para nossa própria nutrição.

— E as sanguessugas? — Eu queria saber.

— Ah, estão por todo lado.

Apoiou-se em um joelho, mergulhou o braço em um campo inundado pela chuva e tirou uma armadilha cilíndrica de bambu — *troo*, chamou-a, que era diferente de *angrut*, a armadilha em forma de cone usada para apanhar presas maiores, como bagre ou enguias. Dentro do *troo*, uma densa colônia de caracóis do tamanho de cascalhos se agarrava às tiras de bambu, e como uma gigante sentinela de olho nesses minúsculos prisioneiros, um lagostim solitário do tamanho de meu polegar corria de um lado para o outro, com medo de nossa presença.

— Hoje é seu dia de sorte, amiguinho! — Exclamou Pok, deslizando e abrindo a pequena tampa em uma das extremidades, libertando os animais em pânico.

— Volte quando tiver mais carne!

Devolveu o *troo* à água, esticando o braço perto de uma moita de capim.

— O que está procurando?

— Não deixe que... a superfície plana... a engane — disse ele, com esforço por se esticar tanto. — Debaixo de toda essa mesmice... há um próspero universo dessas criaturas.

Subitamente, puxou o braço para fora da água, e agarrando-se à parte inferior do seu pulso estava uma sanguessuga preta e trêmula.

Pulei para trás, arfando.

Pok sorriu, e pegando um tufo de grama, raspou a sanguessuga com um golpe rápido.

— Se tentar tirá-la com os dedos, ela vai grudar em sua mão ou em outra parte da pele. É melhor não tocar nessas criaturas.

Ele limpou um rastro de sangue em seu punho, onde a sanguessuga devia tê-lo transpassado.

— Dói?

— Não precisa ter medo. — Olhou para mim com seu olhar subitamente penetrante. — Vai vê-las por toda parte. Às vezes, uma tropa inteira vai cercá-la, escurecendo sua visão. Mas é das que não consegue ver que você deve se proteger.

Ele examinou a água, e, apontando rapidamente para um grupo escuro que se contorcia, disse:

— Ali! São chamadas de sanguessugas-agulhas. Elas entram em seu corpo por qualquer lugar possível e fazem você sangrar por dentro.

Estremeci.

Percebendo sua mancada — podia estar aumentando meu medo em vez de diminuí-lo —, tentou mostrar um lado positivo.

— Mas há um bom uso para essas aqui. Não as sanguessugas-agulhas, mas as gordinhas. Conserve-as em vinho de arroz e terá uma bebida com tanto fogo que transforma um covarde em valente!

Estremeci de nojo.

— Já tem que ser valente para beber uma coisa dessas!

Pok riu.

— Não posso dizer que nunca tentei!

Seguimos rumo a um dos agricultores, que parou seu arado quando ouviu Pok chamá-lo. Cumprimentaram-se, trocaram comentários gentis sobre a manhã e, acenando para mim, Pok me apresentou:

— Minha *koan thor*.

O homem me deu um sorriso, parecendo não precisar de mais explicações sobre como ou de onde eu havia me materializado, pois, se estava com Pok, era o suficiente para justificar suas boas-vindas e aceitação.

— O solo é negro como húmus — disse ele, pegando um punhado de lodo e mostrando-o a nós.

— Veja, um monte de *dey labap*, com a quantidade certa de lodo e areia. Vamos ter uma boa colheita nesta safra.

Havia algo de familiar nele. Talvez o modo como remexia o campo, quase sem agitar a água, ou talvez o fato de usar só um *kroma* em volta da cintura. Porém, quando olhei em volta, todos os outros homens que aravam os campos se vestiam da mesma forma, cobrindo o mínimo, com o corpo flexível e marrom manchado de lama; e agora entendia por que eram chamados de "povo dos arrozais". Parecia que passavam a vida inteira nesses campos enlameados, e, como as hastes de arroz, pareciam ao mesmo tempo novos e antigos, tênues e resistentes, ágeis e permanentemente enraizados. Não foi difícil entender por que a Revolução os favorecia, por que houve a necessidade de transformar pessoas como mamãe e eu — toda a população urbana, como saberíamos depois — em *neak srae*. Quem não gostaria de ser como eles?

O búfalo asiático do homem bufou, balançando a cabeça, aborrecido, impaciente para continuar o trabalho. Subitamente, percebi que era o mesmo búfalo asiático que mais cedo havia pastado as glórias-da-manhã, e o dono era o mesmo homem que havia varrido a faixa de terra inundada com sua armadilha! Engoli a timidez e perguntei:

— O que você quer pegar?

Ele pareceu surpreso com a pergunta, mas, percebendo que eu o devia ter visto da cabana de Pok, abriu um largo sorriso e inclinou a cabeça em direção à armadilha a poucos metros de distância, em uma junção do dique.

— Veja você mesma.

Fui dar uma olhada. Dentro da fortaleza em forma de cone contorcia-se um bagre tão grande quanto meu antebraço, em uma poça pequena demais para seu corpo e longos bigodes. Ele se debatia, talvez sentindo que estava sendo observado, com a boca aberta como se gritasse em silêncio. A seguir, ficou imóvel, com as brânquias ondulando, exausto pelo breve esforço.

— Acho que ele está morrendo — disse a Pok quando ele veio e ficou ao meu lado.

Ele fez uma careta, parecendo mais perturbado com minha preocupação com o bagre do que com o próprio peixe.

— Bem, você sabe... — começou a dizer, mas não conseguia encontrar as palavras para explicar.

Não precisava. Eu entendia. Peixe era comida. Eu não era ingênua. Sabia o que ia acontecer. Já havia visto peixe vivo ser morto e eviscerado inúmeras vezes, no mercado, em nossa própria cozinha. Mas, de alguma forma, isso era diferente de ver alguém tão próximo de seu habitat natural, preso daquele jeito, quando tudo ao redor dele era liberdade. Não pude deixar de pensar que eu estava em uma situação semelhante — retirada de tudo que conhecia, isolada em um lugar desconhecido, mas provavelmente não muito longe de casa.

Um grande salto e estará de volta na água! Vá em frente! Pule!

O peixe não respondeu aos meus apelos silenciosos. Concentrou o fôlego que lhe restava em se manter vivo naquela pequena poça.

Levantei-me e olhei em volta. Se eu pudesse enxergar além da fortaleza de árvores, vislumbraria o Mekong. *Às vezes, como pequenos peixes, somos levados nessas correntes grandes e poderosas...* As palavras de papai inundaram minha mente e me lembrei de seu desespero quando ele estava ao meu lado na varanda de Mango Corner, com vista para o rio; do aperto de sua voz enquanto falava. Ah, se as correntes se revertessem, pensei, e me levassem de volta para ele... Ou ele para mim.

Mais uma vez, as lágrimas ardiam em meus olhos e eu me sentia sufocada, desta vez com a percepção de que essa era minha casa agora, minha vida, que eu poderia ficar ansiando por tudo que havia perdido. O fôlego ou energia que ainda restasse, teria de focar em conseguir não ser só uma *koan thor* para Pok e Mae, mas uma *koan neak srae,* uma criança desses campos.

Quando voltamos para a cabana, mamãe não estava chateada ou preocupada como imaginei que estaria. Sorriu ao me ver, com os braços levantados para pendurar um sarongue no varal que se estendia entre duas árvores de mamão perto do reservado de palha nos fundos. Seu rosto estava radiante, corado de juventude, do frescor da lavagem da manhã, da limpeza da noite. A chuva cura tudo, pensei. Pelo menos lavara os resíduos de destroços de um dia. Ela puxou uma blusa — minha, a que eu havia usado durante nossa viagem — de um cesto de roupas recém-lavadas e a pendurou ao lado de seu sarongue florido. Ansiosa para dar uma razão para minha sujeira tão cedo, disse a ela que estava explorando com Pok, que, no momento que precisava dele para me apoiar, rapidamente desapareceu em direção ao tronco da outra palmeira amante para terminar a coleta do suco doce; ele disse que tinha de ser coletado na parte da manhã, ao contrário do suco azedo coletado no período da tarde. Mamãe olhou para meus pés descalços, a lama entre os dedos de meus pés, os pedaços de grama morta presos em minha pele. No caos de nossa saída do templo, havíamos perdido meus sapatos e minhas sandálias. Mas eu não sentia falta deles. Gostava da sensação de sujeira em minha pele, e era mais fácil andar descalça no chão irregular.

Mamãe fez uma pequena careta, mas depois, sorrindo, disse:

— Deve ter sido divertido.

Olhei para ela, surpresa não só por ela não me censurar, mas por parecer, como antes, alegre e brincalhona.

Ela se abaixou e se apoiou no joelho, e com um *kroma* molhado da pilha de roupas na cesta começou a limpar meu rosto. Seu toque, macio e úmido, me fez pensar em uma égua que um dia vi penteando seu potro, lambendo o bebê até que ficou limpo. Ela ergueu meu queixo e o limpou por baixo. Senti um desejo de abraçá-la para confirmar seu realismo e solidez contra meu peito, seus batimentos cardíacos com os meus. Mas fiquei parada, com medo de estragar o que a chuva havia consertado, de que minha ternura a alquebrasse de novo. Então, em vez de abraçá-la, eu disse:

— Há umas sanguessugas-agulhas, e Pok disse que o jeito de não as deixar entrar em nosso corpo é se vestir de preto quando for aos arrozais, assim ficamos parecidos com elas, como uma massa escura flutuando na água. Hoje à tarde ele vai me levar para pegar enguias.

Mamãe assentiu, correndo os dedos por meus cabelos, alisando os emaranhados. Então, segurando meu rosto com as duas mãos, olhou-me nos olhos e disse:

— É maravilhosa toda essa exploração. Mas não se perca. Lembre-se de quem você é.

Uma advertência ou um pedido, eu não tinha certeza.

Então, vendo minha confusão, ela acrescentou:

— Sabe, você teria adorado meu pai também. Lembra que eu lhe disse que ele morreu um ano antes de você nascer? No mosteiro, onde ele passou a última parte da vida. Mas ele também amava o interior, os campos de arroz, a lama, as sanguessugas, tudo.

Ficou claro o que ela estava tentando dizer: Pok a fazia lembrar seu pai, e que tudo bem eu me aventurar por aí com ele.

Ela me soltou, e, deixando de lado o *kroma* usado, levantou-se para pendurar o resto das roupas lavadas, que, notei de repente, estavam azuis enegrecidas; todas as cores e estampas haviam desaparecido. Mae havia dito que o Kamaphibal mandara que tingíssemos nossas vestes com índigo. Tudo devia ser silenciado. Preto era a cor da Revolução. Mamãe, com o sarongue cor de jade e a blusa rosa-claro ainda sem tingir, parecia um lótus despontando na lama. As cores, ou talvez ela — o brilho de sua presença no meio da casa de palha e terra — me fez querer apertá-la forte. Joguei meus braços ao redor de seu corpo esguio, da cintura afilada que papai descrevera como:

O estreitamento de um rio.

Um canal rumo ao desconhecido

— o mistério do nascimento e da origem.

Mamãe foi minha fonte, minha casa.

— Boneca! — veio um grito atrás de mim.

Voltei-me e lá estava Radana no quadril de Mae, acenando com uma haste de mandioca com suas enormes folhas em forma de estrela amontoadas e amarradas com uma corda, para que parecesse um boneco de rabo de cavalo.

— Boneca! — disse Radana, batendo novamente em minha cabeça com aquilo.

— Tentei convencê-la a brincar na cabana, mas ela não quis nem saber. — Mae entregou Radana à mamãe. — Ela quer você.

— Boneca com fome.

Radana empurrou a vara de mandioca no peito de mamãe fazendo som de sucção. Mamãe a empurrou gentilmente de volta, parecendo um pouco envergonhada, mas Radana balbuciava:

— Mhum mhum mhum...

Mae fez cócegas em Radana, apontando para a vaca amarrada a um poste entre os palheiros.

— Você parece a vaca!

Eu ri. *Ah, sua vaquinha!* Radana, sem entender nada, ria comigo.

Mae se voltou para mamãe.

— Vá alimentar as crianças. — Acenou para a panela em cima de uma fogueira embaixo da cabana.

— Vou acabar de pendurar as roupas.

O cheiro de açúcar de palmeira atiçou minha fome. Mae havia posto um pedacinho no mingau de arroz, deixando-o grosso e marrom dourado. Mamãe serviu um pouco em uma tigela e a entregou a mim. Soprei e mexi, soprei e mexi, impaciente para que esfriasse; meu estômago urgia, gemia sem parar.

Mae se juntou a nós. Deixou de lado a cesta vazia, serviu-se de uma xícara de suco de palmeira do frasco de bambu e bebeu de um gole. Quando mamãe lhe ofereceu um pouco do mingau da panela, ela balançou a cabeça.

— Não, não, isso é só para você e as crianças. Tudo que necessito é um pouco deste doce néctar para aguentar a manhã toda.

Eu não sabia se era verdade ou se ela dizia isso porque não queria que nos sentíssemos culpadas por comer seu insuficiente fornecimento de arroz. Serviu outra xícara de suco de palmeira e bebeu de uma só vez.

— Gostaria de me ajudar com minhas tarefas matinais? — Balbuciou para Radana, que, olhando para o chão ainda molhado da chuva da noite, enrolou os dedos dos pés com nojo e medo.

— É, acho que não — Mae riu.

Enquanto comíamos nosso mingau, Mae começou a varrer o chão ao redor da cabana com uma vassoura em cada mão parecendo braços e pernas, como uma aranha dando duro. Movia-se com a leveza do cabo da vassoura de coqueiro, não maior nem mais duro que seu braço, e, quando a vi saltar rapidamente de um lugar para o outro, perguntei-me onde guardava sua energia, sua velhice sem idade. Ela recolheu o lixo trazido pelo vento e pela chuva, seguindo para o pedaço de terra no limite da propriedade. Terminei rapidamente meu mingau e a segui. Ela me mostrou como espremer as folhas caídas do capim-santo para dar espaço para novas, e enquanto eu fazia isso ela foi resgatar os talos semienterrados de cúrcuma e galanga, cujas folhas parecidas com as de bananeira exalavam um tímido aroma que me fizeram lembrar o caril de Om Bao. Levou as parreiras amargas de abóbora de volta para a treliça de bambu que se estendia ao longo de duas filas de repolho crespo. Parecia que não ter filhos a havia feito mais maternal com tudo o que vivia, tudo o que lutava para sobreviver.

— Absorvam o sol! — Cacarejava para os tomates verdes e o limão kaffir —, mantenham os *vors* longe das minhas crianças.

Ela me deu um sorriso manchado de noz-de-areca, e, sacudindo a cabeça em incredulidade, maravilhou-se de novo por ser abençoada com filhos a essa altura da vida.

— Quando já é quase tarde demais!

— Por quê? Por que é quase tarde demais?

Eu pensava que havíamos chegado na hora certa.

Ela riu, corando.

— Pok e eu somos tão velhos, que em breve voltaremos para o mundo espiritual.

— Quantos anos você tem?

— Mais do que posso contar! — Ela riu.

Um galo cantou repente: *Kakingongur!*

— Finalmente ele se levantou! — Declarou Mae, olhando em volta. — Onde está esse canalha?

Apontei para a cuba de argila perto do reservado de palha. O galo, com o pescoço esticado, gritou novamente: *Kakingongur!*

Mae gritou de volta para ele:

— Você não tem nenhuma utilidade para mim! Já estou de pé há horas, com todos os meus afazeres feitos, e você fica aí limpando a garganta!

O galo bateu as asas, como se dissesse *Vou lhe mostrar, sua velha!*, e pela terceira vez afirmou: *Kakingongur!*

Voltamos para a cabana. Mae deixou de lado a vassoura de galho e, levantando seu sarongue, agachou em frente ao fogo de cozinhar. Retirou a panela de mingau e a colocou no chão. Em seguida, usando um pedaço de lenha, afastou as pedras umas das outras para construir um apoio para uma panela maior.

— O que você vai cozinhar? — perguntei, engolindo saliva, pensando que talvez ela fosse fazer tortinhas de arroz no vapor.

— Vou ferver um pouco de suco de palmeira para fazer açúcar.

Ela tossiu e abanou com as mãos as nuvens de fumaça que se espalharam quando ela acrescentou um pedaço de lenha umedecido de chuva.

— Eu... eu... preciso de seus pulmões, criança — apontou para as brasas moribundas, ainda tossindo. — Dê um belo soprão.

Agachei-me ao lado dela, bufando e soprando, até que uma chama floresceu como uma folha e acendeu. Mae verteu o que restava do suco de palmeira do frasco em uma grande vasilha enegrecida de fuligem, e quando comecei a pensar que a panela era grande demais para tão pouca quantidade de líquido, Pok apareceu com um monte de frascos de bambu pesados em cada ombro. Removeu as tampas de folhas e esvaziou os frascos na panela, enchendo-a até a borda com o suco de cheiro doce. Mae colocou mais lenha na fogueira e deixou o líquido para ferver.

Feliz com o esgotamento de uma escalada matinal, Pok abaixou lentamente na plataforma de bambu, e de uma grande caixa de folhas de palmeira que Mae havia feito para ele com todos os seus ingredientes mastigados, tratados deu a si mesmo um pouco de tabaco. Ele contou a Mae sobre nosso *tour* matutino, com as mãos ocupadas o tempo todo, entalhando seu bezerro de madeira.

Dezoito

Ficamos em Stung Khae durante o período que Pok chamou de "lamento das monções", essa época da estação em que a chuva cai em uma garoa constante durante toda a manhã, e a seguir se lamenta, inconsolável, à tarde, antes de se suavizar em um soluço que durava até a noite, e às vezes a madrugada. Enquanto algumas criaturas, como escorpiões, se afogavam e morriam, outras, como rãs e sapos, se multiplicavam, e a chuva os levava, em uma cacofonia de coaxares selvagens, pela superfície das lagoas e poças d'água repletas de desova gelatinosa. Ali, no mundo natural, parecia que vida e morte eram simultaneamente celebradas e lamentadas, nenhuma mais notável que a outra.

As chuvas fizeram tanto para transformar a paisagem quanto o fervor revolucionário fez para alterar a vida do campo, por isso, às vezes, parecia que o poder exercido pela monção estava em conluio com o da Revolução. Pouco depois de chegarmos, um pedaço de Stung Khae e grande parte da planície periférica ficaram inundadas, transformando a antes sólida geografia em um lago de composição em movimento. Enormes massas de jacintos-de-água apareceram de repente certa manhã como por inspiração, como ilhas em um arquipélago. Durante vários dias deslizaram preguiçosamente através da lona aquosa, levando as silhuetas dos pássaros que descansavam em suas folhas esponjosas e grossas ou bebiam de suas flores em forma de bolsa. Em seguida, uma tempestade, descendo como as cerdas da vassoura de um deus entediado com a cena, varreu as ilhas flutuantes e as substituiu por campos de lótus ondulantes. Os lótus floresceram, rosa e brancos, e deram lugar a resistentes vagens verdes. Pok me levou em sua canoa de tronco de palmeiras, e enquanto esquadrinhava a água em busca de filhotes de camarão e peixinhos com um *chniang* de bambu, eu colhia as vagens, quebrando os talos cerca de um braço de comprimento abaixo da superfície da água para que retivessem a umidade e se mantivessem frescos até que voltássemos para casa, na hora do almoço. Alguns dias, porém, ficávamos fora a tarde toda, comendo arroz, mamão em conserva e camarão que Mae preparava para nós; ficávamos à deriva entre as pétalas e vagens, como em um sonho, e beliscávamos sementes frescas de lótus quando a fome apertava. Seguíamos à deriva, assim, sem trocar uma palavra, e quando surgia a necessidade de entretenimento, ou simplesmente para confirmar nossa presença no meio da quietude, eu rasgava uma vagem de lótus, pegava uma casca vazia que ainda não houvesse desenvolvido semente, e a esmagava contra minha testa. Pok, acordando de seu devaneio pelo alto estouro, lentamente se voltava para mim, e notando a reveladora mancha vermelha em minha pele, invariavelmente respondia com um estouro em sua própria testa. Dito isso, caíamos de volta em nosso silêncio como duas almas perdidas à deriva, sem necessidade de ser encontradas ou resgatadas.

Certa vez, quando garoava gentilmente, ele e eu nos esquecemos completamente, presos como estávamos em nossos devaneios. Quando finalmente voltamos para casa ao anoitecer, encharcados e castigados pelo tempo, mas remando um barco cheio de vagens e mais peixinhos e camarões do que poderíamos comer nos próximos dias, Mae estava fora de si de excitação por causa da pesca abundante, e de preocupação, porque — como ela dizia —, "Senhor Buda, pensei que haviam sido levados pelas marés do oceano!" Pok e eu trocamos olhares divertidos, não esperando que ela fosse menos dramática. Mas Mae não estava exagerando totalmente; a partir de nosso pedaço de terra, as águas circundantes pareciam bolsões de oceano. Quanto à mamãe, ela sabia que eu estava em boas mãos. Aos cuidados de Pok eu aprendi a nadar, ainda não muito bem, mas o suficiente para me impulsionar para a segurança.

A enchente trouxe tanto escassez quanto abundância. Peixes, caranguejos, lagostas — para não falar de uma multidão de criaturas incomuns e grilos, que os moradores consideravam a tão esperada iguaria sazonal — invadiram a água, muitas vezes direto para nossas redes e armadilhas, e, o que não comêssemos naquele dia, Mae preservaria em conserva para nos manter por dias e semanas.

Mas o arroz — a falta dele — se tornou o grande medo de todos. A inundação trouxe uma série de problemas, e o principal deles foi a perda de lavouras já plantadas, que submergiram completamente. Segundo Pok, esses arrozais, que estavam bem no meio da zona de inundação, não deveriam ter sido plantados desde o início, pelo menos não até que a monção começasse a diminuir. A essa altura, um método tradicional conhecido como "caça à água" seria usado, por meio do qual os agricultores se apressariam a transplantar as mudas de arroz onde as águas houvessem acabado de baixar, seguindo as curvas e o fluxo da maré, como se perseguissem a água. Era um modo eficaz e consagrado de plantar, explicou, pois o solo estaria rico em nutrientes e minerais trazidos pela enchente de longe, como do lago Tonle Sap e do Mekong. Mas os líderes e soldados revolucionários não sabiam nada da caça do arroz à água. Em seu fervor para acelerar e aumentar a produção, ordenaram aos aldeões que preenchessem os campos de arroz com mudas preciosas, que haviam se afogado e morrido. Fragmentos de seus caules podres e enegrecidos que se assemelhavam às letais sanguessugas-agulhas flutuavam por todo lado, possivelmente portando doenças que podiam afetar outros arrozais plantados.

Seja em resposta ao medo dos aldeões de uma escassez de arroz, seja pelo temor de sua própria organização, cujo nome pontuava cada pronunciamento público e intercâmbio como um ponto de exclamação, o Kamaphibal correu de novo com seus planos, desta vez para agrupar todo o abastecimento de arroz das aldeias em uma grande reserva. Enviaram soldados revolucionários para anunciar que haveria uma "ampla reunião" para estabelecer um celeiro comunitário nas terras de um ex-latifundiário. Cada morador foi convocado. Alguns, preferindo a terra firme, enfrentaram as estradas lamacentas e sinuosas em seus carros de bois, enquanto muitos outros seguiram pela água. Séries de barcos e canoas riscavam a correnteza, como remendos em um tecido de seda, conforme os moradores de todo o município iam em direção ao mesmo destino. Entramos em nossa canoa de tronco de palmeira e ansiosamente juntamo-nos à peregrinação. Apesar do objetivo sério da viagem, havia um ar de festa. O dia, brilhante e claro, ostentava um brilho pós-chuva; um céu azul cintilante com ramos de nuvens ainda brancas. O zéfiro com cheiro de sol escovava nosso rosto e carregava nossas saudações por toda a água de um lado a outro — "Boa-tarde, colegas navegantes! Boa-tarde, camaradas! Vamos correr!".

Mas, ao chegar, o clima mudou completamente. Todo mundo parou de falar e a apreensão acerca da reunião nos envolveu como a escuridão. Pok atracou a canoa em um pequeno salgueiro agarrado na encosta de um barranco. Todos saímos e caminhamos a curta distância até o local designado. De um lado, erguia-se uma ampla casa de telhado nivelado, cercada de velhas árvores frutíferas, e de outro, um celeiro sob a sombra dos altivos e antigos troncos. Seguimos a multidão para o celeiro, onde enormes ferramentas — debulhadoras de madeira, processadoras de grãos, moinhos manuais, morteiros, pilões — se esparramavam pelo chão coberto de casca e palha como exoesqueletos de insetos gigantes. Crianças escalavam os enormes equipamentos, ignorando os avisos dos pais. Quando o Kamaphibal apareceu, todos os movimentos e sons cessaram. Um homem se aproximou e se apresentou como Bong Sok — "Big Brother Sok". Era magro como uma girafa e tinha olhos encapuzados com de uma criatura noturna, um desses fabulosos *khliang srak*, cujo grito se dizia que pressagiava a morte de uma pessoa doente. A deferência dos outros para com ele me dizia que era a cara do Kamaphibal local, o líder da matilha. Ele não perdeu tempo com brincadeiras e começou a reunião imediatamente.

— Este local tem um grande significado — disse, quase sem mexer a boca, mas com uma voz tão sombria que teve o efeito de silenciar até mesmo nossa respiração. — A propriedade, como todos sabemos, pertencia a um fazendeiro rico. Mas agora, entre esses restos de riqueza acumulada por meio da ganância, os despojos do feudalismo, vamos construir uma cooperativa de riqueza coletiva.

Arqueou as sobrancelhas, revelando um pouco mais de seus olhos encobertos; mas sua expressão facial permaneceu inalterada, impassível.

— Reacionários podem questionar nosso esforço por fazer avançar a Revolução...

Eu já reconhecia a eloquência de sua ameaça. Todos eles falavam assim, adoçando sua malevolência com esmeradas palavras. Bastava olhar para Sok Bong, ouvir seu lúgubre riso para ser cauteloso.

— Mas conhecemos suas vozes quando falam, conhecemos seu rosto, mesmo quando se escondem em nosso meio. — Fez uma pausa. — Vão para casa. Preparem o arroz. Os soldados camaradas — acenou com a cabeça em direção aos soldados reunidos em uma longa estrutura aberta de madeira — os seguirão em breve para recolher suas contribuições.

Com isso, prontamente a reunião terminou e os moradores correram para voltar a seus barcos ou carros de bois.

Como temíamos, no momento em que chegamos a Stung Khae, os soldados estavam lá. Pegaram o arroz de todos. Por sua vez, cada família recebeu uma ração para a semana, o que equivalia a uma pequena lata de arroz por pessoa, por dia. Assim, nós quatro — Pok, Mae, mamãe e eu — recebemos apenas quatro latas por dia, e não cinco, como deveria ter sido. Radana era pequena demais para contar como uma pessoa, disseram os soldados. Então, ela não recebeu nenhuma.

Uma semana depois era Pchum Ben, um festival sagrado budista no qual os cambojanos comemoram os espíritos dos mortos. Segundo as regras da Organização, não era permitido celebrar qualquer feriado religioso, mas Mae disse que iria honrá-lo de qualquer forma. Sabendo que meu aniversário vinha antes do festival, percebi que havia feito oito anos. Mamãe me olhou com remorso, mas eu não me sentia triste ou lesada por meu aniversário ter passado sem que ela se lembrasse. Foi melhor assim. Nós não conseguiríamos comemorar como em casa, com a família e os amigos e comida abundante. Além disso, pensei, oito era errado — inadequado, de alguma forma. Eu tinha quase certeza de que havia ficado muito mais velha, e nos últimos meses começara a considerar o reflexo da menina que às vezes via na superfície da água como uma espécie de duende, um fantasma da ingenuidade passando sob meu olhar antes de desaparecer novamente nas ondulações. Então, quando Mae fez à meia-noite uma sub-reptícia oferenda de comida e bebida aos espíritos dos mortos, ofereci uma prece a meu próprio fantasma, pois eu podia suportar minha própria morte, mas não poderia— não me permitiria pensar na morte de papai. Quando mamãe rezou, em companhia de Mae, e sussurrou seu nome, invocando seu espírito para participar da escassa oferenda de alimentos, fiquei ressentida com ela por atraí-lo da segurança onde eu o havia escondido — o céu, a lua, aquela esfera secreta de minha esperança e imaginação — de volta para esse buraco horrível e doloroso em meu coração. Eu queria dizer a ela que não precisávamos, nessa noite ou em qualquer outra, celebrar o espírito de papai, evocar sua presença. Ele estava sempre comigo. Na manhã seguinte não era mais Pchum Ben, e dei boas-vindas ao dia em sua normalidade.

Fora essa invocação de tristeza, nosso memorial retorno à perda, nós nos adaptamos bem a Stung Khae, a nossa nova vida como camponeses e "filhos adotivos" de Mae e Pok, às regras do Kamaphibal em constante mudança, à volatilidade da Organização e sua predileção pelo caos, como se a calma fosse suspeita, o próprio inimigo. Rapidamente encontrei meu caminho não só na aldeia, mas entre os moradores, que se ligavam entre si em todas as direções, como os campos de arroz. Suas associações muitas vezes se sobrepunham e eram tão tortuosas que parecia impossível determinar quem era parente de quem, e de que tipo — parente de sangue, pelo casamento, *thor*, ou os três. Aprendi também que os camponeses não eram mais apenas *neak srae*, mas deviam ser tratados por *Neak Moulathaan*, "Povo Básico", ou, mais comumente, *Neak Chas*, "Velho Povo", o que significava que eram a "base" da qual todos nós provínhamos, a "velhice" a partir da qual, dali em diante, todo mundo seria de novo. Por outro lado, as pessoas da cidade, como Mamãe e eu — *Neak Thmey* — eram "Novo Povo". Novos para a vida no campo, ou, talvez, novos como os animais que ainda tinham de ser domados, testados e provados. Velho ou novo, meus pais me disseram que pessoas eram pessoas, e eu tinha de avaliar por mim mesma em quem podia ou não confiar. E assim, conforme navegava o terreno humano, conforme negociava minha sobrevivência, comecei a discernir que Pok queria que eu visse, no dia em que atravessamos os campos de arroz e ele me mostrou o que havia por baixo da lâmina d'água que esconde na monotonia ininterrupta e aparentemente imperturbável da geografia rural, que existiam aqueles que, como os sanguessugas-agulhas, alimentavam-se de sangue e destruição. Para sobreviver a meu desarraigamento e transplante, tinha de crescer e me esticar como um jovem talo de arroz. Tinha de subir acima do brejo e do esterco, da selvageria de meu ambiente, enquanto medrava nele.

Por sua vez, mamãe fez seu melhor para assimilar tudo aquilo. Tentou encobrir o máximo possível esse lado de si mesma que convidava a críticas intermináveis. Sintonizando seu corpo aos hábitos e ritmos de vida no campo, ela se levantava antes do amanhecer para ajudar Mae e Pok com as várias tarefas da casa, e quando o Sol nascia já havia lavado a roupa suja do dia anterior e pendurado para secar no varal, cozinhado e embalado nosso almoço e se preparando para um dia de plantio. Nos campos, ela se saía melhor do que se poderia esperar de uma do povo novo, valendo-se de sua experiência de crescer no campo, enquanto escondia o fato de que era filha de um fazendeiro da província que possuía grandes extensões de terra e uma multidão de serviçais, e que sabia que a lavoura resulta de observá-los, e não de executar a tarefa com suas próprias mãos. Tingiu suas roupas de cores suaves, escondeu os longos cabelos sob o *kroma*, e falava o vernáculo da aldeia, às vezes indo tão longe que imitava a cadência e o som nasalado do sotaque rural. Sua transformação foi como a metamorfose inversa de uma borboleta de volta a lagarta. Sua verdadeira natureza, seu núcleo, mantinha-se dormente como uma pupa dentro de uma crisálida, e quando a sós, longe dos olhos vigilantes da Organização, ela nos abraçava e beijava, colhia jasmins selvagens e inseria as flores levemente perfumadas nas dobras de suas roupas, e penteava seu longo cabelo com escovadas preguiçosas e indulgentes. Certa vez, durante a tentativa de substituir o cabo quebrado de sua escova de dentes por uma vara de bambu, cometeu um deslize, dizendo:

— A Rainha Avó — apressou-se a se corrigir —, a *Avó*, quis dizer... Sua avó dizia que dentes pretos eram uma marca de beleza em tempos antigos. Agora sei por quê. A mancha sela seus dentes, impede-os de apodrecer quando não se tem pasta ou escova de dentes adequadas.

Então, sem olhar para mim, acrescentou:

— Não pense que esta é nossa vida, Raami. Isto não é o que somos. Somos muito mais.

Era seu refrão de costume, e cada vez que dizia isso, eu não podia evitar, e acreditava cada vez mais firmemente que *quem* éramos residia em tudo o que havíamos perdido, que o desaparecimento de nossa casa e família, esse buraco deixado por papai e pelos outros, haviam dado forma e peso à nossa pessoa, como o ar aos balões, para que pairássemos e vagássemos, delirando de dor, ancoradas ao solo firme apenas por um fio frágil de autoconhecimento — essa débil noção de que um dia fomos mais, de que houve mais de nós mesmos além da perda.

— Lembre-se, Raami — disse ela várias vezes, em meio às clamorosas diretivas dos soldados revolucionários e do Kamaphibal: *Esqueça o velho mundo! Livre-se dos hábitos feudais e tendências imperialistas! Esqueça o passado!* — Lembre-se de quem você é. — *Deixem de lado as lembranças que o tornam fraco! Memória é doença!* — Você é filha de seu pai.

Sempre que ela dizia isso, a culpa tomava conta de mim. Eu queria dizer a ela que estava arrependida de ter revelado o nome de papai. Eu havia feito isso só porque tinha orgulho dele. Queria dizer a ela que estava arrependida porque, mesmo agora, não tinha certeza de ter entendido por que o meu orgulho o havia levado para longe. Mas "desculpe" parecia uma palavra muito pequena, e sempre que mamãe me lembrava que eu era filha de papai, eu sentia isso mais como uma repreensão, como se eu não houvesse conseguido mantê-lo perto, amá-lo. Ela nunca disse que me culpava, mas chegou perto uma vez.

— Por mais que amasse seu pai, Raami, você tem de aprender a manter a memória dele para si mesma.

Certa manhã, nos arrozais, um grupo de mulheres conhecidas por serem esposas do Kamaphibal veio até nós. Em pé, sobre o dique, de modo a ficar dois metros acima, a esposa de Bong Sok, Neak Thoth, a Gorda, como todos se referiam a ela pelas costas, em vez de Irmã Camarada, limpou a garganta e disse com voz rouca:

— Camarada Aana, estamos muito satisfeitas por você estar se saindo muito bem. Você tem mostrado grande material revolucionário.

Mamãe se endireitou e limpou as gotas de suor de sua testa com o dorso da mão. Não reagiu ao elogio da mulher.

A Gorda continuou:

— A maioria do Novo Povo não é tão adaptável como você. Não mostraram nenhum progresso desde que chegaram aqui — disse sacudindo a cabeça, consternada. — Apesar de nosso esforço para reeducá-los. — Soltou um suspiro prolongado. — Ah, ainda são as bananas podres que sempre foram! Todos moles por dentro!

Suas comparsas riram. Ela as silenciou com um olhar.

— O que você fazia antes da Libertação?

Mamãe separou uma parte dos brotos de arroz do pacote que estava embalando, e, com as costas dobradas mais uma vez, empurrou os brotos no solo inundado.

— Eu era criada — ela respondeu, sem erguer os olhos. — Babá.

— Entendi. O que exatamente você fazia?

— Alimentava e cuidava dos filhos de minha patroa.

— É mesmo! — Exclamou uma das outras, incapaz de esconder sua descrença.

A Gorda cantarolou:

— Nunca teríamos imaginado, olhando para você.

Ela se agachou sobre o dique, e a seguir, estendeu a mão para acariciar o braço de mamãe.

— Sua pele é suave como casca de ovo, camarada Aana. — Seus olhos correram para as mãos de mamãe, que estavam sujas de lama e cobertas de pedaços de plantas. — Você tem dedos de... como devo dizer? De princesa. Ah, tão delicados e bem cuidados!

Ela ostentou um falso sorriso.

Mamãe ficou paralisada no lugar.

— Vamos torcer para que não se acabem nesse esterco — disse a Gorda timidamente.

A seguir, novamente em pé, afastou-se, como se só houvesse parado para um breve bate-papo amigável enquanto seguia para outro lugar. As outras correram atrás dela.

— Você está certa, irmã camarada, eles são como bananas estragadas! — Uma papagaiou, e outra replicou:

— Só servem para fertilizante!

Quando elas estavam fora de alcance, voltei-me para mamãe e perguntei:

— Por que você disse que era Milk Mother? — Eu me sentia inexplicavelmente traída. — "Você não é ela."

Mamãe olhava para o nada.

— Eu estava errada em insistir que você se lembrasse de quem éramos. Eu estava errada. Nada disso importa agora, Raami. Tudo que tínhamos, o que éramos. Nada disso importa. Estamos aqui, agora, presas a este lugar.

— Você não é Milk Mother.

— A partir de agora, você é filha de uma criada — murmurou ela, olhando para seu reflexo turvo na água que chegava à altura dos tornozelos —, e eu sou aquela criada.

— E aquela história de que éramos fruticultores de Kien Svay? Papai disse que...

— Papai, papai! — Ela explodiu. — Eu ainda teria seu pai se...

Ela parou; mas já era tarde demais. Entendi o que ela quis dizer. Sim, ele ainda estaria conosco se eu não o houvesse revelado aos soldados.

— Não há papai — as lágrimas se aglomeravam nos olhos de mamãe, mas ela as engoliu de volta. — Se alguém perguntar, você não tem pai. Você não o conhece. Nunca o conheceu.

Eu não disse nada. Senti-me uma fenda, uma linha defeituosa que de repente se abriu no chão entre nós, alargando-se e se alongando. *Você tem dedos de princesa.* Como se tivesse medo das palavras da Gorda, de repente mamãe escolhia esquecer, erradicar de sua memória tudo o que havia sido, reunindo os fatos e enterrando suas raízes no pântano de negações e dor solitária, ao passo que eu ficava mais determinada a guardar cada detalhe.

Ela virou as costas para mim.

Por mais que eu precisasse de conforto, disse a mim mesma que não devia ir a ela. Em vez disso, devia ficar do meu lado dessa divisão e me afastar dela, porque era a única maneira de sobreviver.

Dezenove

A colheita estava chegando, e com ela o trabalho sem fim, os longos dias de ceifa e coleta de arroz nos campos, a debulha tarde da noite. Certa noite, quando o céu era cinza-escuro, chegamos ao celeiro comunitário e nos juntamos à multidão reunida para celebrar a primeira festividade oficial desde nossa chegada a Stung Khae. A música tradicional retumbava por um megafone situado na forquilha de um cajueiro gigante, com um fio elétrico que ligava o megafone a um pequeno toca-fitas preto na base do tronco. Tanto o megafone quanto o toca-fitas eram alimentados — dentre tantas coisas — por uma bateria de carro. Pensei no caminhão que nos levara para Stung khae meses antes. *O que aconteceu com ele? A bateria foi retirada de baixo de seu capô?* Um grupo de sete ou oito soldados revolucionários, todos do sexo masculino, montava guarda, mantendo distância de um bando de crianças ansiosas por uma inspeção mais próxima dessa estranha caixa de música com o seu bocal no alto da árvore, como um órgão desmembrado; um coração batendo com o *tum-tum* de um tambor. Alguns soldados deram-se os braços e começaram a dançar, trocando passos ao som de uma flauta de bambu e um alaúde de coco, imitando as melodias um do outro. Outros cantavam em coro, *Oh, glória e riquezas do Camboja Democrático, a força e a beleza de seus camponeses...* Foi tudo muito bizarro, como cair em um buraco onde coisas familiares — toca-fitas, bateria de carro, fio elétrico — houvessem sido escondidos e reciclados em uma colcha de retalhos de nostalgia. Ainda assim eu estava encantada; minha mente se anestesiava pelas melodias tradicionais dubladas com letras de inspiração revolucionárias e pela atmosfera de camaradagem e folia. Era como a colheita que celebrávamos antes da guerra, antes de tudo isso, quando os agricultores se reuniam para dar graças ao céu e à terra, homenagear o Sol e a chuva, fazer oferendas de flocos mornos de arroz — *a lua*, pensei, lembrando que na celebração da colheita sempre há lua. Olhei para cima e lá estava ela, bem acima do cajueiro gigante, uma tênue silhueta agora, mas ali, com certeza, redonda e porosa como uma bolha gigante suspensa no céu; um buraco pelo qual eu poderia escorregar e encontrar fragmentos de uma história contada para mim em uma noite muito parecida com essa. A música parou, e meu devaneio se quebrou. O Kamaphibal havia chegado. As pessoas pararam o que estavam fazendo e se reuniram para ouvir. Entre os rostos, procurei Bong Sok e a Gorda, mas não estavam no grupo. Um dos membros começou a falar:

— A obra da Revolução está longe de acabar! Temos de avançar! Temos de continuar nossa luta! A Organização precisa de todos, de cada simples corpo capaz, para ajudar a fazer que o Camboja Democrático se torne próspero e forte! Um glorioso e brilhante exemplo para o mundo, para os milhões de oprimidos lá fora, as massas que sofrem e que ainda têm de experimentar nosso regime socialista!

— Viva! Viva! — Gritavam os soldados revolucionários.

E a multidão ecoava:

— Hurra, hurra!

O Kamaphibal prosseguiu:

— Não há melhor momento do que agora, a primeira colheita desde a Libertação, desde o esvaziamento das cidades, para mostrar ao mundo que demos um enorme passo à frente! — Fez um gesto largo. — Temos todo esse arroz para provar!

Mais uma vez a multidão aplaudiu, deu longos gritos ensurdecedores, bateu palmas retumbantes. Então vi a Gorda, em pé, a certa distância, cercada por seu séquito de amigas corpulentas. O terror me percorreu de novo e explodi em arrepios.

— No final do trabalho noturno — disse o Kamaphibal com voz monótona — vamos celebrar, de acordo com as tradições da aldeia, com uma festa de flocos de arroz! A Comissão para a Celebração está estabelecida — fez um gesto em direção à Gorda e suas companheiras. — Estas senhoras extraordinárias vão fazer que cada um de vocês tenha sua cota!

Desta vez, os aplausos foram ensurdecedores.

• • •

A noite caiu. Montes de arroz debulhados nos cercavam, com suas sombras interligadas, oscilando sob o luar, criando uma impressão de mar e montanhas, a topografia cárstica que muitas vezes eu imaginava em lendas míticas. Havíamos trabalhado o suficiente e devíamos ter uma pausa breve. Mas o sino não tocou. Juntei vários pacotes de arroz cortado, ofereci um a Radana e, puxando-a para junto de mim, segui pelo caminho iluminado pelas fogueiras cavadas fundo no chão para evitar que as faíscas se extraviassem. Embora nós, crianças, fôssemos obrigadas a trabalhar, o que fazer e quanto não era estritamente definido. Mas a expectativa era que ajudássemos na medida do possível, e entre uma tarefa e outra podíamos correr e brincar, desde que, quando chamadas a ajudar, deixássemos de lado nossas brincadeiras imediatamente — "como bons soldados quando chamados às armas", dissera o Kamaphibal — e assumíssemos a tarefa exigida. Um dos nossos deveres era levar os pacotes de arroz cortado para que os adultos debulhassem e depois levar os talos restantes para junto da coleção protegida por palha e forragem. Em geral, debulhar e bater o arroz, que exigia mais esforço físico do que habilidade, eram tarefas relegadas ao Novo Povo, que, de acordo com o Kamaphibal, precisava ser fortalecido pelo trabalho e o esforço tanto quanto possível. Descascar e joeirar, que exigiam manejo especial, ficava a cargo dos idosos, que podiam facilmente manipular o enganosamente simples joeiro sem derrubá-los ou derramar o arroz, ou girar o ventilador manual de madeira sem moer os grãos. Mamãe estava entre os que debulhavam. Ela havia tomado seu lugar habitual atrás de uma prancha de madeira escorada na qual batia um pacote até que todos os grãos caíam, antes de pegar outro pacote da pilha ao lado dela.

Vendo-a totalmente absorta em sua tarefa, fiquei maravilhada com sua transformação. Parecia que seu corpo, ossudo e tenso, não podia mais suportar pensamentos e sentimentos relacionados com nada além de alimento, trabalho e sono. Desde aquele dia nos campos de arroz, desde o confronto com as esposas do Kamaphibal, ela parou completamente de falar de papai; nunca mais mencionou seu nome, nem sequer para me lembrar de não falar sobre ele com os outros. Eu não havia entendido na época, mas entendia agora, e já não me ressentia com ela por isso — essa decisão de enterrá-lo, de apagá-lo de nossa memória como se ele nunca houvesse existido. Ficou claro que, enquanto a comida alimentasse nosso corpo, dando-nos força para trabalhar e respirar mais um dia, o silêncio nos mantinha vivas, e seria a chave para nossa sobrevivência. Qualquer outra coisa, qualquer outra emoção, tristeza, arrependimento, anseio — era estranha, um luxo privado, secreto, que cada uma de nós pegava em nossas solidões separadas e acariciava até brilhar com lustro renovado, antes de guardá-las de novo e cuidar da vida mundana.

Mamãe notou que eu a olhava, ergueu os olhos e tentou sorrir. Fui até ela, levando Radana comigo, e acrescentei nossos pacotes à pilha. Ela fez uma pausa; seu corpo se enrijeceu como se quisesse nos agarrar e asfixiar de beijos, mas não se atreveu, com o Kamaphibal em volta. Tal exibição gratuita de afeto era contra os ensinamentos da Revolução. Ela acenou para nós para que continuássemos trabalhando. Pegando uma braçada de palha cada uma, seguimos nosso caminho em direção ao monte de feno, do outro lado do complexo.

Finalmente o sino tocou. Poderíamos parar de trabalhar e aproveitar nosso lanchinho. Com os flocos de arroz, todos receberam uma banana e um cone de suco doce de palmeira.

— Volte mais tarde — disse uma das esposas do Kamaphibal quando achou que eu estava querendo uma segunda porção. Expliquei que queria dividir com Radana, e, ao me ouvir, a Gorda exclamou:

— Ah! Ela tem idade suficiente para receber uma própria cota?

Congelei. Rindo, ela serviu a cota de Radana e a entregou a mim, com uma banana e outro cone de suco de palmeira. Abraçando meu tesouro, saí rapidamente antes que a Gorda mudasse de ideia.

Encontrei mamãe sentada em uma esteira de palha. Radana estava em seu colo, bocejando, quase cochilando. À vista de comida, porém, subitamente se sentou, pulando com excitação, lambendo os lábios, esticando os braços para mim em um gesto de abraço — de amor repentino. Mamãe parecia incapaz de suportar a visão de Radana faminta. Levantou-se, e, olhando para as filas de pessoas esperando para receber suas porções de flocos de arroz, disse:

— Preciso de um tempo — ela parecia especialmente cansada. — Deixe sua irmã dormir quando acabar de comer. Fique de olho nela. Não a perca de sua vista.

Balancei a cabeça, com as bochechas cheias de flocos de arroz e banana. Ao meu lado, Radana sorvia o suco do cone de folha que eu segurava em seus lábios fazendo sons de cachorrinho; fez eu me lembrar dos gêmeos, e, sem aviso prévio, as lágrimas saltaram aos meus olhos quando imaginei se eles também estariam com fome em algum lugar. Olhei para a lua cheia permitindo-me acreditar que o mundo era realmente pequeno o suficiente para que esse disco de luz iluminasse a superfície inteira, e em algum lugar sob essa mesma lua, esse mesmo céu, os gêmeos e o resto de minha família estariam seguros e bem alimentados, mesmo que só por essa noite.

Terminamos de comer. Radana bocejou, esfregando os olhos com as mãos sujas, espalhando a meleca por todo o rosto. Peguei a borda de minha blusa, lambi-a e limpei os pedaços de comida de sua pele e cabelos, enquanto ela balançava a cabeça, com o corpo pesado de sono. Firmei-a, e com um braço apoiando seu pescoço coloquei-a sobre o *kroma*. Ela adormeceu em um instante.

Em todo o complexo, outras crianças, especialmente as menores como Radana, buscavam conforto dos braços de suas mães, e se naquele momento elas não estivessem disponíveis por uma razão ou outra, procuravam a segurança de um recanto macio na base de uma árvore, ou uma espiral no meio da palha. Já era tarde, talvez perto de meia-noite, mas eu não podia ter certeza, tudo estava tão iluminado. Certamente era hora de dormir. Até os grilos e as cigarras haviam se acalmado. Um silêncio caía sobre todo o lugar; as pessoas se moviam lentamente, guardando ferramentas e cestas de arroz batido, recolhendo seus pertences, preparando-se para voltar a suas aldeias. Podíamos ir embora, mas algumas pessoas ainda precisavam pegar seu lanchinho; outras esperavam alguns segundos e outras simplesmente queriam descansar e recuperar o fôlego, deixar que a comida energizasse seu corpo antes de iniciar a viagem de volta.

Mais uma vez olhei para a lua cheia, imaginando o rosto de papai olhando para mim. Sentia sua presença em todos os lugares. Queria ficar sozinha, agarrada a uma necessidade urgente de falar em voz alta com ele, em total privacidade. Olhei para Radana. Não havia mal nenhum em deixá-la ali, pensei. Ela estava dormindo. Além disso, Pok e Mae estavam a apenas alguns metros de distância, encostados em um tronco de árvore perto de um dos poços de fogueira, de olhos fechados, apoiados um no outro como as palmeiras amantes em nossa terra. O peito dos dois arfava em um ronco harmonioso.

Levantei-me e segui através dos palheiros floresta adentro. Ali, tomei um caminho familiar, deslizando através do pasto à altura da cintura. Meu corpo era leve e discreto como se eu fosse um espírito, uma sombra capaz de me mover através do espaço sem causar uma ondulação ou uma interrupção, até que a grama do caminho atingiu meus ombros. Dei voltas e voltas no mesmo lugar, esmagando as lâminas delicadas e flexíveis para criar um confortável lugar para sentar. Parecia tão convidativa a espiral que eu havia criado... quase como um ninho. Seria um lugar tão bom quanto qualquer outro para dormir, pensei. O ponto que eu havia escolhido dava uma visão clara e direta da lua, sem nuvens ou árvores no caminho, e, sentindo-me aninhada em segurança, comecei a falar comigo mesma, sem nenhum sentido, testando minha voz antes de chamar papai, de dizer seu nome.

Subitamente, ouvi outras vozes. Fiquei rígida e abaixei para me esconder. As vozes vinham da direção da trilha, acompanhadas pelo som de passos. Então ouvi um sussurro abrupto, como se alguém escorregasse e caísse.

— Levante-se! — Disse um homem, seguido pelo som de um chute e um empurrão.

Os passos avançaram novamente e ouvi uma segunda voz:

— Como se atreve a roubar! Bem debaixo do nosso nariz!

— É época de colheita, estamos morrendo de fome — respondeu um terceiro.

— Bem, você não vai ter mais que passar fome. Vamos pôr um fim ao seu sofrimento. Como prefere?

Sem resposta.

— Então, onde vai ser o lugar de seu descanso final? O poço, ali, onde o latifundiário e sua família estão? Ou a floresta mais além, onde pegamos todos os outros?

Ainda sem resposta.

— Vamos levá-lo para a floresta.

Eles empurraram e empurraram. Não me atrevi a sair do lugar.

Não sei que caminho tomei, se andava ou corria, ou rastejava, nem quanto tempo havia se passado. Quando cheguei ao celeiro comunitário, meus braços, pernas e rosto estavam todos arranhados pela grama afiada e chicoteados pelos galhos. Mamãe me segurou pelos ombros e, olhando-me de cima a baixo, perguntou:

— O que aconteceu com você? Onde você estava? — Ela me sacudiu com tanta força que minha cabeça balançou. — Onde está sua irmã?

Um grito veio de um dos montes de feno:

— Mamãe!

Havia um exército deles. Eram grandes como moscas. Radana gritou, protegendo o rosto contra os mosquitos com seus braços, como se estivesse pegando fogo.

Vinte

De volta à cabana, mamãe me açoitou. Com a coluna de uma folha de coqueiro, tão fina que parecia um fio quente em minhas costas. Mae e Pok suplicaram. Tentaram me arrancar de sua mão, mas ela os alertou:

— Eu sou a mãe dela!

Eles não tinham que interferir. E então, de volta para mim, gritou:

— Eu disse para prestar atenção na sua irmã. Você devia ter ficado de olho nela. Em vez disso, deixou isso acontecer. Olhe para ela!

Ela apontou para Radana deitada na esteira de palha, com o corpo coberto de picadas inchadas. Mesmo assim, eu sabia que aquilo não era só por causa de Radana, ou só por mim. Essa raiva desencadeada significava algo maior, tudo o que ela havia perdido.

— Você foi descuidada. Você merece isto. Você pediu por isto, entendeu? Você pediu por isto!

Sim, eu entendia, mas não podia falar.

— Responda! Onde você estava quando deixou sua irmã sozinha?

— Papai — ouvi a mim mesma gritar, quando a coluna da folha de coqueiro cortou minhas costas.

Ela me bateu com mais força.

— Ele-não-pode-ouvir-você! — Uma chicotada para cada palavra. — Não-adianta-chorar!

Mas eu não estava chorando. Só o estava chamando. Vi-o pela porta aberta. Era a lua luminosa, destemida. Ele sorriu, segurando o mundo com sua luz. Queria que ele me abraçasse, que acariciasse minha pele queimada, que consertasse meu amor partido. Queria que ele segurasse mamãe, que a fizesse suave e encantadora de novo, assim como fazia a noite parecer gentil e adorável, apesar do segredo compartilhado comigo.

— Não adianta chorar — disse ela novamente, com as lágrimas escorrendo pelo rosto em longos rios brilhantes, como as chibatadas que derramava sobre meu corpo. — Ele não pode ouvir você, entende? Não pode! Ele se foi!

Sim, entendi. Tudo e nada.

— Ele se foi!

— Desculpe — gritei quando a coluna da folha de coqueiro dilacerou meu ombro. — Desculpe por deixar que o levassem embora!

Ela parou, chocada com minhas palavras. Jogou o açoite longe, caiu de joelhos e desabou. Como um sonho belo e frágil, desabou, e tudo desabou com ela.

Mais tarde naquela noite, o céu chorou. Abri os olhos e a vi sentada na soleira da porta. Lá fora era quase breu, a lua estava escondida atrás de uma cortina de chuva. Chuva que veio no meio da estação seca, a última queda antes de a terra se abrir. *Pliang kok*. Chuva emprestada, disse Mae. Emprestada de outra noite, de outra perda. Acima de nós o telhado vazava de novo. Mae se levantou para colocar um pote debaixo da goteira. Foi até a figura trêmula de mamãe na porta.

— Vamos, criança, venha — disse, com os braços ao redor dos ombros de mamãe.

Mamãe balançou a cabeça vigorosamente, como uma criança recusando conforto. Mae suspirou e voltou a se deitar ao meu lado na esteira. Um ou dois minutos se passaram, e então ouvi a voz de mamãe:

— Inúmeras vezes eu me pergunto, Raami, o que eu poderia ter feito para impedir que seu pai se fosse. Não havia nada. Nada que eu pudesse fazer, ou que você não devesse ter feito. Sei que você acha que eu a culpo. Talvez uma parte de mim queira acreditar que foi sua culpa, porque, sabendo por que seu pai fez o que fez para nos salvar, eu não poderia estar zangada com ele. Mas a verdade é que ninguém, nenhum de nós, poderia tê-lo detido. Ele era quem era, fez o que acreditava que estava certo. Empacou em suas convicções.

Soltou um riso irônico.

— A poesia de seu pai o levou a grandes alturas, Raami. Mas ele não viu, lá de cima, que estava totalmente exposto. Um dia eles o veriam, mesmo se você não houvesse dito o nome dele.

Ela soltou um suspiro, como se soltasse tudo o que mantivera escondido.

— Palavras... elas são nossa ascensão e nossa queda, Raami. Talvez seja por isso que prefiro não falar muito.

Fechei os olhos, contando os pingos de chuva que batiam no pote de metal; *cling, cling, cling...*

De manhã, encontrei mamãe mexendo uma panela fervente de sementes de lótus sobre o fogo. O pote de água da chuva estava perto. Fui até ele, peguei um pouco com as mãos e bebi, umedecendo a garganta seca. Ela me entregou uma tigela de sementes de lótus. No início, ficou em silêncio, sequer olhou para mim. Então, quando me sentei para comer, ela disse:

— Era uma vez uma mãe...

A voz dela era pequena, como o farfalhar de uma folha em uma imensa floresta.

— Ela amava tanto sua filha que dava à criança tudo o que a garota desejava. Certa noite, quando brincavam no jardim, a filhinha viu a lua cheia, e a queria. A mãe tentou explicar que a lua pertencia ao céu, que não podia simplesmente ser arrancada de lá como se fosse o fruto de uma árvore. Mas, como qualquer criança pequena, a menina não entendeu que a lua não é algo que se possui. Chorou e chorou. Então, o que poderia fazer a mãe além de dar a lua à filha? Ela pegou um balde com água, e, apontando para o reflexo, disse: "Aqui está sua lua, meu amor". A menina, encantada, mergulhou os braços dentro do balde, e por horas brincou com a lua, vendo-a dançar e girar.

Notei que era a primeira vez que mamãe me contava uma história. Todas as histórias que eu sabia vieram de papai ou de Milk Mother. "Por quê?", queria perguntar. "Por que ela nunca me contou uma história antes?" *Palavras... elas são nossa ascensão e nossa queda...* "Por que agora, quando tudo que se quebrou não poderia ser consertado com palavras?"

— Eu lhe daria qualquer coisa — disse ela. — Eu o traria de volta, se pudesse.

Procurei seus olhos, e, nas profundezas das águas de seus pensamentos, vi o rosto dele. Ela se voltou, enxugando o lado do rosto com a base da palma da mão. Então, pegando o frasco de iodo que havia trocado por uma das camisas de papai, coloriu os vergões em minhas costas. Seu toque era tão suave e hesitante, imaginei, como um pincel sobre tela.

Deixei-a me acariciar como me açoitara. Um golpe de cada vez.

Certa tarde, alguns dias depois, enquanto cortávamos o arroz, a silhueta de Pok apareceu como uma miragem ao Sol do meio-dia. Ele correu através dos campos de arroz em nossa direção. Mamãe abandonou a foice no chão e correu para encontrá-lo. Malária, ele disse a ela. Radana estava com malária.

De volta à cabana, mamãe se sentou apertando Radana contra seu peito, com um cobertor em volta do corpo de ambas. Eu não saberia dizer quem estava tremendo, se ela ou minha irmã. Mae entrou carregando um cesto de pedras aquecidas que embrulhara em uns trapos. Mamãe ergueu os olhos, implorando:

— Não consigo fazê-la parar de tremer! Por favor, diga-me o que fazer!

Mae tomou Radana de mamãe, e, enrolando o cobertor firmemente em volta do pequeno corpo de minha irmã, colocou-a na esteira de palha. Depois, uma por uma, colocou as pedras aquecidas em volta de Radana, pressionando-as contra o cobertor. Radana ainda tremia, seus dentes batiam um contra o outro fazendo um som horrível, como um animal mastigando seus ossos.

Ela havia tido episódios de calafrios desde a manhã. O primeiro começou logo depois que nós havíamos saído para o trabalho, disse Pok, mas como foi leve, ele e Mae acharam que era um resfriado. Radana não estava com febre, então não ficaram muito preocupados. Ainda assim, ficaram de olho nela. Os calafrios ficaram mais fortes, a cada ataque com maior duração que o anterior, até que não houve nenhuma dúvida de que era malária, que eles mesmos haviam sofrido, como inúmeros outros na aldeia. Conheciam bem o curso dos ataques — primeiro os calafrios, depois a febre alta, e finalmente o suor escorrendo e a cabeça latejando. Os calafrios que Radana tinha no momento pareciam alcançar o pico. Toda a cabana balançava com ela.

Mae usou as duas últimas pedras, equilibrando uma no peito de Radana e outra no estômago. Segurando as pedras no lugar, dobrou o corpo sobre minha irmã, como uma mãe galinha aquecendo seu filhote. Por um longo tempo ela ficou assim, até que a agitação violenta diminuiu e apenas um tremor subia de baixo dela. Sentou-se, mas, vendo mamãe paralisada de medo, disse a mim:

— Sua irmã vai querer um pouco de água — acenou com a cabeça em direção à porta. — Vá lá fora e veja com ele se está pronta.

Lá fora, Pok estava cuidando da chaleira. A água havia fervido. Ele levantou a tampa da chaleira e abanou vigorosamente a água com um leque de folha de palmeira. Agachei-me em frente a ele, e incapaz de olhá-lo nos olhos, disse:

— Eu fiz que ela pegasse isso, não foi? Eu fiz Radana pegar malária.

Pok parou de abanar. Depois de um momento, disse:

— Um mosquito fez sua irmã pegar malária. Um mosquito. Não é culpa sua.

Assim que ele disse isso, tive certeza que era minha culpa. Por que mais ele tentaria me convencer, não é? Não, eu não passei malária a Radana, mas, ao mesmo tempo, não a protegi.

Levamos a chaleira de água até a cabana, e, como Mae havia dito, Radana emergiu dos arrepios de ossos chacoalhando, querendo só água. Chorou pedindo água, puxou os cabelos, coçou a garganta, mordeu o lábio inferior até sangrar. Então, assim que bebeu o suficiente, os calafrios voltaram, com os ossos chacoalhando, seguidos de febre alta. Aquilo ia e voltava, enquanto eu observava impotente, com medo e culpa, incapaz de fugir da sensação de que, mais uma vez, de alguma forma, era culpa minha.

Quando eu era menor, com dois ou três anos, percebi que minha perna direita era mais curta e mais fina que a esquerda, assim como sabia que tinha cabelo ondulado, em vez de liso, e uma marca redonda de nascença no ombro direito, em vez de no esquerdo. Quando fiquei mais velha, notei que todas as outras crianças tinham duas pernas do mesmo tamanho e espessura, e percebi que elas não só não eram como tinham que ser, como que isso tinha um nome: poliomielite. Quando perguntei aos adultos o que era e de onde vinha, e, o mais curioso, por que eu tinha e as outras crianças não, ninguém pôde me dar uma resposta realmente satisfatória.

— Para cada coisa que nos é tirada — uma vez papai tentou explicar —, algo ainda mais especial nos é dado de volta.

O amor era o algo ainda mais especial. Era o pacote reluzente, com um laço de seda e embrulhado em papel acetinado, que veio com o presente que eu não queria, a pólio que eu não havia pedido, e por que o pacote era tão deslumbrantemente lindo, agarrei-me a ele e me acarinhei mais que ao presente em si. O amor era meu prêmio de consolação, e, quando criança, recebia-o em abundância daqueles que cuidaram de mim, de todos os adultos que moldaram meu mundo. Em primeiro lugar, o amor amorteceu o impacto da percepção de que eu andava mancando, enquanto as outras crianças não. Depois, amorteceu o impacto de todas as coisas grandes e pequenas — a decepção de descobrir que a poliomielite não havia sido um presente, mas uma doença que me deixara incapacitada; a dor de ver meu reflexo em movimento no espelho ou na parede de vidro; o ressentimento de ouvir de completos estranhos que eu tinha um rosto lindo, mas que pena por minha perna —, e exceto pela tristeza que por vezes eu vislumbrava nos olhos de mamãe quando ela me via andar, eu havia aprendido a não me importar muito por ter ou não tido poliomielite. O amor, em todas as suas manifestações, no cuidado, no afeto e na ternura que recebi, na segurança, conforto e beleza de meu ambiente físico, amortecia o impacto — eu acreditava — de todos os males.

Agora era a malária. Eu não sabia se era uma doença menor que rapidamente iria embora, ou se, como a poliomielite, deixaria uma marca duradoura, prejudicaria minha irmã de alguma forma.

Nos vários dias seguintes a malária atacou Radana como um espírito que houvesse entrado em seu corpo fazendo sua dança selvagem e louca. Uma hora ela estava tremendo e se chacoalhando como um trem saindo dos trilhos. Na seguinte, queimava com uma febre tão alta que sua pele parecia de fogo; seus olhos não tinham brilho, rolavam em seu crânio no delírio. A seguir, quando a febre atingia o pico, a temperatura de seu corpo despencava, tanto que ela ia do vermelho corado para o branco fantasmagórico diante de nossos olhos, enquanto o suor vazava através de sua pele, encharcando suas roupas, cobertor e tudo que tocava, a tal ponto ela tremia e se agitava com tanta força que parecia que seus ossos iam se quebrar em pedaços, e seus dentes cair como os de um velho. Às vezes, no meio dos ataques, insanamente ela gritava:

— Sorvete, mamãe! Sorvete!

Mas é claro que não havia sorvete, nem mesmo gelo. Havia apenas a água do rio fervida que dávamos a ela como se fosse algum tipo de cura mágica. Após a febre e calafrios, vinha uma série de dores e cãibras, e vê-la sofrer tanto nos enlouquecia de dor.

Mais uma vez, Radana havia acabado de ter um de seus ataques, que fez que suas bochechas parecessem e queimassem como brasas, e seus olhos vidrarem como os de um peixe. Mamãe a embalou, balançando-a gentilmente, pressionando o queixo na testa de Radana. Mae sentou ao seu lado esmagando dois comprimidos amarelos minúsculos em uma colher de chá. Mamãe havia encontrado os comprimidos enrolados em um pedaço de papel dentro do bolso de uma camisa de papai. No começo, pensei que talvez fossem aspirinas, mas o papel dizia "Tetraciclina", e com a caligrafia inconfundível de papai, cada som e sílaba estava traduzida para o cambojano debaixo do que eu concluí que era seu nome estrangeiro. Pequenas luas amarelas, disse a mim mesma. Pequenos sinais de si mesmo que ele havia deixado para trás.

Mae misturou os comprimidos esmagados com um pouco de água fervida da chaleira.

Ela acenou com a cabeça, indicando que estava pronta. Mamãe fechou o nariz de Radana com os dedos e Mae rapidamente enfiou a colher na boca de minha irmã. Radana lutou, tentou recuperar o fôlego e engoliu o medicamento. Mae tirou a colher, mamãe suavizou seus dedos, e naquele instante Radana soltou um gemido furioso. Não sei o que ela mais odiava: se ter o nariz espremido e fechado ou o gosto do remédio. Furiosa, ela tentou afastar mamãe, mas esta a segurou mais apertado, balançando-a até que se acalmou, até que seu grito se tornou um gemido. Então, olhando para Radana, mamãe disse:

— Ela sempre foi um bebê saudável. Nunca ficou doente. Ela era perfeita quando nasceu.

Eu não sabia ao certo se ela estava contando aquilo para Mae ou para mim, ou o que queria dizer com isso. Ela estava comparando

Radana a mim, ou tentava dizer que eu havia estragado minha irmãzinha, tornando-a imperfeita como eu? Voltei-me para Mae, mas ela só suspirou. Levantou-se e nos deixou sozinhas.

Mamãe deitou Radana na esteira de palha e olhou para ela, que parecia tão pálida. Pensei que os fantasmas podiam confundi-la com um deles. Radana respirava suavemente enquanto dormia, seus olhos deslizavam para a frente e para trás debaixo das pálpebras, e os cantos de seus lábios se curvavam em uma careta. Eu não entendia uma doença como a malária, ou qualquer outra doença. Ainda assim, pensei que tinha o antídoto para isso — amaria minha irmã mais do que já a amava. Já não me permitiria sentir ciúmes por ela ser perfeita, ao passo que eu estava estragada pela poliomielite. Eu a amaria completa e desinteressadamente.

Mamãe olhou para cima e me encarou.

— Quando você teve poliomielite, seu pai estava comigo e eu mal podia suportar a agonia de ter de ver minha própria filha sofrer. Não sei como suportar isso agora. Preciso de você para ser forte para nós duas.

Tetraciclina. Repeti silenciosamente o poema de uma só palavra de papai, para mim mesma, modelando sua aura lunar em volta do corpo de Radana contra os truques da malária. *Tetraciclina.* Isso, e meu amor, em todas as suas manifestações altruístas, trariam a saúde de Radana de volta.

No dia seguinte, de volta aos campos, atravessamos o arrozal com a velocidade de um furacão. Quando o sino tocou à noite, pegamos nossos chapéus e ferramentas e corremos de volta para casa, para Radana. Sem energia e com a necessidade dolorida de descanso, desmaiamos ao lado de minha irmã. Só mais tarde, à noite, levantamos-nos de novo, e percebemos que não havíamos nos lavado, rumamos para o rio atrás da cabana. Lá, tomei um banho rápido, sequei-me com o *kroma* e vesti roupas limpas; a seguir, fui esperar perto da tocha que havíamos colocado no chão, perto do bosque de bambu. Acima de mim, alguma coisa — talvez um lagarto — saltou pelos galhos. Era como se todas as criaturas da noite houvessem saído para nos assistir. Rãs coaxavam, grilos cantarolavam, e, de vez em quando, em algum lugar no meio do bosque, uma coruja soltava um profundo e longo pio, silenciando a todos com seu choro triste. Queria que mamãe se apressasse. Ela ficou ali, na beira do rio, inclinando a bacia de coco sobre a cabeça. Ela parecia imóvel, amarrada por um peso incomensurável. Ao vê-la, impressionou-me novamente que ela, evanescente como uma borboleta, ainda estivesse ali, enquanto papai, sólido como uma estátua de pedra, se transformara em apenas uma visão em meus sonhos.

Ela deixou cair a vasilha de coco na grama e espremeu a água do cabelo. Fui até lá e lhe entreguei um *kroma* seco. Ela o pegou e secou a água de seu corpo, e enrolando o *kroma* em torno de si, soltou o sarongue molhado no chão enquanto deslizava um limpo e seco pela cabeça. Decidi lhe contar o sonho que havia tido antes de irmos para o rio.

— Papai voltou — eu disse, segurando a tocha para ela enquanto abotoava a camisa. — Ele me trouxe um par de asas. Mas... — prossegui com cautela — mas levou Radana com ele.

Mamãe pegou o sarongue molhado do chão e começou a enxaguá--lo no rio.

— Em breve, também poderemos ir para casa — prossegui. — Foi o que ele disse. Logo você e eu poderemos ir para casa. Agora ele vai levar só Radana porque ela está doente.

Mamãe se levantou, torcendo com força o sarongue enxaguado.

— Radana vai melhorar, não é?

Mamãe fez uma pausa; seu corpo enrijeceu.

— Claro — respondeu com voz trêmula, como a superfície da água sob a luz hesitante da tocha. — É claro que vai melhorar. Por que não iria?

Dei de ombros e disse:

— É que eu sonhei...

— Você e seus sonhos — disse ela, me cortando. — Eles são como suas histórias, não são reais.

Não entendi. Por que ela, estava chateada? Eu só queria dizer a ela que a razão de papai ter levado Radana era para fazê-la ficar boa novamente.

— Mas...

Ela puxou a tocha de minha mão, e, sem dizer uma palavra, começou a andar o mais rápido que podia, deixando-me para trás, no escuro. Corri para alcançá-la.

— O que você sonhou? — Perguntei, com raiva de sua tristeza, de sua recusa a reconhecer cada tentativa minha de fazê-la feliz. — O que você sonhou?

Eu queria que ela explicasse por que Radana não estava melhorando, e se de fato era minha culpa. Queria que ela dissesse o que eu poderia fazer para que minha irmã melhorasse. Se ela não podia me dizer isso, pelo menos devia dizer alguma coisa que eu pudesse entender, uma história na qual tudo desse certo.

— Diga! Mesmo que não seja verdade!

Ela parou, de costas para mim, com sua postura ereta.

— Um lótus se abriu ao amanhecer, um pássaro foi libertado e voou para casa, para sua família — disse ela, sem se voltar para me encarar. — É por isso que adoro um lótus aberto. Ele fala de liberdade e de um novo dia, um novo começo, a possibilidade de todos estarem juntos. Mas você sabe o resto da história? Não, é claro que não, porque eu dizia a Milk Mother para lhe contar apenas as partes felizes. Bem, como você sabe, o pássaro macho, cheirando à bela fragrância, chegou a casa, para a fúria de sua companheira. Enquanto ele estava protegido na flor, um incêndio florestal havia queimado seu ninho e matado seus filhos. Em sua dor, ela o acusou de traí-la nos braços de outra. Não, seu pai nunca me traiu nesse sentido. Mas, mesmo assim, ele me deixou sozinha no meio de uma floresta, e receio que o fogo não terá limites.

Chorei, sem entender.

— Sim, seu pai pode ter trazido asas para você, Raami — disse ela, de frente para mim agora —, mas não sou eu quem deve ensiná-la a voar. Quero que você entenda isso. Isto não é uma história.

Antes do amanhecer, alguns dias depois, mamãe se levantou, colocou a caneta-tinteiro de prata de papai no bolso de sua camisa e saiu sem uma palavra de explicação. Ao nascer do sol, voltou com três espigas de milho escondidas na camisa.

— Como está Radana? — Perguntou subindo os degraus.

— Igual — respondi.

— Mae lhe deu o remédio?

— Sim — seguia pelos degraus.

— E o mingau de arroz, ela comeu muito?

— Comeu tudo.

Ela parou e olhou para mim do topo da escada.

— Você disse tudo?

Assenti.

Ela correu para a cabana.

— O apetite da criança está voltando — disse Mae. — É um bom sinal.

Mamãe sorriu, e seu sorriso era como o Sol depois da chuva.

Nos campos, continuou sorrindo o dia todo enquanto trabalhava.

— Você está cheia de pensamentos privados, camarada Aana — disse a Gorda. — A Revolução não reconhece pensamentos privados.

Mamãe estava radiante.

Parecia que Radana estava realmente ficando cada vez melhor. Parou de vomitar. Teve uma diarreia leve, mas ela estava comendo de novo, e pelo menos a maior parte do que comia retinha no organismo. A cor voltava para suas bochechas. Ainda muito fraca para se sentar, ela estava deitada na esteira, brincando com um carretel de linha branca. Mamãe sentou perto dela, desfazendo as costuras do vestido de cetim branco que havíamos trazido de Phnom Penh, para que quando Radana recuperasse o peso, pudesse usá-lo. Olhei as pequenas rosas de seda ao longo da gola e o arco em forma de borboleta nas costas, imaginando onde minha irmã ficaria pulando dentro de um vestido não revolucionário.

Mae enfiou a cabeça pela porta, e sorrindo para Radana, suspirou:

— Veja o que eu peguei para você!

Estendeu uma corda, no final da qual pendia um gafanhoto de brinquedo feito de folhas de coqueiro. Radana olhou para ela, depois para o gafanhoto balançando. Não reagiu; seus olhos eram apáticos. Mae se voltou para mim e suspirou:

— Na verdade, é para você.

Peguei o gafanhoto dela e o balancei na frente do rosto de Radana. Balançava para cima e para baixo, fazia-o girar, e imitei todos os tipos de barulho. Mesmo assim, Radana não reagiu. Continuei tentando, contando as pequenas crostas marrons no rosto dela que sobraram das mordidas infectadas, que pareciam olhinhos olhando para mim. A Organização tem olhos e ouvidos, como um abacaxi, pensei, rindo para mim mesma, imaginando Radana sendo a Organização. De repente, os lábios de Radana se curvaram em um sorriso e ela soltou uma gargalhada, que parecia um soluço. Mamãe abandonou a costura e se aproximou de minha irmã.

— Faça de novo — disse a mim. — Faça-a rir de novo.

Pelo resto da noite, tentamos fazer Radana rir, e ela ria, cada vez um pouco mais, e mais alto.

No dia seguinte, corremos do trabalho para casa para ver como estava Radana. Ela estava deitada sobre a esteira de palha onde a havíamos deixado, com a cabeça inclinada para um lado apoiada em seu pequeno travesseiro, com os olhos ligeiramente abertos. Mae estava sentada massageando sua barriga enquanto Pok cantarolava algum tipo de melodia popular, com uma voz rouca de uma taquara.

Mamãe se ajoelhou ao lado deles acariciando o rosto de Radana.

— Como está meu bebê? — Sussurrou, afastando a franja da testa de Radana, que parecia maior por conta do rosto tão magro.

— Chamou por você hoje — disse Mae —, *mhum mhum mhum*, e olhava para mim como se eu tivesse seios fartos!

Radana lambeu os lábios ao ouvir a palavra *mhum*.

— Ela deve estar com fome de novo — disse mamãe, observando-a com um amor extasiado, que pensei que também não devia ser revolucionário.

— Já lhe dei mingau — disse Mae. — Ela comeu como um leitão!

— E a mandioca? — Perguntei cautelosamente.

No caminho para casa, havíamos parado na casa de um morador e trocado o relógio Omega Constellation de papai por uma raiz de mandioca.

— É para Radana?

Eu não conseguia pedir diretamente. Sentia-me horrivelmente envergonhada por minha fome, achando que esse anseio constante por comida era uma espécie de ganância, uma fraqueza de caráter. Um nó se retorceu dentro de meu estômago.

— Não — disse mamãe —, é para você.

• • •

Mamãe me deu um prato com pedaços de mandioca cozida, polvilhada com açúcar de palmeira. Uma das palmeiras amantes ainda estava dando suco, e recentemente havia produzido o suficiente para que fervêssemos e fizéssemos um pequeno bloco. Senti o aroma, o calor da mandioca derretendo o açúcar, fazendo que cheirasse mais forte. Deitada na esteira, Radana estendeu a mão e murmurou:

— *Mhum... mhum... mhum.*

Parecia a vaca de Mae, pensei.

Mamãe balançou a cabeça para mim e disse:

— O estômago de sua irmã não está pronto para isso ainda.

— *Mhum* — disse Radana mais alto. — *Mhum!*

Era sua palavra para leite. Uma palavra de bebê que também servia para chamar mamãe.

— Estou aqui — disse mamãe. — Estou bem aqui ao seu lado.

Ela estalou a língua tentando desviar a atenção de Radana de meu prato.

— *Mhum!* — Radana gritou, mesmo que pouco parecesse um grito.

— Vou pegar um pouco de mingau.

Radana apontou para meu prato. Senti uma pontada aguda no estômago, que subiu para o peito e brotou, tentacular e radiante, como uma água-viva pulsando no escuro do mar. Recuei com a intensidade daquilo. Mamãe olhou para mim como se perguntasse: "O que foi?". Mas eu não podia explicar esse súbito e ardente amor por minha irmãzinha, que, de alguma forma, mais ou menos havia sido a maldição de minha existência — não por qualquer coisa que tenha feito, mas justamente por ser minha irmã pequena. E agora, embora ainda imune ao desespero e sem qualquer senso real de si mesma, parecia impulsionada pela mesma necessidade física que a minha — matar a fome, manter-se viva. Ela continuou apontando para meu prato.

— Sim, isso é mingau — mentiu mamãe. — Vou pegar um pouco.

— Não! — Radana gritou sacudindo a cabeça — Qué isso!

— Eu sei — mamãe a levantou da esteira. — Quando ficar melhor, vai comer.

Voltando-se para mim, ordenou.

— Vá comer lá fora, e termine logo!

Comi tão rápido que queimei a língua.

• • •

Mais tarde, naquela noite, Radana chorou até dormir, murmurando:

— Mhum... mhum... mhum...

Lá fora, a vaca de Mae respondeu:

— *Muuuuu... muuuuu... muuuu!*

Apertei as mãos sobre os ouvidos. Mas eu ouvia mesmo assim. Era insuportável.

Vinte e um

"Radana morreu." Mamãe me acordou para dizer isso. Ela não estava chorando. Apenas se sentou em um canto, abraçando o travesseiro de Radana contra o peito.

— Queria tanto que ela melhorasse... — murmurou. — Queria tanto que ela melhorasse...

"Não estou entendendo. Quando ela morreu? Como?"

— Mas ela morreu — mamãe entoava —, ela morreu...

Esfreguei os olhos, afastando o sono, e vi Radana deitada ao meu lado. Sacudi-a, primeiro devagar, depois fortemente. Ela não se mexeu. Esperei. Não havia um som.

— Radana — sussurrei, e depois mais alto —, Radana!

— Tudo que ela queria era comer — mamãe balançava para trás e para a frente. — Se eu soubesse...

Suas palavras giravam em torno de minha cabeça como um laço girando em círculos, pronto para me estrangular.

— Mas agora é tarde demais. Tarde demais para mandioca. Tarde demais para açúcar. Para tudo. — Ela riu. — Sua última refeição.

Ouvi ruídos abaixo de nós. Olhei para baixo, e através do piso de ripas de bambu, vi uma tocha acesa e Pok trabalhando ao lado dela. Serrava e martelava. Um caixão para Radana.

"Ela morreu."

As estrelas haviam saído para ela, reunindo-se na porta, piscando em silêncio. Tudo parecia familiar. Eu não sabia por quê. Radana já havia morrido alguma vez antes? Lembrei-me do bebê de Mr. Virak, a rapidez com que havia escapado. Radana não podia estar morta. Ela estava melhorando. Isso era um sonho. Tinha de ser. "Acorde! Acorde, Radana. Por favor, acorde..."

— Venha, filha — disse Mae —, ajude-me a preparar sua irmã.

Ela pegou Radana no colo. Na esteira de palha, vi uma forma molhada; o corpo de Radana impresso em suor. Ou talvez a forma de seu espírito, uma concha deixada para trás. Mae a despiu e a colocou na grande vasilha que usávamos para ferver o suco de palmeira. Não havia outro lugar onde colocá-la.

Olhei para seu corpo, agora que ela já não estava nele. Sua caixa torácica. Seus braços. Os ossos do tórax, como duas mãos com os dedos abertos, protegendo seu coração, cada osso fino como os dedos de mamãe. Derramei água nela enquanto Mae a lavava com um pano. Desejei saber cantar como um monge. Fiquei imaginando o que se diria para abençoar alguém que não podia mais ser abençoado — "Espero que a floresta aonde seu espírito vai não tenha mosquitos. Espero que a malária não a siga até lá. Espero que seu sofrimento termine aqui e agora..."

Quando terminamos, Radana cheirava a açúcar de palmeira queimado. Mae a secou e a levou de volta para a esteira de palha. Mamãe saiu de seu canto gemendo, ainda incapaz de derramar lágrimas. Eu já imaginava isso — ela *era* um fantasma, seu espírito havia ido embora com o de Radana. Queria pedir a Pok um prego do caixão. Queria pregar o espírito de mamãe em seu corpo. Queria pregá-la em mim.

Ela escolheu o vestido de cetim branco que havia consertado para quando Radana melhorasse, o vestido não revolucionário com corpete de shantung brilhante, a saia de tule rendado, a fileira de rosas na gola, e o arco em forma de borboleta nas costas, que imaginei que bateriam como verdadeiras asas de borboleta quando corria. Uma mariposa branca perseguindo um sonho em forma de menina. Branco. Sim, lembrei. Branco, a cor do luto. Não preto, como a cor da Revolução. Nem açafrão, dos monges que desapareceram.

Radana havia ido embora.

Morrera enquanto eu estava dormindo. Mamãe colocou o vestido em Radana.

— Durma, durma — cantarolava, como uma mulher brincando de casinha com uma boneca sem vida. — Ainda não amanheceu, durma...

Ela estava falando comigo ou com Radana?

Ela me acordou para dizer que Radana não ia acordar mais.

Nunca mais. Temporário era para sempre, e para sempre era agora. A morte era agora e eternamente. Sempre me lembrava disso.

Mamãe devolveu Radana a Mae, que pegou o *sampot hol* cor de berinjela que ela lhe havia dado de presente quando chegamos, e envolveu Radana com ele, enfaixando-a como um recém-nascido, de modo que apenas seu rosto aparecia. Então, deitou-a ao meu lado e cobriu nós duas com um cobertor. Coloquei o braço em volta de minha irmã e a segurei firmemente, como se o calor de meu corpo pudesse aquecer seu corpo novamente.

— Era ainda um bebê — chorou Mae. — Um bicho-da-seda em seu casulo.

— Uma borboleta que ainda não nasceu — repetiu mamãe, balançando-se para a frente e para trás.

"Mas amanhã é seu funeral."

Na manhã seguinte, enquanto nos reuníamos na plataforma de bambu sob a cabana, a Gorda apareceu vestida de preto com um olhar presunçoso no rosto. Trouxe as outras esposas do Kamaphibal consigo. "Membros da Comissão Fúnebre", disse ela.

— Somos suas camaradas, camarada — fez mamãe recordar. — Viemos lhe oferecer nosso apoio.

Fosse o que fosse esse apoio delas, não serviria. Mamãe só queria Radana.

— Está adotando a atitude correta, camarada Aana. Lágrimas são sinal de fraqueza.

As outras murmuraram em anuência. Eram jovens como mamãe, todas com seus próprios filhos; mas não entendiam sua tristeza. Elogiaram-na por ser forte, por não chorar.

— O arrependimento é veneno. Chorar pelo passado vai contra o ensinamento da Revolução. Você está no caminho certo para se tornar uma verdadeira revolucionária.

Mamãe olhou para elas; não respondeu. Elas a cercaram como abutres em volta de uma galinha mãe, com os olhos sobre seu filhote morto, gananciosos e esperando.

Pok havia terminado de construir o caixão. Levantou Radana para colocá-la dentro dele, e então uma lágrima caiu de seus olhos e rolou pelo rosto dela, de modo que parecia que minha irmã estava chorando, como se sofresse por sua própria morte. À luz da manhã sua pele era tão branca quanto o vestido que usava, e seus olhos, notei, já não deslizavam para a frente e para trás debaixo de suas pálpebras fechadas, como faziam quando ela sonhava. "Morrer é quando você fecha os olhos", papai tentou me explicar uma vez, "dorme sem sonhar". Radana morreu. Já não sonhava mais.

Elas levariam o caixão para enterrar, explicou a Comissão Fúnebre. Em algum lugar entre os campos de arroz. Um corpo não devia ser desperdiçado. Radana fertilizaria o solo. Serviria à Revolução melhor do que quando era viva. Devíamos estar orgulhosos. Os homens e mulheres que sacrificaram a vida pela Revolução eram enterrados dessa forma. Não tinham caixão. Radana teve sorte, ela tinha um caixão. Era uma morte burguesa, a dela.

— Não haverá cerimônia religiosa. — A Gorda queria ter certeza de que estávamos entendendo. — Cerimônia é um costume feudal dos ricos. E não haverá oração. A oração é um falso conforto. Isso não vai trazer a criança de...

— Já chega! — interrompeu Pok.

Fechou o caixão e pregou a tampa.

Mamãe entregou à Gorda o resto das roupas de Radana, cuidadosamente dobradas e empilhadas em um pacote amarrado com a fita vermelha que ela havia comprado da menina que vendia jasmins de ano-novo, quando estávamos abandonando Phnom Penh. Quando vermelha era sua cor favorita; quando ela era jovem, forte e bonita.

— Por favor, leve isto...

Ela queria que a fita e as roupas fossem enterradas com Radana?

— Sua filha não vai precisar dessas coisas aonde vai — disse a Gorda.

— Mas não se pode mandar um filho para o próximo mundo sem seus pertences! — Protestou Mae. — Tenha piedade de sua alma!

— O vestido já é suficiente! — Rosnou a Gorda. — O resto é luxo burguês!

— Por favor... — mamãe murmurou de novo.

Todo seu corpo tremia enquanto ela segurava o pacote. Em seu colo estava o travesseiro de Radana, escurecido pelas manchas de suor seco de todo o tempo que Radana jazera nele, ardendo em febre. Era muito velho e sujo para ser levado para a próxima vida ou ser de alguma utilidade na presente. Ninguém notou isso. Todos eles mantinham os olhos no pacote.

Por fim, a Gorda o pegou.

— Vamos ver o que pode ser feito — disse ela, colocando o pacote debaixo do braço. — Podemos levar o caixão nós mesmas. Nenhum de vocês precisa ir.

Mamãe assentiu, levando o travesseiro de Radana ao peito.

Olhei para ela com o pânico subindo por minha garganta. "Não fique sentada aí! Faça alguma coisa! Diga-lhes para trazer Radana de volta. Ela não está morta! Por que você fica aí sentada abraçando esse estúpido travesseiro? Traga Radana de volta! Ela não está morta! Traga minha irmã de volta!"

Pulei da cadeira e segui o Comitê Fúnebre pela estrada com o coração socando meu peito como o pequeno punho de Radana batendo na tampa do caixão enquanto gritava: *Deixem-me sair!* Ou era minha própria raiva?

— Aonde a estão levando?

— Você não precisa saber! — Sibilou uma delas. — Não nos siga.
— Deixe-a — riu a Gorda. — Deixe-a seguir a irmã, se quiser.

Quando ficamos sozinhas de novo, mamãe deixou escapar um grito doloroso. Fui para mais perto dela oferecendo meu coração — meu amor — para se partir, para que ela não precisasse partir o seu; mas ela só gritou mais alto, levantando a cabeça como a mãe cobra que uma vez vi Pok e um grupo de homens tentando pegar para comer. Os homens haviam cavado um buraco no chão, não muito longe do ninho dela, e colocado nele uma panela de água fervente. Escondidos atrás de uns arbustos, usaram uma longa vara de bambu para invadir o ninho e rapidamente rolar um dos ovos para panela, em meio ao frenético sibilo da cobra. Ela empinou a cabeça para a panela com seu ovo dentro, soltou um sibilo — tão humano e triste que chorei por ela — e mergulhou na água escaldante. Se houvesse uma panela de água fervente a nossa frente agora, mamãe teria feito o mesmo.

— Quero meu bebê de volta!

A culpa era minha, claro. Radana morrera por minha causa. A certeza disso tomava conta de mim, conforme relembrava todas as vezes que havia desejado que ela tivesse poliomielite também, para que pudéssemos ser iguais. Agora ela estava morta. Eu não a havia amado tão completamente quanto eu mesma havia sido amada, e, embora houvesse jurado que a amaria, já era tarde demais. A morte havia cavado um buraco no chão e posto sua armadilha.

— Meu bebê! — Mamãe gritou de novo. — Quero meu bebê!

Pok se aproximou e me puxou para longe, protegendo meu corpo com o seu, bloqueando-me contra os gritos de mamãe, sua devastação.

Mais tarde, encontrei refúgio sob as palmeiras amantes. Eu queria ficar sozinha, esconder-me de todos, do mundo. Pok vinha do rio, andando pela estrada de terra com uma vara de pescar em uma mão e dois bagres amarrados em uma folha de videira na outra. Quando passou pela vaca ao lado do palheiro, deu-lhe um tapinha. Ela soltou um melancólico *Muuuu.* Ela parecia qualquer outro bovino, sem graça e desinteressante, até que mugia; só então se percebia que ela ainda estava de luto, capaz de uma tristeza constante, como se a morte, a consciência dela, fosse uma consciência universal, o *thor* que nos permite simpatizar com outro que não é de nossa própria espécie. O bezerro entalhado de madeira, que Pok havia amarrado em volta do pescoço dela com uma corda, não havia feito bem algum. Ele ficava ali, como um lembrete constante do bebê que ela havia perdido, e, olhando para ela agora, desejei para esse animal de luto uma doença humana — o esquecimento.

Pok balançou a cabeça e seguiu em frente. Afastei-me, apertando o corpo contra uma das palmeiras. Não queria falar com ele. Só queria ficar com as palmeiras. A solidão delas conversava com a minha, com minha sensação de isolamento. Mas Pok me viu. Aproximou-se e sentou com as costas apoiadas na outra palmeira. Por um minuto ou dois ele se manteve em silêncio, e evitamos os olhos um do outro. Então, ele inclinou a cabeça para trás, e, olhando para cima, disse:

— Você sabe qual é *thnoat oan* e qual é *thnoat bong*?

Eu não disse nada.

— Certa manhã, essa nasceu de uma semente — ele prosseguiu apontando para a palmeira em que eu estava encostada. — Várias manhãs depois, este brotou. — Voltou-se e deu um tapinha na palmeira onde estava encostado. — Da mesma semente. Nós as separamos e as plantamos nesses dois lugares, com distância suficiente entre elas para que, quando estivessem frondosas, não ficassem superlotadas e tivessem mais frutos. Mas, o engraçado foi que cresceram inclinando-se uma para a outra, a cada ano um pouco mais, até que seus troncos se cruzaram, como estão agora. Nós pensamos nelas como nossas filhas. Ou, pelo menos, os espíritos dos filhos que poderíamos ter tido, que queríamos ter, e foi por isso que as chamamos de *thnoat oan* e *thnoat bong*.

Todo esse tempo pensei que eram amantes; eu devia saber que *oan-bong* também significa irmão mais novo e irmão mais velho.

— Agora, ao que parece, uma parou de dar suco, e pelo jeito daquela folhagem, não vai mais dar. — Ele fez uma pausa e engoliu. — Mas a outra, esperamos, vai continuar.

Deixou passar alguns minutos em silêncio, e então, olhando para cima novamente, disse:

— Esses abutres! Faz dias que os vejo.

Desamarrou o *kroma* que prendia sua camisa e girou-o no ar acima de nós, como se isso fosse suficiente para perseguir os abutres lá longe.

— Você e sua irmã serão sempre conectadas. Você era a irmã mais velha dela. Você cuidou dela, protegeu-a — sim, protegeu — o melhor que pôde, e agora ela vai cuidar de você e protegê-la.

— Ela está morta.

Ele se levantou, e, com sua armadilha e peixes, seguiu seu caminho. Eu me sentia pior.

Não era culpa dele. Estava só tentando me ajudar.

Deitei-me na grama observando os abutres circulando acima de mim. Fechei os olhos e imaginei como seria a sensação de deslizar para longe e flutuar no céu.

Para onde está correndo?

— Acorde, criança! Acorde!

Senti uma mão me chacoalhando. Abri os olhos e vi o rosto de Mae olhando para mim.

— Você poderia ter sido mordida por um animal — disse ela, segurando uma tocha. — Não vê como a noite é escura? O que está fazendo aqui ainda?

Olhei em volta sem saber onde estava.

— Onde ela está?

— O que você está dizendo? Onde está quem?

— Radana.

— Você devia estar sonhando.

Ela me ajudou a levantar.

Para onde você está correndo? É assim que seu nome soa em cambojano quando falamos bem rápido — *Rad'na. Para onde você está correndo? Onde está se escondendo?* Sonhei que estávamos brincando de esconde-esconde.

— Venha, vamos para dentro — disse Mae, segurando a minha mão e me puxando para casa.

Olhei o céu da noite e vi uma estrela cadente, e depois uma piscando. Em algum lugar lá fora, uma criança morreu e outra nasceu.

Mae umideceu um pano em uma tigela com água e o colocou na mão de mamãe. Ela olhou para ele como se não soubesse o que era. Então, lentamente, levou-o ao rosto e o esfregou nele, no mesmo lugar várias e várias vezes. Enquanto eu me preparava para dormir, tentei não fazer barulho ao trocar de roupa. A última coisa que eu queria era lembrar-lhe que eu estava ali, em vez de Radana. Mamãe deixou cair a toalha no chão e se deitou ao lado dela. Mae sentiu sua testa.

— Você está ardendo — disse ela, e lhe entregou um pequeno comprimido amarelo. — Achei no meio de suas roupas.

Tetraciclina, eu me lembrava.

Mamãe olhou para o comprimido e sussurrou:

— Era minha esperança, até o fim...

— Tome — disse Mae —, talvez a ajude.

Mamãe riu. Mae levantou a cabeça, abriu a boca e colocou o comprimido dentro. Mamãe engoliu. Afastou de Mae, e, ao me ver, disse:

— Você era minha esperança, até o fim, minha esperança até o fim...

— Vamos acabar de lavar você — disse Mae. — Vamos, levante o pescoço.

— Por favor, deixe-me sozinha.

— Tudo bem, minha criança, vou deixar você em paz.

— Eu quero morrer.

De manhã, mamãe parecia melhor. A febre havia ido embora. Lá fora, na plataforma de bambu, olhou para o mingau à sua frente, mexendo--o com a colher. Mae tentou fazê-la comer.

— Se vai aos campos, precisa de força.

Mamãe começou a cantar baixinho, com palavras ininteligíveis, mas a melodia era uma canção de ninar, que ela sempre cantarolava para Radana quando a punha para dormir. Na outra ponta da plataforma de bambu, Pok olhava como se quisesse dizer alguma coisa, mas não conseguia. A dor de mamãe o silenciava; cortou sua língua.

— É uma aldeia pequena — disse Mae finalmente. — Alguém pode ter visto onde... onde ela foi enterrada.

— Não quero saber! — Cortou mamãe. — Se souber, vou me enterrar ao lado dela. Não quero saber!

E voltou para seu canto.

Foi a coisa mais coerente que ela disse desde a morte de Radana. Sacudiu-me até a medula.

Nos campos, a Gorda se dirigiu a ela.

— O que diz aqui? — Perguntou, segurando alguma coisa.

Mamãe olhou.

— Omega Constellation — mamãe respondeu, com voz distante. — Uma vez, ele o deixou na chuva, e achei que poderia ter estragado, mas é à prova d'água.

— À prova d'água? O que significa isso?

— Nada pode penetrá-lo... nem a água... nem as lágrimas...

Ela se afastou da Gorda, passando por mim como uma coluna de fumaça.

Vinte e dois

Era estação de plantio novamente, e como ondas rolando pela paisagem, os campos de arroz passaram do ocre ao jade. Uma eternidade se passou desde a morte de Radana. Enquanto a maioria das pessoas se juntava em grupos de três ou quatro para plantar, confortando-se na companhia um do outro no meio da imensidão, mamãe trabalhava sozinha, afastando-se dos outros, de qualquer tentativa de conforto, como se sua dor fosse seu memorial para Radana, o *stupa* que havia erguido em desafio a esse renovado verdor. Ninguém podia alcançá-la. Ninguém poderia quebrar sua dureza. Ela flutuava de um lugar para o outro, inacessível dentro de sua tristeza cor de colheita, como uma libélula maravilhosamente preservada em âmbar.

Certa noite, na esperança de forçar a passagem para dentro dela, decidi fugir. Eu me escondi nos bosques de bambu atrás da cabana. Queria que mamãe se preocupasse. Queria que ela pensasse que eu havia caído no rio e me afogado. Ela ficaria triste. Choraria, como nunca pôde chorar por Radana, com lágrimas que, se recolhidas, chegariam mais fundo que o rio à minha frente. Confortei-me com o pensamento de sua tristeza inconsolável por mim, enrolando-a como um cobertor em volta de meu corpo.

O céu escureceu e meu coração ficou frágil pela consciência de que eu sentia falta de mamãe mais do que ela provavelmente sentia de mim. A noite chegou. Estava com muito medo. Abandonei minha determinação de fazê-la parar de sofrer e voltei para a cabana.

Mamãe estava esperando na escada. Mas, quando cheguei perto dela, não me perguntou onde estava. Sequer olhou para mim, e sua recusa a fazê-lo, seu silêncio inquebrável, todos os seus movimentos e quietude confirmaram meu maior medo: que eu era a filha que vivia, não a que ela queria. Ela se levantou e entrou.

Segui-a até a cabana, e, quando ela se deitou na esteira de palha, deitei-me ao seu lado. Passei meu braço em volta dela, logo abaixo do esterno, onde eu sentia seu coração bater como um pequeno pássaro se atirando contra as barras de uma gaiola. Eu queria que ela sentisse o amor, seu peso e seu toque, mesmo que fosse só o meu, não o de papai ou de Radana.

— Mamãe — sussurrei.

Foi a palavra que abriu as comportas.

— Como você, Raami, cresci ouvindo histórias. Toda noite meu pai me contava a história do Buda. O Buda foi apenas um homem, dizia ele. Um príncipe que um dia deixou sua esposa e filhos para buscar a resposta de por que as coisas são do jeito que são, por que as pessoas adoecem e morrem, e assim por diante. Meu pai disse que um grande aprendizado tem um grande custo, e às vezes temos de desistir daquilo que é o mais próximo de nosso coração. Um dia, quando eu tinha nove ou dez anos de idade, meu pai abandonou a família para se tornar um monge budista. Ele deixou minha mãe com sete filhos para cuidar e uma enorme terra com pomares de coco para cuidar e manter. Minha mãe ficou arrasada. Ela era infeliz, para dizer o mínimo. Certa tarde, ela pegou uma tocha e queimou toda a terra, e depois ateou fogo em si mesma. Sua morte me deixou confusa e com raiva. Eu não entendia por que ela havia se matado. Fui ao templo no qual meu pai era monge para buscar conforto nos braços paternos. Mas ele se manteve afastado; como monge budista, era proibido de tocar um devoto, mesmo que fosse sua própria filha. Voltei minha raiva para ele. Queria saber por que ele havia ido embora. "Lembre-se da história de Buda", disse ele. Foi isso. Isso foi tudo que ele disse. E me mandou de volta para casa. Durante anos, tentei procurar a resposta na história de meu pai — a resposta para a infelicidade de minha mãe, sua angústia e dor. E não entendi. Como ela podia ter feito aquilo para si mesma, para nós, para mim? Em um piscar de olhos, ao que parecia, eu havia perdido tudo, minha casa, meus pais e meus irmãos e irmãs, que foram divididos e mandados para casas de parentes. Tudo e todos se foram.

Ela suspirou e prosseguiu:

— Quando você nasceu, queria que tivesse algo diferente. Queria lhe dar uma realidade mágica e encantadora. Uma realidade diferente da minha. Então, criei para você um mundo rico de coisas que podia ver, tocar, sentir e cheirar — as árvores, as flores, os pássaros, as borboletas, as esculturas nas paredes e as grades da varanda de nossa casa. Essas coisas são reais, Raami. Reais e concretas. As histórias não; são inventadas, eu pensava, para explicar aquilo que é muito doloroso dizer em linguagem simples e clara. Lembro que meus pais brigavam o tempo todo. Eles não eram pessoas raivosas, mas tinham sempre raiva em torno de si, um com o outro, e, quando criança, sempre pensei que era porque eles eram diferentes um do outro e queriam coisas diferentes. Minha mãe queria viver na cidade, entre lojas e restaurantes. Queria viver cercada de inúmeros vizinhos e amigos. Meu pai era mais feliz quando estava sozinho, longe de tudo e todos. Isso foi o que vi. O que não vi, e que meu pai poderia ter me contado em linguagem simples e clara, foi que ele e minha mãe não se amavam. Nunca se amaram, e isso não só os destruiu, como também destruiu a nós, as crianças, rasgando em pedaços nosso mundo e nos separando.

Houve alguns segundos de silêncio.

— Assim, decidi que o amor cercaria meus filhos. Tentei construir para você e sua irmã um mundo no qual todos se amavam e ambas eram amadas com a mesma abundância. O amor era sua realidade, e você nunca teria de inventá-lo, procurá-lo em palavras obscuras, como as proferidas por meu pai: *Às vezes, temos de desistir daquilo que é mais próximo de nosso coração.* Não, essas palavras não significam nada. Não me dizem quanto ele amava minha mãe ou quanto amava os filhos. O amor deve ser simples e claro. Deve existir nas coisas cotidianas que vemos e tocamos. Pelo menos era o que eu pensava... Mas o amor, agora eu sei, se esconde em todos os tipos de lugares, existe no recanto mais triste do coração, e você não sabe quanto realmente ama alguém até que ela se vai. Eu percebo, com muito pesar, que todo esse tempo eu amei uma filha mais que outra. Não, não o amor no sentido de que eu trocaria você por Radana, ou o contrário. Mas o amor no sentido de acreditar. Você teve poliomielite e sobreviveu. Nunca adoeceu de novo, como se a pólio lhe houvesse dado imunidade contra todas as outras doenças. Desde então, eu nunca hesitei na crença de que você nasceu para viver. Mas Radana era diferente. Eu acreditava secretamente que os deuses a haviam emprestado a mim por minha tristeza; a tristeza de ver você andar e saber que ninguém, nenhuma mãe, vai vê-la tão bonita como eu a vejo, que sua beleza é sua força, sua capacidade de se levantar de um tombo e voltar a andar, como já vi você fazer muitas vezes, com a poliomielite e com outras coisas. Então, quando Radana adoeceu, eu só conseguia pensar: ela não tem sua força, sua capacidade de resistência. Ela nunca havia ficado doente, doente de verdade. Eu não sabia se ela sobreviveria à malária como você sobreviveu à pólio. Ao observá-la, ao ver como ficava cada vez mais fraca, eu acreditava que ela ia morrer. Nesse sentido, eu amei você mais que amava sua irmã, porque, mesmo quebrada e imperfeita, eu nunca hesitei na crença de que você pertence somente a mim. Você é minha para amar e manter, mesmo quando meu mundo desaba em volta de mim, mesmo quando tudo é arrancado de meu coração. Não tenho histórias para lhe contar, Raami. Só existe esta realidade: quando sua irmã morreu, eu queria morrer com ela. Mas lutei para viver. Eu vivo por você, para você. Eu escolhi você a Radana.

Um nó se formou em minha garganta. Por muito tempo tive inveja de sua proximidade com minha irmã, acreditando que o vínculo delas decorria de sua semelhança física, sua beleza compartilhada. Agora, eu via sua beleza pelo que era — o autodomínio contra a perda, sua própria infância roubada. Todos esses anos ela havia tirado força do silêncio, ao passo que eu buscava consolo nas palavras. Engoli meu remorso e a apertei com mais força.

— Pode haver momentos em que não consiga olhar para você, falar com você. Mas deve saber que em você eu me vejo, em você vejo minha dor horrível. Não somos tão diferentes, você e eu.

Como isso era possível? Ela já havia vivido uma vida inteira — aos dezoito anos se casara com papai, dez anos mais velho, e então dera à luz eu e Radana, chorara a morte de minha irmã e agora enfrentava a possibilidade de me perder. Todo esse tempo ela realmente suspeitava que minha irmã ia morrer?

Lembrei que, pouco depois de Radana nascer, eu havia acompanhado mamãe a uma cartomante que lhe dissera que Radana não era para ser. "O quê?" Mamãe ficara atônita. A vidente, imperturbável, chegara a sugerir que deixássemos Radana temporariamente com parentes afastados para enganar os deuses, para proteger minha irmã. Mamãe, furiosa, saiu da sala, esquecendo-se de me levar junto. Voltou logo depois, mas, no pouco tempo que esteve fora, a cartomante se dirigira a mim e dissera: "Você é a filha mais próxima do coração de sua mãe". Eu tinha apenas cinco anos, mas, com a indignação de uma mulher adulta, respondi: "Você está mentindo! Nós não vamos pagar!".

Porém, agora, parecia que a cartomante havia vislumbrado algo que nós não pudemos ver: a proximidade do sofrimento de mamãe do meu.

Um dia, de repente, fomos chamados à casa de Bong Sok para uma reunião com o chefe do Kamaphibal. Quando entramos no complexo, imaginei o fantasma do latifundiário caminhando ao meu lado, apegando-se a cada detalhe de sua existência anterior. Cocos, cana-de-açúcar recém-colhida e vagens de macela se esparramavam pelo terreno debaixo da casa, lembrando cabeças e membros decepados. Sacos de arroz, milho e mandioca forravam a escada como sentinelas sem cabeça agachadas. Em meio à escassez e à privação crônica, esse aglomerado concentrado de abundância parecia grotesco e me provocou náuseas; tive a nítida impressão de estar entrando em uma sepultura aberta, na qual o chão estava coberto pelos pertences dos mortos. De algum lugar atrás da casa, entre árvores e arbustos, ouvi o murmúrio de pequenas vozes — um menino e uma menina rindo, cochichando, olhando para nós, talvez, discutindo o que ia acontecer

—, mas eu não ousava olhar, com medo de ver os fantasmas dos filhos do latifundiário. Mantive o olhar na porta aberta e segui mamãe até a escada, engolindo em seco, com nervosismo, controlando o impulso de me abaixar sobre os trilhos de madeira e vomitar de medo. Os passos ritmados de mamãe, sua calma bem treinada, como se ela soubesse o que estava por vir, assustaram-me ainda mais.

Lá dentro, cortinas franzidas, que um dia talvez haviam sido de um belo vermelho-escuro e agora se deslustravam em um marrom-terra, envolviam as janelas gradeadas. Bong Sok e a Gorda estavam descalços sobre uma esteira de palha no meio de outra sala vazia. Vestindo o preto revolucionário de costume, pareciam um par de estátuas que só ganhavam vida na presença de outro ser humano. Ao entrarmos na casa eles se moveram, mexendo os ombros e membros levemente, mas suas posturas permaneceram eretas, e os rostos, inexpressivos. Ambos cumprimentaram mamãe com um aceno solene. Então, Bong Sok se abaixou para que sua cabeça ficasse à mesma altura da minha. Com a mão apoiada em meu ombro, examinou-me com seus olhos encobertos.

— Qual é seu nome, pequena camarada? — inquiriu.

— R-Raami — gaguejei.

— Que nome bonito! Vou querer me lembrar. Pode soletrá-lo para mim?

Antes que eu pudesse abrir a boca, mamãe limpou a garganta e perguntou:

— Pode me dar um pouco de água?

Bong Sok fez um sinal para a Gorda. Quando ela desapareceu nos fundos da casa, ele se sentou na esteira de palha, gesticulando para que fizéssemos o mesmo.

— Sabe, muitas vezes as crianças são melhores revolucionários que nós, adultos. Elas são honestas. Não é mesmo, camarada Raami? Você poderia soletrar seu nome para mim? É muito incomum. Não parece cambojano. Francês, talvez? Ou inglês.

Abri a boca, mas, mais uma vez, mamãe intercedeu.

— Elas são boas contadoras de histórias.

— Como é? — Bong Sok ergueu uma sobrancelha.

— As crianças são boas contadoras de histórias — mamãe forçou um sorriso. — Como esta. Ela tem uma história para tudo.

— Você deve conhecer muitas histórias, então — disse a Gorda, voltando para a sala com uma tigela de coco com água, que entregou a mamãe.

— Obrigada — disse mamãe, e, em vez de beber ela mesma, entregou-a a mim.

Eu bebi e entreguei a vasilha de volta para ela. Depois de todo o trabalho de pedir, ela mesma mal tomou um gole.

— Por que não nos conta um pouco sobre si mesma, camarada Aana? — disse a Gorda.

— Eu sou uma revolucionária.

— Não brinque conosco, camarada. Onde você foi educada? No exterior ou em nosso país?

— Eu nunca fui à escola — mamãe respondeu calmamente. — Eu era uma criada.

Bong Sok fez um sinal à esposa com o olhar para que parasse com o interrogatório. Era seu trabalho interrogar e infundir medo.

— Você não sabe ler nem escrever, então? — perguntou ele.

— Não.

— Nem um pouco?

— Sim. Quero dizer, não, nem um pouco.

— Camarada Raami, essa mulher é sua mãe de verdade?

Olhei para mamãe. "Sim, ela é minha mãe, e é de verdade." Assenti.

— Ela era criada, uma babá?

Balancei a cabeça afirmativamente de novo. "Minta, mesmo que sinta medo; especialmente quando sentir medo."

— O que ela fazia?

— Ela nos dava leite.

— Dava leite a quem?

— A mim e a Radana.

— Você não quer dizer a eles, aos filhos de quem sua mãe cuidava?

Balancei a cabeça.

— A eles também.

— Eu amamentei os filhos de minha patroa, bem como minhas próprias filhas — explicou mamãe.

Bong Sok tirou algo do bolso. Era o Omega. Empurrou-o na direção de mamãe.

— Pode me dizer o que tudo isso significa?

— Se eu soubesse ler uma língua estrangeira — disse mamãe, sem sequer olhar para o relógio —, talvez pudesse.

— E você sabe que essa é uma língua estrangeira? — Perguntou ele.

— Não, mas imaginei... já que não reconheço nenhuma das letras.

— Vou lhe dizer o que está escrito: *Omega, Automatic, Chronometer, Officially Certified, Constellation, Swiss Made*, e, como você disse a minha esposa, mas juro que não encontrei escrito em nenhum lugar do relógio: *Nada pode penetrá-lo, nem água, nem lágrimas.*

Ele fez uma pausa, observando-a por baixo de suas pálpebras encapuzadas.

— Não sei, mas acho que vou ter que acreditar em suas palavras. Afinal de contas, é seu relógio, e você deve saber se é ou não à prova d'água. Você também deve saber que uma criada não poderia ter um instrumento estrangeiro tão valioso.

Mais uma vez ele observou mamãe, e a seguir, depois de um momento, disse:

— Você sabe ler e escrever cambojano, camarada Aana? Você certamente sabe um pouco de inglês, pode até ser fluente em francês, como muitas vezes é o caso de pessoas de sua classe.

— Não, eu... — mamãe tropeçou.

— Tem certeza? Tem certeza, camarada, de que está dizendo a verdade?

Mamãe não respondeu. Eu não sabia aonde ele estava tentando chegar, o que queria que mamãe admitisse que ele já não soubesse. Não, ela não era uma criada, e sim, ela sabia ler e escrever, sim, ela estudou, mas aparentemente ele também. Ele podia ler uma língua estrangeira, ou pelo menos o que estava escrito no relógio.

— Você sabe a gravidade do seu crime? — Perguntou ele. — Esse deliberado disfarce que você inventou para nos enganar?

Mamãe não respondeu.

— No Camboja Democrático — esgueirou-se a Gorda — não temos espaço para pessoas como você.

Bong Sok silenciou sua esposa com um olhar, e, voltando-se para nós, concluiu:

— A punição será decidida. Vocês podem ir agora.

Do lado de fora, os dois filhos estavam brincando. Pensei que eram fantasmas dos filhos do latifundiário, mas, na verdade, eram pequenas cópias de Bong Sok e da Gorda. O filho fingia que era um soldado revolucionário, e sua irmã o inimigo capturado, sua prisioneira prestes a ser executada. Ele apontou um galho para ela, que estava de olhos vendados, ereta contra uma árvore, com os pulsos à frente frouxamente amarrados com um pedaço de corda desfiada. Quando o menino nos viu largou a arma falsa, e a prisioneira, sentindo que algo estava acontecendo, desamarrou-se e retirou a venda dos olhos. Os dois se aproximaram de nós.

— Camarada irmão — perguntou a menina, imitando meus movimentos —, por que ela está andando assim?

Ao meu lado, mamãe começou a gemer, pegando minha mão. O vestido que a menina usava era pequeno demais para seu corpo gordo. O cetim branco estava amarelo de sujeira e suor; a maioria das rosas de seda ao longo da gola ausentes, e o arco em forma de borboleta havia desaparecido.

Mamãe deixou escapar um soluço. Puxei-a dali.

— É só um vestido, mamãe. Só um vestido.

Naquela noite, um soldado revolucionário invadiu a cabana.

— Arrumem suas coisas! — Ordenou. — Não vocês — empurrou Mae e Pok e apontou para Mamãe e eu. — Vocês duas!

Obrigou-nos a descer as escadas. Mae soltou um grito histérico:

— Não, não, você não pode levá-las!

Lá fora, ela se jogou a seus pés:

— Por favor, não as leve!

Pok saiu correndo, com nossos pertences a reboque!

— Aonde está levando nossas filhas?

— Elas não são suas! Elas pertencem à Organização! A nós, para fazer o que quisermos!

— Aonde vai levá-las? — Repetiu ele.

— Você não precisa saber!

— Diga-nos por que, então? Por quê?

— Vocês ficaram muito próximas. A Organização é a sua única família. Vocês deviam ter se lembrado disso.

— Pelo menos deixe-nos dizer adeus.

— Não! Não há necessidade!

Ele nos empurrou em direção ao carro de bois estacionado na entrada do terreno.

— Vão! Entrem!

— Eu sou uma camponesa! Seu estúpido! — Gritou Mae, sem medo, com o facão de Pok na mão. — Trabalho nesta terra desde antes de você nascer, e se isso não significa nada para você, vou cortá-lo e jogá-lo na plantação de arroz, e você pode apodrecer, e a Organização vai ter que falar comigo!

Surpreso com sua raiva exasperada, o soldado nos soltou. Empurrou-nos de volta para ela.

— Depressa — disse ele. — Despeçam-se.

Ela o encarou e ele se afastou, dando-nos privacidade.

Mae balbuciou e cacarejou, soluçando, sentindo nossos rostos no escuro. Dirigiu-se a Pok.

— Não sei o que dizer, não sei o que dizer. Ajude-me. Ajude-me a encontrar as palavras certas.

— Sempre soubemos que vocês não nos pertenciam — Pok entregou o pequeno travesseiro de Radana à mamãe. — Mas, ainda assim, amamos vocês.

Ele engasgou com as próprias palavras.

Mamãe estava certa. O amor se esconde em todos os tipos de lugar, no recanto mais triste do coração, na situação mais sombria e sem esperança.

— Já chega! — ordenou o soldado.

Pok e Mae se afastaram. Subimos no carro de bois. Uma luminária de querosene pendia do alto do arco de madeira que separava os dois bois. Outro soldado se empoleirava na frente do carro, e por uma fração de segundo meu coração pulou, pensando que era o mesmo rapaz que nos levara para Pok e Mae. Mas não era ele. Nosso condutor segurava as rédeas e a vara de bambu no alto, pronto para ir.

Pok se aproximou e colocou o resto de nossos pertences ao nosso lado. Estendeu a mão e bagunçou meu cabelo; abriu a boca para falar, e seus dentes pretos de noz-de-areca pareciam ainda mais negros à noite. Mas ele não pôde falar, fosse o que fosse que queria dizer.

O condutor estalou a língua, sacudindo as rédeas, e os bois começaram a se mover para frente. Chicoteou-os, e eles gritaram: *Muuuu! Muuuu!* No escuro, a silhueta da vaca de Mae respondeu, talvez pensando que seu bezerro havia voltado: *Muuuu! Muuuu!* Caminhou até onde Pok e Mae estavam e ficou nos observando.

— Sim, eu entendo — ouvi Mae dizer, dando um tapinha no animal. — Eu compartilho sua perda.

Quando o carro de bois rolou pela estreita estrada da aldeia, percebi pela primeira vez como estava frio e úmido. No pouco tempo que estávamos ao ar livre, o orvalho se instalara em meus cabelos e pele como se eu houvesse sido pulverizada com uma névoa fina. Olhei para trás, em direção à nossa cabana. Eu sabia que Pok e Mae ainda estavam ali, mesmo que não os pudesse ver. Nós os havíamos escolhido como nossa família, acima da Organização. Esse foi nosso crime, e, por isso, estavam nos mandando embora. Nossa ofensa era tão vaga quanto o castigo que nos esperava.

Seguimos para uma floresta; a luminária de querosene mal iluminava o caminho diante de nós. Mamãe me entregou o travesseiro de Radana. Abracei-o para me aquecer e apoiei a cabeça no colo dela. *Durma, bebê, durma*, cantei silenciosamente para mim mesma. *Ainda não amanheceu...*

A floresta nos enclausurou.

Vinte e três

Emergimos da escuridão em um campo aberto repleto de luz. Uma fogueira queimava, e aqui e ali havia fogos menores, como descendentes do maior, em torno do qual as pessoas se reuniam em grupos de quatro ou cinco, com seus pertences no chão ao lado. Muitas outras se reuniam em torno da fogueira maior, de cabeça baixa, em silêncio, movendo a boca em sussurros inaudíveis como carpideiras em volta de uma pira funerária, prestando homenagem ao morto. Nosso condutor deteve bruscamente o carro de bois e grunhiu para nós:

— Fiquem aí.

Soltou sua vara de bambu e foi falar com dois soldados revolucionários de guarda no meio de uma estrada pavimentada, grande o suficiente para ser uma das estradas nacionais que ligavam uma província a outra. Os outros soldados acenaram com a cabeça e levantaram o rosto em nossa direção em suas posturas lânguidas, indiferentes. O condutor voltou e disse:

— Esperem com os outros.

E então, sem dizer mais nada, entrou no carro novamente, virou-o e rodou de volta para a floresta.

Com nossos pertences, caminhamos através dos grupos de pessoas. Alguns se voltaram para olhar para nós conforme passávamos, mas ninguém nos cumprimentou, ninguém disse nada. Os únicos sons vinham da fogueira cujas brasas sibilavam ou crepitavam, e dos insetos noturnos cantarolando sem parar, invisíveis no mato circundante.

Encontramos um espaço embaixo de uma árvore com uma rala folhagem pendente. Um grupo de pessoas de faces magras e emaciadas abriu espaço para nós em um pedaço de grama ligeiramente úmido. Olharam para nós de forma penetrante, talvez pensando que podíamos ser membros perdidos da família que não conseguiam reconhecer direito. Quando não viram nenhuma semelhança, baixaram o rosto para o chão mais uma vez, como se estivessem de luto pelos mortos, movendo a bocas em um sussurro, um canto coletivo.

Abracei os joelhos com o queixo apoiado no travesseiro de Radana e os braços em torno das pernas para me manter aquecida. Sentia falta dela, do cheiro de seu cabelo depois que tomava banho, como a grama encharcada de chuva, o orvalho da meia-noite nas folhas de bambu. Era essa hora da noite em que era fácil cair no sono. Olhei em volta sentindo-me sonolenta, sem saber o que eu via e o que imaginava. Na ponta mais distante do campo aberto, um veado, ou talvez um daqueles raramente vistos *koh preys*, lambia o orvalho das folhas de bambu. A poucos metros de distância um homem se sentou de pernas cruzadas, com as palmas das mãos viradas para cima, no colo, como se estivesse lendo um livro. *Papai?*, pensei. Meu coração acelerou mais uma vez, mesmo com a mente alentecida pelo sono. Ele ergueu a vista. Não, não era ele. O homem inclinou a cabeça para trás, com as palmas das mãos levantadas, como se fizesse uma oferenda aos céus, e percebi que ele estava orando disfarçadamente, talvez implorando aos deuses que poupassem sua vida. Ou cantando um encantamento antes de sua morte.

Desviei os olhos e concentrei meu olhar nas imagens perto de mim, coisas que eu via claramente. Próxima de nós, uma mãe amamentava seu filho perto de uma pequena fogueira, enquanto o pai estava sentado, envolto em um cobertor, como uma tenda, segurando seu filho mais velho entre os joelhos. Mais uma vez vi papai, senti intensamente sua falta, a sensação de seus braços em volta de mim, a mesma posição que um dia me segurou. Talvez, pensei, não devesse desejar vê-lo. Ele não gostaria de estar ali. Eu o veria em breve, ele e Radana. Senti-os ao meu lado, seus espíritos, seus fantasmas. Logo eu estaria morta também. Por que mais teriam nos levado até ali?

— Além deste campo se encontra nosso destino...

— Sim, nossa sepultura comum.

Vozes ecoavam em minha cabeça, e no começo não conseguia separá-las de meus próprios pensamentos. Elas giravam em torno de mim como as mariposas batendo as asas sobre o campo, brincando com a fogueira, brincando com minha mente. Então ficou claro que pessoas estavam falando. Pensei que estavam sussurrando orações pelos mortos, quando, na verdade, estavam falando sobre si e sobre o que aconteceria a todos nós.

— Esses soldados vão nos matar — disse um homem, e outro respondeu:

— São só dois deles, e pelo menos cinquenta de nós. Podemos com eles.

— Eles estão armados.

— Sim, eles poderiam nos eliminar varrendo-nos com suas armas.

Meus olhos seguiram os movimentos dos soldados revolucionários. Andavam de lá para cá com passos apáticos de tédio e sono. Ainda assim seguravam suas armas, um equilibrando-a no ombro, o outro usando a sua como bengala. Não as abaixavam nem por um segundo, como se esperassem uma ordem que poderia chegar a qualquer momento. Seus olhares esvoaçavam ao longo da estrada pavimentada, que em cada extremidade desaparecia na escuridão. O que estavam esperando? Mais carroças, com mais vítimas?

— Mesmo que pudéssemos com eles, e depois? Para onde iríamos?

— Não há saída.

— Não vamos ver o nascer do sol. Vamos morrer aqui.

Pestanejei, desesperada para me manter acordada. Se íamos morrer, pensei, não quero morrer dormindo. Não quero morrer como Radana. Mas como ela morreu? Ocorreu-me que nunca havia perguntado. Mamãe havia me acordado quando já era tarde demais, quando Radana já estava morta, e agora eu me perguntava se minha irmã estava consciente quando deu seu último suspiro. "Pare com isso!", disse a mim mesma. "Não importa. Ela está morta!" Saber não a traria de volta. Não mudaria nada. Não mudaria o que iria acontecer conosco.

Senti um par de olhos olhando para mim do outro lado do campo aberto. Voltei-me naquela direção e vi, alguns metros de distância, um homem se levantar lentamente. Havia algo familiar nele, mas disse a mim mesma que não, não podia ser. Ele se levantou, e sua sombra se uniu à escuridão. Ficou parado, parecendo quase tão alto e magro como o tronco da árvore atrás dele. Na sombra das folhas, eu não conseguia ver seu rosto, não podia ter certeza se ele estava realmente olhando para mim. Sentia que estava, mas não tinha certeza. Ele começou a caminhar, mancando um pouco, com passos incertos; todo seu corpo tremia. Ele parou e olhou de novo, de novo tentando se firmar, acalmar sua mente, talvez certificando-se de que não éramos fantasmas, assim como eu estava tentando me convencer que ele também não era. Retomou os passos, primeiro lentamente, depois como se sua vida dependesse disso; começou a correr com os braços esticados, e eu sabia quem ele era.

— Raami, Raami! Oh, Aana, onde está você?

Parecia que uma vida inteira havia se passado antes de eu conseguir responder.

— Big Uncle!

Quando finalmente falei, o tempo parou, rebobinou-se, o medo e o espaço desapareceram e tudo o que vimos e ouvimos foi um ao outro.

— É mesmo você? É, não é? Diga que é você. Oh, vida misericordiosa, é você!

Big Uncle tremia de felicidade e descrença, segurando meu rosto, e então o de mamãe, apalpando-nos para garantir que éramos sólidas, reais, e não apenas sombras ou ar. E, como ainda não conseguia se convencer, não podia confiar em suas mãos ou olhos, apertou os lábios nos olhos de mamãe, um de cada vez, e bebeu suas lágrimas.

— É realmente você, é você — dizia sem parar, e de novo e de novo nos puxou para si, apertando-nos com tanta força contra seu corpo que pensei que poderia atravessar sua caixa torácica.

— Um milagre — declarou por fim, sem fôlego, incrédulo. Então, abraçou-nos e nos beijou mais uma vez com a necessidade de se assegurar que era um milagre, não apenas um truque da luz.

— Já chega! — Um dos soldados disse de repente, separando-nos. — Chega.

Sua voz trouxe a noite de volta e tudo reapareceu. Rostos solenes olhavam para nós. Ninguém falava. Depois, uma por uma, cabeças assentiram, lábios sorriram e olhos brilharam como estrelas em uma noite sem esperança. O soldado olhou em volta, balançou a cabeça e voltou para junto de seu companheiro em seu posto à beira da estrada. O outro parecia impaciente, andando para lá e para cá com passos vigorosos, como se esperasse uma chegada iminente, uma ordem de cima. Mas eu não estava mais com medo. Big Uncle estava conosco. Ele estava ali. Ainda estava vivo. Nós ainda poderíamos viver.

Tudo era possível.

Olhei para ele e ele olhou de volta para mim. Senti sua cabeça, e ele sentiu a minha. Ele estava careca, como um monge.

— O que aconteceu com seu cabelo? — perguntei.

Ele riu, lutando contra as lágrimas que transbordavam de seus olhos, e eu me arrependi. "Que importa o que aconteceu com o cabelo dele? Ele está aqui, não está?" Mamãe olhou para ele, e, percebendo sua calvície pela primeira vez, escondeu o rosto em seu peito; seu corpo todo tremia. Ele a puxou para mais perto de si, e apesar de terem nos mandado parar, continuamos abraçados, tão apertados que nem o ar podia ficar entre nós. Se morrêssemos naquele momento, seria como uma única entidade.

Então, como se de repente se lembrasse, Big Uncle perguntou:

— Radana, onde ela está?

Ele olhou em volta. Senti mamãe se afastando. Ele estendeu a mão para ela, mas ela não o deixou tocá-la.

— Não — disse ela, tremendo. — Não!

Ele pestanejou, e as lágrimas em seus olhos marejados começaram a fluir por seu rosto. Ele era um *yiak*. Um gigante invencível que poderia esmagar qualquer um com as próprias mãos. Agora, chorava como um menino.

— Onde está todo mundo? — Perguntei, olhando em volta, procurando os outros como ele havia procurado Radana.

— Venha — disse ele, engolindo as lágrimas.

A felicidade me inundou.

— Vai me levar até eles?

Ele só conseguiu acenar.

Eles era apenas a Rainha Avó. Tia India, os gêmeos e Tata não estavam lá.

— Eles não conseguiram — Big Uncle disse, e suas mãos começaram a tremer violentamente, incontrolavelmente.

Colocou-as debaixo dos braços para mantê-las paradas, para escondê-las de nós. Olhei para ele, confusa. "Eles não conseguiram." O que isso significava? Eles não conseguiram entrar no carro de bois, no caminhão, seja lá no que for que levara Big Uncle até ali? Era isso que ele queria dizer? Um chocado olhar de reconhecimento se instalou no rosto de mamãe.

— Mãe — sussurrou Big Uncle, tocando o ombro da Rainha Avó.

Ela não se mexeu. Estava sentada com as costas apoiadas no tronco da árvore, tão rígida que pensei que talvez houvesse morrido.

— Mãe, Raami está aqui.

Ainda não se movia. Talvez reconhecesse minha voz.

— Rainha Avó — sussurrei, inclinando-me perto de seu ouvido. — Rainha Avó, sou eu...

Ela abriu os olhos lentamente, olhou e sorriu, chorando:

— Ayuravann!

Ela me puxou para si e, com as mãos ossudas, acariciou minhas costas.

— Você voltou, meu filho! Você voltou!

— Não, sou eu, Raami.

Tentei me livrar de suas mãos. Eu não sabia o que me chocara mais: ela me confundindo com papai ou ouvir pronunciarem seu nome.

— Sou eu, Raami — repeti.

Ela me olhou, e o olhar de reconhecimento desapareceu de seu rosto. Fechando os olhos novamente, encostou-se no tronco da árvore e murmurou para si até adormecer.

— Ela está mais perto deles do que nós — disse Big Uncle —, dos espíritos e fantasmas. Ela já não sabe quem somos. Não sabe quem ela é. É... é a única razão por ainda estar viva.

Ele não disse mais nada; olhou para o chão à frente de seus pés, evitando os olhos de mamãe, que o perfuravam. Suas mãos começaram a tremer de novo, como se tivessem vontade própria. Ele tentou segurá-las pelos punhos. Lembrei que certa vez, em Phnom Penh, ele havia se esticado na parede de sua casa e pegara uma lagartixa com a mão nua. Segurara-a com muita força, matando o animal sem querer. Há muito tempo, Big Uncle parecia um gigante que subia tão alto como o céu, que não acreditava que matar uma lagartixa dava azar, que desafiou a sorte por lutar com os deuses. Agora ele estava encolhido, agachado, e seus membros tremiam como os da lagartixa. Quando não conseguiu controlar o tremor das mãos, rapidamente as escondeu nos bolsos.

— Sua cabeça — disse mamãe, escovando suas têmporas tosquiadas com as pontas dos dedos, sentindo a grande cicatriz que crescia como uma montanha enrugada acima da orelha direita.

— Sim... — gemeu ele, como se o toque dela o dilacerasse.

A mão de mamãe pairou perto do rosto dele, vibrando de ternura, e eu sabia o que ela estava pensando: que nessa luz, nessa noite sem lua, parecia o irmão. *Você é minha única estrela. Meu sol, minha lua... Mesmo se não puder tocá-la, sei que eu vou vê-la, senti-la...* as palavras de despedida de papai.

— Em luto por eles — finalmente Big Uncle conseguiu falar. — Não pude lhes dar a cerimônia adequada — ele sentiu a cabeça raspada. — Foi tudo o que pude fazer.

Mamãe puxou a mão e se voltou, incapaz de olhar para ele por mais tempo.

Big Uncle se aproximou de mim. Abracei-o, tocando sua cabeça, acariciando-a. Tinha mais cicatrizes, notei, em alguns lugares diferentes da cabeça. Um campo arado de minúsculos sulcos e cristas, sepulturas não identificadas.

— Não brinque com a cabeça de seu tio — repreendeu mamãe.

— Está tudo bem — disse Big Uncle. — Antes, a cabeça de uma pessoa era sagrada. Agora... bem, agora pode ser partida como um coco.

Ele olhou para ela como se observasse seu cabelo.

— Deixaram você ficar com ele?

— Não é revolucionário, eu sei.

— Ser careca também não.

Ambos tentaram rir.

— Vou cortá-lo se...

Deixou a frase no meio. Mas eu sabia o que ela queria dizer: cortaria o cabelo se sobrevivêssemos a essa noite.

Big Uncle balançou a cabeça, passando a mão pela parte de trás de sua cabeça, lamentando por seu cabelo. Sua calvície o fazia parecer ainda mais magro. Fazia sua cabeça parecer enorme e frágil, mais frágil que um coco, mais como um ovo, que pode se quebrar com um leve toque, esmagado pelas mãos da tristeza, pela lembrança da carícia de uma esposa. Ele ainda era um gigante, sua silhueta se elevava acima de todos, mas algo havia se partido dentro dele. Algo mais forte que os ossos. Algo que tinha arrancado esse *yiak* lendário de um livro de histórias e o transformara em meu tio, como se seu tamanho e massa lhe dessem o direito de entrar em qualquer mundo, reivindicar seu lugar entre os homens. Papai chamava isso de *mechas kluon*, "domínio de si mesmo". Agora, isso estava partido, e ele balançava e mancava, frágil como um fantoche, sem o autodomínio de um ser vivo.

Ele examinou mamãe sub-repticiamente, observando-a quando ela não estava olhando, e, quando olhava, ele se virava e olhava para suas mãos, balançando a cabeça para si mesmo, como se entendesse algo que ela nunca havia dito.

Ele permaneceu assim por um longo tempo, e eu sabia que não ia falar dos outros, pelo menos não ali, não naquele momento. Não era necessário. Seus fantasmas invadiram todos os nossos pensamentos e o silêncio, e não importava o que havia acontecido ou fosse acontecer, era reconfortante estarmos juntos novamente.

Vinte e quatro

Esfreguei os olhos e encontrei mamãe, Big Uncle e a Rainha Avó ainda ao meu lado. Não me lembrava de ter adormecido, mas meu primeiro pensamento ao acordar foi que havia sonhado com eles. Então, lembrei que, quando eu estava quase adormecendo, Big Uncle havia dito a mamãe o nome do distrito para onde havia sido levado, e, como descobriram, não era longe do nosso. Talvez menos de um dia de viagem de carroça, dissera ele. E pensar que durante todo esse tempo estávamos tão perto... O medo, não a distância, nos separava, impedia-nos de procurar uns aos outros.

— Não importa — ele dizia agora.

Sua voz era tão real quanto a luz do sol caindo sobre meu rosto. Pestanejei e mandei o sono embora, feliz por meu tio não ser fruto de minha imaginação.

Em volta de nós, pessoas se moviam confusas e desgastadas. Tocavam seu rosto e o de seus entes queridos, sorrindo ao se certificar de que o sol realmente havia nascido e foram autorizados a nascer com ele.

Houve uma agitação na estrada. Um caminhão havia chegado, e os soldados revolucionários que montavam guarda estavam tentando organizar alguma coisa com o condutor do caminhão e o soldado que o acompanhava. A multidão começou a se reunir em volta deles, ouvindo as argumentações dos dois lados.

— ... levar para uma cidade chamada Ksach, na província de Kratie — disse o condutor.

— Não, não — disse um dos soldados que nos guardavam, balançando a cabeça —, o destino deles é a província de Battambang.

O condutor, um rapaz animado com cara de menino, sugeriu brilhantemente que, como Kratie ficava mais perto e teriam de passar por lá de qualquer forma, seria mais fácil nos levar para lá do que para Battambang.

— As duas províncias ficam em direções opostas!

— É verdade, mas pelo menos cumpriremos as ordens.

— Mesmo que estejam erradas?

— Sim.

Como se isso fizesse sentido, os quatro acenaram alegremente, como meninos que por fim concordam com as regras de um jogo. Então, seria Kratie.

Os soldados nos mandaram recolher nossos pertences. Um deles se aproximou e cutucou a Rainha Avó com sua arma, para apressá-la. Big Uncle e mamãe, cada um segurando um braço dela, rapidamente a ajudaram a se levantar e a escoltaram para o caminhão.

Era um caminhão estranho, uma mistura de diversas partes de veículos diferentes pregadas e soldadas entre si para criar o que parecia um besouro gigante mutilado. Eu não via um caminhão, ou um carro, ou qualquer outro tipo de transporte motorizado desde que haviam nos levado, muito tempo antes, para a aldeia de Pok e Mae. Achava que qualquer coisa com motor, qualquer máquina, havia sido destruída. O caminhão estava enferrujado no meio, e eu não sabia como havia chegado até ali, muito menos como nos levaria a algum lugar.

Quando chegou nossa vez de embarcar, mamãe e eu entramos primeiro, segurando nas barras de metal toscamente soldadas na porta traseira que abria e descia. Em seguida, com a ajuda de outras pessoas, Big Uncle içou a Rainha Avó, e depois ele mesmo subiu. Não havia assentos ou bancos, apenas um piso nu com pequenos orifícios onde o metal havia enferrujado. Fomos para a frente, espremidos um perto do outro para que houvesse espaço para os que ainda estavam entrando. A Rainha Avó se agachou em um canto entre os idosos, enquanto mamãe e Big Uncle, comigo entre eles, encostaram na lateral do caminhão.

Por fim, o caminhão foi carregado, e o jovem corajoso se empoleirou no alto do que normalmente seria o bagageiro. Éramos pelo menos cinquenta, pensei. Talvez sessenta. O condutor ligou a ignição e o caminhão arquejou e tossiu como um gato tentando regurgitar uma bola de pelo. Depois de várias falsas partidas, o motor finalmente gemeu com um zumbido constante, e depois, lentamente, começou a rodar. A Rainha Avó gritou de repente:

— Espere! Espere meu filho!

Mamãe se abaixou para consolá-la:

— Ele vai ficar com os outros.

A Rainha Avó se voltou para as pessoas perto dela e disse:

— Ayuravann, ele é meu filho, sabe?

Cabeças desdentadas saltaram para cima e para baixo, assentindo.

— Sim, eu tinha filhos também — disseram.

— Nós também tivemos uma família.

Em algum momento da tarde chegamos à província de Kratie. A estrada ficou mais larga, suave, não mais áspera como as costas de um crocodilo, e mais reluzente sob o sol, como a pele de uma píton. Entramos em uma cidade linear, ao que parecia, pois tudo nela se agrupava ao longo da margem do rio. A estrada se alargou ainda mais, cercada agora por árvores frutíferas — manga, longan, sapoti. Surgiu um templo de colunas amarelas, com as portas e janelas fechadas com tábuas. Então chegamos ao que parecia ser um centro comercial abandonado, onde as ruas e os caminhos menores se cruzavam como as tiras trançadas de uma esteira de vime. Mantivemos nossa trajetória, passando por uma escola, dois longos edifícios cor de mostarda um de frente ao outro, com seu parquinho, barulhento por conta das crianças. Uma bandeira vermelha que ostentava a imagem dourada do famoso Angkor Wat se agitava ao vento forte acima delas. Quando ouviram a tosse e as cuspidas de nosso caminhão, as crianças pularam, gritando:

— Gasolina, gasolina! Hhmmm, o cheiro não é bom?

Boonk boonk!, fez nosso caminhão. *Boonk boonk!* As crianças aplaudiram e vibraram, encantadas. Seus professores, também vestidos de preto revolucionário da cabeça aos pés, pareciam tão encantados quanto. Acenaram, e nosso condutor pôs o braço para fora e acenou de volta.

Pensei que havíamos atravessado alguma fresta invisível durante a viagem e entrado em outro mundo. Resisti à vontade de fechar os olhos, com medo de que, quando os abrisse novamente, esses sinais de civilização houvessem desaparecido e estivéssemos de volta à floresta.

Chegamos a uma pequena carroça de madeira puxada por um pônei. O condutor ergueu o chapéu de palha em saudação. Nosso caminhão diminuiu a velocidade, gemendo e tremendo, e o soldado que acompanhava o condutor colocou a cabeça para fora para perguntar onde ficava o centro da cidade, ao que o outro respondeu:

— Sempre em frente, a casa com um grande sino de bronze.

O soldado agradeceu e o condutor da carroça balançou a cabeça, atordoado com todos os rostos magros olhando para ele de trás do caminhão. Devemos ter parecido a ele como um caminhão de esqueletos, seres não totalmente mortos, nem totalmente vivos.

Seguimos velozmente por vários quarteirões antes de parar na frente de um espaçoso pátio à sombra de umas árvores. Na entrada, um grande sino de bronze pendia de uma viga de madeira esculpida, sustentada por duas colunas redondas. No meio da propriedade havia uma grande casa de teca rodeada de pavilhões abertos menores, de estilo semelhante, com telhados de telha e cumeeiras em ponta.

Nosso condutor saltou e anunciou:

— Acho que é aqui.

Deu um tapa no caminhão, rindo. Seu companheiro foi cumprimentar um grupo de homens reunidos em um dos pavilhões ao ar livre. Levantaram-se, parecendo confusos ao olhar em nossa direção. O soldado entregou um papel a um deles. O homem leu e balançou a cabeça, parecendo ainda mais perplexo. Indicou ao soldado que esperasse e correu em direção à casa de teca, desaparecendo escada acima. Um momento depois, reapareceu e se juntou aos outros no pavilhão, falando sério com eles, provavelmente explicando algo importante, e todos concordaram com a cabeça. Nosso soldado marchou de volta para o caminhão e subiu, indicando ao condutor para fazer o mesmo, e, tossindo e cuspindo, uma vez mais o veículo começou a estrepitar e seguiu em frente, gemendo com o peso da decepção de todos.

Fechei os olhos, lutando contra as lágrimas, pronta para me consolar com o sono por mais uma longa viagem. Mas, então, nosso passeio abruptamente chegou ao fim. Abri os olhos e vi que estávamos na parte da estrada que fazia uma curva e se estreitava, de modo que de um lado havia uma fileira de casas, uma mistura de estruturas de madeira tradicionais e casas de estuque pintado, e do outro, duas árvores gigantes flamejantes inclinadas em um gradual declive em direção ao rio; o solo estava coberto de flores vermelho-sangue.

O soldado nos mandou sair do caminhão. Descemos em silêncio, ordenadamente, um de cada vez, com medo de que, se nos comportássemos de outra forma, nos mandassem voltar para dentro. Reunimo-nos sob os flamboyants com o rio antes de nós, cheio das chuvas da estação. A faixa de areia branca brilhava sob o Sol da tarde, tanto que meus olhos doíam de olhar para ela.

Um ruidoso e alegre grupo de pessoas da cidade nos rodeou, oferecendo saudações e ajuda. Imediatamente soubemos que havíamos chegado a Ksach, um ex-mercado da cidade na província de Kratie, à margem do Mekong.

— É um lugar encantador — afirmou uma mulher de bochechas redondas, rindo nervosamente, como se achasse que havia uma chance de não gostarmos.

— É o melhor! — Declarou uma menina ao lado dela com mais confiança.

Mãe e filha, pensei. Pareciam recortadas uma da outra, uma grande e uma pequena, ambas com bochechas em forma de lua cheia e olhos que se fechavam em linhas pinceladas quando sorriam.

— Pai! — Gritou a garota quando um grupo de homens, os mesmos que se reuniram sob o pavilhão aberto, correu em nossa direção.

Ao vê-los de perto, imediatamente soube que eram o Kamaphibal da cidade.

Mas havia algo estranhamente diferente neles. O pai da menina segurou o braço de Big Uncle, daquele jeito que homens próximos fazem.

— Sou o camarada Keng — disse ele com entusiasmo e bom humor. — Bem-vindos, bem-vindos à nossa cidade.

Eles não sabiam de nossa chegada, explicou, em tom de desculpas. Esperavam uma entrega de ferramentas. Mas obviamente havia ocorrido um erro, e, agora que estávamos ali, teriam de dar um jeito de nos acomodar. Apontou para o outro lado da rua, em direção a uma casa de estuque amarelado debaixo de uma fileira de caimitos.

— Você vão ficar todos ali até que tudo esteja resolvido.

Então, como se notasse nosso olhar aterrorizado, assegurou:

— Não se preocupe, o líder distrital está ciente da chegada de vocês.

Entramos em nossa sombria casa temporária. Os longos galhos dos caimitos faziam uma cobertura frondosa sobre o chão e a varanda. Frutos roxos e verdes, encerados e perfeitamente redondos, salpicavam a folhagem brilhante. Sob cada árvore havia um banco de mármore cujo assento se cobria de folhas mortas e galhos. Uma densa camada de poeira cobria o mosaico de mármore, e uma longa fila de formigas marchava de um banco ao próximo.

A casa ficava a vários metros acima do chão, apoiada em fileiras de colunas quadradas. Subimos a escadaria frontal rumo às portas duplas, que davam para um corredor que se estendia até o que parecia ser a cozinha, nos fundos. Lá dentro, os pisos e paredes estavam cobertos de poeira, teias de aranha e carcaças de insetos. Exceto por coisas descartadas estranhamente jogadas por ali, todos os aposentos estavam completamente vazios.

— Podem usar qualquer coisa que encontrarem nas salas de armazenamento ou nos armários — disse um membro do Kamaphibal ao nos levarem para dentro da casa. — Talvez haja alguns travesseiros e cobertores velhos, bem como pratos, potes, panelas e outras bugigangas.

Enquanto os outros se apressaram para pegar as salas, nós acabamos na cozinha. Era um cômodo retangular, com uma porta lateral que dava para a escada dos fundos. As paredes estavam arranhadas, tinham cicatrizes, e em um canto, no chão, onde antes devia haver um braseiro de barro, restava uma marca queimada em forma de meia-lua na madeira. Ao lado dela, uma cesta de bambu juntava poeira e teias de aranha. Não havia mais nada. Em sua nudez, o aposento parecia imenso, e era todo nosso. Era perfeito.

Chegou o crepúsculo, a noite espelhava nossas contusões por conta da longa viagem por estradas irregulares. Reunimo-nos no centro da cidade, que, como descobrimos, também era o lugar onde o líder distrital morava. Na entrada, um jovem soldado revolucionário tocou o grande sino de bronze para que todos soubessem que o encontro ia começar. O povo da cidade parecia tão ansioso quanto nós por saber nosso destino. Muitos chegaram com alimentos, em pratos e panelas, e os deixaram em uma mesa de cavaletes em um dos pavilhões, cobertos com grandes folhas de bananeira para manter as moscas longe até que a reunião acabasse. Olhei para tudo aquilo e engoli várias vezes, perguntando-me quando havia sido a última vez que eu vira tamanha quantidade de comida, lutando contra o impulso de correr ao longo da mesa e devorar tudo.

O sino tocou pela segunda vez, e quando parou o Kamaphibal saiu da casa de teca e desceu a escada. À sua frente descia um homem, alto, de ombros largos, com um *kroma* xadrez vermelho amarrado na cintura. Parecia um ator interpretando o herói da aldeia em um filme. Quando chegou ao pátio, todos os olhos se voltaram para ele.

— De onde ele saiu? — perguntei com a voz sem fôlego, admirada.

Big Uncle lançou-me um olhar estranho.

— Dali — apontou com a cabeça em direção à casa de teca. — Ele mora na casa. Você viu, ele acabou de sair.

— Ah!

Eu achava que o homem havia caído do céu. Andava como se pudesse flutuar através das névoas e nuvens.

— Mas quem é ele?

Mais uma vez, Big Uncle me lançou um olhar confuso.

— Ele é o líder distrital.

— O que é isso?

— Um líder que comanda uma grande área.

Pensei que ele poderia ser a Organização.

O líder distrital circulou por ali cumprimentando-nos, chamando a todos por termos familiares — *irmão, irmã, tio, tia, sobrinha e sobrinho.* Juntou as palmas em um *sampeah*, curvando-se levemente ao passar de uma pessoa a outra. Eu estava completamente estarrecida.

Depois de conhecer todos, o líder distrital foi até o pé da escada.

— Nós não esperávamos vocês — disse, dirigindo-se à multidão abaixo —, mas isso não importa. Estamos felizes por estarem aqui. Bem-vindos!

O Kamaphibal, que se postara atrás dele, bateu palmas. Estava claro que aquele seria nosso novo lar. Todo mundo suspirou de alívio.

Balançando a cabeça na direção do rio, o líder distrital prosseguiu:

— A estação das monções está chegando, e logo o Mekong vai transbordar, transformando a terra em mar. Mas, juntos, vamos construir diques para controlar esse poderoso dragão. Juntos vamos mostrar que, com nosso esforço coletivo, podemos construir com as mãos nuas uma montanha de...

Subitamente, parou. Um grupo de soldados revolucionários surgiu do nada, em um carro de bois. Marcharam em nossa direção. Um soldado irrompeu degraus acima e se aproximou do líder distrital, sussurrando em seu ouvido. O líder negou com a cabeça, o soldado revolucionário insistiu, sussurrando no ouvido dele. Depois de um momento, o líder distrital voltou-se para nós novamente e disse:

— Com licença.

Sem mais explicações, desceu a escada, e, com o Kamaphibal, saiu apressado e subiu no carro de bois à espera na entrada.

A multidão se agitou. O soldado se voltou para nós, e notei uma longa cicatriz em forma de foice em todo o comprimento de sua face direita.

— Silêncio! — Rosnou, e a cicatriz se contraiu violentamente. — Só os recém-chegados ficam! O resto, pode ir!

Ninguém se moveu.

— AGORA!

O povo da cidade começou a desfilar diante de nós, murmurando, mas não se atrevendo a fitar nossos olhos, ou os dele. Pareciam saber exatamente quem era o soldado, e suas maneiras e atitude diziam que não era alguém com quem se podia discutir. Por fim, quando o último habitante da cidade se foi e era só nosso grupo novamente, o soldado da cicatriz disse:

— Quem tiver algum membro da família desaparecido, conte-nos sua história. Deem-nos detalhes: seus verdadeiros nomes, os nomes de seus parentes. Contem-nos como foram separados deles, quando e por que, a história real. Vamos ajudar a encontrá-los. Mas só podemos fazer isso se nos disserem a verdade.

Ele olhou ao redor; seus olhos eram como dardos, e a cicatriz em sua face tremia como se fosse uma coisa viva.

— Agora, quem tiver parentes desaparecidos, levante a mão.

Aos poucos, as pessoas começaram a levantar as mãos. Todo mundo, ao que parecia, exceto Big Uncle e mamãe. O soldado estreitou os olhos para nós. Comecei a suar.

Vinte e cinco

Nossa chegada a Ksach parecia uma libertação. A cidade tinha regras e ritmo, uma espécie de lógica que não existia na vila de Pok e Mae.

Antes de tudo, na manhã seguinte à nossa chegada, deram-nos arroz, tecidos e outros itens essenciais para que nos instalássemos. Nas semanas seguintes, quando toda a cidade se reunia para receber a ração mensal, cada um de nós tinha direito a uma lata de arroz por dia. Para facilitar, informaram, não faziam distinção entre crianças e adultos; todos recebiam a mesma quantidade, visto que um menino de seis anos que trabalhava duro podia comer mais que uma vovó doente que não conseguia comer muita coisa. O comércio não era permitido, portanto uma simples troca de alimentos ou utensílios domésticos entre vizinhos e amigos era aceitável. Em nosso tempo livre podíamos cultivar legumes ou pegar peixes no rio para complementar nossas rações, mas todos os animais eram propriedade coletiva da cidade e reservados para banquetes comunitários. O trabalho começava uma hora depois do nascer do sol e terminava uma hora antes do pôr do sol, momento em que o grande sino de bronze no centro da cidade tocava para que todos ouvissem. Crianças de cinco a onze anos iam à escola, na parte da manhã ou da tarde, dependendo de nossa preferência, e podíamos trocar. De modo que eu ia à escola às vezes de manhã, às vezes à tarde, dependendo do meu humor, e, depois de dois meses sem nenhuma falta, aprendemos canções:

Sangue vermelho se derrama no chão,
O Camboja Democrático é nossa pátria!
O sangue brilhante de nossos agricultores e trabalhadores,
O sangue brilhante dos nossos soldados revolucionários!
A bandeira vermelha da Revolução!

Não aprendemos a ler ou escrever uma única palavra, e ainda que eu já soubesse, nunca deixava transparecer. Estava claro que devíamos manter a calma e guardar para nós o que sabíamos. Então fomos tocando, adaptando-nos, e, desta vez, parecia mais fácil, talvez porque Ksach era uma comunidade muito unida, ainda aberta e acolhedora, de um jeito que Stung Khae nunca foi. As pessoas entravam e saíam das casas umas das outras como se fossem uma grande família, trocavam pratos que haviam feito, emprestavam utensílios e ferramentas uns dos outros, compartilhavam notícias e fofocas.

Foi com esse espírito que Chae Bui, a mulher das bochechas redondas, esposa do camarada Keng, foi nos visitar certa noite, levando uma cesta de guloseimas.

— Presentes para vocês engordarem — disse ela, rindo, enquanto se acomodava diante da lamparina de querosene no chão. Sua sombra redonda e bulbosa pairava atrás dela enchendo metade da sala. Para minha decepção, sua filha Mui não estava com ela; mas eu sabia que era muito tarde e que ela devia estar dormindo. Eu mesma já no mosquiteiro, supostamente dormindo, observava silenciosamente como Chae Bui entregava a mamãe um espeto de peixe defumado, carne seca temperada, um saco de arroz grudento e um pequeno bloco de açúcar mascavo. Então pegou um maço de cigarros, e, entregando-o a Big Uncle, disse:

— Americanos, 1% de tabaco, 99% de imperialismo.

Mais uma vez ela riu, sacudindo a barriga redonda.

Tudo em Chae Bui era redondo e balançava, dando a impressão de que ela não era uma pessoa, e sim uma grande bolha saltando alegremente por aí. Nunca conheci um adulto que pontuava quase tudo o que dizia com risos.

Big Uncle agradeceu, fitando o pacote.

— Não sabia que essas coisas ainda existiam.

Chae Bui explicou que o camarada Keng havia acabado de voltar de uma viagem com o líder distrital a uma cidade perto da fronteira vietnamita.

— Às vezes algumas coisas passam.

Ficaram em silêncio por um momento, e então Big Uncle perguntou:

— Sabe por que ainda estamos aqui?

— Lembra o dia em que chegaram, quando o líder distrital teve de sair abruptamente no meio da reunião?

Big Uncle e mamãe assentiram.

— Bem, aparentemente, o líder de um distrito vizinho ouviu falar de sua chegada e exigiu que todos vocês fossem enviados a seu destino. O líder distrital recusou, argumentando que não ia perder tempo e esforço transferindo-os para o outro lado do país, sendo que seriam tão úteis aqui. O outro líder o acusou de ser indulgente e carente de uma forte "posição política", e ameaçou denunciá-lo. Não foi uma ameaça direta, mas foi o que deu a entender.

— Mas nós não somos ninguém — disse Big Uncle, franzindo as sobrancelhas. — Por que brigar por nós?

— Não tem a ver com vocês. É coisa deles. Meu marido disse que há uma luta entre aqueles que aderem à causa e aqueles que são leais ao partido. O líder distrital é provavelmente um dos poucos que ainda se apegam à causa, aos ideais que os atraíram para a Revolução desde o início.

— É tudo tão aleatório — Big Uncle balançou a cabeça —, como um bando de garotos brincando de jo-quem-pô.

— Se serve de consolo — disse Chae Bui — estamos muito felizes por terem vindo parar aqui. Battambang é um lugar terrível, para onde gostam de enviar as pessoas "indesejáveis", e vocês foram marcadas como...

Ela parou.

— Como *indesejáveis* — completou mamãe.

A sala ficou completamente quieta, exceto pelo ronco da Rainha Avó.

Depois que Chae Bui saiu, Big Uncle acendeu um cigarro. Deu a primeira tragada, longa e lenta. Mamãe se aproximou com os lábios tremendo à hesitante luz azul do lampião de querosene.

— Posso? — Perguntou, tirando um cigarro do maço.

Ele ergueu a lamparina de querosene para ela tocando com a chama azul a ponta do cigarro, com os olhos nos lábios dela enquanto ela puxava o ar. Então, com os braços cruzados e o cigarro aceso entre os dedos erguidos, mamãe inclinou a cabeça para trás e soltou a fumaça, com uma facilidade que dizia que não era a primeira vez.

— Engraçado... as coisas que um homem quer antes de morrer — murmurou Big Uncle curvando-se para colocar a lamparina de querosene de volta no chão.

Passou a mão pela nuca, brincando com os tocos de cabelo novo.

— Naquelas horas que achei que eram as últimas, tudo que eu queria era um cigarro.

Soltou um pequeno riso irônico.

Mamãe olhou para ele, mas não respondeu.

Ele desviou o olhar e continuou falando.

— Os soldados chegaram certa noite em nossa cabana. Disseram que eu tinha de ir com eles. Perguntei por quê. Ficaram irritados. Disseram que eu era membro da CIA. Esses meninos eram jovens e analfabetos. Não sabiam diferenciar o leste do oeste, e muito menos sabiam o que era CIA, o que essas letras inglesas representam. Mas haviam sido instruídos a dizer isso. Se querem pegá-lo e você não cometeu nenhum crime, eles o acusam de trabalhar para a CIA. Acho que é porque não tem como provar o contrário, mesmo que você tente. "Eu tinha de ser afastado da família", disseram. "Por quê?", perguntei, levado pela ira. "Para que diabos?" Eles ameaçaram matar a família ali na minha frente. Então fui com eles, deixei que me arrastassem para fora.

Ele fez uma pausa, dando outra longa tragada. Mamãe esperou calmamente; ainda segurava o cigarro, mas não fumava mais.

— Eles me levaram a uma floresta, onde havia cabanas, jaulas e trincheiras escavadas. Uma prisão secreta, talvez. Algum tipo de centro militar. Eram como meninos brincando de guerra. Lá, começaram minha reeducação. Disseram que eu precisava purificar minha mente, limpá-la de pensamentos imperialistas. A memória é uma doença, disseram, e eu estava cheio dela. Precisava ser curado. Bateram com um coco em meu crânio... muitos morreram assim. Mas não conseguiram quebrar minha cabeça. Eu era muito forte, disseram uns aos outros. Grande demais para quebrar tão facilmente. Devia ter sangue estrangeiro. Um cambojano puro não podia ser tão grande, tão alto. Eu devia ser filho de uma prostituta americana. Queriam que eu confessasse. Quem era meu pai, e meu avô? Quais os nomes deles? Quando não lhes disse, pegaram estacas de bambu e retalharam meu escalpo. Brincavam, dizendo que estavam procurando os códigos da CIA, as informações secretas. Eu disse que não tinha essas coisas. Não fazia ideia do que estavam falando. Disseram que iriam descobrir com as mulheres e crianças. Estavam convencidos de que havíamos sido pessoas importantes. Disseram que iam voltar para a aldeia para buscar a família toda, colocá-los na gaiola de bambu comigo. Eles riam, davam tapinhas nas costas uns dos outros, parabenizando-se pela ideia. Então eu disse que tinha sangue estrangeiro, que trabalhava para a CIA, qualquer coisa que quisessem ouvir, as mentiras mais improváveis e ridículas.

Ele suspirou. Poucos segundos depois, prosseguiu:

— Quando acharam que haviam me dobrado, levaram-me de volta para a aldeia. Encontrei os outros. Pendurados no teto. Seus corpos estavam inchados, pretos de moscas. Tata havia dito tudo a eles, disseram. Nosso nome. Que éramos príncipes e princesas. Um grupo me interrogou, os outros assassinaram minha família. Nunca houve qualquer comunicação entre eles. Era tudo um jogo. Só mamãe foi poupada, velha demais para que desperdiçassem seu esforço. Durante dias ela viveu com os corpos, e você pode imaginar por que só vê fantasmas, fala só com eles... Como eu havia sido reeducado, deixaram-me viver. Teria sido melhor que não. Eu queria me enforcar ao lado de minha esposa e meus filhos. Depois que os enterraram, amarrei uma corda em meu próprio pescoço e fechei os olhos. Na escuridão de minha mente, vi todos os rostos: os gêmeos sorrindo, você, Raami e Radana. Ayuravann também. Então vi meu próprio rosto, ouvi minha própria voz, a promessa que havia feito a seu marido de que ia cuidar de você e das meninas. Mesmo pronto para morrer, esperava que vocês estivessem vivas, de algum jeito, em algum lugar. Então a esperança, esse fino filamento de possibilidade de que em algum lugar vocês estivessem lutando para viver, tomou conta de mim. Peguei-o e o amarrei em volta do pescoço. Deixei que me levasse, que me puxasse de volta à vida. Depois daquele dia, comecei a perguntar por você e as meninas, descrevendo-as às pessoas; Raami tinha poliomielite, e a linda Radana estava aprendendo a andar. Várias descrições. Mas ninguém as havia visto ou ouvira falar de vocês. Meses depois, um caminhão ia levar algumas pessoas a Battambang. Pensei, então, que, já que não tinha notícias de vocês, talvez houvessem ido para longe. Pedi para fazer parte do grupo. O povo da aldeia olhou para mim, como se eu fosse louco. Você sabe aonde está indo? Alguns tentaram me avisar. Eu não me importava. Não tinha nada a perder. Tinha apenas a memória de India e os gêmeos, de nossa família e suas mortes horríveis. À noite, antes de o caminhão sair, raspei minha cabeça. Por luto. Luto também por minha própria morte, porque eu havia morrido naquele dia com eles, estrangulado pela percepção de que eu não poderia mais...

Suas mãos tremiam, e ele deixou o cigarro cair no chão. Abaixou-se para pegá-lo, mas caiu de joelhos, esmagando o cigarro embaixo de si. Ficou agachado ali, com os braços sobre a cabeça, e quando falou novamente sua voz falhou:

— Que não poderia mais salvá-los. Mesmo com todas as minhas mentiras, não poderia salvá-los.

Ele chorou abertamente.

Mamãe não se mexeu. Ficou olhando para ele, aquele amontoado tremendo a seus pés. Apertou com força o cigarro no parapeito, esmagando-o na madeira, antes de jogar o toco pela janela. Então, lentamente, abaixou-se no chão ao lado dele.

Eu sabia que nunca falariam sobre os outros novamente. Entendiam que era o mínimo que podiam fazer pelos mortos: enterrar suas memórias, se não eles próprios.

Quanto a mim, não consegui dormir. Minha noite foi cindida por imagens de moscas trepidantes, cordas e rostos que eu já não podia reconhecer. A certa altura levantei; fui na ponta dos pés até a escada e vomitei.

Os dias e semanas passaram rapidamente enquanto a cidade inteira corria para construir barreiras e aterros antes que a época das cheias chegasse. As manhãs eram, na maioria, frescas e ensolaradas, mas as tardes se encharcavam com as chuvas que caíam em longos e estrondosos riachos. Os fins de tarde eram quentes e úmidos; o sol rompia as nuvens para um último vislumbre, riscando o céu laranja, antes de descer em direção à noite.

Nesse fim de tarde o dia parecia jovem ainda, não como o crepúsculo; o céu era de um azul brilhante depois do dilúvio de costume, brandindo um par de arco-íris como as balestras de Indra, como a declaração de guerra do Deus. As pessoas da cidade, lembrando soldados derrotados, arrastavam os pés, exaustos, a caminho de casa depois de um longo dia capinando e cavando. Mamãe chegou à escada e desabou no último degrau, com o rosto e o corpo lambuzados de lama. Big Uncle abaixou-se na terra ao lado dela. Subi para nosso quarto, coloquei um pouco de água fervida da chaleira em uma tigela de coco e levei a eles. Mamãe deu um pequeno gole, sem fôlego, e entregou a tigela a Big Uncle, que bebeu o restante com um gole ruidoso.

— Quantas barragens vocês construíram hoje? — Perguntei, imaginando serras crescentes como centopeias gigantes pelos campos e várzeas.

— Você não imagina a quantidade de terra que tivemos de carregar — disse Big Uncle, respirando pesadamente. — Você ia achar que estávamos construindo a Grande Muralha da China

Ele me entregou a vasilha de coco e disse a mamãe:

— Agora, para o rio. Temos de nos livrar dessa lama.

— Não consigo me mexer — disse mamãe.

— Fique aí — disse ele, esticando-se para pegar os baldes próximos. — Vamos trazer o rio para você.

O Mekong estava lotado. Homens com *kromas* em volta dos quadris e mulheres com sarongues puxados para o peito tomavam banho enquanto a água girava em torno deles. Crianças nuas rolavam na costa arenosa, lisas e brilhantes como carpas bêbadas de chuva, indiferentes aos repetidos apelos de suas mães para que se lavassem. De vez em quando gritavam, quando um sapo pulava para a grama ou um caranguejo corria de seu buraco na areia. Big Uncle colocou a vara com os baldes nos ombros, tirou a camisa e mergulhou na água. Nadou em direção a uma ilhota; só se via sua cabeça subindo e descendo na água, e seus braços batendo na correnteza.

Meus olhos viajaram ultrapassando a ilhota, onde as correntes se erguiam como uma folha ao vento. Um tronco ensopado flutuou, seguido por um pequeno broto com todas as suas folhas e raízes intactas. Um jovem correndo atrás de seu irmão mais velho, pensei. O Mekong viajava por muitas terras, dizia papai, trazendo as histórias de lugares distantes como a China e o Tibete. Se o Mekong se estendia até a China e o Tibete, pensei, lugares que eu não conseguia nem ver, levando consigo murmúrios e ecos dessas terras, então talvez pudesse viajar tão longe como a lua e levar minha voz a papai. O que eu poderia lhe dizer? Coisas boas, é claro. Nada do que Big Uncle havia dito a mamãe. Nada sobre os outros.

Olhei em volta. De um lado, um menino lavava seu búfalo asiático albino, que ficou tão transparente que parecia uma toranja rosa descascada, enquanto o garoto ignorava a lama que endurecia seu próprio corpo como a casca de uma árvore. Em outro, Mui arrancava as minúsculas e finas folhas de uma acácia e as esfregava no cabelo até que se dissolviam em inúmeras manchas verdes e escorriam em bolhas. Perto dali, Chae Bui, com um sarongue de banho preto que fazia sua clara pele parecer ainda mais clara, esfregava seus ombros e peito. O Camarada Keng subitamente emergiu da água e as surpreendeu. Abriu a boca fingindo ser um jacaré. Mui e Chae Bui jogaram água nele, gritando e rindo. Fechei os olhos e pensei: *poderia lhe dizer tudo que eu ouço e vejo agora.*

Quando abri os olhos de novo, Big Uncle havia chegado à ilhota. Parou e acenou para mim. Pelo que todo o mundo sabia, ele era meu pai. *É uma história para nos desconectar dos outros, dissera mamãe. Mas, em particular, somos o que somos, e ele é seu tio ainda.* Mas, de determinado ângulo, de longe, ele era exatamente como papai. Em momentos como esse, quando os outros tinham seus pais por perto, eu queria que ele fosse meu pai.

Tirei minha blusa e entrei na água; meu sarongue florescia em volta de mim como a água-viva que eu havia visto no mar. Big Uncle começou a nadar de volta, mais rápido que na ida, talvez com medo de que eu fosse longe demais. Mas ele não precisava se preocupar. Eu sabia que não devia. Além disso, eu havia aprendido a nadar com Pok.

Big Uncle fez uma pausa, olhando para mim, e acenei para que ele soubesse que eu estava bem. E se tranquilizou, passou a um ritmo mais relaxado; jogava o braço para frente, depois o esquerdo, depois o direito novamente, esquerdo, direito, esquerdo, desenhando uma série de pequenos arco-íris no ar acima de sua cabeça. Eu sabia que ele não tinha a intenção de que eu ouvisse o que ele havia dito a mamãe, então, fingia não saber. Nunca mencionei os gêmeos, mesmo sentindo falta deles, mesmo muitas vezes me perguntando se eles haviam aprendido a plantar arroz, a pegar caranguejos e peixinhos, a procurar ovos de aves, todas essas coisas que eu havia aprendido. Certa vez, sonhei com eles; só os gêmeos, os rostos inchados, a carne parcialmente devorada por moscas. Desde então, resolvi não pensar mais neles antes de dormir, e se eles se esgueiravam em meus pensamentos, rapidamente espantava a imagem. Imaginava se eles estariam agora onde estava Radana, se a morte era um lugar que podíamos imaginar como quiséssemos, para que não tivéssemos medo de ir para ela.

Big Uncle saiu do rio. Foram-se a lama e a sujeira que haviam endurecido sua pele. Ele parecia limpo. Purificado. Fui atrás dele. Ele se abaixou para pegar a camisa no chão, e sua cabeça, que espetava cabelos novos, roçou meu ombro. Pressionei meu rosto em sua face e o abracei. Ele ficou curvado, pego no meio do movimento, surpreso com a minha súbita demonstração de afeto. A seguir, dobrando seus dedos suavemente sobre os meus, apertou minha mão, e eu soube que tudo bem amar meu tio como amava meu pai, no lugar dele.

Com os dois baldes de água que havíamos trazido do rio, mamãe se escondeu atrás de um arbusto nos fundos da casa e tomou banho. Como não havia sabonete ou xampu, ela esfregou seu corpo e seu cabelo com meia lima podre que havíamos encontrado no chão. Ela finalmente havia cortado seus longos cabelos negros, e agora as pontas mal chegavam aos ombros. Realmente revolucionário, pensei. O cabelo pesava sobre ela, como a tristeza, eu imaginava; mas ela não podia cortar a tristeza pela metade. Não era como o cabelo, ela não estava morta. A tristeza era viva. Ou talvez o houvesse cortado pela mesma razão de Big Uncle ter raspado a cabeça. Para chorá-los. Mais de um ano se passara desde que estávamos todos juntos no templo em Rolork Meas, dissera Big Uncle. A julgar pelas chuvas e o nível do rio, estávamos no auge da estação chuvosa, talvez julho ou agosto, e em dois ou três meses, quando Pchum Ben chegasse de novo, eu faria nove anos. Eu achava que jamais deixaria de chorar por eles.

— Não alcanço — disse ela, me entregando a lima. — Pode me ajudar?

Peguei-a e a corri para cima e para baixo por suas costas. A pele de seu ombro direito estava esfolada e rachada, com bolhas, por equilibrar cestos cheios de terra o dia todo. Esfreguei mais forte, querendo lavar sua tristeza, todos os danos e feridas que eu podia e não podia ver. Ela se encolhia tanto por conta de minha aspereza, quanto pelo ardor da lima.

Suavizei o toque, e ela derramou água sobre os ombros para aliviar a queimação. A água corria por sua coluna vertebral, que se erguia no meio de suas costas como uma cadeia de montanhas. Eu poderia contar todos os seus ossos, os furos arredondados e as longas varetas delgadas. As montanhas, o Mekong, a Grande Muralha da China, pensei; mamãe carregou todos eles nas costas. Eu sentia todo o peso de sua dor. Sentia-o em sua respiração. Nas palavras que ela não podia e não diria, nas lágrimas que não corriam, no sangue que não fluía. Ela já não menstruava, dissera a Big Uncle certa noite, quando ficaram conversando, pensando que a Rainha Avó e eu estávamos dormindo. "Como eu não pude manter uma criança viva, parece que os deuses levaram minha capacidade de gerar." "Deuses não existem", respondera Big Uncle. "Se eles houvessem dado a vida, criado tudo, saberiam seu valor. Não existem deuses, só insensatez."

Ela se levantou, esvaziando a última gota de água do balde sobre seus pés, e, por alguns segundos, eu a vi como havia sido; leve e efervescente, como uma bolha de sabão voando iridescente, subindo cada vez mais alto em direção ao céu, levando os reflexos das árvores, das montanhas, dos rios, minha tristeza, a dela, a de Big Uncle...

Mamãe não era de explicar as coisas com detalhes; ela disse — e ainda era ela, como eu lembrava — que havia me mostrado meu primeiro arco-íris, apontando para o céu cintilante de pingos de chuva e luz solar, dizendo: "Olhe, querida, um escorregador!". Desde então, aprendi a ver as coisas não como elas eram, mas como o que significavam: que, mesmo quando chovia, o Sol ainda podia brilhar, e o céu podia oferecer algo infinitamente mais bonito do que nuvens brancas e vastidão azul, que as cores podiam irromper no momento mais inesperado.

Aos poucos ela foi se distanciando, ficando mais evasiva e transparente, quase invisível, e, por fim, nada. Toda a tristeza pareceu desaparecer, derreter-se, como se nunca houvesse existido.

Vinte e seis

Mui e eu chegamos à escola e encontramos um soldado revolucionário sentado à mesa de nossa professora, apoiado na cadeira, com as pernas para cima e a arma atravessada sobre o estômago. Não usava sandálias, e as solas de seus pés eram quase tão pretas quanto suas roupas. Ele olhou para nós, mastigando uma folha de grama como um boi entediado. Reconheci-o pela cicatriz em forma de foice na face direita. Mouk, era como todos o chamavam. Era o principal soldado da cidade e raramente o víamos; mas, quando aparecia, inspirava medo.

— Onde está a camarada professora? — Perguntou Mui, sempre a corajosa.

— Foi embora — murmurou Mouk, com a folha de grama ainda na boca.

A cicatriz em seu rosto mastigava quando ele mastigava, como uma criatura devorando a própria face.

— Para onde ela foi?

— Lugar nenhum.

— Então, porque foi embora?

Ele não respondeu. Tirou a folha de grama da boca e brincou com ela, rolando-a entre o polegar e o indicador.

— Mas nós temos tarefa — disse outra menina. — Tínhamos de decorar a letra de... "Nós, crianças, amamos a Organização".

— Sua tarefa é esta! — Levantou-se bruscamente batendo a arma contra a mesa. — Destruam isto. Isso tudo é inútil! Inútil! Entenderam?

Nos afundamos em nossos lugares. Ninguém respirava. A sala estava completamente imóvel.

Então, Mui abriu a boca mais uma vez:

— Não.

— Crianças estúpidas! — Disse Mouk, chutando a cadeira para trás com um grande estrondo. — A revolução não pode ser ensinada! Deve ser lutada! Não pensando e falando, mas agindo! — Ele pegou a cadeira e a atirou na parede. — Assim! — Chutou longe um pedaço quebrado e pisou em outro. — E assim! É inútil! A cadeira é inútil! Entendem agora?

Todos assentimos.

— Manter isto não é vantagem, destruí-lo não é perda! Entenderam?

Assentimos novamente.

— Saiam daqui, então!

Voltando para casa, encontramos uma multidão de homens erguendo um enorme palco de bambu no meio da rua, bem em frente ao centro da cidade. Ninguém sabia para quê. Um grupo de soldados mal-humorados fazia a guarda. A cidade inteira prendeu a respiração, reunida para assistir. À tarde, o palco estava pronto, a uns trinta centímetros do chão e arrematado com um arco feito de galhos de coqueiro tecidos e raminhos de flores de areca. Era para um casamento, disseram-nos por fim. Um casamento coletivo. Mas toda a atmosfera era fúnebre. Um pouco mais tarde, quando as noivas e noivos subiram ao palco, todos vestidos de preto e de olhar solene, entendemos por quê. Posicionaram-se em pares debaixo do arco, cada noiva com seu noivo, e ali, perto do meio, nossa professora com seu noivo, um soldado revolucionário de muletas; não tinha uma das pernas, exceto por um curto toco que se movia para frente e para trás quando andava. A multidão estava atordoada. No início ninguém sabia o que dizer. Então, os sussurros começaram: *Seus olhos estão inchados e vermelhos. Parece que andaram chorando. Você não choraria se tivesse de casar com isso? Fico feliz por não ter nenhuma filha em idade de casar.*

Mouk surgiu no palco, e, apontando para o soldado de uma perna só, proclamou:

— Viva ao nosso valente soldado que sacrificou seu corpo pela Revolução!

Aplaudiu estrondosamente. Os outros soldados, à espera nos bastidores, ecoaram em uníssono.

— Viva ao nosso camarada corajoso!

Mouk, mal reconhecendo nossa professora, dirigiu-se ao soldado de uma perna só, ainda em voz alta para que todos ouvissem:

— A Organização escolheu uma bela esposa para você, camarada! Esperamos que ela seja digna de você! — Os outros soldados gritaram seu apoio. — Viva ao nosso soldado!

Voltando-se para as demais noivas e noivos, Mouk pronunciou:

— A Organização os uniu!

Os soldados gritaram e bateram palmas e, desta vez, todo mundo se sentiu compelido a fazer o mesmo.

Assim terminou a cerimônia de casamento. Os recém-casados saíram do palco e se juntaram à multidão, mas, antes que alguém pudesse fazer perguntas ou dar os parabéns, Mouk falou de novo, silenciando todos com sua voz:

— Tragam-no para fora.

Acenou para um grupo de soldados à espera no fundo do palco, e eles, voltando-se na direção da casa de teca, repetiram a outro grupo:

— Tragam-no para fora.

Um momento depois, para espanto de todos, o líder distrital apareceu, com os olhos vendados e as mãos amarradas atrás do corpo. Os soldados o empurraram até a frente do palco. Bateram em sua cabeça e ombros com pesadas folhas de palmeira até que ele caiu de joelhos. Mouk enfiou a ponta de sua arma debaixo do queixo do líder distrital, enquanto outro soldado retirou a venda de seus olhos.

— Olhe para o povo — ordenou Mouk, excitado com a visão e o cheiro de sangue, e a cicatriz de seu rosto pulava descontroladamente.

Com esforço, o líder distrital ergueu os olhos, e vimos que seu nariz estava quebrado e sangue corria por uma das narinas. Seus olhos estavam inchados e machucados, a pele rasgada acima das sobrancelhas. Estava irreconhecível.

Mouk voltou-se para nós e disse:

— Esta é a cara do inimigo!

— ABAIXO O INIMIGO! — gritaram os outros soldados em coro. — ELE DEVE SER DESTRUÍDO! DESTRUÍDO! DESTRUÍDO!

O líder distrital disse alguma coisa, mas não podíamos ouvi-lo. Ele tentou novamente, quase sem conseguir mexer os lábios; sua voz era mais um sussurro:

— Por quê?

— Porque você cometeu um crime — gritou Mouk.

— Que crime?

— VOCÊ TRAIU A ORGANIZAÇÃO!

— Como?

Subitamente correu sangue de sua outra narina, como se o esforço de falar fosse demais.

— Como... eu... traí... a Organização?

— Não somos nós que temos que dizer seu crime! Você precisa confessar!

— Eu... não... cometi... nenhum... crime.

— ENTÃO VOCÊ TAMBÉM É UM MENTIROSO! — Mouk cuspiu no rosto do líder distrital.

— MANTER VOCÊ NÃO É VANTAGEM, DESTRUIR VOCÊ NÃO É PERDA! — Rugiram os outros soldados.

Cercaram o líder distrital. Havia pelo menos vinte deles no palco, sem contar os outros abaixo, entre nós. Empurraram o líder distrital com as coronhas das armas, batendo nele até que caiu de lado. Mouk e outro soldado o pegaram pelos braços e o arrastaram para fora do palco. Os outros rugiram:

— Abaixo os inimigos! Abaixo os inimigos!

Os novos líderes apareceram do nada. Subitamente estavam ali, como se estivessem o tempo todo esperando para sair. Eles eram mais jovens, mais silenciosos e mais próximos da Organização. Usavam a mesma expressão, que parecia uma máscara. Não saberíamos dizer qual era o líder dos líderes. Quando falavam, tinham uma só voz. Em reuniões, eles se sentavam ou formavam uma fila, assistindo e ouvindo, observando os rostos diante deles sem pestanejar. Quando queriam dizer alguma coisa, sussurravam para Mouk, e ele falava por eles.

— Pintem tudo de preto! — Disse ele em uma reunião. — Não só as roupas, mas todos os seus pensamentos e sentimentos! Vocês têm de apagar todos os elementos não revolucionários! Têm de se livrar de tudo!

Com os novos líderes vieram novas regras. Não podíamos mais cozinhar e comer em casa.

— Se trabalhamos juntos, também devemos comer juntos — alegou Mouk, e a cicatriz em seu rosto se contorcia, pulando constantemente. — Um pai não deixa sua família comer em cozinhas separadas.

A Organização era nosso pai, e nós éramos sua família. Tínhamos de fazer tudo juntos. Tínhamos de compartilhar tudo com os outros — nossas colheres e garfos, nossas panelas e frigideiras, nossos pensamentos e sentimentos. Se necessário, dividiríamos o último grão de arroz com nossos irmãos e irmãs.

— Temos de dizer não à propriedade privada! — Trovejou. — A propriedade privada é o mal do capitalismo! A propriedade privada promove cobiça e divide a comuna! Vamos abolir todas as formas de propriedade privada!

De volta à casa, as pessoas correram para esconder seus pertences. Enfiaram braceletes de ouro dentro de cabaças secas, safiras e rubis em bolas de barro úmido e as pressionaram nos cantos da sala. Alguns esconderam colares e pulseiras nas costuras de suas roupas. Outros engoliram diamantes. A Rainha Avó queria que nós a escondêssemos.

— Diga a eles que não estou pronta ainda — choramingou. — Diga que não vou ficar sem meus filhos!

— Dizer a quem? — Perguntei. — Não há ninguém aqui. Apenas nós estamos no quarto.

— Os espíritos e os fantasmas; eles estão vindo para me pegar. Diga que não estou pronta.

Ouvimos passos altos subindo a escada dos fundos que levava à nossa sala. Mamãe congelou no lugar, abraçando o travesseiro de Radana contra o peito. Big Uncle o arrancou dela e o jogou em um cesto cheio de palha de milho seca para usar como combustível.

Os soldados marcharam para nosso quarto, sete ou oito deles de uma só vez. Ao vê-los, a Rainha Avó começou a chorar:

— Vão embora! Vão embora!

— Diga a ela para calar a boca — rosnou Mouk.

Big Uncle e mamãe não disseram nada.

— Ela acha que vocês são fantasmas — eu disse a Mouk e seus soldados.

— Ela é louca?

— Às vezes.

— Então diga a ela para calar a boca.

Mouk olhou ao redor da sala, olhou tudo, exceto o cesto de palha seca perto da porta. Olhou para mamãe com um olhar prolongado que fez Big Uncle cerrar os punhos. Então, como se sentisse nojo, Mouk se voltou e cuspiu pela janela.

— Não vamos perder nosso tempo — disse aos outros. — Guardem uma tigela, uma colher e uma chaleira para a velha louca. O resto vai para o refeitório comunitário.

Abandonaram nosso quarto e foram vasculhar o resto da casa.

Nos dias que se seguiram, Mouk e sua "Guarda Secreta" — ou *Chlup*, como eram chamados, espiões que cujas armas eram espingardas e discrição, que observavam sem que ninguém os percebesse — fizeram rondas em cada família e classificaram cada um. "Você parece capaz de puxar um carro de boi. Você é força total! Você parece que nunca passou um dia trabalhando no sol. Você é a força média!" Ambos, mamãe e Big Uncle, eram força total. Mais tarde, naquela noite, mamãe empacotou as coisas. De manhã, ela e Big Uncle deixariam o trabalho que lhes haviam atribuído antes e iriam construir aterros longe dali. Implorei para ir com eles, mas mamãe não me deu ouvidos.

— Você estará mais segura aqui — disse ela.

Eu tinha de ficar com a Rainha Avó. Como ela ia cuidar de mim eu não sabia.

Na madrugada seguinte, Big Uncle me levantou da esteira e me levou para a porta. Olhei em volta da sala, com os olhos turvos. Íamos ao rio para nos lavar, como fazíamos todas as manhãs; mas, de repente, lembrei que essa seria nossa última vez juntos. Notei a silhueta de mamãe se movendo à nossa frente, como o fim de um sonho em transição para a luz do dia. Lutei para sair dos braços de Big Uncle, mas ele era muito forte. Senti o pânico crescente, mas engoli-o e tentei uma última vez:

— Eu quero ir construir o aterro com vocês — pressionei meu rosto no peito de Big Uncle. — Você pode me levar.

— Fique com a Rainha Avó — ele sussurrou, segurando-me com mais força. — Ela precisa de você.

Olhei de volta para a sala, onde a Rainha Avó estava deitada na esteira, doente e perdida para o mundo.

— Você vai ser o filho dela — disse Big Uncle, descendo as escadas. — Você vai tomar o meu lugar. Responda quando ela chamar meu nome.

Olhei para ele. Pensei que talvez fosse tão terrível deixar sua mãe como ser deixado por ela. Big Uncle me deu um sorriso amarelo, e por um momento esqueci minha infelicidade, pensando quão horrível era ser esse gigante com seu enorme sofrimento, sem ninguém para confortá-lo do jeito que eu, em minha pequenez, podia ser confortada.

No rio, Big Uncle mergulhou e nadou até certa distância, de modo a dar a mamãe e a mim um pouco de privacidade para nos despedirmos. Eu não entendia por que repetíamos esse ritual de descer juntos para tomar banho. Despedida era despedida, não importa quão disfarçada. Mamãe vestiu seu sarongue de banho e colocou as roupas que usaria para trabalhar sobre uma rocha que se projetava para fora da areia, que parecia as costas de uma grande tartaruga. Propositadamente, eu demorava com minhas roupas, na esperança de que ela entrasse na água primeiro. Mas ela se ajoelhou à minha frente e começou a desabotoar minha camisa.

— Quando eu tinha quatro ou cinco anos — disse ela, brincando com um botão —, bem pequena, um bebê ainda, de acordo com minha mãe, fiquei apaixonada por ópera chinesa.

Engoli em seco, preparando-me para uma de suas raras histórias.

— Cada vez que um grupo ia a nosso bairro e representava uma história, apresentando um episódio em cada aldeia, eu o seguia de um lugar ao outro, juntando-me a um parente ou vizinho que conhecesse, negociando uma refeição e um lugar para dormir com pessoas que eu achava que meus pais conheciam ou em quem sentia que podia confiar, para não perder uma única linha da história, do começo ao fim. Minha mãe me proibiu de ir, mas eu era uma menina voluntariosa e sempre, de alguma forma, conseguia me esgueirar para fora. Voltava para casa dias depois, cantando só ópera chinesa. Uma vez, exasperada de tanta preocupação, ela me chamou de Niang Bundaja, repreendeu-me na frente de todos, dizendo o que as mães não se cansam de dizer a suas filhas: que um dia, quando tivermos nossos próprios filhos, saberemos a agonia da maternidade. Você conhece essa história, é claro.

Eu conhecia. Niang Bundaja, uma bela garota rica, apaixonou-se por seu servo, fugiu com ele e ficou pobre e viúva, como sua mãe previra. Com dois filhos para criar, decidiu voltar para casa, mesmo que isso significasse enfrentar a ira de sua mãe. Mas, no meio do caminho, encontrou um rio. Ela só podia transportar uma criança de cada vez através das fortes correntes, então, levou a criança mais velha primeiro, e depois ia voltar para buscar o bebê. Enquanto isso, um abutre apareceu, circulando no céu, e ela tentou espantá-lo. O bebê, pensando que a mãe está acenando para ele, entrou no rio e se afogou, e quando isso aconteceu, o urubu desceu rapidamente e arrebatou-lhe a criança mais velha. Sempre achei que era uma história estúpida.

— Mas quero que você saiba, Raami: nunca é escolha de uma mãe dizer que filho vai viver ou vai morrer. Quando dei à luz você, e depois a sua irmã, e segurei cada uma nos braços, imaginei uma vida inteira pela frente. Certo dia, acreditei que viveria para sempre. A morte nunca entrou em minha mente. Então, um dia, a morte me surpreendeu. Ele pegou a mão de minha filha e a puxou de mim, e eu sangrei até não poder mais.

Ela deixou escapar um soluço e o som era de seda rasgada, de uma página de poesia arrancada no meio da noite. Se eu tivesse o caderno e a caneta de papai comigo, pensei irracionalmente, desenharia o mapa de uma aldeia, que teria rios de lágrimas, oceanos de tristeza tão fundos como os olhos de mamãe, e uma ponte, tão delicada e estreita como a ponte de seu nariz, que eu poderia atravessar sem risco de me afogar.

— Eu não quero perder você, Raami. Então peço-lhe agora que espere por mim nesta margem. Não confunda minha partida com um adeus.

Quando voltamos para casa, Big Uncle e mamãe entraram para pegar seus pertences. Esperei na escada. Um lagarto correu pelo último degrau, parando no meio do caminho para olhar para mim. "Vá embora! Xô!" O lagarto inchou o pescoço como se quisesse afastar meu desespero. Mostrei a língua a ele. Ele saiu correndo.

Houve um murmúrio dentro do quarto. Fui para mais perto da porta.

— Temos de sair por um tempo — era mamãe falando com a Rainha Avó —, mas Raami está aqui com você. Ela vai cuidar de você.

Resisti à vontade de entrar.

Houve um silêncio, depois Big Uncle pigarreou.

— Mãe — disse ele; parou e começou de novo —, Mechas Mae — falando agora a linguagem real, como se não se importasse que alguém pudesse ouvir. — Eu, seu filho, curvo-me diante de você.

Não precisei olhar para saber exatamente o que ele estava fazendo: pressionando a testa nos pés dela, prestando suas homenagens.

— Peço sua bênção para esta viagem.

— Volte para mim — murmurou a Rainha Avó, e eu não tinha certeza se ela estava respondendo a Big Uncle ou se estava falando com os fantasmas dentro de sua cabeça, repetindo a si mesma como sempre, "volte para mim".

— Nós nos veremos de novo — Big Uncle a tranquilizou. — Vejo você em breve.

Houve movimentos, o rangido do piso de madeira sob seus passos. Fiquei parada, como o lagarto havia feito, com o pescoço inchado, engasgada. De medo ou tristeza, eu não sabia. Uma sensação de perda me atravessou.

Big Uncle surgiu primeiro. Ele desceu as escadas e sentou ao meu lado. Então, mamãe saiu. Big Uncle se levantou e se afastou para dar lugar a ela. Mas ela permaneceu em pé, e eu podia sentir seu olhar sobre mim, como se me autorizasse a erguer meus olhos e encontrar os seus.

— Espere por mim.

Um soluço escapou de sua garganta e ela não pôde dizer mais nada.

Correu escada abaixo, e todo seu corpo tremia como se uma tempestade a atravessasse. Big Uncle a seguiu. Não tentei detê-los.

Assumi meu papel de dona de casa, fazendo meu melhor para cuidar da Rainha Avó, esforçando-me sempre para fazer mais do que podia, mas conseguindo apenas o suficiente para sobreviver, para nos manter até o outro dia. Ainda assim, eu tinha uma rotina e tarefas, o que, ironicamente, me deu um senso de propósito, certa medida de estrutura para uma existência que, de outra forma, estaria pendurada por um fio. Logo cedo, de manhã, depois de acordar, eu corria para o rio com um balde, rapidamente jogava um pouco de água no rosto, corria de volta rio acima com tanta água quanto pudesse carregar, e a despejava na pequena cuba perto da escada dos fundos. Fazia correndo mais algumas viagens, para ter o suficiente para dar um banho de esponja na Rainha Avó e lavar nossas roupas. Então, depois de pôr uma chaleira para ferver ao fogo, vasculhava o terreno em busca de longans, redondas como avelãs, e jacas, cuja polpa era do tamanho do polegar de um adulto. Estes eu jogava no fogo para ter o que comer. As frutas encontradas no solo deviam ser coletadas e deixadas junto com as dos nossos vizinhos, em uma cesta, e a seguir levadas para o refeitório comunitário. Se eu fosse pega comendo qualquer fruta ou desviando algo da coleta, uma ou ambas as refeições de meu dia seriam retiradas. Mas a fome me fez menos medrosa, menos pensativa sobre as consequências, e roubar se tornou um hábito. Eu podia visitar a horta dos fundos da casa de um vizinho, arrancar um melão, colocá-lo dentro da camisa, correr para o quarto e alimentar a Rainha Avó, uma mordida cada vez, amolecendo-o primeiro com meus próprios dentes como havia visto mamãe fazer. Outra manhã, eu podia me esgueirar por um milharal, arrancar uma espiga de milho, quebrá-la ao meio para ser mais fácil escondê-la, e, de volta à casa, discretamente colocá-la na chaleira para cozinhar. Se não houvesse tempo, eu tirava os grãos macios o mais rápido que podia e os dava crus à Rainha Avó. O resto eu comia, mastigando até o miolo, secando-os, antes de cuspir os restos no fogo. Outra manhã, quando a fome me deixava tonta e dominava completamente meu medo de ser pega, arrancava uma fruta do galho mais baixo de uma árvore atrás de nossa casa, comia-a rapidamente ali mesmo e jogava a semente no mato, sem me importar que alguém pudesse ver.

Nesta manhã, perto de alguns gafanhotos, encontrei um ovo — parecia de pato, branco e grande — na areia à margem do rio. Delirando de felicidade, corri de volta para casa, acendi o fogo e pousei a chaleira sobre ele. Enquanto esperava que o ovo cozinhasse, espetei os gafanhotos em uma vara de bambu e os segurei sobre as chamas. Bichos como esses eram abundantes em todas as estações. Pulavam descontroladamente por todos os lugares e não pertenciam a ninguém em particular. Eu poderia cozinhá-los ao ar livre.

A água borbulhou, e alguns minutos depois resolvi que o ovo estava cozido. Virei a chaleira, derramando um pouco de água quente no chão, e com uma vara fiz o ovo rolar. Depois que esfriou o suficiente, tirei a casca e levei o ovo fumegante, duro e polido, na barra de minha camisa escadas acima, para a Rainha Avó. Sentei-me e lhe entreguei o ovo. Mas ela não parecia capaz de discernir o que era. Olhou fixamente para ele.

— É comida — sussurrei —, coma.

Ela olhou para mim, encolhendo-se, por conta da fome ou das memórias, eu não sabia. Imaginava que ela talvez estivesse se lembrando de um tempo em que tínhamos muito, quando cada refeição era uma festa.

Mais uma vez eu disse a ela:

— Você tem que comer.

Ela piscou e seus olhos nublaram; a dor e a memória se dissolveram no vazio. Suspirei e comecei a alimentá-la, primeiro com pedaços da clara branca. Quando cheguei à bela polpa cor de açafrão, hesitei, imaginando sua rica textura aveludada revestindo minha língua, derretendo em minha garganta.

Engoli em seco, e, reunindo toda minha determinação, joguei um gafanhoto assado na boca — asas, pernas, tudo.

Assim que acabamos de comer, o sino de bronze soou, ecoando pela cidade, anunciando a hora de trabalhar.

— Preciso ir agora — disse, deitando-a de volta na esteira. — Estarei de volta à tarde. Vou trazer sua comida.

Desta vez, ela pareceu entender e assentiu. Saí correndo.

No centro da cidade encontrei as outras crianças, as poucas que permaneceram ali. Eram todas pequenas, todas com idade inferior a seis anos, assumindo que eles ou seus pais não haviam mentido. Qualquer pessoa mais velha teria sido convocada aos batalhões móveis de trabalho ou enviada para trabalhar junto com os adultos. Eu era exceção por causa de minha pólio, que por diversas vezes mostrou ser uma bênção disfarçada. Eu podia ficar com o grupo ou sair por conta própria. Desde que eu trabalhasse, não tinha importância.

O trabalho em si variava ao longo do dia: recolher gravetos e queimá-los na parte da manhã, recolher plantas e cipós para tecer no período da tarde, bater as folhas de palmeira até transformá-las em uma polpa de fibras para fazer cordas à noite. Nesta manhã, o grupo colheria glórias-da-manhã silvestres, disse o soldado responsável por nós. A cozinha comunitária precisava delas para alimentar a todos.

— Para alimentar *todos vocês* — enfatizou, franzindo o cenho para os pequenos rostos que o fitavam. — Por isso, colham o máximo que puderem. Quanto mais pegarem, mais terão o que comer, entenderam?

Cabecinhas assentiam em resposta. Em seguida, o soldado nos levou à ladeira atrás do centro da cidade e nos mandou dispersar ao longo da margem do rio.

Como criaturas e grilos, glórias-da-manhã silvestres existiam em abundância, mesmo em solo aparentemente seco, desde que houvesse uma pitada de água por baixo. Encontrei uma trilha delas crescendo em uma cratera de água de chuva; parti algumas hastes de cada vez e as enfiei em um *kroma* que levava pendurado no peito, como uma mochila. As crianças menores seguiram meu exemplo, beliscando as plantas onde se partiam mais fácil e naturalmente. Uma menina de ralos cabelos vermelhos roubava pedacinhos das pontas sempre que o soldado não estava olhando. Seu irmão mais velho, que não parecia muito maior, deparou-se com uma folha cheia de pequenos caracóis, arrancou-a, e furtivamente empurrou tudo na boca da menina. Lágrimas queimaram meus olhos quando pensei em Radana. Afastei-me deles e continuei trabalhando.

Vendo que não precisávamos de sua orientação, o soldado foi se sentar à sombra de uma árvore, puxou o boné sobre os olhos e imediatamente cochilou, embalado pela brisa fresca do rio e o crescente calor do sol acima.

Ao meio-dia o sino de bronze tocou novamente, sinalizando nossa primeira refeição do dia. Seguramos firmemente os *kromas* no peito, agora sob o peso das glórias-da-manhã, e, com a máxima velocidade que pudemos, impulsionamo-nos ladeira acima.

O centro da cidade também servia como refeitório comunitário, com mesas e cadeiras de bambu na frente e braseiros de barro gigantes rudemente construídos e caldeirões de fundos enegrecidos de fuligem. Esvaziamos nossas cargas em uma pilha no chão, alinhamo-nos rapidamente em frente à mesa e cada um pegou um prato de arroz embebido em um caldo barrento e verduras cozidas demais. Mais uma vez, sopa de glórias-da-manhã. Mas estávamos com muita fome para nos importar. Além disso, a alternativa era nada.

Levei meu prato para a mesa das crianças, e, no fundo do ensopado de vegetal fibroso, encontrei um peixe do tamanho da palma da mão de uma criança! Levantei os olhos; meu coração palpitava descontroladamente. As outras crianças viram e lamberam os beiços, mas a expressão de meu rosto deve ter dito que, se ousassem tocá-lo, eu apunhalaria suas mãos com minha colher.

Espalhei o arroz em meu prato para que parecesse cheio. Coloquei o peixe de um lado, guardando-o para o final, e comecei a comer o arroz encharcado primeiro. Ao sentir os outros ainda de olho em meu peixe, puxei meu prato para perto do peito e coloquei o braço em volta dele, e continuei a comer o arroz em silêncio, de cabeça baixa, para evitar seus olhares. Finalmente, depois de perceber que não iam conseguir nada, os outros rapidamente acabaram sua comida e foram, amuados, lavar os pratos e colheres. A última pessoa a terminar era responsável por limpar a mesa e bancos. Essa era a regra. Mas eu não me importava, contanto que pudesse comer em paz. Terminei a última colherada de arroz.

E agora, o peixe! Subitamente, senti um par de olhos em mim. Olhei para cima e vi uma mulher sentada sobre uma mesa. Parecia ter uma melancia escondida dentro da camisa. Ela olhou para o meu prato e engoliu em seco; olhava e engolia. Eu não estava gostando disso.

— Você vai comer isso? — Perguntou a mulher, acariciando a barriga grávida.

Não respondi.

Percebendo que eu olhava para sua barriga, ela disse:

— Vai ser bom quando o bebê nascer. Ele vai ter sua própria ração. Agora, nós contamos como uma pessoa só, e ele que pega toda a comida.

Ela sorriu, e uma lágrima rolou por seu rosto até o canto dos lábios. Rapidamente a secou.

— Desculpe — tentou rir. — Não tive a intenção...

Continuei quieta.

— Está tudo bem — disse ela. — Eu não devia ter perguntado.

Meu coração se sentia fraco, e meu estômago começou a choramingar. O dela gemia. Conhecia aquele som, eu me lembrava. Como Radana na noite antes de morrer, querendo minha mandioca com açúcar.

— Aqui estou eu, uma mulher adulta, tentando tirar a comida de uma criança.

Não aguentei mais. Levantei-me e deixei o peixe para ela, odiando-me por isso.

Enquanto caminhava de volta para casa para levar a comida da Rainha Avó, percebi o que havia me impedido de ficar com o peixe.

O pensamento de que, se a fome pudesse existir mesmo na morte, eu nunca ia querer que reencarnasse, que se repetisse em ninguém.

A vida continuou, mesmo com a diminuição da comida. Chegou a época da colheita, e fui designada como espantalho humano.

— Você parece ter idade suficiente — disse Mouk em uma reunião, certa noite, apontando para mim. — Pode cuidar de alguns campos sozinha. Quantos anos você tem?

— E-eu não sei — gaguejei.

Querendo convencê-lo de que não estava mentindo, quase deixei escapar que antes da Revolução tinha sete anos; mas pensei melhor.

Ele estreitou os olhos para mim.

— Você é aquela que tem uma mãe bonita — disse ele, e sua cicatriz se contraiu. — Onde ela está?

— Você a mandou embora, ela e meu pai. E-eu não sei onde eles estão.

Ele aguçou o olhar.

— Posso ir agora? — Perguntei, com as costas encharcadas de um suor frio.

Ele me dispensou.

Na manhã seguinte, levantei-me de madrugada e peguei uma carona em um carro de boi para os campos de arroz nos arredores da cidade. O condutor me deixou em uma pequena cabana, disse que voltaria para me pegar à noite, e a seguir partiu para onde grupos de pessoas haviam começado a colheita do arroz. Suas silhuetas escuras se espalhavam por toda a vasta extensão.

Agachei-me no chão de terra no meio da cabana, como um espírito guardião observando o mundo, essa abundância que eu havia obtido. À minha frente o arroz ondulava e rolava como um mar de ouro líquido, cantando: *Grão longo, grão curto, grão gordo, grão grudento, grão que cheira a chuvas de monção.* À distância, figuras negras se erguiam e se dobravam colhendo o arroz, indo cada vez mais longe.

— Parecem animais — murmurei para mim mesma. — Búfalos asiáticos perambulando pelos campos.

Um guincho se ergueu de repente no meio dos arrozais. Levantei e berrei, mais para me impedir de ter medo do que para assustar:

— Eu sou um espantalho! Xô, xô, vá embora, seu corvo estúpido! — Bati palmas estrondosamente. — Eu disse para ir embora, seu pássaro estúpido!

O corvo gritou novamente, seguido de outro e mais outro, e logo ficou óbvio que eu estava em desvantagem.

— Eles estão em toda parte — engasguei. — E agora? — perguntei e respondi à minha própria pergunta. — Vá atrás deles. Não pode ficar aqui e gritar.

Corri ao longo dos diques jogando paus e pedras nos campos, fazendo todo tipo de ruído. Os corvos gritavam e batiam as asas com raiva, como se eu fosse o intruso. Corri para lá e para cá. Um bando voou e outro se acomodou no campo. Era impossível afastá-los. Eles continuaram vindo, pelotões inteiros.

Depois de um tempo, desisti. Já era o bastante! Quem se importava se comessem todo o arroz? Não que eu fosse ficar com ele se os mantivesse afastados.

Despeitada, agachei-me no dique e tentei recuperar o fôlego. À minha frente, um corvo bicava um montinho de grãos, sem nem um pouco de medo.

— Ladrão!

Joguei uma pedra nele. Ele gritou e voou para outra parte do campo.

— Vou fritá-lo vivo!

Uma brisa quente soprou, o arroz oscilou e dançou. Tudo ficou calmo, pacífico. Fechei os olhos e imaginei que o mundo era só meu.

Quando os abri novamente, vi minha oportunidade. Entrei no meio do arrozal, entre as hastes douradas e macias da altura dos meus ombros. Olhei em volta para me certificar de que não havia soldados revolucionários ou guarda secreta andando pelos diques nas proximidades. Longe dali, figuras negras continuavam trabalhando, levantando-se e abaixando-se, levantando-se e abaixando-se, como insetos no horizonte.

— Vá em frente — sussurrei para mim mesma. — Ninguém vai vê-la. Coma um pouco.

De cabeça baixa, comecei a mordiscar o arroz nos caules. Cuspia a casca e mastigava os grãos crus macios. Tinham gosto de giz, mas doces, como de açúcar rançoso. Pensei em mamãe e Big Uncle. Onde estariam agora?

Um grito em algum lugar no alto interrompeu meus pensamentos. Inclinei a cabeça para trás esperando ver um corvo. Em vez disso, no alto do claro céu branco, um abutre circulava acima de uma palmeira solitária a vários metros de distância, no entroncamento do dique. Pensei em Pok; ele havia dito que os abutres podiam sentir o cheiro da morte muito antes de ela acontecer. Pensei em Radana e os abutres que circulavam as palmeiras entrecruzadas de Pok e Mae. Queria saber atrás de quem esse abutre estava agora. De mim?

Não me importava. O arroz estava bom. Observei o pássaro gigante voando em círculos. Pensei em papai. Em sua morte. Como poderia ter sido. Era a primeira vez que me permitia pensar em sua ausência como tal — a morte.

Subitamente, o abutre desceu e se aninhou na copa da palmeira. Eu podia senti-lo me observando. Mas não estava com medo. Enfiei mais alguns grãos na boca. Olhei os grãos jovens, verdes, que pareciam macios e torrados de sol, como flocos de arroz verde, o primeiro *ombok* da colheita. Eu devia guardar no bolso um pouco para a Rainha Avó.

Continuei comendo até que meu estômago começou a inchar, até doer, como se eu houvesse comido pedras. Se esse abutre estava atrás de mim, pensei, eu estava bem alimentada. Estava no ponto.

Vinte e sete

O último sopro de vento fresco e seco desmaiou como um suspiro e foi embora. Todo o arroz foi colhido, e cada corpo capaz foi enviado a construir diques e cavar valas em preparação, mais uma vez, para a estação chuvosa. Os únicos que sobraram foram pessoas como a Rainha Avó e eu, doentes ou prejudicados de alguma forma. Éramos as sobras, disse Mouk. Excedentes inúteis.

Com o arroz cortado e colhido, eu não era mais necessária como espantalho. Voltei aos meus deveres ao redor da cidade. O trabalho da Revolução nunca acabava. Havia sempre alguma coisa a fazer, vegetais para plantar, animais para cuidar, cestos e esteiras de palha para tecer. Mesmo que meu corpo fosse só pele e osso, disseram que estava grande o suficiente para trabalhar ao lado dos adultos. No período da manhã, cuidava da horta comunitária, regava as verduras e arrancava ervas daninhas. Na parte da tarde, ia de casa em casa e contava os animais, mantendo o controle de cada ovo e cada galinha, certificando-me que não faltava nenhum. Eu era uma sigilosa guarda secreta, dissera Mouk, e meu principal dever era relatar tudo para ele. Nas raras ocasiões em que não havia nada a espionar, eu seguia a margem do rio cortando bambu e colhendo trepadeiras para tecelagem. Às vezes eu ia com um grupo pequeno. Outras vezes, autorizavam-me a vaguear sozinha. Quando sozinha, fugia para dar uma olhada na Rainha Avó, certificar-me de que ela ainda estava se mexendo e respirando, mesmo sabendo que o fim estava próximo.

Em casa, uma jovem — ela mesma gravemente doente, mas designada a cuidar de minha avó durante minha ausência — disse que não conseguia mais fazê-la comer.

— Ela fica lá, deitada como um def...

“Defunto”, ela ia dizer, mas se conteve a tempo.

Ela virou a Rainha Avó de lado para me mostrar as enormes pústulas nas costas e nádegas. Prendi a respiração, tentando evitar que o miasma de carne podre entrasse em minhas narinas. Ela não tinha necessidade de me mostrar. Eu sabia dessa decomposição, vivia com ela todos os dias, dormia ao lado dela todas as noites, estava acostumada. As roupas da Rainha Avó, a esteira de palha em que ela estava, o travesseiro e cobertor, o quarto inteiro cheirava a podridão. Agora eu sabia o que era; o cheiro da morte. Não da morte em si, mas de sua encenação; do corpo da Rainha Avó desistindo enquanto sua mente lutava para se manter viva.

A jovem se levantou e disse, tossindo:

— Vou deixar você um pouco com ela. Depois, devemos deixá-la ir.

Ela saiu da sala com o peso de sua própria doença.

— Vovó — eu disse, falando para seu rosto embalsamado.

Ela não se mexeu. Inclinei-me e sussurrei:

— Rainha Avó, sou eu.

Ela não respondeu.

Tentei novamente.

— Mechas Mae — disse, na língua real, sentindo o peso dela em minha língua —, sou eu. Arun... seu filho. Ayuravann está comigo. — Coloquei a mão em meu coração. — Sim, ele está aqui comigo. Está seguro.

Ela abriu os olhos, só um pouquinho.

— Eu sei — murmurou. — Eu o vejo.

— Ele veio para levá-la de volta para casa.

Ela levantou a mão ossuda e segurou meu rosto, passando seu polegar molhado e salgado por meus lábios, e foi só então que percebi que eu estava chorando. Minhas lágrimas molharam sua mão, e como se estivesse esperando esse momento, minhas lágrimas, para levá-la para casa, ela retirou a mão. Abraçando-a contra o peito, fechou os olhos.

Deslizei para o pé da esteira e, curvando-me, toquei seus pés com a cabeça, como meu pai teria feito, da maneira como me havia ensinado, fazendo reverência à vida que nos deu a nossa, demonstrando nossa gratidão.

Três vezes — por papai, por Radana, pelo resto da família. Finalmente, uma última vez por mim. Então, levantei-me e saí.

Fui até o rio. Dormi na margem, cobrindo-me com uma folha de bananeira. Quando acordei de novo, o céu da manhã estava queimando, coberto de estrias de um vermelho raivoso, como as feridas nas costas da Rainha Avó. Ela havia ido embora. Ela havia morrido durante a noite, e quando voltei para casa, Mouk havia mandado seus soldados para levar seu corpo para longe e descartá-lo em algum lugar nos campos de arroz. Assim como Radana, ela fertilizaria o solo.

O tempo todo esperava sua morte, mas o fato de ela ter morrido dessa maneira, sem o conforto de seus filhos, fez-me sentir raiva de seu falecimento, daqueles que haviam prolongado seu sofrimento.

No dia seguinte encontrei Big Uncle me esperando nos degraus da frente da casa. A jovem doente mandara avisá-lo para que fosse me buscar. Não precisei lhe dizer o que havia acontecido. Ele sabia. Ele havia visto a morte da Rainha Avó muito antes de acontecer.

Fomos pegando carona em vários carros de bois que encontramos pelo caminho. No fim da tarde, chegamos ao campo de trabalho, um lugar remoto e árido no meio do nada. Diante de nós se erguia uma montanha nua, segurando o céu nas costas. Silenciosas figuras negras teciam seu caminho para cima e para baixo da longa ladeira irregular, como formigas construindo um formigueiro gigante, na expectativa de um grande aguaceiro. Embaixo, figuras negras ainda mais silenciosas se levantavam e se curvavam, quebrando a terra com enxadas e pás. Um funeral, pensei, sentindo tontura. Alguma coisa deve ter morrido. Voltei-me para Big Uncle e perguntei:

— O que eles estão enterrando?

— Tudo — disse ele com voz abafada, distante. — Tudo... toda uma civilização. Sim, isso é o que estamos vendo. O enterro de uma civilização.

Senti um zumbido nos ouvidos, e eu não tinha certeza de ter ouvido direito.

— Pensei que fosse um dragão — ouvi-me dizendo. — Um dragão *yiak*.

— Tomara que sim — murmurou Big Uncle. — Ou então estamos enterrando a nós mesmos. Um povo cavando sua própria sepultura. — Ele me deu a mão. — Vamos, temos trabalho a fazer.

• • •

Grossas cortinas de poeira se erguiam por toda parte. Todos à nossa volta tinham a cabeça e o rosto cobertos com *kroma*s. Não dava para saber quem era quem. Não havia tempo a perder. Não havia tempo nem para procurar mamãe. Um soldado entregou a Big Uncle uma enxada e um *bangki*, uma dessas cestas de bambu em forma de meia concha, para mim. Enquanto Big Uncle cavava, eu empurrava pedaços soltos de terra na cesta com as mãos e os pés descalços. Trabalhadores iam e trocavam suas cestas vazias pelas cheias. Os soldados revolucionários mantinham uma vigilância cerrada, assegurando-se de que cada mão e cada pé se mexiam, ocupados em alguma tarefa. Ninguém erguia os olhos. Ninguém falava. O som das batidas do metal contra a dura terra seca ecoava pelo céu.

Era um céu doente. Um céu queimando, cheio de vergões. Irritado e vermelho, com as cores da carne podre, de morrer e da morte, de um pesado último suspiro. Das chuvas que não vieram e das chuvas que vieram há muito tempo.

Big Uncle tossiu e seu rosto foi ficando roxo-escuro. Pensei que sua língua ia cair. Um soldado olhou para nós e Big Uncle controlou a tosse e retomou a escavação, com movimentos mecânicos, como se nunca houvesse conhecido qualquer outro jeito de se mover, como se sua mente não fosse capaz de nenhum outro pensamento exceto os do trabalho à sua frente.

Olhei em volta em busca de mamãe, mas não conseguia ver além das nuvens de poeira. Meus olhos estavam secos. Quando pisquei, vi uma tempestade de areia, senti o fogo. Quando engoli, senti o gosto do deserto na língua. Senti-me secar por dentro, rachar com linhas secas; todo meu corpo era uma casca de coco rachada. Em torno de mim o solo estava quebrado e cheio de cicatrizes, com buracos e valas que pareciam sepulturas cavadas pela metade. Estamos enterrando um dragão, pensei, mas sou eu que estou morrendo debaixo do sol. Estou cavando minha própria cova. Ou então, estamos enterrando a nós mesmos. As palavras de Big Uncle ecoavam em minha cabeça, misturando-se com meus pensamentos. "Enterrando a nós mesmos, enterrando a nós mesmos..." O sino tocou, como uma salva de tiros. As pessoas soltaram suas ferramentas e seguiram em direção a um trecho elevado e contínuo de terra, onde fileiras de cabanas de palha se erguiam contra um fundo de árvores. Olhei e pisquei, olhei e pisquei, e meus olhos queimavam de dor. Vi brasas e chamas, faíscas voando por todo lado. *As cabanas estão em chamas, ou eu estou em chamas?* Não podia ter certeza se meus olhos estavam me pregando peças. As chamas pulavam e dançavam, lambendo meu rosto. *Estou em uma pira funerária. Mas de quem?*

Big Uncle sentou ao meu lado, esperando que o tráfego de figuras negras diminuísse. Cestas se espalhavam à nossa volta como conchas gigantes, um mar de moluscos mortos. *Os coveiros pararam de cavar...* Enxadas e pás atravessadas como ossos em um campo aberto. Terra e rochas reunidas em pequenos montes que pareciam cupinzeiros. *Um pequeno monte será suficiente para enterrar Radana...* Minha mente divagou como uma cobra longa e fina deslizando pelo chão nu. *Ela era pequena quando morreu. Menor até do que quando nasceu. Se ela tivesse um túmulo, seria parecido com um cupinzeiro. Não ia impedir que o Mekong inundasse os campos de arroz, mas impediria que mamãe se afogasse em suas próprias lágrimas. Lágrimas que saíram e lágrimas que não saíram. Como as chuvas da estação. Sim, é isso que vou fazer. Vou construir um túmulo antes de morrer. Não um túmulo para o dragão* yiak, *mas um cupinzeiro para a tristeza de mamãe.*

Olhei para cima tentando adivinhar que horas eram. O Sol estava bem acima de mim, sentado em minha cabeça. Eu estava a ponto de explodir. O sino não parava de tocar. *Ring ring ring ring.*

Tinha pensamentos estranhos. Via coisas estranhas. Vi milhões de pequenas estrelas. *Piscando Piscando Piscando...*

Uma mulher veio em nossa direção. Big Uncle disse alguma coisa, mas eu não conseguia entender. Sua voz parecia vir do fundo do Mekong, lá do fundo, onde a serpente *naga* morava. *Big Uncle é uma serpente* naga*, um dragão* yiak *chamado Civilização Enterrada?* Certa vez, ele era um *yiak*. Agora ele era um coveiro, cavando sepulturas para cupins. *Por quê? Por que tudo parece tão pequeno?* A mulher estava diante de mim. Ela não tinha rosto, somente olhos. Luas negras no branco céu claro. Eu conhecia aqueles olhos. Ela desenrolou o *kroma* coberto de poeira de seu rosto sem rosto. A bandagem em volta de sua ferida. Sorriu para mim, e, quando vi a tristeza naquele sorriso, soube quem ela era.

As estrelas pararam de piscar. A noite virou dia. O *kroma* cobriu meu corpo. Eu morri antes de poder construir um cupinzeiro para Radana ao lado da sepultura do dragão *yiak*.

— Você desmaiou ao Sol — disse mamãe, e acrescentou, tentando sorrir —, mas está tudo bem agora.

Ela sentiu minha testa e pescoço com o dorso da mão em busca de vestígios do sol em minha pele.

A noite havia chegado, e, ao que parecia, a única luz era a da tocha do lado de fora, perto da porta da grande cabana comunal. Engoli em seco com a visão de sua chama laranja e preta. Senti seu calor seco em minha garganta. Minhas costas estavam encharcadas de suor. No entanto eu sentia frio, tremia com leveza, como se meu espírito se houvesse elevado e só sobrasse essa concha de meu corpo.

Mamãe puxou o cobertor até meu peito. Lambi meus lábios à procura de água no brilho mudo do quarto, notando uma linha vazia de esteiras de palha e travesseiros. Mosquiteiros erguidos pairavam acima como fantasmas em voo.

— Tome — disse ela, entregando-me uma tigela do que parecia ser sopa de arroz aguada. — Vai fazer você se sentir melhor.

Sentei-me e bebi o líquido, mas deixei o arroz. Eu não estava com fome, só com sede. Entreguei a vasilha de volta a ela, e, limpando a boca com as costas da mão, deitei-me na longa cama comunal de bambu.

— Ainda está com frio? — ela perguntou, inclinando a cabeça.

A preocupação atravessava seu rosto, ou talvez fosse a sombra de seus cílios quando piscava.

— Quer comer alguma coisa? — Ela acariciou meu queixo. — Posso tentar arranjar alguma coisa. Frutas, açúcar, basta dizer.

Eu não conseguia falar. Eu só conseguia me lembrar da sensação de sua mão em minha pele.

— Talvez você só queira dormir agora.

Ela abaixou o mosquiteiro sobre mim, prendendo as bordas debaixo da esteira.

— Tenho de voltar ao trabalho.

Assenti.

Ela caminhou até a porta, e, em seguida, voltou-se para olhar para mim. À luz da tocha, sua sombra cresceu e se jogou sobre mim.

Fechei os olhos e fingi dormir. Ela saiu, e a luz da tocha desapareceu com seus passos. Virei para a parede. Um estreito espaço separava a parede da cama. Eu sabia que ela havia escolhido esse lugar por causa da parede. Poderia entrar e sair sem ter que falar com as outras mulheres que compartilhavam a cabana, e, quando dormia, podia enfrentar a escuridão, sozinha. Era como ela dormia desde que Radana morrera, abraçando a parede, de frente para lugar nenhum.

Ouvi ruídos externos, zumbidos das criaturas da noite. Uma coruja piou e outra respondeu, contando umas às outras uma história sem fim em meio a um barulho interminável de enxadas e pás, de terra sendo esmagada. Quando ouvimos uma coruja, dizem, a morte está próxima. Mas corujas estão sempre piando no Camboja Democrático, e, quando alguém morria, ficavam tão quietas quanto as pessoas, com medo de falar, de chorar em voz alta. Eu havia aprendido a não ter medo de corujas e outras criaturas da noite. Animais não são como pessoas. Se os deixarmos em paz, não vão nos machucar. Mas as pessoas sim, mesmo que não tenhamos feito nada de errado. Eles machucam com suas armas, com suas palavras, suas mentiras e promessas quebradas, com sua tristeza.

Os grilos zumbiam música para acompanhar a história das corujas. As árvores se agitavam para ouvir. De vez em quando o vento bocejava. A distância, ferramentas de metal quebravam a terra em um ritmo monótono, e nas proximidades, um pouco acima de minha cabeça, sussurros ecoavam.

— Como ela está?

— Estou perdendo-a... Talvez já a tenha perdido.

— É melhor voltar ao trabalho. Eu cuido dela.

À noite, até as paredes tinham vozes.

Ele entrou na cabana. Eu conhecia sua coxeadura mesmo sem poder ver seu rosto. Ele ficou ao pé da cama onde ela estivera só um momento antes. No escuro, Big Uncle era todo sombra.

— Você está acordada? — Ele perguntou.

Assenti com a cabeça e me sentei dentro do mosquiteiro.

— Está com fome?

— Não, só com sede.

— Vamos lá fora, então.

Segui-o, enrolando-me com o cobertor. Lá fora, a lua era um buraco branco no céu negro. Sentamos lado a lado na raiz gigante de uma árvore cujas folhas pareciam corações de tartarugas. Diante de nós, uma chaleira sobre três pedras, e, debaixo dela, a cinza ainda estava quente.

— Pegamos emprestada a chaleira da cozinha — disse Big Uncle vertendo água em uma xícara de bambu e entregando-a a mim. — O líder do acampamento permitiu que nos revezássemos para vir ver como você está. Como está se sentindo?

Fiquei calada, com os olhos no túmulo de dragão *yiak*. Parecia maior à noite. Tudo ficava sob sua sombra. Chamas alaranjadas brilhantes pontilhavam a paisagem rasgada, iluminando as infinitas filas de figuras negras cavando e carregando cestas. Sepultadores de dragões, pensei. Cavadores de sepulturas. Para cima e para baixo. Para cima e para baixo. Pareciam fantasmas. Fantasmas enterrando fantasmas.

Big Uncle, percebendo meu olhar, disse:

— Não há lógica para isso.

Enterrando a civilização, ele dissera. O dragão *yiak* tinha um nome. Não tinha lógica, mas tinha um nome.

Subitamente, uma nuvem deslizou sobre a lua, e por um momento pensei ter visto o espírito do dragão *yiak* flutuando acima de nós.

Pedi mais água. Big Uncle encheu a xícara. Uma brisa quente soprou, fazendo farfalhar as folhas acima de nós. Big Uncle ergueu os olhos e disse:

— Restarão poucos de nós descansando à sombra de uma figueira-de-bengala.

— A profecia, eu sei.

A profecia — explicara papai há muito tempo, quando Om Bao desaparecera — dizia que a escuridão se abateria sobre o Camboja. Haveria casas e estradas vazias, o país seria governado por pessoas sem moral ou educação, e o rio de sangue seria tão alto que chegaria ao ventre de um elefante. No final, apenas os surdos, os estúpidos e mudos sobreviveriam.

Big Uncle olhou para mim, perplexo.

Se ele quisesse me confortar, dizendo que não havia nada que eu pudesse ter feito, porque a Rainha Avó e os outros estavam entre os condenados da profecia, eu diria que isso não existia — nenhuma profecia, nenhuma maldição. Também não existia árvore sagrada, sob cuja sombra se estaria seguro. Existia apenas esse cemitério, e nós todos morreríamos ali, em nossa vala comum. Eu não conseguia encontrar as palavras. Então, em vez disso, eu disse:

— Rainha Avó disse que era nosso carma.

Big Uncle ficou em silêncio.

Vinte e oito

Os dias e noites pareciam presos a uma rotina, levando-nos na mesma rotação monótona. A única indicação de que nos movíamos para frente era o crescimento do aterro, que desde minha chegada parecia ter dobrado o tamanho e comprimento de sua superfície escamosa de seixos e rochas e grandes pedaços de barro duro e seco. Era a maior montanha construída à mão que eu já havia visto, e a ausência de árvores e plantas, sua nudez tumular, aumentava sua monstruosidade. Mesmo com degraus escavados nas laterais para que fosse possível subir, ainda era uma altura vertiginosa a vencer. No topo era possível ver tudo ao redor. De um lado, para além do terreno irregular e esburacado, nossas cabanas ficavam em um trecho elevado de terra. As cabanas das mulheres eram separadas das dos homens por vários corredores com longos telhados de palha, abertos nas laterais, que formavam o refeitório comunal, e a cozinha e os quartos dos soldados nos fundos. Mais além, depois dos campos de relva e algumas árvores, surgia a silhueta escura, impenetrável, das tão temidas Florestas Assombradas. Do outro lado, prevalecia a lisa planície seca, estendendo-se infinitamente no horizonte. Em nenhum lugar se via um rio, nem mesmo pequeno, muito menos uma força poderosa, furiosa, que justificasse a construção dessa barragem colossal.

Nessa manhã, como em todas as outras, assim que o Sol nasceu, assumi meu lugar em uma grande cratera com outras crianças, que pareciam mais idosos de barrigas inchadas e membros esqueléticos.

Nós, os mais fortes, de cócoras sobre os calcanhares, quebrávamos a terra com pás de bambu, enquanto os mais fracos a recolhiam nos cestos em forma de concha jogados em pilhas por uma longa procissão de homens e mulheres que desciam ao aterro. Havia um fluxo contínuo, tantas filas subindo quanto descendo. Mamãe estava descendo, indo em minha direção, tomando o longo caminho, passando uma cratera após a outra, onde ela poderia trocar seus cestos vazios por outros cheios. Se um soldado a pegasse tomando o desvio ela seria punida, forçada a trabalhar mais que todos, ou pior, privada de uma refeição. Quando chegou a minha cratera, deixou seus cestos vazios no chão, entregou-me discretamente um *krotelong*, uma espécie de inseto aquático semelhante a uma barata, enganchou os dois cestos cheios em sua vara de bambu e se foi. Fingi um ataque de tosse, e, levando o meu punho para a boca como se quisesse abafar a tosse, devorei o inseto aquático de uma vez. A seguir, com as duas mãos novamente, segurando o cabo de minha pá de bambu, continuei cavando em volta de uma rocha, afrouxando-a pouco a pouco. Devia haver mais insetos aquáticos em busca de refúgio na terra úmida e fresca embaixo. Senão, pensei, haveria outros insetos. Até escorpiões eram melhores que nada.

A vários metros de distância Big Uncle se movia ao longo de um profundo fosso estreito. Seus ombros subiam e desciam conforme ele se abaixava para cavar e se erguia novamente para jogar uma pá de terra sobre a borda. Na outra ponta, agachava-se um grupo de meninos pequenos o suficiente para se movimentar pelo espaço apertado. Eles raspavam as bordas para alargar a abertura; tossiam e engasgavam no ritmo dos sons da terra se partindo em torno deles.

Enquanto trabalhávamos, o líder do acampamento andava por ali gritando por um megafone:

— A Organização precisa de nós, agora mais do que nunca! Estamos lutando contra os vietnamitas. Eles estão empurrando nossas fronteiras, surrando-nos em todas as direções, tentando roubar nosso país a cada oportunidade!

Ele era quase careca e forte, certamente um dos poucos corpos com carne entre centenas de outros esqueléticos. Sua boca estava sempre em movimento, se não falando, comendo. Sua mulher, um ser igualmente carnudo, era a líder da cozinha.

— Sim, eles podem ser comunistas como nós, mas são vietnamitas em primeiro lugar! Então, são nossos inimigos! Temos de nos defender deles! Temos de fortalecer nosso país de dentro! Como faremos isso? Construindo montanhas para impedir que o Mekong inunde os campos de arroz.

Que Mekong? Que campos de arroz? Minha mente divagou. Eu sentia fome, mais que nunca, depois de comer o inseto aquático. Cavei mais forte em volta da rocha.

— Em todo o país, reservatórios, canais, valas estão sendo construídas para que o arroz possa ser plantado durante o ano todo, não apenas durante a estação chuvosa! O Camboja Democrático é uma nação poderosa! O resto do mundo vai depender de nosso arroz! Podíamos ter muito para comer, mas quem poderia pensar em comer sendo que nossos soldados precisam de nosso arroz?

Minha fome virou sede. Limpei o suor de meu nariz e lambi minha palma ressecada. Tinha um gosto salgado, farinhoso de terra.

— Temos de continuar nossa luta! A Revolução é uma batalha constante! Temos de procurar os inimigos! Estejam sempre à procura deles!

Olhei na direção de nossas cabanas lembrando-me do cantil de água que eu havia deixado no pé da cama, com a pressa de chegar ao trabalho.

— Eles estão por toda parte, não só fora de nossas fronteiras!

Os sons de pás cavando ecoavam por toda a extensão, saltando das crateras às valas, enchendo meus ouvidos e chacoalhando meus ossos de modo que eu não podia me diferenciar de cada estrondo, cada barulho, dos incessantes latidos do líder do acampamento.

— Eles se escondem entre nós, compartilham nossas camas e nossa comida!

Fechei os olhos e deixei meu corpo ir... deixei a pele cair... deixei que os ossos se quebrassem e se desintegrassem... até que restaram só a fome e a sede.

— E quando os encontrarmos, temos de derrotá-los!

Finalmente desprendi a rocha, e, com toda minha força, empurrei-a. Nada. Nem mesmo formigas. Nem um mísero inseto para comer. A terra era tão seca quanto quente, inóspita para a vida.

— Temos de esmagá-los como cupins!

Cavei um buraco e me enterrei, como um nó em forma de semente, e esperei a chuva.

— Não devemos mostrar piedade alguma!

Mamãe veio novamente, mas não tinha comida para oferecer; só um leve sorriso, que eu não tinha forças para retribuir.

— Não demonstrem piedade!

Ela soltou o par de cestas vazias, içou outro par cheio de terra e seguiu seu caminho, acompanhando o fluxo de pessoas a sua frente. Seus passos eram mais lentos agora, seu corpo tremia mais a cada passo.

— Temos de nos livrar deles, dos bebês também!

Ele gritou a mesma mensagem cinco vezes. Eu queria bater na cabeça dele com uma enxada. O alívio temporário só veio quando o sino tocou.

Deram-nos tempo suficiente para ir ao mato ou, se quiséssemos, ir até o riacho atrás das cabanas para nos refrescar com um mergulho. A maioria das pessoas ficou onde estava. Exceto pelo chamado da natureza, não havia razão para se mover, não havia razão para desperdiçar nossa energia. Big Uncle saiu do fosso e se agachou ao meu lado na cratera. A certa distância, o líder do acampamento conversava com mamãe, que de vez em quando abaixava a cabeça e assentia. Ele devia tê-la visto pegar o desvio para ir me ver e agora a estava repreendendo. Ele fez um gesto com a mão, como se permitisse que ela saísse do castigo. Ela parecia grata, e correu em nossa direção.

— Preciso ir ao mato — disse ela, oferecendo-me sua mão. — Venha.

Não entendia por que ela precisava que eu fosse junto, mas, antes que eu pudesse protestar, Big Uncle, ajudando-me a levantar, disse:

— Vá com sua mãe — e para ela —, vou daqui a pouco.

Ele não precisou dizer mais nada; eu entendi. Onde quer que fôssemos, não podíamos ser vistos andando juntos. Proximidade familiar era contra os ensinamentos da Revolução, dissera o líder do acampamento. Corroía a estrutura comunal e diminuía a produtividade. Fosse o que fosse que isso queria dizer, ficou claro que era o motivo por as cabanas dos homens ficarem separadas das cabanas das mulheres. Ali, nem mesmo maridos e esposas podiam ficar sob o mesmo teto. Intervalos e refeições eram as únicas ocasiões em que uma família podia ficar junta.

— Vamos esperar você no rochedo — disse mamãe.

Big Uncle balançou a cabeça e mamãe me puxou com ela.

Chegamos a uma parte isolada da floresta, onde o riacho fazia uma curva em torno de uma grande pedra e se derramava em uma piscina antes de cair e desaparecer sob um dossel de mudas de bambu. Mamãe arregaçou as calças e atravessou a água à altura dos tornozelos em direção à pedra. Inclinando-se, mergulhou o braço na piscina, e, depois de vasculhar um pouco, retirou dois talos de cana-de-açúcar, longos como seu antebraço. Voltou-se e nadou de volta para mim. Subitamente, ouvi um estalo alto. Voltei-me e vi um galho caindo ao chão. Olhei em volta com o coração batendo descontroladamente. Não havia ninguém.

— Sente-se — disse mamãe, puxando-me para baixo, para que ficássemos escondidas atrás de um arbusto espinhoso.

Ela me entregou um dos talos e imediatamente mordi o revestimento duro, descascando-o uma tira de cada vez com os dentes. Um enxame de mosquitos rondou minha cabeça, animados com o cheiro doce. Parti um pedaço e mastiguei, moendo-o com os dentes, sugando-o antes de cuspir o talo seco no chão. Outro galho estalou, e dessa vez Big Uncle apareceu no mato a nossa esquerda. Veio e se sentou ao nosso lado. Mamãe partiu o outro talo de cana e lhe ofereceu metade. Ele hesitou, baixando os olhos, envergonhado.

— Pegue — disse mamãe, empurrando a cana para a mão dele. — Não há maior humilhação que a fome.

Big Uncle pegou-o, murmurando:

— Não posso deixar você arriscar sua vida.

— Que vida? — Retrucou ela, e então, como se relaxasse, acrescentou: — Aquele porco tem tanto a perder quanto nós. Se eu for pega, vou declarar na frente dos soldados e guardas, na frente de todos, que o líder deles aceitou nossa oferta.

Ela estava falando sobre o líder do acampamento.

— Ele não sabia o que era um alfinete de gravata. Não perdi tempo explicando. Sendo de ouro, disse ele, é só o que interessa a sua esposa.

Big Uncle não disse nada. Mordeu a cana-de-açúcar, e juntos, comemos em silêncio. Nossa mastigação era abafada pelo fluxo do riacho. Depois, recolhemos os restos mastigados e os jogamos no bambuzal.

• • •

Quase não conseguimos voltar a tempo. No último toque do sino mamãe correu à frente para pegar a vara com as cestas, enquanto Big Uncle e eu nos dirigíamos a uma estreita ponte de bambu sobre a qual se faria um reservatório para água da chuva. Um casal de soldados passou por nós imitando nosso andar, um mancando com a perna direita, o outro claudicando com a esquerda, rindo histericamente, divertindo-se com seu próprio teatro. Eu não me importava. Animais estúpidos.

O Sol brilhava, cintilantemente forte. Um som estourou acima de nossas cabeças, como pedras atiradas em um telhado de metal. Subitamente, milhões de dardos prateados caíram do céu e se derretiam contra nossa pele. Estava chovendo. Do outro lado do aterro, as pessoas pararam de trabalhar e voltaram o rosto para o céu, e imediatamente a chuva parou, tão abruptamente quanto havia chegado. Nem uma gota mais. Então, outra ducha começou e se interrompeu. Diversas vezes o céu brincou conosco, e ao mesmo tempo o Sol não piscou nem uma única vez.

Foi assim durante dias, semanas, com pequenas explosões indo e vindo, desaparecendo sem deixar vestígios na terra rachada. *Pliang chmol*, era como o povo local as chamava — chuvas masculinas. Chegavam quando menos se esperava, quando não se podia mais suportar o calor, e, assim que chegavam, desapareciam. Em seguida o Sol queimava, a terra vomitava, o ar se tornava pesado como aço. Mas as chuvas masculinas não eram preocupantes, disseram-nos. Eram apenas chuvas mensageiras. Eram enviadas para nos alertar sobre as chuvas femininas.

— Chuvas femininas? — Perguntou alguém. — O que é isso?

— Chuvas que choram um rio inteiro — disse uma mulher de uma vila não muito longe dali —, e uma planície de inundação.

— Quando virão?

— Quando tudo estiver morto.

— Está na hora! — declarou o líder do acampamento certa manhã, em uma reunião que ele havia convocado no topo do aterro. O megafone à frente de seu rosto parecia uma extensão de seus lábios salientes e oleosos.

— É hora de provar nossa força! Neste dia auspicioso, 17 de abril de 1977, segundo aniversário da Libertação, mais uma vez declaramos nossa força!

Ele ergueu os olhos, como se estivesse falando para o céu, desafiando-o.

— Veem o que construímos? Uma montanha, do nada! Já viram algo tão surpreendente? Olhem! Olhem para os campos de arroz verde à sua frente!

Olhei, e de um lado vi nossas cabanas de palha, as árvores cobertas com camadas de poeira, o solo todo quebrado, e do outro lado o mato ressequido, enegrecido com trechos de grama carbonizada pelo sol. Não havia campo de arroz verde.

— Imaginem-nos quando tivermos o nosso aterro e o reservatório! Sim, esta área será coberta com arroz. Campos e campos por toda parte!

Minhas têmporas latejavam, minha mente girava.

— Por todo o Camboja Democrático nossos irmãos e irmãs estão construindo diques e cavando canais! Juntos, vamos conquistar o céu, os rios! Vamos plantar arroz onde quisermos! Até em rochas! Teremos tanto, que será a inveja de outras nações! Os vietnamitas não nos incomodarão mais.

Por que ele não podia desaparecer como as chuvas masculinas? Desejei que houvesse árvores ali, algum tipo de sombra. *Finja que está cavalgando nas costas do dragão* Yiak, disse a mim mesma.

— Se tivermos arroz, teremos tudo! Poderemos fazer qualquer coisa! Temos de nos unir e demonstrar nossa força revolucionária!

Aplausos e vivas. Senti meu crânio rachar, quebrar-se ao meio. Eu queria correr, mas não podia sequer me levantar. Fiquei onde estava, presa entre um túmulo e um céu em chamas, entre a Civilização Enterrada e chuvas desaparecidas, entre intermináveis aplausos e vivas.

O dia ficou mais quente, meu estômago, mais vazio. No final da tarde, começou a chover novamente. Os soldados e guardas revolucionários soltaram um viva, erguendo as armas acima da cabeça como se houvessem feito a chuva, como se estivessem ganhando alguma batalha contra o Sol e o calor. Eles nos permitiram um breve momento de descanso. Coloquei a língua para fora para saborear as gotas quentes. Um grilo pulou a minha frente, mas eu não tinha forças para ir atrás dele. Minha respiração era curta, filtrando-se através de minhas narinas em vez de subir do meu peito. Quando tentei respirar mais profundamente, minha caixa torácica doeu, minha cabeça latejou, minha visão ficou turva. Procurei mamãe, mas não pude vê-la em lugar algum. Big Uncle se encostou na parede da vala que estava cavando, sem se preocupar em sair, aproveitando esse breve momento para fechar os olhos, deixando que as rápidas gotas pesadas caíssem sobre suas pálpebras, acalmando a queimação por baixo.

Logo a chuva parou e começamos a trabalhar novamente. O calor se intensificou, tudo ficou mais lento. Eu queria que o dia acabasse;

mas a noite não era melhor. Veio com meia tigela de sopa aguada de arroz. Bebi de um gole e lambi a tigela vazia. Mamãe empurrou-a e me deu a dela. Olhei para a vasilha, querendo-a, não querendo querê-la com vergonha de minha ganância, ainda sem saber como me livrar da fome. Ela acenou para que eu bebesse, e com os dedos retirou uma mecha de cabelo grudada em minha bochecha e a colocou atrás de minha orelha. Mantive a cabeça abaixada enquanto tomava a sopa, incapaz de encontrar seus olhos quando ela olhava para mim. Quando terminei, ela perguntou:

— Como se sente agora?

— Ainda com fome.

A chuva se reuniu em seus olhos, e senti que, se piscasse, ia me afogar.

A noite caiu, bastante quente. Todos começaram a subir até o topo do aterro, onde havia pelo menos alguma brisa. Mamãe pegou uma camisa de nossa trouxa e começou a remendá-la.

— Vamos, camarada Aana — disse uma das mulheres de nossa cabana. — Não é sempre que temos uma noite de folga. Por que desperdiçá-la remendando roupa?

A mulher estendeu o braço para mim como uma forma de persuadir mamãe a ir com ela. Eu saí da cama, mas mamãe, fixando seu olhar em mim, disse:

— Preciso de sua ajuda para enfiar a linha na agulha.

Ela esperou até que todos saíram, e então, jogou a camisa de lado, pegou o travesseiro de Radana e o rasgou com as mãos nuas. Um par de argolas prateadas caiu do travesseiro e pousou perto de meu joelho; os pequenos sinos cravejados de diamantes tilintaram com um som familiar. Demorei alguns segundos para lembrar que eram as tornozeleiras de Radana. Eu não as via desde que havíamos saído de Phnom Penh. Estávamos em 1977, dissera o líder do acampamento. Eu não sabia o que me assustou mais: que havia um tempo específico, um mês e um ano, para essa perpétua escuridão, ou que uma vida e um mundo que eu conhecia haviam desaparecido totalmente em apenas dois anos. Eu havia esquecido completamente que as tornozeleiras existiam. À luz da tocha cintilante, elas brilhavam, translúcidas como um par de serpentes recém-nascidas. Mamãe as recolheu da esteira e as colocou no bolso.

— Vamos — disse ela, puxando-me pelo braço.

Esperamos no bosque atrás da cozinha. Árvores e arbustos esperavam conosco. Nenhum galho se agitou, nenhuma folha acenou. Perto de nós, um pequeno monte escuro de cascas de vegetais e espinhas de peixe podres. Insetos gemiam sobre o monte como se assistissem a um funeral. Subitamente, um galho se mexeu e a grama estalou. Um soldado, pensei, ou talvez um membro da Comissão de Cozinha. Uma sombra saiu do escuro nebuloso carregando um pequeno pote de barro. A sombra vinha em nossa direção. Eu queria correr, mas mamãe me segurou contra si.

Era a esposa do líder do acampamento. Ela entregou a panela de barro para mamãe, e esta lhe deu as tornozeleiras de Radana. A mulher as examinou, franzindo a testa, como se não fossem o que esperava. Ela enfiou seu pulso massudo em uma das tornozeleiras.

— São meio pequenas, não é?

— Bem, pertenciam a uma criança — disse mamãe.

A mulher olhou para mim.

— Ela?

— Sim, há muito tempo — mentiu mamãe, e acrescentou —, mas são suas agora.

Satisfeita, a mulher as guardou no bolso e desapareceu, unindo-se à escuridão.

Mamãe se aproximou, e colocando o pote de arroz a minha frente, disse:

— Eram suas.

Levei punhados de arroz cozido no vapor, um após o outro, para a boca, engolindo o mingau encaroçado sem realmente saboreá-lo. Mamãe me olhava descansando o queixo sobre os joelhos, balançando para frente e para trás nos calcanhares.

— As tornozeleiras — prosseguiu — foram suas primeiro. Eu as havia feito para você quando nasceu. Queria que as usasse quando aprendesse a andar, para que eu sempre soubesse onde estava pelo som dos sinos. Assim, eu nunca a perderia. Mas você teve poliomielite, e eu as tirei. Depois... — ela fez uma pausa, incapaz de pronunciar o nome de Radana. — Depois, sua irmã nasceu, e eu peguei o que era seu e dei a ela.

Parei de comer e olhei para ela. Eu não sabia o que dizer. Minha culpa e vergonha eram tão esmagadoras quanto a dela. Nós estávamos vivas, enquanto Radana, que não havia feito nada de errado, morrera.

— Eram as últimas joias que tínhamos. Agora... — ela tentou sorrir. — Bem, teremos de descobrir algum outro jeito, não é?

Engoli em seco, sentindo-me enjoada. O fedor dos dejetos podres era avassalador. Não conseguia separá-lo do cheiro do arroz.

— Depressa, termine isso — disse, olhando em volta, parecendo ter medo de que alguém nos descobrisse.

Continuei me enchendo, não queria desapontá-la, mesmo que o arroz estivesse rançoso — encharcado, como se houvesse passado a tarde toda em seu próprio suor. Ou talvez eu houvesse esquecido o gosto de arroz cozido no vapor. Continuei comendo, enquanto mamãe me observava, perdida em seus próprios pensamentos.

Meu estômago se revirava, não de fome agora, mas de náuseas. Ao lado, os insetos continuavam gemendo e se banqueteando em seu monte funerário.

Quando terminei, mamãe quebrou o pote de barro contra uma pedra e o jogou em um arbusto. Limpei minhas mãos com as folhas.

Mais uma vez, ela me puxou pelo braço e corremos de volta para a cabana. Na porta, paramos para olhar o céu noturno. Acima de nós, as estrelas brilhavam como diamantes. Sinos de ouro branco.

Na manhã seguinte, antes das primeiras luzes, assumi meu lugar no pé do aterro ao lado de Big Uncle, em uma cratera rasa com cerca de mais dez ou doze pessoas. O sabor do arroz estragado revestia minha boca e uma câibra dolorosa apertava meu estômago, mas não me dei o trabalho de perguntar a um soldado se podia ir ao mato. Eu havia esvaziado minhas entranhas de tudo na noite anterior, levantando-me várias vezes para vomitar e me aliviar. As cólicas não eram piores que as dores da fome. Além disso, seria necessário muito esforço para andar pelo terreno cheio de cicatrizes. Havia crateras e buracos por todo lado agora, alguns grandes como lagoas, alguns profundos como sepulturas. As luzes das tochas plantadas no chão lançavam longas sombras que tremiam como fantasmas acordando. O som da escavação começou a encher o ar, ecoando pela escuridão da madrugada.

No céu, as estrelas ainda piscavam. Tentei encontrar mamãe entre as figuras que subiam e desciam o aterro, mas era difícil dizer quem era quem. A essa hora, era impossível separar as pessoas de suas sombras, das cestas e das varas de bambu. Todos tinham a qualidade de uma tristeza indefinível.

Ouvi a enxada de Big Uncle morder a terra. Ele pegou um torrão e o empurrou para mim. Quebrei-o em pedaços menores, com uma pedra em forma de lança, e a varri para uma cesta. Ali perto, um soldado se sentava encostado na lateral da cratera, com o rosto escondido sob um boné preto, tentando roubar mais alguns minutos de sono.

Finalmente surgiu o alvorecer. Mas, assim que o Sol apareceu, desapareceu de novo. O céu ficou mal-humorado, seu ventre pendia para baixo como o telhado côncavo de um mosquiteiro. Uma grande nuvem negra se formou acima de nós e sua imensa sombra envolveu todo o campo. Ao longe, no horizonte se enrolava como papel queimando e rolava em nossa direção, trazendo consigo mais nuvens escuras gigantescas. Havia fios de relâmpagos, mas nenhum som. Uma gota de chuva, gorda e pesada, pousou em meu braço. Outra gota caiu, e outra, e de repente incontáveis mais, em rápida sucessão. Respingos minúsculos surgiram por todo o solo como bolhas estourando na pele ferida e infectada.

A chuva caía tão densa que parecia preta. Todo mundo desceu a encosta gritando, em direção às cabanas. Subitamente, alguém esbarrou em mim. Escorreguei e caí. Uma mão me puxou para cima tão rapidamente quanto me derrubaram.

— Onde está a sua mãe? — gritou Big Uncle através da chuva.

— Não sei! — gritei de volta, tentando ouvir através da cacofonia de sons.

Olhamos para cima ao mesmo tempo. E lá estava ela, uma figura pequena e escura chicoteada ao vento no topo do aterro. Era a única ali. Suas roupas pretas pareciam ainda mais negra molhadas. Seu corpo balançou, inclinando-se com a chuva, como a vela de um barco preso em uma tempestade marítima. Subitamente, ela abriu os braços. Voltei-me para Big Uncle e gritei:

— A chuva feminina! Está aqui!

— O quê? — Gritou ele de volta, inclinando-se mais perto de mim. — Não consigo ouvir!

— A chuva feminina está aqui, e mamãe a está recebendo!

— O quê?

Não adiantava. A tempestade era ensurdecedora, como milhares de mulheres chorando ao mesmo tempo. Um relâmpago caiu e o céu rugiu com o trovão. A água fluía, e logo o mundo inteiro foi inundado.

O túmulo do dragão *Yiak* estava derretendo. A lama corria pelas laterais e a chuva continuava a cair, uma tempestade após a outra, como ondas de balas voadoras. Trabalhamos dia e noite para recolhê-la. Quando abrandava, acelerávamos. Quando a chuva descansava, continuávamos. Tínhamos de aproveitar qualquer chance que houvesse. Estávamos no meio da noite. As chuvas haviam diminuído temporariamente. O ar estava impregnado com a premonição de novas batalhas. Um trovão ecoou, e em seguida os relâmpagos. Acima de nós a lua era cheia e brilhante, com sua luminosidade encerada pelas chuvas. O líder do acampamento andava para a frente e para trás pelo aterro, gritando ao megafone:

— Não há tempo a perder! Temos de aproveitar cada oportunidade para fortalecer a Revolução! Temos que trabalhar mais! Mais rápido!

O aterro deve ser a prova de nossa força! Temos de fazê-lo maior! Maior! Temos de nos esforçar! Na chuva, fogo ou tempestade! Temos de nos empenhar!

Olhei acima de meu buraco e vi mamãe vindo em minha direção. Mesmo sob a luz branca da lua, seu rosto parecia vermelho, vermelho de febre, e seus olhos estranhamente vítreos. Ela deixou seus cestos vazios e pegou dois cheios. Seus joelhos se dobraram; ela ergueu a vara de bambu no ombro e se empurrou para cima. Todo seu corpo tremia, vibrava como um elástico esticado demais, até que conseguiu. Voltou-se, e mais uma vez seguiu seu caminho para cima.

— NOSSA FORÇA REVOLUCIONÁRIA — gritou o líder do acampamento enquanto descia o aterro, aproximando-se de nós agora — É MAIS FORTE QUE A FORÇA DA NATUREZA!

A lua tremeu. Na metade do caminho um homem perdeu o passo. Caiu para trás e desabou pela encosta íngreme, e suas cestas rolaram à sua frente. Ninguém se levantou para ajudar. Ninguém sequer tomou conhecimento. Sempre alguém escorregava e caía. Acidentes eram abundantes. A morte era a regra. Podia já nem estar vivo antes de cair.

— NÓS PODEMOS CONQUISTAR O CÉU! — gritou o líder do acampamento. — NINGUÉM PODE NOS DETER!

Todo o mundo continuou trabalhando. Eu não sabia quanto tempo poderia continuar. Parecia que meus braços iam se separar de meus ombros. Perto de mim, algumas das crianças menores, de cinco e seis anos, drenavam as crateras e buracos com a água da chuva à altura da cintura. Alguns estavam tão escondidos em valas profundas e estreitas que não dava para vê-los; só a água voando dos potes e baldes de barro que erguiam.

Meu corpo estava dormente de frio. Não me importava de viver ou morrer; só queria que a noite acabasse.

O aterro desmoronou. Entrou em colapso durante a noite, enquanto estávamos trabalhando. Quatro morreram. Três meninas e um menino.

Estavam em uma das valas estreitas quando desmoronou. Tudo aconteceu rapidamente. Nós não os vimos, não sabíamos que estavam lá. A chuva deixara tudo turvo, abafava os ruídos, os gritos de socorro, nossas próprias vozes. Eles tinham o tamanho exato para a vala, todos concordamos quando o colocamos ali. Não muito grandes, nem muito pequenos. Mas quando o aterro caiu, nós nos esquecemos deles, lembramos só de nós mesmos. Mais tarde, Big Uncle e os outros homens voltaram correndo, mas a vala estava selada. Uma sepultura fechada.

Se lavarmos a lama de seus corpos, pensei, se limparmos o rosto e as narinas, talvez eles abram os olhos, talvez respirem novamente.

Mas estavam deitados tão quietos na mesa de bambu, quase abraçados uns aos outros. Foram encontrados assim. Amontoados como filhotes de coelho em uma toca. Big Uncle e os outros homens os haviam retirado do buraco e os levado para o refeitório comunitário. Um balde separava uma das meninas dos outros. Big Uncle e os homens haviam tentado tirá-lo, tentaram abrir os dedos, mas o aperto era muito forte. Ela era do grupo da força fraca. Nem muito grande, nem muito pequena. Agora estava sem forças. Absolutamente nenhuma.

— Temos de levá-los de volta — disse Big Uncle à multidão reunida em torno dele com a voz trêmula, mas calma. — Precisamos enterrá-los.

Seus olhos estavam vermelhos. Injetados de sangue. Suas mãos, notei, tremiam. Ele havia corrido enlouquecido, não parara de cavar até que os encontrou. Agora, desamarrou o *kroma* da cintura e cobriu os corpos.

Soluços cortaram o silêncio. Um gemido abafado. Chorar era contra o ensinamento da Revolução.

Nós os sepultamos onde os encontramos, na sepultura que eles mesmos haviam cavado. Big Uncle e os homens baixaram os pequenos corpos, um de cada vez, para a vala aberta. A menina, com o balde ainda na mão, foi colocada por último. *Durma, bebê*, ouvi a voz de mamãe, a voz de outra noite, de uma luta contra a morte. *Ainda não amanheceu. Eles são bebês,* disse a mim mesma. *Sim, bebês sendo colocados de volta no berço.* Por que eu devia chorar por eles? Por que eu devia ficar triste? Triste, uma palavra muito pequena. *Ainda não amanheceu...*

Perto de mim, mamãe, com o rosto corado de febre e os olhos duros e brilhantes, olhava para além de tudo, para o passado, para aquela noite quando Radana morreu. Todos deram um passo atrás. Os homens começaram a carpir a terra. A chuva suavizara, era uma garoa agora. A terra chorou. O céu retumbou, ameaçando outro aguaceiro.

Quando o túmulo estava coberto, o Sol rompeu as nuvens. Sorriu. Um sorriso glorioso e brilhante. O sorriso da Revolução.

Mais tarde, fui ver Big Uncle. Encontrei-o sentado sozinho em frente ao túmulo das crianças. Abaixei-me ao lado dele. Seus olhos estavam fixos na paisagem devastada.

— Eles governam com a lógica de uma criança em uma terra onde não há mais crianças, Raami — voltou-se para mim. — Eu mesmo os enterrei — sua voz era suave como a garoa que começava a cair novamente. — Sua tia India espremida entre os meninos, Sotanavong à direita, Satiyavong à esquerda. Tata em cima, de bruços, como uma mãe cuidando deles. Enterrei-os eu mesmo, veja só. Em um único túmulo que cavei com estas mãos. — Ele estendeu as mãos trêmulas para mim. — Eles não conseguiram, entende?

Sim, eu entendia.

Ele era um gigante que desabava ao ouvir as próprias palavras. Poucas palavras.

Eles não conseguiram.

Eu não ia deixar que ninguém, ou nada, me fizesse desabar.

Nós o encontramos certa tarde. Na cabana masculina número 5. Big Uncle havia se enforcado. Com uma corda que tinha tecido com as próprias mãos. “Ele havia perdido a vontade de viver”, disseram os soldados. Não era verdade. Sua vontade havia sido alquebrada. "Ele se matou", disseram. Mas eu sabia que eles o haviam matado muito antes.

As chuvas femininas chegaram com força maior. Elas transformavam o dia em noite. Chegaram vestindo sua raiva como joias de diamantes. Batiam, chicoteavam, gritavam. À noite, quando não havia soldados revolucionários, nenhum líder de acampamento, nenhuma Comissão de Cozinha ou Comitê Fúnebre, quando os olhos e ouvidos da Organização não estavam observando e ouvindo, eu as escutava, tão perto que sonhei que estavam dentro do mosquiteiro ao meu lado. Algumas noites elas choravam e gemiam alto, sufocando nas próprias lágrimas. Outras noites clamavam em voz baixa, comportadas, como se tivessem medo, como se soubessem que estavam sendo observadas. Certa vez, sussurraram o nome de uma criança: "Rad'na? Para onde você está correndo? Onde está se escondendo?". Respondi, gritando: "Ela está morta! Você não entende? Ela está morta!". E elas choraram ainda mais forte. "Por que tem que nos machucar?" O que eu poderia fazer, senão tentar confortá-las? "Mas vocês têm a mim. Eu sou seu solo sagrado. Vocês podem cavar um buraco em meu coração e enterrar toda sua tristeza. Eu serei o túmulo dela. Por favor, parem de chorar. O que querem que eu faça? Todo o mundo se foi. Por quem estão chorando? Nada vai trazê-los de volta. Parem de chorar ou eu vou partir também!" Mas é claro que elas continuavam chorando, surdas a meus apelos e ameaças. Eles não iam parar. Não até que houvessem trazido todos de volta à vida. Até que a terra estivesse viva novamente.

Entendi as chuvas femininas. Eram as chuvas de minha mãe.

Vinte e nove

Não havia tempo para lamentar. Não havia tempo para olhar para trás. Mais uma vez, chegou a temporada de plantio. Mamãe foi mandada para outro lugar, para cavar valas de irrigação, e eu fui colocada em uma brigada de jovens que ia de uma área de plantio para a próxima. Éramos cerca de vinte no grupo, todas meninas, e trabalhávamos do amanhecer ao entardecer. Dormíamos juntas em uma cabana construída na entrada da floresta, perto da nossa área de trabalho. Nossos pais, disseram-nos, não podiam perder tempo cuidando de nós. Não éramos mais crianças. Esta manhã, nos campos de arroz, um novo guarda secreto foi designado para ficar de olho em nós. Ele andava para a frente e para trás pelo estreito dique, indo a lugar nenhum, com olhos observadores. A longa arma pendurada em seu ombro roçava o chão enquanto andava. Um boné preto protegia seus olhos, e os músculos de sua mandíbula se flexionavam dentro e fora de seus dentes cerrados. Ele tentava parecer mais velho do que era. Se ele soubesse que tínhamos medo dele justamente porque era muito jovem... Em volta de mim, pequenas figuras de preto se levantavam e abaixavam, para cima e para baixo, para cima e para baixo, um ou dois passos para trás; era um ritmo que eu podia bater e sentir, mesmo dormindo. Movíamo-nos lentamente, empurrando brotos de arroz na lama, enterrando os talos na água até a metade. Ninguém cantava, ninguém falava, ninguém erguia os olhos. Éramos só figuras que se moviam para cima e para baixo, para cima e para baixo. Já não podia diferenciar os vivos dos mortos. Nosso mundo era intermediário.

Ao longe ficava a floresta verde-escura, e antes uma palmeira solitária, tão alta que parecia tocar o céu. Olhei para cima, onde um bando de urubus circulava, esperando. Eles chamavam suavemente uns aos outros no silêncio, abaixo, e o vento respondia. Entrava em minhas narinas o cheiro de cadáveres podres, de corpos abandonados havia não muito tempo.

Olhei discretamente para nosso líder de brigada na fileira ao meu lado. Era só uma menina, uma criança como o resto de nós, mas, porque era parente de Mouk, todo mundo a temia. Através dela, os olhos da Organização estavam sempre observando. Seus olhos encontraram os meus.

— Você mal se mexeu — rosnou ela, e rapidamente olhou para as outras para ver como reagiam a sua crítica. — Não acham que devemos puni-la?

As outras baixaram o olhar e não responderam.

Eu não entendia esse vago rancor que ela nutria por mim. *Kum*, era o termo; despeito. Não havia razão alguma para isso, e parecia algo muito pequeno — quase um sentimento de jardim de infância — para as consequências que acarretava. No entanto, não era algo inocente ou sem propósito. Eu havia visto isso antes — no riso dissimulado da Gorda quando via a beleza de mamãe; na cicatriz de Mouk quando saltou para destruir o líder distrital; e agora na raiva dessa garota, quando ela via nas outras pena de mim. Várias vezes aparecera em faces diferentes, em jovens e velhos, transmissores do veneno revolucionário se espalhando como uma doença, rápido e impiedoso, como a picada de um mosquito portador da morte. E, mesmo que fosse pequena, era óbvio que, quando apoiada na plataforma certa, a mesquinharia se tornava um veneno.

— Mexa-se! — gritou.

Tentei puxar minha perna direita para a frente, mas ela ficou presa na lama. Lutei, mas minha perna esquerda afundava ainda mais no lodo. Ao meu redor, as meninas de minha brigada de trabalho se inclinavam nos arrozais, iam mais para a frente, fingindo não perceber.

— Aleijada inútil!

Suspirei baixinho.

— O que foi? — Sibilou.

— Eu não sou aleijada.

— Então talvez você não saiba o que tem que fazer.

— Eu sei.

— Então faça!

— Deixe-me em paz!

Todos os dias ela me desprezava um pouco mais. Todos os dias ela encontrava uma desculpa para me atacar. Eu estava cansada disso, não aguentava mais. Não sei onde encontrei forças, mas eu a desafiei:

— Você também não está fazendo muita coisa...

— O quê? — Ela me interrompeu apertando os dentes.

Não respondi. As outras fizeram uma pausa. Sabiam o que eu queria dizer. Isso foi suficiente para mim, deu-me força, mesmo que só para sorrir para mim mesma.

— Vou relatar sua preguiça à Organização! — Ela trovejou.

Endireitei-me. Minha respiração parou de repente. Ergui os olhos e vi o guarda secreto olhando para mim. Pressionou profundamente a ponta da arma em meu peito. Se eu me mexesse, meu peito explodiria. As outras desviaram os olhos. Abri a boca, mas as palavras não saíam. Meus lábios começaram a tremer e eu não conseguia controlar; não conseguia pensar direito. Lágrimas rolaram de meus olhos; eu não sabia por quê. Não estava com medo. Por que eu estava chorando?

— Atire nela! — Disse ela.

Fechei os olhos. *Quando eu jazer enterrado sob a terra, você vai voar.*

— O que está esperando? Eu mandei matá-la!

Seu grito forçou-me a abrir os olhos. Minhas pálpebras vibravam. O guarda secreto abaixou a arma e deu um passo atrás. Ele riu, e disse à menina:

— Matá-la não seria um problema, mas ela não vale uma bala, camarada.

— É isso mesmo. Você é uma aleijada inútil! — Ela declarou, para que todos ouvissem.

Inclinando-se para mim, sibilou:

— Você vai morrer sozinha em breve. Enquanto isso, cuidado com o que diz, e faça o que eu disser, ouviu?

Por mim, Raami. Por seu pai, você vai se elevar.

— Está ouvindo?

Ela cuspiu em meu rosto.

Pestanejei. Lágrimas escorriam por meu rosto. Senti sangue em meu lábio inferior, que eu devia ter mordido. Tinha um gosto salgado, quente. Deixei que abrandasse; assim como a urina escorrendo por minha coxa. Ninguém olhava para mim agora, e eu não olhava para ninguém. Mantive os olhos no campo lamacento de arroz. Um pequeno caranguejo saiu de sua toca com os olhos salientes, feito antenas. Estendi a mão, mas ele correu de volta para sua toca, tão rapidamente como havia saído.

"Sim, seu pai lhe deixou asas."

— Volte ao trabalho!

"Mas não sou eu que vou ensiná-la a voar."

As vozes vinham para mim agora.

Eles não conseguiram...

— Por que está aí parada?

E você pode imaginar por que só vê fantasmas, fala só com eles...

Vozes de seus fantasmas tecendo-se dentro e fora como filamentos de uma corda solitária em volta do meu pescoço. *Estou lhe contando uma história (...) e essa você vai viver.*

Dei um passo para trás; meus pés eram leves como os do caranguejo. Outro passo, e outro, e mais um para trás. Até que alcancei o silêncio. Profundamente dentro de mim, e dentro do túmulo escuro, deitei-me.

Eles não podiam mais me tocar.

Manter você não é vantagem, matá-la não é perda. Sob as regras da Organização, fomos reduzidos a esse ditado. Como eu poderia viver por essas palavras? Com tantos levados embora por pretensões menores, como poderia qualquer criança acreditar que viveria além desse dia, desse momento? Como poderia esperar o amanhã? Em um mundo de morte sem sentido, eu não via o sentido, não podia compreender o significado. Se esse era nosso carma coletivo, por que eu ainda estava viva? Eu era tão culpada quanto os que sobreviveram, e tão inocente quanto os que morreram. Que nome podia dar a essa força que me levava em frente? De cada vida ceifada, uma parte passava para mim. Eu não sabia o nome disso. Tudo que eu podia entender era o apelo para que eu me lembrasse. Lembre-se. Eu vivi por essa palavra.

Depois daquele dia nos campos de arroz, já não tinha mais medo de armas, porque já não tinha medo da morte. A líder da brigada continuou me ameaçando, mas nunca respondi. Em vez disso, o silêncio se enraizou em meu sangue. Fiquei surda. Fiquei muda. Só pensava no trabalho à minha frente. Em pé, nos campos, plantava os brotos de arroz. Quando comia, só conseguia pensar em comer. Ao dormir, não pensava em mais nada. A fome deixara meu corpo frágil. Muitas vezes fui punida por ser muito lenta. Sem arroz, eu vivia das folhas e pequenos animais encontrados na lama. Os pequenos eu engolia de uma vez. Às vezes eu era punida, mas nunca podia saber quando. Era inútil me preocupar, pensar no amanhã. A vida que eu conhecera se fora, e com ela, as pessoas. Não havia nada a dizer, mais ninguém com quem falar, então, escolhi me calar.

Ainda assim, eu via. Ainda assim, eu ouvia. Em silêncio, entendia e lembrava.

Chegou a época da colheita, e por semanas se falou da abundância. Comeríamos bem novamente. Eu conhecia suas mentiras. Quanto mais abundância, mais para roubar. De volta à cidade, fui designada a ser espantalho de novo. Aprendi a pregar grandes remendos em minhas camisas e calças para esconder arroz. Ao amanhecer, pegava carona em um carro de bois e voltava à mesma cabana onde ficara na estação anterior, antes de vigiar os campos de arroz e espantar os corvos. Sozinha, sem nenhum soldado ou guarda à vista, sentia que o mundo era todo meu novamente.

A cada dia eu ficava mais fraca. Sentia meu corpo desaparecer, minha mente se amortecer. Minha pele ficou ictérica, da cor de açafrão rançoso, e eu ansiava pelo sabor da madeira queimada e do carvão. Às vezes eu me imaginava um *beysach*, uma dessas criaturas lendárias que vasculhavam o crematório; ansiava pelo sabor dos caixões queimados, de minhas próprias cinzas. *Ela não vai conseguir*, diziam as pessoas quando eu passava por elas. "Coitada, ela vai morrer, e sua mãe não está aqui para confortá-la em seu último suspiro." Coitada. Suas palavras me sacudiam para fora de meu transe escuro, e eu me agarrava ao caminho de volta à luz. Mais uma vez lutava, buscando todas as oportunidades para continuar viva. Nos campos de arroz, escondida atrás de um cupinzeiro ou do tronco de uma palmeira, eu acendia uma pequena fogueira usando um isqueiro que havia roubado da cozinha comunitária e cozinhava o arroz em conchas vazias de caracol. Muitas vezes, porém, eu o comia cru. Nunca podia ter certeza se alguém me observava. Os olhos e os ouvidos da Organização estavam por todo lado. À noite, eu me permitia o conforto de um sono sem sonhos. No entanto, isso nem sempre era possível. Às vezes eu acordava na escuridão de breu ouvindo vozes daqueles que morreram havia muito tempo e daqueles que logo iam morrer. Eu ouvia seus gritos, seus apelos, os tiros repentinos e o silêncio que se seguia. "Quem foi desta vez?", eu me perguntava no escuro, de olhos fechados. Eu nunca sabia os nomes — não queria saber — daqueles que eram capturados ou mortos no local. Eles não tinham nomes, dizia a mim mesma. Eu não os conhecia. Mas seus gritos, seus apelos — Por favor, camaradas, poupem meu bebê — ecoavam na noite e entravam em minha cabeça. Nesses momentos eu só queria fugir dessas vozes que não eram minhas, dos pensamentos que eu não podia expressar em voz alta, das palavras que eu já não podia formar com meus lábios.

Certa noite, depois de o arroz cortado estar empilhado em altos montes, senti uma presença dentro de meu mosquiteiro. Preparei-me para a morte.

— Sou eu — disse uma voz que parecia a de mamãe.

Pensei que estava imaginando coisas. Mas, em seguida, ela falou de novo, segurando meu braço:

— Sou eu, Raami. Mandaram-me de volta para debulhar o arroz.

Meus olhos se adaptaram à escuridão e eu a vi. O que ela havia dado em troca para voltar? Nossos diamantes e joias já não existiam mais. O caderno de papai? Sua poesia? Seu amor? Ela mesma?

— Nunca vão nos separar de novo, eu prometo — disse ela, abraçando-me com força. — Nunca.

Eu não sabia por que ela me fazia promessas. Como poderia prometer alguma coisa?

No dia seguinte, ela me fez perguntas que eu não sabia responder.

— Por que você não fala? Por quê?

Ela segurou meus ombros e seus olhos procuravam meu rosto.

Eu não disse nada. Bem dentro de mim, minha voz gritou do buraco onde eu a havia enterrado.

— O vento da revolução sopra muito gentilmente! Temos de tomar as medidas mais fortes para purificar o estado! O Camboja Democrático precisa se livrar de todas as contaminações! Temos de eliminar os inimigos do meio do povo! Temos de retirá-los, arrancá-los como ervas daninhas do meio dos brotos de arroz! Não importa quão pequenos sejam, quão inofensivos possam parecer, precisamos destruí-los antes que seja tarde demais!

Mouk estava sobre um palco, de megafone na mão, e a cicatriz em forma de foice de seu rosto se contorceu quando ele fez uma pausa para observar a multidão à sua frente.

— Lembrem-se dos servos do rei que viviam no palácio, dos professores que ainda sabem ler e escrever, dos motoristas que dirigiam os carros. Nossos inimigos são sempre nossos inimigos! Precisamos procurá-los, trazê-los para frente e destruí-los! Destruir o que não podemos usar! Chegou a hora de outra guerra! Uma guerra para purificar nosso estado! Temos de nos purificar! Nossa Pátria deve ser purificada de elementos estranhos! Temos de separar o Camboja contaminado do Camboja puro! Temos de eliminar aqueles que parecem e agem como nossos inimigos! Aqueles com rostos vietnamitas, olhos vietnamitas, nomes vietnamitas! Temos de separá-los dos cambojanos de verdade! Apenas com medidas extremas poderemos acelerar o vento da revolução!

O inimigo agora tinha um rosto. Qualquer um que parecesse vietnamita, que se comportasse como vietnamita. Eu não sabia quem eram os vietnamitas, ou como eram, mas Mouk — que agora era chefe da Kamaphibal — disse que estavam ali entre nós. Ordenou a seus soldados que arrastassem da multidão um exemplo. Era o pai de Mui.

— Eu sou cambojano, Camarada — gritou Keng.

— Sim, mas sua esposa é uma prostituta vietnamita!

— Não, somos todos cambojan...

Mouk o calou com uma bala na boca. Fechei os olhos.

Quando os abri novamente, camarada Keng não estava mais lá, mas seu sangue escorria para baixo do palco pelo chão, e eu não podia deixar de pensar que se parecia com qualquer outro sangue: glorioso e brilhante.

Mouk gritou em seu megafone.

— Espiões vietnamitas! Isto é o que vai acontecer quando os encontrarmos!

No dia seguinte, acordei, antes do amanhecer, como de costume, e fui até o banheiro atrás da casa. No escuro nebuloso, ouvi soluços através das árvores da casa de Mui.

— Silêncio! — Rosnou uma voz. — Entre na carroça.

Mais choro, mais alto agora. Eu não conseguia me mexer. Fiquei escondida no banheiro. Um pouco depois, mamãe me encontrou nos degraus da frente da casa; o Sol da manhã brilhava em meu rosto.

— Vai ser um dia escaldante — disse ela, sentando-se ao meu lado.

Sua pele roçava a minha. Não respondi.

Ela se voltou e olhou para mim.

— Você está tremendo — disse, colocando os braços em volta de mim. — Por que está tremendo?

Meus dentes batiam, e eu a abracei de volta, feliz por sua proximidade.

Ficamos em silêncio, exceto pelo som dos meus dentes. Depois de um tempo, ela disse:

— Ainda é muito cedo. Não quer voltar para dentro?

Balancei a cabeça e a afastei. Eu queria ficar sozinha. "Vá embora."

Ela olhou para mim, perplexa. A seguir, balançando a cabeça, levantou-se e subiu as escadas de volta para dentro. Fiquei onde estava; minha mente corria para a frente e para trás, lançando-se em todas as direções. Eu queria fugir, sair daquele lugar. Mas para onde? Aonde eu iria?

Finalmente, minha carroça chegou. Subi nela. Mais uma vez, o condutor me levou à cabana onde eu protegia os campos de arroz dos corvos. Ali eu podia falar sem palavras, sem sons.

— Não!

Um grito cortou de repente o vento da floresta atrás de mim. Eu as ouvia. Conhecia aquelas vozes, reconhecera-as no primeiro soluço.

— Não! Por favor, camaradas, não!

Tia Bui.

— Mãe! O que está acontecendo?

Mui.

Andei em direção às vozes.

— Por favor, não faça isso! Eu imploro!

Dig.

A mesma voz masculina que eu havia ouvido antes, no banheiro.

— Quer que eu atire na menina primeiro? Eu mandei cavar!

Parei. Mui chorava assustada; eu podia ouvir.

"As risadinhas de tia Bui — de onde é isso?" Vietnamita, haviam dito os soldados. Sua pele era muito clara, disseram. Seus olhos puxados, olhos vietnamitas. "E sua risada? É vietnamita também? Onde ela está agora? Por que ela não ri? Ria, maldição. Ria!"

— Mais fundo!

O som da escavação ecoava e vibrava. Agachei-me com cuidado para não fazer barulho. Esperei. Não sabia por quê. Por que esperei? Já não havia ouvido o suficiente, visto o suficiente? A morte aprofundara meu apetite por mais? Entorpecera meus sentidos para a violência, o assassinato de um amigo? Foi o choque, a paralisia que me manteve ali? Eu não saberia explicar, mas me lembrei de todas as vezes que a morte havia passado por mim e eu fechara os olhos ou me voltara. Não podia mais fazer isso. Não podia deixar que aqueles que eu amava encarassem a morte sozinhos. A partir de agora, disse a mim mesma, eu ficaria, ficaria por eles, e quando seus espíritos deixassem os corpos, eles veriam que eu ficara ali o tempo todo ouvindo suas últimas palavras, seu último suspiro, e saberiam que eu havia testemunhado não só sua morte, mas, mais importante, sua luta pela vida, sua vontade de viver.

Puxei as pernas para o peito e descansei a cabeça nos joelhos, dizendo a mim mesma que meu medo não era nada comparado ao de meus amigos. As vozes dentro de minha cabeça silenciaram. Meu coração se acalmou. Preparei-me — abracei-os.

Em seguida, veio o baque de um bastão batendo em um crânio, um, dois, e mais nada. Atrás de mim os corvos voaram dos campos de arroz batendo as asas em direção ao céu.

Trinta

O desassossego caiu sobre Ksach. As conversas sobre a batalha ecoavam o som distante de tiros. Estávamos em guerra, sussurravam os habitantes da cidade. O Camboja e o Vietnã estavam lutando. Cada dia mais pessoas voltavam dos campos onde o trabalho de repente desapareceu. Chegavam em um fluxo constante, acompanhados por guardas, soldados ou líderes de acampamento. Os líderes da cidade não questionavam seu retorno. Nenhum deles parecia se importar. Mouk e muitos soldados haviam ido para os campos de batalha havia algum tempo. Agora, os soldados e o Kamaphibal restantes estavam se preparando para partir, mas não para lutar, e sim para recuar para a selva. A derrota era inevitável, admitiram gravemente. Enchiam seus carros de bois com suprimentos, alimentos, armas e munição. Os vietnamitas nos matariam se ficássemos, alertaram, exortando-nos a ir com eles. Os cambojanos deviam ficar juntos, disseram, como se houvessem esquecido que eram nossos torturadores e assassinos, como se confiássemos neles de repente. Exceto seus parentes e pessoas próximas, o resto de nós escolheu ficar e esperar.

Quando foram embora, corremos para o centro da cidade e aos armazéns. Não houve briga, nenhuma discussão. Éramos muito poucos, e os mortos nos observavam de todos os lugares. Assim, cada um de nós pegou o que pôde encontrar, o suficiente para sobreviver mais um dia, e, se não morrêssemos durante a noite, poderíamos voltar, vasculhar e procurar mais. Mamãe, separando as roupas abandonadas pelas esposas do Kamaphibal, encontrou um rolo de notas que pareciam dinheiro estrangeiro. Rapidamente o colocou dentro de sua blusa. Fiquei imaginando o que ela faria com aquilo. Ela me surpreendia. Enchi meus bolsos do arroz que encontrei debaixo de uma cesta virada; coloquei um punhado de grãos na boca e engoli com o caldo de um barril de picles que havia ali. Um pouco depois, vomitei tudo. Mamãe encontrou uma banana verde e me mandou comê-la lentamente para acalmar meu estômago. Mas mesmo isso parecia muita comida.

De volta a casa, todos falavam livremente de novo, pela primeira vez depois de um longo tempo.

— Não entendo... um regime comunista contra o outro? Como podem lutar um contra o outro? — Perguntou uma mulher.

Um homem sentado ao seu lado respondeu:

— Esses revolucionários se alimentam de caos.

Outro murmurou:

— Sonhei com esse momento muitas vezes. Agora finalmente chegou.

Tinha ascendência chinesa, e, como no caso de Chae Bui e Mui, sua família havia sido purgada de sua impureza, de sua semelhança física com os vietnamitas. Ele só sobreviveu porque havia sido mandado transportar pedras em uma remota pedreira na montanha.

— Três anos e oito meses — prosseguiu ele. — Foi o quanto esse pesadelo durou. Agora que finalmente vislumbramos o amanhecer, estou sozinho.

Olhei para ele; meus olhos grudaram em seu pomo de adão, que parecia um pedaço de tristeza que ele não conseguia engolir nem cuspir. Pensei em Big Uncle. Mamãe me afastou dali.

Um brilho laranja forrava o limite das florestas distantes. Ninguém dormiu. Ficamos acordados, esperando. Os combates se estenderam até de manhã. O cheiro de pólvora enchia o ar e o céu roncava como se fosse chover. Então, ao amanhecer, os vietnamitas chegaram. Ao longo do Mekong o Sol se levantou, tornando-se lentamente visível, como outro mundo, perfeitamente redondo e vermelho ardente. A cidade foi tomada pelos comboios de veículos militares. Uma fileira de caminhões e tanques estacionou na estrada pavimentada na frente da casa de campo, e os motores vibravam de emoção pela vitória. Um soldado vietnamita, em pé sobre o teto de um dos caminhões, sorrindo delirantemente, gritou em um cambojano falho:

— Há alguém aí? Há alguém aí?

Olhou para nós, atordoado por nossa aparência, e, como se pensasse que éramos fantasmas, acrescentou:

— Há alguém vivo ainda? Quem quiser vir, venha!

Fez um gesto indicando os veículos. Havia muito espaço, explicou. Estavam indo em direções diferentes. Ele e seu comboio estavam indo para Kompong Thom. Vários comboios iam para Phnom Penh. Estávamos livres, disse ele. Devíamos ir para casa.

Mamãe chorou e escondeu o rosto em meu peito. Todos à nossa volta choravam; era como a chuva que vinha depois que tudo estava morto. Como as chuvas femininas.

— Acabou, Raami — disse ela, enxugando as lágrimas. — Agora podemos ir.

Ela tirou o pequeno caderno de papai de nossa trouxa de roupas e, dentre as páginas, retirou um pedaço de papel dobrado na forma de barco, do tamanho de seu polegar.

— Papai nos deixou isto.

Com as mãos trêmulas, desdobrou o papel e o alisou. Com voz hesitante, começou a ler:

Raami, meu maior pesar é não poder fazer mais como seu pai. Se suas asas se houverem quebrado, querida, este barco de papel vai levá-la para fora, não por água, mas por terra. Entre uma terra e outra. De um lado está a fronteira entre o aqui e a esperança. Do outro, a fronteira entre dois infernos. A leste, fica uma terra onde as chamas do sol são vermelhas como aqui. A oeste, há uma terra de templos dourados. Agora você está longe da esperança, mas, se houver uma pequena abertura, uma rachadura na parede em algum lugar, aproveite-a, atravesse para o outro lado. Siga para o oeste, siga as estrelas até o amanhecer...

Mamãe fez uma pausa, limpando a garganta. Em seguida, explicou:

— Ele chamou isto de mapa quando me entregou o pacote com seus pertences naquela manhã. Ele nos deixou um mapa, disse, nas dobras de sua roupa. Li estas palavras milhares de vezes, Raami, antes de perceber que haviam sido codificadas para você e para mim. Eu devia saber o que ele quis dizer, devia ter visto o esboço de outro lugar, de outra vida, no contorno deste barco de papel. Leste, onde as chamas do sol são vermelhas como aqui... Vietnã. Oeste, uma terra de templos dourados... Tailândia. *Siga para o oeste... até o amanhecer...* um novo começo. Ouça, Raami:

Ela segurou meu rosto, e a carta roçava minha bochecha.

— Vejo uma bandeira vermelha descendo e outra subindo, um regime após o outro, todos iguais. Não podemos ficar aqui. Essa pode ser nossa única chance. Agora há uma maneira de sair, e temos de aproveitá-la.

Ela fez uma pausa.

— Vou fazer o que puder. Barganhar e me comprometer no que for possível para tirar você deste lugar. Pensei em ir para casa, Raami, mas não há ninguém lá. Só fantasmas nos esperam. Preciso que você deixe ir as vozes em sua cabeça. Preciso que você fique comigo, que me ouça, mesmo que não consiga falar.

Ela engoliu em seco.

— Não importa o que aconteça depois, se eu falhar, mas é a vida que escolhi para você. Entendeu?

Assenti. Sim, deixaríamos esta terra e seus fantasmas. Mas, se falhássemos, se morrêssemos no caminho, ela queria que eu entendesse que morreríamos tentando viver. Ela estava lutando por minha sobrevivência enquanto me preparava para a possibilidade da morte. Mas eu já havia entendido isso. Eu já vivia havia sonhado muito tempo com essa possibilidade, e, se sobrevivêssemos à nossa próxima viagem, seria nada menos que um renascimento.

Ela olhou para a carta, virou-a e disse:

— O resto acho que é para você — ela olhou para mim. — Quer que eu leia?

Neguei com a cabeça.

Ela sustentou meu olhar, e, depois de um momento, disse:

— Tudo bem.

Então, ela guardou a carta aberta de volta no caderno, e vi que era do mesmo tamanho das outras páginas.

— Vou recolher nossas coisas. Juntei arroz suficiente para um bom tempo. Além disso... — hesitou —, além disso, fui à casa de Chae Bui. Ela me disse onde havia escondido o ouro. Prometemos uma à outra, Raami, que, se uma de nós sobrevivesse, cuidaria da filha da outra. Mui não está mais aqui, mas... mas acredito que Chae Bui ia querer que eu fizesse o possível para salvá-la, mesmo que isso significasse roubar deles. Seus fantasmas podem nos seguir e nos assombrar, mas é algo com que estou disposta a arcar.

Ela parou, como se esperasse uma resposta minha. Como não respondi, não consegui, ela prosseguiu:

— Vamos partir imediatamente.

Ela colocou o caderno em minha mão, endireitou-se, e, quando se voltou para sair, disse:

— Uma vez, seu pai me disse que ainda havia esperança. Ele estava certo. Sempre há esperança.

A esperança tinha rodas como um caminhão do exército. Ele acelerava e cantarolava, tão animado quanto o jovem soldado vietnamita que sorria para nós no banco do motorista de seu veículo. Mamãe, eu e alguns moradores da vila subimos na traseira do caminhão e nos acomodamos como pudemos para a viagem. A esperança nos levou através de campos queimados, pontes bombardeadas, colinas de ninhos despedaçados de pardal e florestas de cicatrizes de borracha. Levou-nos, mesmo com a morte nos perseguindo. Cadáveres se espalhavam pelas estradas e campos de arroz. Os mortos por minas eram fáceis de reconhecer — um membro aqui e outro ali, a carne espalhada pelo chão. Os assassinados, que tinham o corpo inteiro, exceto por um ferimento a faca no pescoço ou um buraco de bala na cabeça, evitamos olhar, porque seus olhos abertos pareciam nos seguir, aderir a nosso rosto, retardar nossos passos. Rodamos por uma aldeia povoada por fantasmas. Um galo passeava ao redor de uma família esparramada no chão em frente à sua cabana, bicando e gritando como se quisesse ver quem ainda estava vivo. Uma cabana atrás da outra, sempre a mesma coisa. A única diferença, a única presença viva eram os animais. Um pato rebolava e grasnava como se pedisse ajuda. Um porco bufava, pesado, em desespero. Uma vaca andava para a frente e para trás, a seguir, abaixou-se silenciosamente no chão onde jaziam seus proprietários, vigiando os corpos. Diziam que toda a aldeia havia sido massacrada por soldados do Khmer Vermelho em retirada, provavelmente porque as pessoas se recusaram a segui-los para a selva. Olhamos um para o outro e nos consideramos afortunados.

— Pelo menos, em Ksach — disse alguém —, o Kamaphibal e os soldados nos deram escolha.

Continuamos nossa jornada, sempre que possível por largas estradas abertas, dirigindo sobre marcas de pneus de veículos que passaram antes de nós, a fim de evitar as minas terrestres.

Ao cair da noite chegamos a uma cidade. O povo da cidade nos acolheu, primeiro com cautela, e depois com evidente alívio. Alguns tiveram a bênção de reconhecer rostos em nosso grupo. Os que se reconheciam choravam abertamente. O povo da cidade nos disse que só um terço de sua população sobrou, no máximo. Alguns haviam decidido seguir o Khmer Vermelho para as florestas.

— E o resto? — Os soldados vietnamitas queriam saber.

— Bem, o resto... — disse um morador local, um ancião idoso que, apesar de só pele e ossos, parecia ter se transformado na força e pilar de sua comunidade —, o resto está aqui conosco. Invisíveis, mas estão conosco.

Uma menininha, que presumi ser neta do idoso pelo jeito como se agarrava a ele, aproximou-se e olhou para mim. Olhei para ela. Eu não me olhava no espelho havia muito tempo, mas reconheci meu reflexo em seu rosto magro. Sorrimos uma para a outra. Nenhuma de nós conseguia falar.

Naquela noite, acampamos no chão debaixo das casas sobre palafitas, que me fizeram lembrar a cabana de Pok e Mae. Mamãe ofereceu ao idoso e sua neta uma lata de arroz do suprimento que havíamos levado. Eles dividiram conosco água potável e goiabas de sua árvore. O velho disse a mamãe que os pais da menininha haviam desaparecido certa noite. Ainda esperavam que voltassem.

Antes do amanhecer, no dia seguinte, subimos no caminhão do comboio e partimos sem dizer adeus a nossos anfitriões. Foi melhor assim, disse mamãe, como se eu pudesse falar, como se eu tivesse escolha. Já houve despedidas suficientes, explicou.

Vários dias depois, chegamos a Kompong Thom. Nosso condutor disse que era o mais longe que o comboio chegaria. Disseram-nos para esperar na estrada que outro caminhão chegaria em breve. Quando apareceu, corremos para ele. Mais uma vez, a esperança nos levava. Sacolejou conosco ao longo de Prek Prang Creek, por uma pequena estrada pavimentada cheia de buracos e crateras. Passamos carvoarias sufocadas, aceleramos por cidades e povoados em chamas flamejantes. O caminhão nos levou até o rio Masked, onde pegamos um barco de transporte de gado para Citrus Soil, e a seguir para Blue Bamboo e para uma cidade chamada Chhlong, o que parecia o som de um gongo, *Chhlong... Chhlong... Chhlong*; o som do tempo. Ouvimos o arquejo do vento. Esperávamos que o tempo não acabasse conosco. Não ali. Não agora. Já havíamos chegado tão longe...

Em Siem Reap, mamãe trocou charme por uma carona na carriola de um morador. Mas seu belo sorriso e sua voz de serenata não pôde nos levar muito longe. Ele nos deixou em uma aldeia chamada Banteay. Mamãe pegou o rolo de dinheiro estrangeiro que havia escondido na cintura de seu sarongue e encontrou outro morador, um comerciante nos velhos tempos, que estava disposto a nos levar até Samrong, onde sabia de uma caravana que se preparava para atravessar a fronteira. Avisou-nos que talvez não conseguíssemos chegar à Tailândia. Era uma façanha perigosa o que estávamos tentando fazer. Ele havia ouvido falar de muitos que morreram de fome no meio da selva, que sucumbiram à malária, cruzaram com tigres ou simplesmente morreram de exaustão durante a árdua caminhada. Talvez devêssemos esperar um pouco mais, talvez nosso país voltasse ao normal. Mamãe negou vigorosamente com a cabeça. O aldeão nos levou pelos campos de arroz de Srov Thmey, e depois através das florestas de teca de Phnom Chrung. Em Samrong, desejou-nos uma travessia segura e nos encaminhou a um homem que estava organizando uma caravana de carros de bois para atravessar a selva até a fronteira. Mamãe pagou o líder da caravana com um colar de ouro de Chae Bui. Ele arranjou um espaço para nós em um dos carros de bois à frente. Eram cerca de seis ou sete carroças, e pelo menos sessenta pessoas. Era crepúsculo, o melhor momento para começar, já que viajaríamos durante a noite.

Depois de semanas de viagem na caravana, principalmente à noite, com as estrelas iluminando e guiando nosso caminho, chegamos a uma estrada sem saída. Abandonamos as carroças e subimos a pé uma cadeia de montanhas, depois outra, sempre na direção oeste. Depois de uma semana ou duas, emergimos da selva densa em uma planície aberta. Paramos para descansar à sombra de algumas árvores no topo de uma colina. A essa altura restava menos da metade de nosso grupo, visto que alguns haviam morrido pelo caminho, ao passo que outros estavam muito fracos para prosseguir e portanto foram abandonados à própria sorte. Era noite, mas a lua brilhava tão intensamente que podíamos ver a paisagem circundante de forma muito clara. Exceto por essa pequena elevação, com seus aglomerados de árvores de tecas, era tudo grama e planície. Eu não saberia dizer onde terminava um país e começava outro. Mas o homem que nos guiava disse que à frente, em linha reta, estava a Tailândia. Convenceu-nos a dormir e reunir forças nessas breves horas ainda antes do amanhecer. Quando retomássemos a viagem, de madrugada, teríamos de nos mover rapidamente, deslizar como sombras pela terra. Podia haver guardas tailandeses e soldados patrulhando a fronteira. Se nos vissem, corríamos o risco de ser baleados ali mesmo, ou pior, mandados de volta para a selva. Algumas pessoas perguntaram por que não prosseguíamos enquanto ainda estava escuro. Nosso líder explicou que havia ouvido dizer que atravessar a fronteira durante o dia nos daria pelo menos cinquenta por cento de chance. Se fôssemos apanhados, os soldados ou guardas estariam menos propensos a atirar, com medo de que testemunhássemos qualquer ato de atrocidade. Se conseguíssemos atravessar, havia esperança de encontrar ajuda.

Talvez encontrássemos alguns agricultores tailandeses que, comovidos com nossa situação, nos levassem para plantar arroz com eles em suas aldeias. Poderíamos nos oferecer como arrendatários a um proprietário de terras. Poderíamos ser servos. Diziam que milagres como esses aconteciam, contou o líder do grupo. Ele próprio seria grato por qualquer trabalho e um pouco de comida. Qualquer coisa era melhor do que o que havíamos sofrido. Todos concordaram e começaram a se ajeitar para descansar.

Mamãe esticou dois *kroma*s lado a lado sobre a terra nua e os ajeitou para que dormíssemos debaixo de uma das árvores de teca. Ela se deitou e me chamou para fazer o mesmo. Mas eu estava tão exausta que não conseguia dormir. Meu coração vibrava, enquanto o resto de meu corpo mal podia se mexer. Deitei-me de costas, olhando para o céu noturno através da folhagem; meus olhos buscavam a lua. Logo estaríamos em outra terra, pensei. Eu não estava pronta para partir, para me desapegar. Nós sequer sabíamos para onde papai havia sido levado, onde poderia ter sido visto pela última vez. Como eu poderia voltar para ele, mesmo que só em pensamento, se não podia imaginar o último lugar onde meu pai poderia ter estado? Onde estava seu túmulo? Será que tinha um? Entrei em pânico. Fiquei rígida ao lado de mamãe com medo de que ela lesse meus pensamentos. Como podíamos pensar em liberdade se ele estava preso ali? Como podíamos abandoná-lo? Lágrimas escorriam dos cantos dos meus olhos.

Então, como se quisesse me confortar, acalmar o tremor de meu coração, mamãe murmurou, com seus dedos traçando o caminho das minhas lágrimas, os contornos de meu rosto:

— Você tem os olhos dele, as bochechas dele, o nariz dele... — Ela parecia cansada, mas sua voz era clara e suave. — Ele acendeu uma fogueira, libertou-se de nós e saltou nas chamas. Mas, assim que fez isso, Indra correu para salvá-lo, pegou seu espírito e voou com ele para a lua. De agora em diante, disse Indra a ele, o mundo saberá de seu gesto gentil.

Fiquei confusa por um segundo ou dois. Então, percebi do que ela estava falando.

— Sabe de uma coisa? Por muito tempo eu não conseguia olhar para a lua cheia sem vê-la se encolher — que dor ele deve ter passado em troca de nossa segurança... "Vou seguir você, basta olhar para o céu para me encontrar, onde quer que esteja." Como ele pôde proferir essas palavras para você? Como pôde tentar facilitar para você uma vida sem ele, contando-lhe uma história infantil? Fiquei com muita raiva de seu pai; achei que nunca poderia perdoá-lo.

Eu lembrava. Foi na noite antes de sua partida. Ela se deitou de costas para nós, seu corpo era rígido como uma tábua.

— Se eu houvesse entendido, na época — prosseguiu, falando calmamente, como papai teria falado comigo —, que a guerra, esta

Revolução, era um velho incêndio se reacendendo, décadas, possivelmente séculos de injustiça que se manifestava como um inferno em fúria, eu poderia ter dito a quem quer que fossem seus construtores, fossem eles deuses ou soldados, que não precisavam tê-lo submetido a esse teste de caráter. Seu pai teria pulado no fogo de mil revoluções por nós. E... por causa disso, por causa de seu autossacrifício voluntário, ele merece um mundo mais nobre do que aquele que deixou para trás.

Ela engoliu em seco, hesitante, como se não soubesse como prosseguir.

— Nós nunca saberemos, Raami, como ele viveu seus últimos momentos, que pensamentos passaram por sua mente quando deu seu último suspiro. E nunca vamos saber de que maneira exata ele morreu.

Sua voz morreu. Então, depois de um momento, ela prosseguiu:

— Tenho certeza, porém, que permaneceu firme em sua crença de que, mesmo sem ele, você sobreviveria a esse pesadelo, que a vida, com toda sua crueldade e horror, ainda valia a pena ser vivida; um presente que ele gostaria que sua filha abraçasse. Isso, acho, era o que ele estava tentando lhe contar: uma história sobre sua continuação.

Uma história — eu aprendera com meu próprio constante tecer e destecer de palavras lembradas — pode nos levar de volta a nós mesmos, a nossa inocência perdida, e, na sombra que lança sobre nosso mundo atual, começamos a entender o que só intuíamos em nossa ingenuidade; que, apesar de que tudo pode desaparecer, o amor é a nossa única eternidade. Reflete-se em alegria e tristeza, na súbita consciência de meu pai de que ele não viveria para me proteger, e em sua determinação de deixar para trás uma parte de si mesmo, seu espírito, sua humanidade, para iluminar meu caminho, dar luz a meu mundo escurecido. Ele esculpiu sua silhueta na memória do céu para mim, para sempre voltar.

Fiquei muda. Não consegui encontrar a voz para compartilhar com mamãe o que havia entendido.

Ela soltou um riso pesaroso.

— Sabe, eu ouvi de meu próprio pai a história do coelho e da lua, quando ele era monge, durante uma das minhas visitas ao mosteiro onde ele morava. Toda criança, suponho, está familiarizada com ela. É um conto que se ouve frequentemente nos templos. Mas só agora entendo; a criatura cuja forma humilde contradizia seu espírito nobre, cuja ação seu pai imitou quando se libertou de nós, de modo que só ele sofresse.

Eu sou o único Sisowath... Eu havia confundido suas palavras e ações, seu desapego, com indiferença, quando na verdade ele estava em busca do renascimento, de sua própria continuação na possibilidade de minha sobrevivência.

— Nós viveremos, Raami — mamãe prosseguiu, sentindo o que eu não podia expressar, falando as palavras que eu não conseguia formar com meus lábios. — Tenho certeza disso agora. Quanto a seu pai, ele vive em você. Você é ele. Também tenho certeza de que um dia você vai falar de novo.

Deixei escapar um soluço. Não era fala. No entanto, foi uma expressão, a voz de minha mais profunda tristeza. Eu o lamentei em voz alta, mesmo que só com esse único som.

Mamãe me puxou para si. Deixei que ela me abraçasse até que adormeceu. Então, pegando o caderno de papai de nossa trouxa de roupas e guardando-o no bolso da camisa, fui até uma clareira onde a noite era mais brilhante, onde eu podia ver em todas as direções. À minha direita, na distância abaixo, um rio brilhava como uma estrada, um caminho em movimento. A luz piscava em toda a superfície de tinta. Um bando de vaga-lumes, pensei. Sempre havia luz em algum lugar, e, embora transitória, brilhava ainda mais por causa da escuridão circundante.

Peguei o caderno do bolso da camisa, a capa de couro com que mamãe havia acariciado a suavidade da pele de Radana. Abri-o na última página, onde a carta estava inserida de novo em sua borda rasgada. Na semelhança da tranquilidade da madrugada que inspirara meu pai a escrever todas as manhãs quando vivíamos em casa, segurei-o ao luar e li a parte que eu não havia sido capaz de ler na frente de mamãe:

> Lembra, Raami, que me perguntou uma vez o que era aquele círculo em seu ombro? Uma marca de nascença, eu disse. Mas você não ficou

convencida. Você me disse que era um mapa. Mapa de onde, eu nunca perguntei. Mas agora eu sei. É o contorno da jornada dos seus passos. A vida, creio eu, é um caminho circular. Não importa a miséria e o horror que encontremos ao longo do caminho, tenho a esperança de que um dia vamos chegar a um momento abençoado do círculo novamente. É meu sonho que eu viva sempre ao seu lado.

Não havia sido um sonho, claro, a imagem dele sentado na soleira da porta da sala de aula no templo, rasgando a página do caderno. Em meu torpor, acreditava que ele estava rasgando o que havia escrito, destruindo evidências de si mesmo. Outro soluço escapou de minha garganta. Dessa vez, chorei abertamente, em voz alta. Permiti a mim mesma imaginar como poderiam ter sido seus últimos momentos. Ele foi assassinado logo? Ou talvez, como Big Uncle, levado para algum campo de reeducação, espancado e deixado para morrer de fome? Ou talvez, como Radana, dominado pela doença e seu corpo deixado para apodrecer na floresta, ou jogado em algum arrozal. Dei a ele o consolo da morte, e a mim mesma o consolo de que, onde quer que estivesse, não sofria mais.

Seguindo as mesmas marcas que papai havia feito, dobrei o papel de volta na forma de um pequeno barco. A seguir, enxugando as lágrimas, desviei os olhos para o interior da capa traseira, para o que ele escrevera no último espaço disponível:

Enterre-me e vou prosperar como incontáveis insetos
não vou me curvar para sua arma
nem mesmo quando você pisar meus ossos
Não vou me acovardar sob sua trilha sem alma
Ou temer a projeção de sua sombra sobre minha sepultura.

Era uma oração fúnebre que ele havia escrito para o repouso de sua própria alma, pensei. Uma espécie de canto — um réquiem — para lhe dar coragem de enfrentar sua própria morte. Olhei para a lua cheia, para sua superfície branca e luminosa. Não havia nenhum rosto sorrindo para mim. *Enterre-me e vou prosperar...* Li toda a passagem novamente. Então, entendi o que realmente era. Um feitiço. Para trazê-lo de volta ao mundo dos vivos. Cambaleei com a descoberta. Todos esses anos eu pensava que ele vivia na lua, distante e evasivo como a luz, quando, na verdade, ele havia se escondido nessas páginas, tangível e tátil, um poema inteiro para ele, com linhas e estrofes, um ritmo que era todo ele.

O dia estava nascendo. Ergui os olhos, ofuscada por minha descoberta, com a visão diante de mim — um campo de lótus na beira mais distante do rio, como um sonho reencarnado; cada flor era um renascimento na luz da manhã.

Mesmo sem poder ver seu rosto, ouvir sua voz, eu sabia que não o havia perdido.

Descemos o morro e retomamos nosso caminho, seguindo a curva do rio. Logo depois atravessamos a fronteira, e eu não teria sido capaz de dizer que estávamos na Tailândia se o líder do grupo não houvesse dito. Nós não estávamos seguros ainda, no entanto. Assim que ele disse isso, ouvimos um estrondo alto e prolongado no ar acima de nós. Tinha certeza de que era o som de armas atirando em nós. Todo mundo parou de andar e ergueu os olhos. Um ponto preto apareceu no horizonte à frente. O ponto se transformou em uma libélula, depois em um helicóptero correndo a toda velocidade em direção a nós, e, antes que tivéssemos tempo de correr e nos esconder, ele desceu ao chão, e seu coração batia com o nosso. Um *barang* desceu, e em meio ao vento e à poeira levantada pelas pás da hélice do helicóptero, acenou e falou, gritando para ser ouvido. Nós o observávamos atordoados, incapazes de nos mover ou responder de forma alguma. Quando o ruído do helicóptero desapareceu, ele falou de novo em uma língua que parecia francês para mim. Fez um gesto com as mãos, procurando alguém que o compreendesse. Para minha surpresa, mamãe se adiantou e começou a traduzir, hesitante em um primeiro momento, depois, com mais fluência.

— Ele disse que ele e o piloto são de uma tal de Organização das Nações Unidas.

Por um breve minuto, o pânico dominou a face abatida e faminta de todos ao ouvir a palavra "organização". Mas ela acrescentou rapidamente:

— Não, não, uma organização diferente. Eles estão refugiados — nós. Ouviram falar de nossa situação. Há um campo organizado ao qual poderíamos ir. Chamaram pelo rádio caminhões para nos levar lá. Mas, agora, vão levar os idosos, feridos e crianças primeiro.

— *Yul?* — perguntou o *barang*, sua única palavra de cambojano. — Entendem?

Balançamos a cabeça, e ele sorriu alegremente, parecendo mais grato do que nós por ter nos encontrado. Fez uma pausa para olhar para nós, permitindo que o choque e o horror se manifestassem em seu rosto. Ele disse a mamãe que não éramos o primeiro grupo que haviam encontrado, e que as histórias de nosso sofrimento haviam atravessado a fronteira. Mas, ainda assim, seus olhos não haviam se acostumado a ver tais evidências de desumanidade.

Mamãe — porque ela falava um pouco de francês, e, portanto, era necessária como tradutora — e eu, por causa da poliomielite, estávamos entre os que corriam para o helicóptero. Tudo aconteceu tão rápido que não tivemos tempo de contestar sua decisão. O fato de termos sido localizados e encontrados ali, no meio do nada, deu a todos a certeza de que o mundo não havia nos esquecido.

Enquanto subíamos, meu olhar saltava à frente para a vasta imensidão onde o rio cujo curso acompanhávamos se reunia a dois outros, lembrando-me do lugar onde o Mekong, o Bassac e os rios Tonle Sap convergiram em Phnom Penh. Mesmo sem fazer ideia de quão longe estava, ou em que direção jazia, minha mente voou para lá, em direção a uma imagem, a memória silenciada de meu pai e eu na varanda na Mango Corner, nossa casa de fim de semana, falando sobre a inversão de correntes e a sorte. Fechei os olhos, deixando o passado, o presente e o futuro se unirem. *Eu lhe contava histórias para lhe dar asas, Raami, assim você nunca seria presa por nada; nem seu nome, seu título, os limites de seu corpo, o sofrimento deste mundo...* De fato, eu estava voando. Poderia pular dentro de palavras e histórias, atravessar o tempo e o espaço. Como papai, tornei-me uma espécie de *Kinnara*, aquela criatura metade pássaro, fugindo deste mundo para outro. Eu podia me transformar. Eu podia transcender fronteiras.

Abri os olhos bem quando o piloto apontava na direção do Camboja, para uma distante aldeia fronteiriça cercada por arrozais verdejantes. Acima do estrépito do motor, gritou:

— Camboja!

Todos começaram a chorar. Sentindo-me segura na cacofonia em torno de mim, pronunciei o nome dele em voz alta para mim mesma: *Papai...*

Mamãe me ouviu. Levou a mão à boca, como se quisesse se calar para poder me ouvir melhor. Mas era tudo que eu precisava dizer para chamá-lo e levá-lo comigo.

Papai! Várias vezes pronunciei essa palavra-feitiço, a primeira nota a quebrar meu silêncio.

Subitamente, o piloto inclinou o helicóptero na direção oposta, e, com um rápido e derradeiro vislumbre, deixamos essa terra. Mamãe segurava um barco de papel e um livro de poesia, e eu as montanhas e rios, os espíritos e vozes, as narrativas de um país que se transforma em sombra e me ensombra em minha jornada.

A profecia se transformou em minha história.

Nota da autora

A história de Raami é, em essência, a minha própria. Eu tinha cinco anos de idade quando, em 17 de abril de 1975, o Khmer Vermelho invadiu a capital do Camboja, Phnom Penh, e declarou um novo governo, um novo modo de vida. Durante séculos antes, o país havia sido governado por monarcas que se autodenominavam *devarajas*, descendentes dos deuses. O último a ostentar esse *status* lendário foi o rei Ang Duong, cujos filhos, rei Sisowath e rei Norodom, deram à luz duas linhas sucessórias que disputam a moderna realeza do Camboja. Meu pai era bisneto do rei Sisowath, que reinou no início do século XX, quando o Camboja era um protetorado francês. Como muitos de seus contemporâneos que foram educados no exterior e expostos às ideias de democracia e de autodeterminação, meu pai era um membro da classe intelectual que ficou cada vez mais desiludido com a corrupção e a desigualdade da sociedade cambojana nas décadas após a independência. Para meu pai e seus companheiros, isso não era apenas uma crítica social, mas também um questionamento das bases de seu próprio privilégio. Em 1970, quando um golpe de Estado levou o reinado monárquico ao fim e estabeleceu a República Khmer, ele e muitos de seus compatriotas viram isso como o advento de uma nova era brilhante, na qual um sistema democrático de governo resolveria os males do feudalismo. No entanto, essa suposta democracia não conseguiu trazer estabilidade a um país então engolido pela guerra que se propagava do Vietnã. A corrupção se aprofundou ainda mais, e, nesse clima de crescente turbulência, um grupo de guerrilha, até então marginal, conhecido como Khmer Vermelho, ganhou força no campo. Seus líderes, da mesma classe intelectual de meu pai, eram igualmente idealistas, mas temperados com um radicalismo que nem mesmo o mais politicamente astuto não poderia avaliar.

De 1975 a 1979 — quando os líderes do Khmer Vermelho tentaram concretizar sua visão de uma sociedade utópica — ocorreu uma das mais completas transformações sociais da história moderna. Famílias foram separadas e levadas para campos de trabalho, sistematicamente famintas, e depois executadas. À medida que o regime se tornou mais feroz na tentativa de se livrar dos "inimigos", aqueles vistos como política, ideológica ou racialmente impuros foram assassinados em grande número. Já severamente enfraquecido por essa purga interna, o regime foi finalmente derrubado pelos militares vietnamitas em janeiro de 1979, levando a experiência revolucionária ao fim. Embora o verdadeiro número nunca possa ser conhecido, os estudiosos estimam que entre 1 e 2 milhões de pessoas morreram, talvez o correspondente a um terço da população total. Como Raami, eu estava atormentada pelo desaparecimento de meu pai, logo após a tomada do poder pelo Khmer Vermelho, convocado pelos líderes do regime por causa de quem era — um príncipe, um membro da "classe inimiga". As perdas e a brutalidade dos anos seguintes aprofundaram meu desejo de entender o que havia acontecido com ele, com meus entes queridos e com meu país. Ao escrever, escolhi a ficção, reinventando e imaginando onde a memória por si só foi insuficiente. As grandes pinceladas desta narrativa traçam a jornada de minha família inserida no contexto de eventos históricos reais. Eu me permiti licença literária para comprimir o tempo e os incidentes, mudar lugares e personagens para simplificar e dar distinção a cada um, e alterar os nomes e as origens dos indivíduos de minha família, bem como daqueles que conhecemos durante nossa jornada. O único nome que mantive foi o de meu pai. Embora ele fosse piloto de formação, foi a "poesia de voo" — lembro que ele me disse isso muitas vezes, quando eu era criança — que o levou ao céu. Assim, o pai de Raami não só tem os vários nomes e títulos que meu próprio pai tinha — entre os quais estava o apelido carinhoso Mechas Klah, ou "Príncipe Tigre", mas também incorpora as esperanças e os ideais dele, seu desejo ardente por minha sobrevivência. O pai de Raami está imbuído das memórias do homem que eu amava e amo até hoje.

Foi esse amor que me levou a procurá-lo novamente, e de novo. Mesmo o atual Camboja estando longe de ser o paraíso de minha casa da infância, ou a terra sagrada que meu pai um dia acreditou que era, é a sepultura daqueles sagrados para mim. Em 2009, fui convidada ao palácio e tive minha primeira audiência com Sua Majestade, o rei Norodom Sihamoni, para ser formalmente reintroduzida na família real. Fui apresentada como Neak Ang Mechas Ksatrey Sisowath Ratner Ayuravann Vaddey. Sentada no Khemarin Hall, com as mãos juntas à frente de meu peito e falando a língua real, disse ao rei que estava ali como filha do Príncipe Tigre, filho de Sua Alteza Real o príncipe Sisowath Yamaroth, filho de Sua Alteza Real o príncipe Sisowath Essaravong, filho de Sua Majestade o rei Sisowath. Que levava como doação aos pobres três toneladas de arroz, em nome de meu pai. Sua Alteza, o príncipe Sisowath Ayuravann... parei. Não consegui dizer mais nada. O silêncio que eu havia conhecido quando criança tomou conta de mim de novo, e lutei contra as lágrimas que ameaçavam se derramar quando tive a plena consciência do significado dessa visita: significava que eu estava assumindo o lugar de meu pai, compartilhando seu nome.

Lembrei-me de uma vez que meu pai tentou me explicar o que era aquilo, o que significava ser da realeza. Eu tinha, talvez, quatro anos. Em um mercado na cidade, encontramos um mendigo na esquina de uma rua, sentado de pernas cruzadas sobre um saco de estopa rasgada que parecia ser sua casa e única possessão. O mendigo era cego, de modo que, quando erguia a cabeça, a nebulosidade de seus olhos parecia refletir o branco do céu, e quando erguia as mãos suplicantes aos transeuntes parecia implorar aos deuses. Esse gesto — todo seu ser — comoveu-me profundamente. Se os deuses não podiam lhe conceder a visão, pensei, eu queria lhe dar alguma coisa. Então, compramos arroz enrolado em folha de lótus, e quando estava prestes a entregá-lo ao mendigo meu pai me parou e disse que não me esquecesse de tirar as sandálias. Não entendi. Só retiramos os sapatos quando damos esmola aos monges budistas, para mostrar respeito por seu caminho espiritual. Nós somos todos mendigos, disse meu pai, não importa o que vestimos — trapos, uma túnica cor de açafrão ou seda. Cada um de nós pede o mesmo da vida. Eu podia ter nascido princesa, mas aquele mendigo, aquele homem cego, que provavelmente nasceu pobre e sem dúvida havia sofrido muito, discernia beleza suficiente para querer continuar vivendo. Ele merecia nosso maior respeito. Sua vida tinha tanta nobreza quanto a nossa, quanto a qualquer um, e devemos lhe atribuir dignidade. Não me lembro exatamente das palavras de meu pai, mas, mesmo novinha como eu era, ficou claro o que ele queria que eu entendesse. Seu gesto e suas palavras estão comigo até hoje. Apesar de toda a perda e tragédia que conheci, minha vida me ensinou que o espírito humano, como as mãos levantadas do cego, vai subir acima do caos e da destruição, como asas em voo.

Queria contar isso ao rei para mostrar quem havia sido meu pai, mas não era momento para histórias. Em vez disso, falei o que sentia mais imediatamente — que, mesmo que meu pai estivesse morto, independentemente de como houvesse sido seu último momento, eu gostaria que ele pudesse saber que um dia eu me sentaria nessa mesma sala, onde ele se sentou inúmeras vezes em sua curta vida, e que seu nome seria invocado novamente, que ele não seria esquecido.

Como única filha sobrevivente de meu pai, este é meu esforço para honrar seu espírito. Esta história nasceu de meu desejo de dar voz a sua memória e à memória de todos aqueles silenciados.

V. R.

Agradecimentos

Meu profundo agradecimento e gratidão:

A meu editor, Trish Todd, por sua crítica perspicaz e calma orientação. A qualidade de seu questionamento me permitiu trazer à tona o que estava escondido. A Jonathan Karp e à equipe da Simon & Schuster, por todo o apoio que deram a este livro.

A minha agente, Emma Sweeney, que com olhos e instintos afiados fez comentários sobre o manuscrito, e, por sua diligência, encontrou-lhe um lar. E a Suzanne Rindell, por me resgatar do sentimentalismo!

A Gillian Gaeta, por seus conselhos oportunos.

A Jane McDonnell, minha querida amiga e mentora, por ver a contadora de histórias em mim, mesmo quando eu não tinha língua nem voz. A Penny Edwards, por sua leitura entusiástica. A meu melhor amigo, Neil Hamilton, por sua crença em mim e por muitos momentos de revelação. A minha querida amiga Maria Herminia Graterol, que sempre me viu como uma escritora.

A minha família, por seus dons de amor: minhas irmãs, Leakhena e Lynda, que significam o mundo para mim; E. K. Kong, um pai para nós três; Ann-Mari, Mitchell e Juliana, que sempre me abasteceram com grandes livros; Ann-Mari Gemmill, Sr., e Henry Gemmill (Mormor e Morfar), e Melvin e Ida Ratner, em memória e à sua generosidade, e Joann e Patrick, que me acompanharam por todo o mundo, chegando nos momentos em que eu mais precisava deles.

A meu marido, Blake, por seu apoio imensurável, por assumir a carga de trabalho e cuidar de nossa família para me dar a estabilidade e o conforto de uma vida de escrever. *Seu amor transcende todas as fronteiras, e sinto que tenho vivido muitas vidas com você.*

A minha menor, mas mais magnânima defensora, nossa filha Annelise, por sua sabedoria e paciência, por seus cuidados maternos para comigo quando fico exausta de escrever. *Você é a reencarnação de tantas esperanças e sonhos.*

A minha mãe, que me deu a vida muitas e muitas vezes. *A você eu devo tudo.*

Sobre a autora

Vaddey Ratner tinha cinco anos de idade quando o Khmer Vermelho assumiu o poder, em 1975. Depois de quatro anos, tendo sofrido trabalhos forçados, fome e o risco de execução, ela e sua mãe fugiram enquanto muitos dos membros de sua família morreram. Em 1981, ela chegou aos Estados Unidos como refugiada, sem saber inglês, e em 1990, formou-se no Ensino Médio e foi oradora oficial da turma. É pós-graduada *summa cum laude* pela Universidade de Cornell, onde se especializou em história e literatura do Sudeste Asiático. Nos últimos anos, viajou e viveu no Camboja e no Sudeste Asiático, escrevendo e pesquisando, o que culminou em seu romance de estreia, *À sombra da figueira*. Vive em Potomac, Maryland.

Visite seu *site* em www.vaddeyratner.com.

INFORMAÇÕES SOBRE A

GERAÇÃO EDITORIAL

Para saber mais sobre os títulos e autores
da **GERAÇÃO EDITORIAL**,
visite o *site* www.geracaoeditorial.com.br
e curta as nossas redes sociais.

Além de informações sobre os próximos lançamentos,
você terá acesso a conteúdos exclusivos
e poderá participar de promoções e sorteios.

geracaoeditorial.com.br
/geracaoeditorial
@geracaobooks
@geracaoeditorial

Se quiser receber informações por *e-mail*,
basta se cadastrar diretamente no nosso *site*
ou enviar uma mensagem para
imprensa@geracaoeditorial.com.br

GERAÇÃO EDITORIAL

Rua Gomes Freire, 225 – Lapa
CEP: 05075-010 – São Paulo – SP
Telefax: (+ 55 11) 3256-4444
E-mail: geracaoeditorial@geracaoeditorial.com.br